Monique Süßmann

Verborgene Weiten

Monique Süßmann

Verborgene Weiten

Roman

Bibliographische Information der Deutschen Nationalbibliothek:
Die Deutsche Nationalbibliothek verzeichnet diese Publikation in der Deutschen Nationalbibliographie; detaillierte bibliographische Daten sind im Internet über http://dnb.dnb.de abrufbar.

Verlag:
BoD · Books on Demand GmbH, In de Tarpen 42, 22848 Norderstedt, bod@bod.de
Druck:
Libri Plureos GmbH, Friedensallee 273, 22763 Hamburg

ISBN: 978-3-7693-0845-7

Für Kerstin

Prolog
Zwei Jahre zuvor

Emma

Ich lief aus dem Starbucks und hielt meinen Latte Macchiato mit extra Karamell-Sirup in der Hand. In der Stadt war viel los, überall drängten Menschen Richtung Marktplatz, auf welchem heute der letzte Tag des Weihnachtsmarktes stattfand.

»Scheinbar ist den Menschen wieder eingefallen, dass morgen Weihnachten ist und die Weihnachtsgeschenke fehlen...«, murmelte ich genervt. Meist schneite es in Deutschland zur Weihnachtszeit eher selten, aber in diesem Jahr machte uns der Winter alle Ehre. Es schneite bereits seit einer Woche durch, wodurch sich ganz Berlin in eine lebendige Weihnachtskugel verwandelt hatte. Ich liebte den Schnee, genauso wie den Geruch. Besonders wenn der Schnee am frühen Morgen noch ganz unberührt war, konnte ich meinen Blick kaum von ihm abwenden. Klar, in Berlin war dies selten der Fall, jedoch wohnte ich im Stadtteil Köpenick, in dem es noch deutlich mehr Grünflächen gab als im Zentrum. Dadurch konnten die Autos den ganzen schönen Schnee nur teilweise in grauen Matsch verwandeln. Heute Morgen stand ich extra früh auf, um zu Beginn des Tages noch einen Blick auf die beschneite Umgebung werfen zu können.

Ich verschaffte mir einen Überblick um zu prüfen, welcher Weg zu meinem Ziel das geringste Hindernis darstellte. Scheinbar gab es aufgrund der Menschenmassen keine schnellere Alternative, weshalb ich mir meine Mütze tiefer in das Gesicht zog und wie alle anderen Menschen den direkten Weg Richtung Weihnachtsmarkt einschlug. Timothy wartete bestimmt schon am Lebkuchen-Stand auf mich, denn wie immer war ich ein paar Minuten zu spät dran. Vielleicht ließ er sich ja ebenfalls Zeit, schließlich war ihm meine Unpünktlichkeit durchaus bewusst.

Ich kam nur langsam vorwärts und versuchte hierbei, nicht über irgendwelche kleinen Kinder zu stolpern. Nach einer gefühlten Ewigkeit warf ich einen Blick über die Schulter zurück und musste seufzen. Ich hatte es maximal sechs Meter weit geschafft. Timothy würde mich vermutlich einen Kopf kürzer machen. Nach weiteren endlosen Minuten erreichte ich zumindest den Weihnachtsmarkt. Endlich am Weihnachtsmarkt angekommen, erspähte ich eine kleine Lücke wenige Meter vor mir. Da diese Lücke auf direktem Weg zu unserem Treffpunkt lag, beeilte ich mich, um den neu gewonnen Platz zu ergattern. Als ich es beinah zu der freien Schneise geschafft hatte, schob sich eine dunkle Gestalt in mein Sichtfeld und ich knallte prompt dagegen. Erschrocken riss ich die Augen auf, ließ meinen Latte Macchiato fallen und bereute noch im selben Moment, mein Heißgetränk losgelassen zu haben.

»Mist«, stieß ich hervor. Wütend blickte ich auf, um herauszufinden, wer sich mir in den Weg stellte. Ich hatte bereits entsprechende Worte auf der Zunge um meinen Missmut kundzutun, als meine Augen nur einen breiten Oberkörper erfassten. Die Person hatte sich mittlerweile ebenfalls umgedreht und streckte einen Arm in meine Richtung aus, um mich notfalls abfangen zu können. Immerhin zeigte er Anstand.

»Ganz schön stürmisch unterwegs.«, sprach eine tiefe, männliche Stimme. Ich musste meinen Blick nach oben wandern lassen, um mehr von diesem Mann sehen zu können. Dies war für mich nichts Neues, denn mit meinen 1,62 Metern war ich normalerweise kleiner als die meisten Menschen in meinem Alter. Mit einem amüsierten Ausdruck in den Augen fixierte mich der Mann. Sein perfektes Lächeln hätte aus einer Zahnpasta-Werbung stammen können. Ich war so perplex, dass mir meine Worte im Hals stecken blieben.

»Alles in Ordnung?«, fragte er mich und blickte besorgt zu mir herunter. Ich räusperte mich und wandte den Blick ab. Niemals würde ich ihm zeigen, wie sehr er mich aus der Bahn warf.

»Bei mir schon, aber mein Kaffee lässt sich wohl nicht mehr retten.« Zeitgleich schauten wir auf den Boden, wo sich mein leckerer Latte Macchiato zwischen uns ergoss. Ich war Studentin und verdiente mir ein Taschengeld durch einen Nebenjob. Mit meinen Ausgaben musste ich haushalten, weshalb ich mir nur selten ein Getränk aus dem Starbucks leistete. Meine neuen Schuhe hatten ebenfalls Spritzer abbekommen. Na super. Mit Genugtuung stellte ich fest, dass seine Schuhe ebenfalls etwas verschmutzt waren. Ziemlich teuer aussehende Schuhe, wie es den Eindruck machte.

»Naja, wenn Sie etwas aufmerksamer gewesen wären, könnten Sie ihren Kaffee noch genießen.« Sein Grinsen wurde breiter und es kamen noch mehr strahlend weiße Zähne zum Vorschein. War das sein Ernst? Ungläubig blickte ich ihn an. Er hatte sich *mir* in den Weg gestellt, nicht andersherum. Zugegeben, er stand mit dem Rücken zu mir und konnte mich nicht kommen sehen, trotzdem hätte er etwas aufmerksamer mit seiner Umwelt sein können. Da ich jedoch schon spät dran war und nicht mitten auf dem Weihnachtsmarkt einen Streit beginnen wollte, schenkte ich ihm ein – möglicherweise minimal ironisches – Lächeln und wandte mich anschließend ab. Eine große Hand packte mich am Unterarm und ich drehte mich automatisch in deren Richtung um. Der Mann stand noch immer vor mir und hielt weiterhin meinen Arm fest. Fast war sein Griff etwas zu fest.

»Warten Sie.« Sein Blick war durchdringend. »Es tut mir leid, es war genauso meine Schuld. Lassen Sie es mich wiedergutmachen.«

»Ähm, das ist nicht nötig, aber danke.«, lächelte ich verlegen, denn sein auf mir ruhender Blick schüchterte mich etwas ein. Sein Griff lockerte sich und er ließ meinen Arm los.

»Ich mache das wirklich gerne. Offensichtlich habe ich zwar bereits ein Andenken von Ihnen, doch gegen mehr gemeinsame Zeit hätte ich auch nichts einzuwenden.« Er blickte erneut auf seine teuren Schuhe. War ja klar, dass ausgerechnet *mir* wieder so etwas passierte. Langsam beschlich mich ein schlechtes Gewissen, da ich ihn in meinen Gedanken so schnell verurteilt hatte. Wieder grinste er mich an und ich fragte mich langsam, ob er sich womöglich über mich lustig machte.

Um Zeit zu schinden griff ich in meine Handtasche, wühlte kurz darin herum und holte eine Packung

Taschentücher heraus. Nachdem ich ein paar Taschentücher aus der Packung herauszog, reichte ich ihm die Hälfte und wir wischten notdürftig unsere verschmutzten Schuhe ab.

»Ich hoffe, die Flecken gehen wieder raus.« Schuldbewusst inspizierte ich nun auch seine Hose genauer, welche ebenfalls dreckig war. Er reichte mir die Hand.

»Wie gesagt, ich stand ebenfalls im Weg. Ich heiße Philipp, Sie können mich aber gerne Phil nennen.« Als ich seine Hand ergriff und mich mit Emma vorstellte, zog er mich leicht zu sich heran und sein Duft stieg mir in die Nase als er fragte: »Also, gehst du mit mir einen Kaffee trinken?«

Ich wurde rot und wollte ihm gerade antworten als ich eine vertraute Stimme rufen hörte.

»Emma! Da bist du ja!« Timothy. Oh Gott, er musste schon Ewigkeiten auf mich gewartet haben. Als sich Timothy langsam durch die Menschenmassen kämpfte, wippten ihm seine dunkelbraunen Afrohaare ins Gesicht. Er war groß, weshalb er über die Menschenmassen hinwegsehen konnte. Als er fast bei mir ankam, stellte er fest, dass ich nicht allein war. Sein Blick fiel auf meine Hand, welche noch immer in der Hand von Phil lag. Dieses Mal räusperte Phil sich und ließ meine Hand los. Schnell zog ich sie zurück.

»Alles okay?«, fragte Timothy und schaute fragend zwischen Phil und mir hin und her.

»Ja. Ich war nur mal wieder etwas tollpatschig.« Ich deutete auf den Boden und er blickte auf den verschütteten Latte Macchiato zu unseren Füßen. Timothy warf mir einen wissenden Blick zu. Er kannte mich, gemeinsam mit unserer Freundin Elsa, am besten, und war häufig Zeuge meiner Tollpatschigkeit. Nun wanderte sein Blick zu Phil und er reichte ihm die Hand zur Begrüßung.

»Hi, ich bin Timothy.«

Auch Phil stellte sich vor und warf ihm einen kurzen Blick zu. Er schien zu vermuten, dass Timothy mehr als nur ein guter Freund sei. Gewissermaßen war er dies auch, jedoch auf rein platonischer Basis. Wir kannten uns nun schon mehrere Jahre und wuchsen praktisch miteinander auf. Seine Mutter stammte aus Madagaskar und sein Vater war Deutscher, wodurch er eine wunderschöne Cappuccino-ähnliche Hautfarbe bekam. Darüber beneidete ich ihn wirklich, da ich selbst nach einer Woche Freibad nur wenig gebräunt war. Zwar war ich nicht ganz blass, aber ein bisschen mehr Bräune würde auch nicht schaden.

Ich blickte zu Phil und überlegte, ob ich die Situation einfach so stehen lassen sollte, schließlich war mein Leben momentan durch die Uni und meinen Nebenjob genug ausgelastet. Andererseits war er wirklich ein interessanter Mann und immerhin schien er charmanter zu sein, als ursprünglich gedacht. Abwartend schaute er mich an und schien sich bereits zum Gehen abwenden zu wollen, als ich eine Entscheidung traf.

»Ich ähm...«, ich räusperte mich. »Ich würde gerne einen Kaffee mit dir trinken gehen.« Sofort hellte sich seine Miene auf.

»Ich bin noch verabredet und du scheinst auch etwas vorzuhaben.«, sagte er zu Timothy blickend. »Möchtest du mir deine Nummer geben?« Fragend streckte er mir sein Handy in meine Richtung. Ich zog mir meine kuscheligen

Handschuhe aus, nahm ihm sein Handy ab, und tippte meine Nummer hinein. Schnell überflog ich die Ziffern und prüfte, ob meine Eingabe korrekt war. Lächelnd gab ich es ihm zurück.

»Ich melde mich bei dir.« Zum Abschied fasste Phil mich kurz an den Oberarm und beugte sich nach vorne, um mir einen Kuss auf die Backe zu hauchen. Er reichte Timothy erneut die Hand. Anschließend drehte sich um und verschwand in den Menschenmassen. Noch immer überrascht von der gesamten Situation blickte ich ihm hinterher. Als ich aufsah erkannte ich, dass Timothy dasselbe tat.

»Was war das denn?« Ich schilderte ihm die Situation und sein Blick wanderte nochmals zu der Pfütze aus Latte Macchiato.

»Und du hast ihm einfach deine Nummer gegeben? Du weißt doch gar nicht, was er für ein Typ ist.«

Ich verdrehte die Augen. Typisch Timothy. »Deshalb treffe ich mich doch mit ihm zum Kaffee, um *genau das* herauszufinden.«

»Ich weiß nicht. Irgendwie habe ich ein komisches Bauchgefühl.« Grübelnd schaute er in die Richtung, in welcher Phil verschwunden war. Meine Smartwatch vibrierte und es erschien eine Nachricht von einer mir unbekannten Nummer.

Es hat mich gefreut, dich kennenzulernen. Morgen 16 Uhr an der Weltzeituhr?

»Hat er dir etwa schon geschrieben?«

Ich streckte Timothy mein Handy hin. »Meinst du, ich soll ihm antworten?« Zweifelnd blickte ich auf das Handy n meinen Händen.

»Naja, du hast ihm doch deine Nummer gegeben, damit er dir schreiben kann. Dann solltest du ihm auch antworten, oder?«

»Ich weiß nicht. Was fandest du an ihm merkwürdig?«

»Wieso soll ich ihn merkwürdig gefunden haben?« Timothy blickte irritiert zu mir herunter.

»Weil du so skeptisch gewesen bist. Das bist du nur, wenn dir etwas merkwürdig vorkommt.«

Seufzend nahm Timothy meinen Arm und hakte ihn bei sich unter, während er mich langsam über den Weihnachtsmarkt führte. »Keine Ahnung, es ist so ein Bauchgefühl. Er war mir irgendwie zu glatt.«

»Zu glatt?« Ich musste lachen.

»Zu perfekt. Außerdem hat er mich angeguckt, als wolle er mich gleich um die Ecke bringen.«

Als ich erneut lachte, fiel auch er in mein Lachen ein. »Aber im Ernst. Du kennst ihn noch nicht, also treffe dich lieber in der Öffentlichkeit mit ihm. Wer weiß, vielleicht ist er ja dein Traumprinz.«

Ich lächelte und mich überkam das Gefühl, in mein persönliches Weihnachtswunder gestolpert zu sein.

Emma

»Ich kann nicht mehr«. Schwer atmend stellte Timothy den letzten Karton ab und ließ sich mit Schweißperlen auf der Stirn auf dem Boden daneben nieder. Ich machte mir ernsthaft Sorgen um seine Gesundheit, konnte mir jedoch ein Schmunzeln nicht verkneifen. Elsa streckte ihren Kopf aus der Speisekammer.

»Ich habe Champagner gefunden!«

Timothy verdrehte die Augen und schaute mich flehend an. Ich musste lachen. Meine Freunde konnten nicht unterschiedlicher sein. Da war Timothy, der zwar sportlich aussah, Sport jedoch über alles hasste. Er schaute lieber Basketballspiele im Fernseher an, statt selbst zu spielen und war ein richtiger Couchpotato. Elsa wiederum war immer aktiv und stand unter Strom. Ich lernte sie während des Studiums kennen und schloss sie sofort in mein Herz. Unsere Freundschaft vertiefte sich, als wir uns gegenseitig Statistik beibringen wollten, obwohl wir beide keine Ahnung von dem Thema hatten. Statt zu lernen, bestellten wir uns also Donuts und quatschten die ganze Nacht hindurch. Dies war der Startschuss für unsere enge Freundschaft.

»Na los, ihr Langweiler. Wir haben Grund zum Anstoßen! Schließlich zieht Emma heute bei einem Kerl ein, der nicht nur gut aussieht, charmant ist und sie auf Händen trägt, er hat auch noch Geld!«

Lachend suchte ich drei Champagner-Flöten in Phils Küche und Timothy verdrehte erneut die Augen. Wenn er so weiter machte, würde er noch Kopfschmerzen bekommen.

Ja, Phil hatte Geld, aber mir war das überhaupt nicht wichtig. Ehrlich gesagt war es mir sogar unangenehm, wenn er Geld für mich ausgab. Seit über drei Jahren arbeitete ich in einem Café und darauf war ich stolz. Es war ein heimlicher Traum von mir, selbst ein Café zu besitzen und meine Gäste mit leckeren Torten, Kuchen – und selbstverständlich Kaffee – in verschiedensten Varianten zu verwöhnen. Zugegeben, ich verdiente dort nicht viel, aber es reichte zum Überleben, da ich für mein Studium in Literaturwissenschaften ein Stipendium erhielt. Elsa goss den Champagner in die Flöten und wir stießen an.

»Vielen Dank für eure Hilfe. Ohne euch hätten wir Ewigkeiten gebraucht.«

Timothys Blick wurde weich und Elsa stieß zärtlich mit ihrer Schulter gegen meine. Plötzlich spürte ich zwei Arme von hinten, welche meine Schultern umfassten und mich langsam umdrehten. Phil stand vor mir und lächelte mich charmant an. Oh man. Sein Lächeln war wirklich zum Dahinschmelzen. Ich wusste es zu schätzen, einen Mann wie ihn getroffen zu haben.

»Ich habe eine Überraschung für dich. Sozusagen ein kleines Einzugsgeschenk.« Er küsste mich auf die Wange und führte mich durch den langen Flur in Richtung Schlafzimmer. Da meine Freunde uns sofort folgten, fragte ich mich, ob mein Einzugsgeschenk auch für deren Augen bestimmt war, doch mein Freund schien sich keine Gedanken darum zu machen. Phil blieb einen Raum vor dem Schlafzimmer stehen, welcher mehr oder weniger als Abstellkammer diente. Er ließ mir den Vortritt und ich öffnete vorsichtig die Tür. Dahinter befanden sich mehrere Schränke, welche scheinbar passgenau angefertigt und eingebaut wurden. In der Mitte stand ein gemütlich aussehender Sessel, welcher mit rosa Samt bezogen war.

Elsa drückte sich sofort an mir vorbei, schob die Kissen auf dem Sessel beiseite und kreischte während sie die Beine über die Lehnte schwang lauthals los.

»Ein Ankleidezimmer!«. Während sie sich hektisch umguckte und scheinbar immer mehr in Ekstase geriet, wippte ihr langer, blonder Haarschopf hin und her. Elsa kam ursprünglich aus Schweden und zog zu Beginn des Studiums nach Deutschland, da sie in einer großen Stadt studieren wollte. Sie stammte aus einem kleinen Dorf in Südschweden, wo alles etwas beschaulicher war. Weshalb ihre Wahl auf Berlin und nicht auf London, Paris oder Stockholm fiel, konnte ich nicht ganz nachvollziehen. Jedoch bekam ich den Eindruck, dass sie sich hier wohlfühlte, schließlich schien sie Gefallen an Dates und dem Nachtleben Berlins gefunden zu haben. Es verging kaum ein Abend, an dem sie nicht unterwegs war. Nun wirkte sie total entzückt von Phils Einzugsgeschenk, denn ihre Augen leuchteten. Er schaute mich lächelnd und zufrieden an. »Gefällt es dir?«

Überfordert lief ich langsam in den Raum, welcher nun riesig auf mich wirkte. Ich ging auf den ersten Schrank zu und strich über das weiß lackierte Holz. Das Zimmer sah schön aus, jedoch irgendwie…kühl. Als ich über den Schrank strich, öffnete sich plötzlich die Tür und Kleidung kam zum Vorschein.

»Du hast meine Kleidung schon eingeräumt?« Ungläubig wandte ich mich an Phil und stellte mir die Frage, wie er so schnell gewesen sein konnte. Er grinste und forderte mich per Handzeichen dazu auf, die Tür weiter zu öffnen. Ich schob die große Schiebetür nach rechts und zum Vorschein kamen viele – sehr teuer aussehende – Kleidungsstücke. Ich erblickte ein elegantes schwarzes Kleid, welches für meinen Geschmack ein kleines bisschen zu elegant war. Dahinter hing ein ebenfalls elegantes, rotes Abendkleid. Ich ließ meinen Blick über den Schrank gleiten und erkannte, dass im hinteren Teil sommerliche Kleider hingen. Es waren definitiv *nicht meine* Kleider. Außerdem hatte ich keine Ahnung, zu welchem Anlass ich solche Kleider tragen sollte. Elsas Augen fielen ihr fast aus ihrem Kopf und sie lief kreischend zu dem roten Kleid. »Das musst du mir unbedingt mal ausleihen!«

Phil lachte los und ich drehte mich peinlich berührt und mit roten Wangen erneut zu ihm um, ohne zu wissen, was ich sagen sollte. Es war eine schöne Geste, mir ein Ankleidezimmer einzurichten. Doch die Schränke bereits mit Kleidern zu bestücken, erschien mir einfach zu viel. Allein die Maßanfertigung der Schränke musste ein Vermögen gekostet haben. Phil trat hinter mich und zog mich in eine Umarmung, während er mir einen Kuss auf die Wange gab. »Du kannst die Schränke später in Ruhe durchschauen. Es ist für jeden Anlass gesorgt.«

Ich bedankte mich, indem ich mich mit meinem Körper an ihn drückte. Er umarmte mich fester und ich wusste, dass er meine Geste verstand. Timothy hingegen hielt sich weiterhin zurück und äußerte sich nicht zu dem großzügigen Geschenk, was scheinbar niemandem außer mir auffiel. Als ich zu ihm herüberblickte, starrte er noch immer auf die offene Schiebetür. Er und Phil wurden in den vergangenen zwei Jahren nicht warm miteinander. Mittlerweile hielt sich Timothy zwar mit Bemerkungen über Phil oder sein Lifestyle zurück, jedoch konnte ich in seinem Blick sehen, dass er nicht viel von ihm hielt. Ehrlich gesagt verunsicherte es mich, denn meistens konnte man sich auf sein Bauchgefühl verlassen. Ich sprach häufig mit Timothy und Phil über ihre gegenseitige Abneigung, aber irgendwie ließ sie sich nicht aus der Welt schaffen.

Während Elsa weiterhin meinen neuen Kleiderschrank durchwühlte und bereits ein Outfit für ihr kommendes Date am Freitag suchte, zogen Timothy, Phil und ich uns in das Wohnzimmer zurück. Noch immer etwas erschlagen von dem Geschenk, setzte ich mich auf die Couch. Sie war aus feinem, beigem Leder bezogen und ich war immer besorgt darum, sie durch meine Tollpatschigkeit zu verschmutzen, schließlich wollte ich Phils Einrichtung nicht beschädigen.

Am Abend, nachdem wir gemeinsam gekocht und gegessen hatten, verabschiedeten sich Timothy und Elsa, um noch in eine Bar zu gehen. Ich war viel zu erledigt und erschöpft von dem Tag, sodass ich nur noch schlafen gehen wollte, weshalb meine Freunde ohne mich loszogen.

In den letzten Monaten verbrachte ich so viel Zeit bei Phil, dass wir beschlossen, aus zwei Wohnungen eine zu machen. Wobei das nicht ganz zutraf, da ich mein winziges WG-Zimmer aufgab und bei ihm eingezogen war. Er schlug einen Zusammenzug schon relativ früh vor, doch ich wollte sicher gehen, dass unsere Beziehung standhaft war.

Durch seinen Job als Strafverteidiger verdiente Phil gut und konnte sich einen gehobenen Lebensstandard leisten.

Manchmal war es mir unangenehm, wenn er mich mit Geschenken überhäufte oder mich mit seinem Mercedes irgendwo abholte. Auch musste ich mich noch an seine Wohnung und die kühle Einrichtung gewöhnen, denn nach meinem Geschmack könnte alles etwas bunter und gemütlicher sein. Wir sprachen bereits darüber, allerdings fanden wir bisher keinen Kompromiss.

Ich erhob mich und suchte mein neues Ankleidezimmer auf. Auf der Suche nach einer Jeans und einem Pullover für den kommenden Tag stellte ich fest, dass *alle* Schränke gefüllt waren. Die Preisschilder sind entfernt und die Kleidung – zumindest dem Geruch nach – bereits gereinigt worden. Okay, das war schon fast ein bisschen gruselig. Und wo konnte ich denn meine eigene Kleidung verstauen? Phil trat ebenfalls in das Zimmer und setzte sich in den rosa Samt-Sessel. Er sah absolut fehlplatziert aus. »Findest du, was du brauchst? Deine Pyjamas und Nachthemden befinden sich ganz links.«

Ich schaute ihn fragend an. »Ich bin dir sehr dankbar für dein…großzügiges Geschenk.« Abwartend schaute er mich an. »Nur wo finde ich Platz für meine eigenen Sachen?«

Er zog mich auf seinen Schoß. »Das hier *sind* deine eigenen Sachen. Brauchst du die alten denn noch? Die Schränke sind gefüllt mit den besten und hochwertigsten Kleidern.«

Fassungslos starrte ich ihn an. »Du möchtest, dass ich sie einfach entsorge?« Ich konnte nachvollziehen, dass es notwendig war, als seine Begleitung zu geschäftlichen Meetings oder Abendessen mit Kunden entsprechend gekleidet zu sein, aber was war mit anderen Tagen? Mit der Uni? Er konnte doch nicht einfach entscheiden, wie ich mich kleiden sollte. Zumal die Kleidungsstücke, welche ich bisher sah, überhaupt nicht meinem Geschmack oder Stil entsprachen. Unabhängigkeit war mir wichtig und ich mochte es nicht, wenn jemand Entscheidungen über meinen Kopf hinweg traf. Mit meiner Kleidung verband ich viele Erinnerungen. Ich hatte nebenher gejobbt, um mir meine Kleidung und mein Leben finanzieren zu können und nun sah es Phil als selbstverständlich an, diese zu entsorgen?

»Ich kaufe dir alles, was du brauchst. Wenn du möchtest, kann ich dir eine Kreditkarte mit deinem eigenen Namen ausstellen lassen, damit du auch ohne mich einkaufen gehen kannst.«

Ich wusste, dass er es nur gut meinte und mir ein schönes Leben ermöglichen wollte. Phil kannte meine Lebensgeschichte und unsere Kindheit hätte nicht unterschiedlicher sein können. Sicher war ihm nicht bewusst, wie wichtig mir meine eigenen Sachen waren. Doch es ging hierbei nicht nur um die Kleidung, es ging um meine Persönlichkeit, meine Eigenständigkeit und meinen Freiraum.

Phil wirkte in unserem Gespräch zunehmend angespannt. Keinesfalls wollte ich undankbar sein, daher beschloss ich, das Gespräch zu vertagen. Der Tag war anstrengend genug gewesen und ich wollte jetzt keinen Streit provozieren.

»Das ist nicht nötig. Ich verdiene mit meinem Nebenjob genug Geld, um mir meine Sachen zu kaufen und für die nächste Zeit bin ich ausreichend ausgestattet.« Ich schenkte ihm ein besänftigendes Lächeln.

»Lass uns morgen darüber reden, jetzt feiern wir deinen Einzug.«

Ich verstand sofort, worauf er anspielte, jedoch war ich wirklich todmüde. Da ich ihn nicht nochmals verärgern wollte, schnappte ich mir aus dem gegenüber liegendem Schrank einen schwarzen Pyjama mit weißer Spitze. Der Stoff fühlte sich seidig an.

Phil kam auf mich zu und während er sich zu mir herunterbeugte, schlag ich meine Arme um ihn, um seinen Kuss zu erwidern. Während wir uns küssten, schob er mich zügig Richtung Schlafzimmer.

»Endlich bist du bei mir.«, murmelte er an meinen Lippen.

Emma

Professor Klein machte seinem Namen wieder alle Ehre und trug eine viel zu kurze Hose. Dadurch waren seine merkwürdig gemusterten grünen Socken für alle sichtbar und seine kleine Gestalt wirkte noch gedrungener. Er sprach wieder so leise, dass man ihn kaum verstand. Gelangweilt sah ich aus dem Fenster und beobachtete zwei Spatzen, die sich gegenseitig die auf dem Boden liegenden Brotkrümel stahlen. Seufzend schaute ich zur anderen Seite und stellte fest, dass mich Elsa beobachtete.

»Alles okay bei dir?«

»Natürlich, und bei dir?« Stimmte etwas nicht? Wir sahen uns in den letzten Wochen eher selten und ich fragte mich, ob mir etwas entgangen war.

»Bei mir schon. Aber du wirkst verändert.« Elsa musterte mich eindringlich.

»Verändert?«, hackte ich nach.

»Ja. Und das liegt nicht an deinen neuen Outfits. Du hast abgenommen Außerdem meldest du dich weniger.«

»Hm...«, murmelte ich.

»Emma. Was ist los?«

»Es ist nichts *los*. Mich ärgert es, dass wir bei Professor Klein mal wieder nichts verstehen.«

Elsa warf mir einen weiteren prüfenden Blick zu und setzte plötzlich ein verschmitztes Lächeln auf. »Was hältst du davon, wenn wir uns heute Abend mal wieder treffen, Pizza bestellen und ein paar Filme schauen?«

Bei dem Gedanken musste ich ebenfalls lächeln. Kurz überlegte ich, ob für den heutigen Abend bereits etwas geplant war. Mir fiel ein, dass Phil am Morgen beim Frühstück sagte, dass ich heute Abend aufgrund eines späten Mandantentermins nicht auf ihn warten müsste. Ich musste nicht lange über Elsas Idee nachdenken.

»Das sollte passen.« Ich lächelte. »Neunzehn Uhr bei Phil?« Bei Elsas Blick fiel mir mein Versprecher sofort auf.

»Bei *Phil* und nicht bei *euch*?«

Ein Stück Kreide flog quer durch den Vorlesungssaal und schoss zwischen Elsa und mir hindurch. Erschrocken – und dankbar zugleich für die Unterbrechung – blickte ich auf.

»Niemand ist verpflichtet, an den Vorlesungen teilzunehmen. Wenn Sie also andere wichtige Themen zu besprechen haben, dürfen Sie gerne den Hörsaal verlassen.« Professor Klein guckte skeptisch zu uns und Elsa murmelte eine Entschuldigung. Ich verfolgte die restliche Vorlesung nur oberflächlich, denn ich spürte ganz genau Elsas Blicke auf mir. Insgeheim wusste ich, dass sie recht hatte. Ich konnte Phils Wohnung noch nicht als mein Zuhause bezeichnen, da ich mich einfach nicht richtig wohl fühlte.

Für den Abend bereitete ich uns durch mehrere Decken und Kissen ein kuscheliges Plätzchen auf der Couch vor. Phil mochte es nicht, wenn zu viele Decken und Kissen auf der Couch lagen, daher verstaute ich einige davon in meinem Ankleidezimmer und holte sie bei Bedarf – an Abenden wie diesen – hervor. Ehrlich gesagt wollte ich auch nicht, dass wir die Couch durch Pizza oder Wein verschmutzten und durch die Decken lieber auf Nummer sicher gehen. Ich suchte vorab bei mehreren Streamingdiensten unsere Lieblingsfilme raus: *10 Dinge, die ich an dir hasse, Crazy, Stupid, Love.* und selbstverständlich *Pretty Woman.* Punkt neunzehn Uhr klingelte es an der Tür und ich fragte mich ernsthaft, wie man nur so pünktlich sein konnte. Womöglich stand Elsa mit einer Uhr vor der Tür und wartete, bis diese exakt neunzehn Uhr schlug, bevor sie klingelte. Vielleicht wollte sie mir damit auch signalisieren, dass ich mehr an meiner Pünktlichkeit arbeiten sollte. Das würde ich ihr definitiv zutrauen.

Ich drückte nicht gegen die Gegensprechanlage, sondern betätigte direkt den Türöffner. Anschließend lief ich schnell in die Küche und holte unsere Drinks – ich hatte Limoncello Spritz für uns vorbereitet, schließlich hatten wir mittlerweile Frühling und die Tage wurden wärmer. Für mein Getränk nahm ich nur einen ganz kleinen Schluck Limoncello, denn ich mochte Alkohol in der Regel nicht allzu sehr. Wenige Sekunden später schwang die Tür auf und Elsa kam, mit Timothy im Schlepptau, den Flur entlang.

»Emma!« Der Klang seiner Stimme erfüllte mich so sehr mit Freude, dass sich meine Lippen unwillkürlich zu einem breiten Lächeln verzogen. Timothy war die letzten zwei Wochen so sehr im Lernstress gewesen, dass er sich nicht mit uns treffen konnte. Er nahm mich in seine Arme und gab mir einen Kuss auf den Kopf. Nachdem ich auch Elsa ausgiebig begrüßte, schnellte ich nochmals in die Küche, bereitete ihm ebenfalls einen Limoncello Spritz zu und wir machten es uns gemeinsam auf der Couch gemütlich.

Timothy war nicht unbedingt zufrieden mit meiner Filmauswahl, aber *Mädelsabend* bedeutete nun mal auch *Mädelsfilme.* Er wusste, dass eine Diskussion den Filmstart nur hinauszögern würde, also gab er sich geschlagen. Nachdem wir uns Pizza bestellt und fast eine ganze Familienpizza verdrückt hatten, legte er den Arm um Elsa und mich. Zu dritt kuschelnd saßen wir auf der Couch und mir wurde einmal mehr klar, wie glücklich ich mich schätzen musste, diese zwei Menschen in meinem Leben zu haben. Mir wurde deutlich, dass sie mir fehlten.

Nachdem der zweite Film – *Crazy, Stupid, Love.* – zu Ende war und der Abspann lief, blieben wir drei so zusammengekuschelt sitzen.

»Emma, ist wirklich alles in Ordnung?« Elsa beugte sich ein kleines Stück nach vorne, um mir in die Augen schauen zu können. Ich hielt ihrem Blick stand, denn ich wollte ihr keinen Anlass zur Sorge geben.

»Das Studium schlaucht mich gerade etwas, aber da geht es dir doch nicht anders, oder?«

Elsa wechselte einen Blick mit Timothy und er drückte mich leicht an sich. »Bist du dir sicher? Du isst kaum noch etwas. Elsa und ich haben die Familienpizza praktisch allein gegessen. Manchmal antwortest du nicht auf Nachrichten oder rufst auch nicht zurück. Wir machen uns wirklich Sorgen. Weißt du, wir haben das Gefühl, dich zu verlieren.«

Ich blickte meine Freunde mit großen Augen an. War es tatsächlich so? Veränderte und distanzierte ich mich so sehr? Mir war es nicht aufgefallen.

»Es tut mir leid, wenn ich mich weniger bei euch gemeldet habe. Es hat sich für mich einfach einiges geändert, seitdem Phil und ich zusammengezogen sind. Er mag es nicht, wenn ich ständig am Handy hänge und meint, dass wir unsere gemeinsame Zeit auch *gemeinsam* nutzen sollten. Was ich aber auch irgendwie nachvollziehen kann. Das heißt aber nicht, dass ich mich nicht mehr für euch oder eure Leben interessiere.«

Auch mir fiel auf, dass Phil seit dem Zusammenzug etwas anhänglich geworden war. Ließ ich mich davon so sehr beeinflussen?

»Zeit gemeinsam zu nutzen und Freunde zu vernachlässigen sind zwei unterschiedliche Dinge.«, gab Elsa zu bedenken. Vernachlässigen? So nahmen sie die Situation wahr? Tränen stiegen mir in die Augen und ich konnte nicht fassen, dass mir nicht einmal aufgefallen war, wie sehr ich meine Freunde verletzt hatte. Doch wenn ich jetzt an die letzten Wochen dachte, konnte ich es auch erkennen. Ich ließ mich von Phil viel zu sehr einnehmen. Was war ich eigentlich für eine miserable Freundin?

»Ich möchte euch nicht vernachlässigen. Es war mir wirklich nicht bewusst, dass ich mich weniger gemeldet habe. Ich muss mich auch erst an die neue Situation gewöhnen.«, sagte ich mit leiser Stimme.

»Hey«, Elsa sah mir in mein Gesicht. »Wir meinen das doch nicht böse. Wir kennen dich und wissen, dass du uns nicht mit Absicht ignoriert hast. Liegt es tatsächlich nur an Phil? Er ist schon sehr einnehmend, ja, aber ist da nicht noch etwas anderes?« Ihr Blick wurde durchdringender und ich wollte mich erklären. Nichts lag mir ferner, als meine Freunde zu verletzen oder sie gar zu verlieren.

»Ne… Phil hat sich verändert, seitdem wir zusammengezogen sind, aber ist das nicht auch ein Stück weit normal? Man passt sich eben gegenseitig an.« Ich zuckte mit den Schultern. In meinen Augen war es durchaus normal, dass man sich in einer Beziehung veränderte, schließlich begann man einen Lebensabschnitt mit einer anderen Person. Vor allem, wenn man auch noch zusammenzog und sich auf einer neuen Ebene kennenlernte.

»Natürlich ist es normal, sich durch eine Beziehung ein Stück weit zu verändern«, warf Timothy ein., »aber es sollte sich nicht ins Negative entwickeln oder deine Freundschaften beeinträchtigen.«

Ich nickte und schnäuzte mir die Nase unter Timothys prüfenden Blick. Oh nein. Es würde seine Abneigung Phil gegenüber nur noch verstärken.

»Mir gefällt der Kerl nicht. Irgendwas stimmt nicht an ihm. Seitdem du mit ihm zusammen bist... Es gefällt mir einfach nicht.«

Da war es wieder. Ich wollte nicht schon wieder über die Gefühle zu Phil oder meinem neuen Leben diskutieren, ich liebte ihn so, wie er war. Und wer war schon perfekt? Ich war es mit Sicherheit ebenfalls nicht. Ich überging Timothys Bemerkung, denn ich wollte jetzt nicht darauf eingehen. Wir würden von einem Thema ins andere kommen und dafür fühlte ich mich gerade nicht in der Lage. Ich hatte mich auf einen schönen Mädelsabend mit Elsa gefreut und natürlich war es super, dass Timothy auch dabei war. Das hieß aber nicht, dass ich nun alte Themen erneut durchkauen wollte.

»Trotzdem tut es mir leid. Ich werde mich in Zukunft häufiger melden, okay? Und falls ich es doch nicht tun sollte, sagt es mir bitte sofort.«

Es war für mich meine größte Angst, meine Freunde zu verlieren. Wahre Freunde fand man nicht an jeder Straßenecke und uns verbanden einfach so viel. Sie waren meine eigene, kleine Familie. Abwartend blickte ich zu meinen Freunden und hoffte, dass sie meine Sichtweise ebenfalls verstehen würden.

»Emma, es geht nicht nur darum, dass du dich regelmäßiger meldest. Wir merken doch, dass es dir nicht gut geht. Als deine Freunde ist es unsere Pflicht, uns um dich zu sorgen.« Elsas Mimik wirkte nicht mehr nur besorgt, sondern entschlossen. Sie warf Timothy einen schnellen Blick zu und rutschte dann seufzend wieder näher an ihn heran. So saßen wir zu dritt auf der Couch.

»Ich weiß.« Ebenfalls seufzend ließ ich mich in die Sofakissen fallen.

Fakt war, dass ich etwas ändern musste. Ich musste einen Weg finden, meine Beziehung zu Phil, und der Beziehung zu meinen Freunden, besser unter einen Hut zu bekommen. Und ging es mir wirklich so schlecht, wie sie behaupteten? Okay, es war in letzter Zeit wirklich viel zu tun für die Uni und ja, manchmal war meine Stimmung vielleicht nicht die beste. Aber lag das tatsächlich an Phil?

»Vielleicht müssen wir uns erst alle vier daran gewöhnen.« Timothys schwere Afrohaare fielen mir in die Stirn und der Duft von Elsas zitronigem Parfum stieg mir in die Nase. Es fühlte sich vertraut an. Meine Gedanken kreisten noch immer um die Aussagen von meinen Freunden. Jeder von uns schien seinen Gedanken nachzuhängen und während noch immer der Abspann des zweiten Films lief, fiel ich in einen traumlosen Schlaf.

Emma

»Was macht ihr da?! Nennst du das etwa einen *Mädels-abend*?!« Ein fester Griff schloss sich um meinen rechten Arm, zog mich hoch und riss mich wortwörtlich aus dem Schlaf. Erschrocken blickte ich auf und sah direkt in Phils wutverzerrtes Gesicht. Ich verstand gar nicht, was los war. Um Orientierung zu finden, schaute ich mich panisch um. Was war passiert?! Elsa lag noch immer auf der Couch und hatte sich von Timothy und mir abgewandt, Timothy hingegen saß noch an derselben Stelle und wirkte ebenfalls irritiert. In der nächsten Sekunde sprangen meine Freunde ebenfalls hoch und blickten sich alarmiert an. Timothy schien die Situation sofort erfasst zu haben und baute sich, ebenfalls wütend dreinblickend, vor Phil auf.

»Spinnst du? Lass Emma los.«

Erst jetzt fiel mir auf, wie fest Phil meinen Arm umklammert hielt. Ich spürte einen brennenden Schmerz an meinem Oberarm und war noch immer so perplex, dass ich kein Wort herausbrachte.

Phils Blick huschte hektisch von seiner Hand auf meinem Oberarm, dann zwischen Timothy und der Couch hin und her. Er zog mich an meinem schmerzenden Arm hinter sich und mir blieb nichts anderes übrig, als seiner Bewegung stolpernd zu folgen. Timothy spannte sich noch mehr an und schien jeden Moment zu explodieren.

»Dir ist schon klar, dass du dir keine Hoffnungen mehr machen brauchst? Emma gehört zu mir und dass solltest du langsam mal kapieren. Halte dich endlich von ihr fern!«

Oh nein. Was sollte das denn jetzt? Timothy plusterte

seine Backen auf und Elsa stellte sich schnell an seine Seite.

»Phil, wir haben wirklich nur Filme geschaut. Es ist doch nichts passiert. Emma wusste nicht, dass Timothy ebenfalls kommt, es war eine Überraschung von mir.«

»Eine tolle Überraschung! Das hast du doch wieder eingefädelt!« Phil fixierte Timothy weiterhin mit seinem Blick.

»Bitte Phil, lass Emma los. Ich glaube, du tust ihr weh.« Elsas Worte waren flehend und ich konnte Angst in ihrem Blick erkennen. Phil schien erst jetzt zu realisieren, dass er mich noch immer fest am Arm hielt, denn er drehte sich erschrocken zu mir um und ließ mich bei meinem Anblick los.

Dankbar, aber nun ebenfalls alarmiert, blickte ich zu Elsa. Sie schien mit dieser Situation ebenfalls überfordert zu sein. Alles ging so schnell. Ich wusste nicht, wie ich mich verhalten sollte. Natürlich hatte Timothy recht, aber wenn ich ihm jetzt beistand, würde sich Phil womöglich bestätigt fühlen. Ich zog vorsichtig an Phils Arm. Er drehte sich erneut zu mir um und ich legte ihm eine Hand an sein Gesicht. »Bitte. Es ist nichts passiert. Wir sind nur eingeschlafen.«

Sein Blick wurde etwas weicher, jedoch war er weiterhin sichtlich angespannt. Schnaubend drehte er sich zu Timothy und Elsa. »Ihr solltet jetzt gehen.«

Mit einem letzten Blick auf die Couch drehte er sich um und verließ das Wohnzimmer. Sprachlos sah ich meine Freunde an und ihre Blicke sagten alles, während eine betretende Stille zwischen uns herrschte. Timothys Gesicht war noch immer wutverzerrt und er schien mich am liebsten packen und aus der Wohnung schleifen zu wollen. Elsas Gesichtsausdruck wechselte von erschrocken zu ängstlich, während es in ihrem Kopf zu arbeiten schien.

»Was war das denn? Emma, das war doch keine normale Reaktion! Du bleibst heute auf keinen Fall hier. Komm mit, du schläfst heute bei mir.«, flüsterte sie mir eindringlich zu. Bei dem Gedanken, jetzt mit Elsa und Timothy die Wohnung zu verlassen, wurde ich ganz unruhig. Ich konnte nicht gehen. Erstens würde Phil anschließend erstrecht denken, dass da etwas zwischen Timothy und mir lief, und zweitens war es mir wichtig, die Sache mit ihm zu klären. Ich konnte seine jetzige Stimmung überhaupt nicht einschätzen und musste unbedingt herausfinden, was in ihn gefahren war.

»Ich glaube, ich bleibe besser hier. Wenn ich jetzt gehe, bestätigt das doch nur seinen Eindruck.«

»Bist du dir sicher? Seine Reaktion war doch völlig übertrieben. Er hatte sich überhaupt nicht unter Kontrolle. Du hast seinen Blick nicht gesehen, da war purer Hass!«

»Es wird mir nichts tun, aber ich werde jetzt erstmal mit ihm reden müssen.«

Elsa wirkte nicht überzeugt. »Du kannst mich jederzeit anrufen, wenn etwas ist. Ich stelle den Stummmodus an meinem Handy aus. Bitte versprich mir, dass du dich meldest.«

Ich sicherte ihr zu, mich im Notfall zu melden und verabschiedete mich von den beiden. Timothy warf mir noch einen letzten missbilligenden Blick zu und mir wurde übel. Enttäuschung lag in seinem Blick und mir entging nicht, dass er kein Wort mehr gesagt hatte. War es falsch, dass ich bei Phil bleiben wollte, um die Situation zu klären? Bekamen sie wieder das Gefühl, vernachlässigt worden zu sein, weil ich mich für ihn entschied?

Nachdem meine Freunde gegangen waren, schloss ich hinter ihnen die Wohnungstür und lehnte mich mit meinem Rücken dagegen. War das eben wirklich passiert? War Phil tatsächlich nur ausgerastet, weil ich neben – okay – möglicherweise *an* Timothy eingeschlafen war? Wir waren seit Jahren befreundet und das wusste Phil ganz genau. Er hätte mich auch normal wecken und später unter vier Augen zur Rede stellen können. Es war nicht fair, seine Wut an Timothy auszulassen. Auch Elsa hatte sichtlich Angst und wirkte mit der Situation absolut überfordert. Es konnte doch nicht sein, dass meine Freunde Angst vor meinem Partner haben mussten. Was sollte ich nun tun? Ich fühlte mich plötzlich so unwohl, allein mit Phil in dieser Wohnung zu sein. Behielt Elsa recht? Kurz überlegte ich, ihr Angebot anzunehmen und zu ihr zu gehen, doch auch dies fühlte sich nicht richtig an.

Wo war Phil nur hingegangen? Ich lief langsam durch den Flur und sah, dass in seinem Arbeitszimmer Licht brannte. Auf dem Weg dorthin fiel mein Blick auf einen hohen Spiegel, welcher im Flur hing. Bei dem Anblick meines Gesichts erschrak ich. Meine Augen waren weit aufgerissen, gerötet und Tränen standen darin. Ich war bleich wie ein Gespenst. Mein Blick wanderte am Saum meines T-Shirts entlang. An meinem Arm waren große Rötungen zu sehen. Es zeichnete sich deutlich eine große Hand ab und erste Hämatome bildeten sich. Ungläubig fasste ich vorsichtig an meinen Arm und zuckte bei der Berührung sofort zusammen. Nein. Ich konnte jetzt nicht zu ihm gehen. Nicht so. Die Angst, ihm gegenüberzutreten, war zu groß. Ob er sich schon beruhigt hatte? Was, wenn nicht? In meinem Kopf ratterte es. Ich lief in das Wohnzimmer und räumte hastig die Kissen und Decken zusammen, damit sie ihn nicht mehr an die vorherige Situation erinnerten, aber auch ich wollte daran nicht mehr erinnert werden. Plötzlich stellten sich meine Nackenhaare auf und ich spürte Phils Präsenz hinter mir. Langsam drehte ich mich um und blickte in sein ausdrucksloses Gesicht.

»Du weißt, dass ich Decken und Kissen auf der Couch nicht ausstehen kann.«

Vollkommen perplex von seiner Aussage wusste ich nicht, wie ich reagieren sollte. Da mich seine Dreistigkeit enttäuschte, setzte ich einen kühlen Gesichtsausdruck auf. Er sollte nicht denken, dass ich bei allem was ihm nicht gefiel, einlenken würde.

»Ich weiß, deshalb bewahre ich sie schließlich auch in meinem Ankleidezimmer auf.« Ich konnte meine Gefühlte nicht richtig einordnen, doch bei seinem Blick wurde mit klar, welches Gefühl dominierte. Angst. Ich bekam Angst vor meinem eigenen Freund.

Prüfend schaute Phil mich an und sein Blick fiel auf meinen rechten Arm. Als sich seine Augen weiteten, kam er mit schnellen Schritten auf mich zu. Erschrocken von seiner plötzlichen Bewegung, zuckte ich zurück und sog scharf die Luft ein. Scham und Mitgefühl standen ihm ins Gesicht geschrieben. Er streckte seine Hand aus und berührte behutsam meinen Arm. Mit beiden Händen zog er langsam den Saum meines T-Shirts nach oben.

»Emma… Ich…Ich weiß nicht, was ich sagen soll.« Er schien ehrlich betroffen zu sein. Offensichtlich war ihm am

Abend nicht bewusst gewesen, wie stark er mich am Arm packte.

Schwankend zwischen dem Gefühl der Leere, Angst und teilweise sogar Verständnis, wusste ich nicht, was ich sagen sollte. Phil verließ wortlos das Wohnzimmer und kam mit einem Kühlkissen und einer Schmerzsalbe zurück. Er drückte mich vorsichtig zurück auf die Couch und schob den Saum erneut hoch. Langsam verteilte er etwas von der Creme auf meinem Arm und legte anschließend das Kühlkissen darauf, welches er zuvor in ein Geschirrtuch eingewickelt hatte.

»Emma…wirklich. Es tut mir leid, ich wollte dich nicht verletzen. Ich war so wütend auf ihn. Immer schleicht er in deiner Nähe herum. Er hat den Moment ausgenutzt. Ich hätte meine Wut aber nicht an dir auslassen dürfen. Bitte verzeih mir.« Sein flehender Blick ruhte auf mir, doch ich konnte seiner Bitte nicht nachkommen. Wie sollte ich ihm einfach verzeihen? Daher wandte ich nur den Blick ab und schloss die Augen. Ich konnte ihn nicht ansehen. Ich hatte keine Ahnung, wie ich reagieren sollte, denn ich stand zwischen den Stühlen. Wenn ich Timothy jetzt in Schutz nehmen würde, würde es noch mehr Streit geben. Doch war es richtig, zu schweigen? Phil zog mich sanft in seine Arme und war darauf bedacht, meinen rechten Arm nicht zu berühren. Seine Nähe fühlte sich falsch an. In mir spürte ich eine sich ausbreitende Kälte. Bisher fühlte ich mich in seinen Armen immer sicher und geborgen, doch nun merkte ich, dass ich seine Zuneigung nicht annehmen konnte – sie prallte förmlich an mir ab.

»Komm, ich lasse dir ein Bad ein.« Er erhob sich und hielt

mir die Hand entgegen, Da ich nicht wusste was ich sonst machen sollte, ergriff ich sie.

Emma

Am nächsten Tag wartete Elsa bereits mit zwei Becher Cappuccino vor dem Hauseingang. Sie schaute verstohlen hinter mich, bevor sie mir einen Becher entgegenstreckte und wir zur Universität liefen.

»Und?«

»Ach Elsa. Ich weiß auch nicht. Phil hat sich bei mir entschuldigt. Er hat das Gefühl, dass Timothy auf mich steht und meint, er hätte nur auf so eine Gelegenheit gewartet.«

Elsa schaute mich mit großen Augen an. »Ernsthaft? Du findest doch auch, dass es Schwachsinn ist, oder? Ich wollte dich gestern Abend noch anrufen, aber ich wusste nicht, wie die Stimmung bei euch ist. Ich wollte die ganze Situation nicht noch verkomplizieren. Er war wirklich *extrem* sauer, so habe ich Phil noch nie erlebt.«

Ich auch nicht. Es war kein Geheimnis, dass er und Timothy in diesem Leben keine besten Freunde mehr werden würden, aber war so eine Reaktion gerechtfertigt? Das verdiente Timothy nicht. *Ich* verdiente es nicht. Mir fiel schon öfter auf, dass es Phil missfiel, wenn mich andere Männer anschauten oder mir Komplimente machten, jedoch wirkte er noch nie so wütend. Und wem gefiel es schon, wenn der Partner von anderen Personen umgarnt wurde? Doch bei Timothy war es keineswegs so, nur Phil schien das nicht begreifen zu können.

»Er war total außer sich. Später hat er sich beruhigt und es schien ihm wirklich leid zu tun.«

»Phil sollte sich aber nicht nur bei dir, sondern vor allem bei Timothy entschuldigen. Das war doch absolut verrückt.

Er hat ihm wirklich Unrecht getan.« Ihr Blick fiel auf meinen rechten Arm und Entsetzen spiegelte sich in ihren Augen wider. Mist. Sie griff nach meinem Arm und zog die Bluse hoch. »Ist das von gestern Abend?! Emma, das geht wirklich gar nicht! Wer weiß, wozu er noch in der Lage ist. Ist es das erste Mal gewesen, dass er dich auf diese Art angefasst hat?«

Schnell schob ich meine Bluse wieder herunter. Ich wählte am Morgen extra eine blickdichte Bluse mit möglichst langen Ärmeln, um die Male seiner Hand zu verbergen. Hat wohl nicht sonderlich gut geklappt.

»Ja, es ist von gestern Abend. Als er meinen Arm gesehen hat, hat er ihn sofort versorgt und gekühlt… Und nein, so hat er mich vorher noch nie angefasst.«

Phil konnte zwar im Bett auch mal etwas fordernder und gröber werden, aber er verletzte mich nie.

»Weil es ihm leidtat oder weil er seine Spuren verwischen wollte?« Elsa zog eine Augenbraue hoch. Ehrlich gesagt, stellte ich mir am Abend zuvor dieselbe Frage, bevor ich in einen unruhigen Schlaf fiel.

»Ich weiß es nicht. Ich habe keine Ahnung, wie ich jetzt mit ihm umgehen soll… Ich kann doch nicht so tun, als sei nichts gewesen.« Ich hörte selbst, wie kleinlaut und unschlüssig das klang.

»Du weißt, dass du jederzeit dort ausziehen und zu mir kommen kannst, oder? Sei bitte ehrlich zu mir. Ist so etwas denn wirklich noch nie passiert?« Elsa schien mir nicht zu glauben.

»Nein, wirklich nicht. Natürlich streiten wir uns hin und wieder ein bisschen, er hat Schwierigkeiten, Kompromisse einzugehen. Dann kommt er aber wieder mit seiner charmanten Art um die Ecke und gibt mir ein gutes Gefühl. Aber es ist doch auch normal, dass man sich hin und wieder uneinig ist… Meinst du, da steckt mehr hinter seinem Verhalten?«

»Hm… Streit kommt in jeder Beziehung vor und sorgt für heißen Versöhnungssex.« Elsa grinste. »Aber ein Streit sollte dabei nicht handgreiflich werden. Hast du denn gestern keine Angst vor ihm gehabt?«

Das war die entscheidende Frage.

»Er hat sich das erste Mal so gezeigt und ich kenne ihn nun schon seit über zwei Jahren. Vielleicht ist er auch einfach angespannt gewesen. Momentan hat er viel Stress durch die Arbeit.«, wich ich ihrer Frage aus.

»Ich mag Phil, das weißt du. Anspannung oder Stress bei der Arbeit sind aber kein Grund, dir wehzutun. Dann muss er sich eben ein Hobby suchen, bei welchem er sich abreagieren kann. Boxen vielleicht.« Achselzuckend blickte sie wieder auf den Weg vor uns.

Schweigend betraten wir den Campus unserer Universität und ich machte mir Gedanken darüber, ob gestern tatsächlich eine Ausnahmesituation gewesen war. Den ganzen Tag über konnte ich mich nicht auf die Vorlesungen konzentrieren. Das Gedankenkreisen konnte ich einfach nicht abschalten, außerdem schmerzte mein Arm von Stunde zu Stunde mehr. Und wie sollte ich nun Timothy gegenübertreten? Ich würde meinen Freund niemals meiden, nur weil der Mann an meiner Seite ein Problem mit ihm hatte. Meine Freunde waren zuvor da gewesen und würden auch hoffentlich für immer bleiben. Das musste ich auch Phil nochmals erklären. Er hatte aufgrund seines zeitintensiven Jobs kaum Freunde, daher kannte er es nicht. Vielleicht war ihm einfach noch nicht bewusst, wie wichtig mir meine waren. Vor lauter schlechtem Gewissen zog ich vorsichtig mein Handy hervor und tippte, in der Hoffnung, dass die Professorin nichts mitbekam, eine kurze Nachricht an Timothy.

Alles okay bei dir? Es tut mir leid, wie der Abend gestern endete.

Die Antwort kam augenblicklich.

Dir braucht gar nichts leidtun, schließlich hast du nichts falsch gemacht. Bei mir ist alles okay. Geht es dir gut?

Nein. Ich weiß nicht, wie ich mit der Situation umgehen soll. Er hat sich am Abend bei mir entschuldigt.

Hast du seine Entschuldigung angenommen? Emma, er hat gestern die Kontrolle verloren. So etwas sollte in einer Beziehung nicht vorkommen, wenn man sich liebt. Was soll denn beim nächsten Mal passieren, wenn er wütend wird? Soll er dir den Arm brechen, oder was?

Dasselbe hatte mich auch Elsa gefragt. Sollte ich Angst vor ihm haben? Sah so wahre Liebe aus? Sicher nicht. Dass seine Reaktion nicht normal war, war mir bewusst. Was, wenn es aber nur ein Ausrutscher gewesen war? Schließlich zeigte er noch nie eine so extreme Reaktion. Ich lernte Phil als großzügigen, charmanten Mann kennen, der mich auf Händen trug. Niemals hätte ich ihm so ein Verhalten zugetraut. Die Erkenntnis erschreckte mich. Ich hätte es ihm nie zugetraut. Würde er noch mehr Seiten von sich zeigen, welche ich ihm nicht zutrauen würde?

Mein Handy vibrierte in meinen Händen und ich zuckte erschrocken zusammen.

???

Schnell tippte ich ihm eine Antwort.

Ich bin...vorsichtig. Keine Ahnung, wie ich mit der Situation umgehen soll. Es tut mir leid, dass ich dich nicht in Schutz genommen habe. Ich hatte Angst, dass es eskaliert. Verstehst du, was ich meine?

Du solltest keine Angst vor deinem Partner haben müssen. Ich habe schon so oft gesagt, dass etwas nicht mit ihm stimmt und das Verhalten gestern hat es bewiesen. Das Verhalten war nicht normal.

Ich weiß. Ich werde mit ihm reden müssen.

Allein?

Es ist wohl keine so gute Idee, wenn du dabei bist.

Vermutlich würde Phil bei Timothys Anblick vom Glauben abfallen. Und ja, ich sollte keine Angst vor meinem Partner haben. Trotzdem schreckte mich die Vorstellung ab, ihm gegenüberzutreten.

Schon klar, was ist mit Elsa?

Nein, da wird er nicht offen mit mir reden und ich würde mir dabei komisch vorkommen... Ich werde mit ihm allein reden.

Dann treffe dich mit ihm an einem neutralen Ort in der Öffentlichkeit und schaue, wie er reagiert. Bei mir ist immer ein Platz für dich, wenn du aus seiner Wohnung raus musst oder ein paar Tage Abstand brauchst. Wenn es sein muss, ertrage ich sogar deine Kochkünste.

Ich schmunzelte und war dankbar, dass Timothy wegen der gestrigen Situation nicht nachtragend war. Die Idee mit einem Treffen in der Öffentlichkeit war gar nicht schlecht. Ich schrieb Phil ebenfalls eine Nachricht und schlug ihm vor, uns heute Abend zum Essen in seinem Lieblingsrestaurant zu treffen. Eine Stunde später kam die Antwort.

Das ist eine tolle Idee, Honey. Ich hole dich um 18 Uhr bei uns zu Hause ab. Ich liebe dich.

Die Vorstellung, von ihm abgeholt zu werden, behagte mir nicht. Außerdem ging er überhaupt nicht auf den gestrigen Abend ein. Tat er so, als sei nichts passiert? Übertrieb ich vielleicht auch mit meiner Reaktion? Schnell tippte ich ihm eine Antwort.

Ich habe noch ein paar Erledigungen zu machen und warte direkt am Restaurant auf dich. Bis heute Abend X

Stolz darauf, standhaft geblieben zu sein, steckte ich mein Telefon zurück in die Tasche. Auf seine Liebeserklärung konnte ich nicht antworten. Es kam mir vor, als würde ich beim Erwidern seiner Worte lügen. Es fühlte sich einfach unwirklich an. Ich holte mein Handy nochmals aus der Tasche und ließ seine Nachricht auf mich wirken. Kein *Wie geht es dir? Schmerzt dein Arm?* Oder *Entschuldigung*. War ihm überhaupt bewusst, was der gestrige Abend in mir ausgelöst hatte?

Nach der Uni konnte ich mir nicht vorstellen, zurück zu Phils Wohnung zu gehen. Die Vorstellung, mich dort aufzuhalten und abzuwarten bis wir Essen gehen würden, machte mich unruhig. Natürlich fiel auch mir auf, dass ic die Wohnung nicht als *unsere* Wohnung bezeichnete und ja, wenn ich dort allein war, fühlte ich mich manchmal fremd. Mir fehlten einfach persönliche oder gemütliche Gegenstände, die nicht zwingend mit der cleanen Einrichtung zusammenpassten. Gegenstände, die mich widerspiegelten und nicht nur Phil. Hätte ich mich hier mehr durchsetzen müssen? Allgemein traf Phil die meisten Entscheidungen, obwohl wir zusammenlebten. Dies lag aber auch daran, dass es nun mal *seine* Wohnung war und er keine monatliche finanzielle Unterstützung von mir akzeptierte. Daher fiel es mir auch schwer, Ansprüche bezüglich der Einrichtung zu stellen. Klar, er verdiente deutlich mehr Geld, die Wohnung war bezahlt und ich hielt mich durch meinen Nebenjob über Wasser, aber Gleichberechtigung – so gut wie es eben möglich war – war mir trotzdem wichtig. Doch wenn ich so darüber nachdachte, war bei uns gar nichts gleichberechtigt.

In Gedanken vertieft schlenderte ich durch Berlin und fand mich in einer abgelegenen Seitengasse wieder. Oh man. Mein Orientierungssinn war wirklich nicht der beste. Ich schaute mich um. Auf der gegenüberliegenden Seite sah ich einen Weg, der zu einer Grünfläche zu führen schien. Fest entschlossen steuerte ich auf diesen zu. Zugegeben, meine Universität lag in Berlin-Mitte und hier hielt ich mich im Gegensatz zu Elsa nur selten auf. Ich folgte dem Weg, der zunächst aus gepflasterten Steinen bestand und nach ein paar Metern in einen Kiesweg überging. Es handelte sich nur um einen kleinen Park, mit einem Teich in der Mitte. Auf dem Teich schwammen ein paar Enten, wobei es deutlich mehr weibliche Enten gab. Weshalb gab es immer mehr weibliche als männliche Enten? Weiter hinten auf dem See konnte ich eine graue Säule entdecken. Vermutlich ein Springbrunnen, welcher offensichtlich defekt war.

Die Frühlingssonne kitzelte mein Gesicht und ich sah eine Holzbank, welche am Rand des Weges stand. Ich lief auf sie zu, nahm Platz, und mit dem Blick auf dem See ließ meinen Gedanken freien Lauf. Wie sollte ich das Gespräch mit Phil beginnen? Wäre es besser, das Thema direkt anzusprechen? Ich kam zu dem Entschluss, zunächst seine Stimmung abzuwarten. Dass ich aber mit ihm darüber reden musste, war klar. Ich erkannte Phil am gestrigen Abend nicht wieder und ja, ich war noch immer geschockt. Genauso wie ich Angst davor hatte, ihn heute Abend zu treffen. Ich konnte seine Reaktion überhaupt nicht einschätzen. Phil kannte ich nur als liebevollen Mann, welcher höchstens gestresst durch die Arbeit war. In solchen Zeiten versuchte ich ihn abzulenken, etwas zu kochen, den Nacken zu massieren, oder backte eine kleine Überraschung. Er schien meine Aufmunterungsversuche bisher immer zu schätzen und meistens liebten wir uns anschließend. Ich sah es als meine Aufgabe, meinem Partner den Rücken freizuhalten und ihn in allen Lebenslagen zu unterstützen. Vielleicht war meine Einstellung etwas altmodisch, doch mir gefiel dies Vorstellung.

Ich liebte Phil und daran änderte sich nichts. Umso mehr wurde mir bewusst, dass wir eine Lösung finden mussten und definitiv *musste* er sich bei Timothy entschuldigen. Es war für mich schwer bildlich vorstellbar, wie Phil ihm die Hand reichte, aber eine andere Option gab es nicht.

Ich blickte auf die Uhr und die Gegenwart holte mich ein. Es war schon siebzehn Uhr und ich sollte in Phils Wohnung, um meine Unterlagen von der Uni abzulegen und mich umzuziehen. Es war ein merkwürdiges Gefühl, wieder Richtung Straßenbahn zu laufen, um zu seiner Wohnung zu fahren. Es fühlte sich nicht mehr wie ein Zuhause an. Doch hatte es sich denn je so angefühlt? Als ich die Wohnung betrat, überkam mich ein Schauer. Reagierte ich vielleicht über? Mein Blick fiel sofort auf die Couch.

Nein, ich reagierte nicht über. Zwar änderte sich an der Einrichtung nichts, dafür aber an meinem Wohlbefinden.

Emma

Angespannt suchte ich ein passendes Kleid für unser Abendessen aus und rief mir anschließend aus Zeitnot ein Taxi. Ich ließ das Taxi eine Straße vor dem Restaurant halten, damit Phil es nicht sah. Wenn er das Taxi gesehen hätte, wäre er sicherlich beleidigt gewesen. In seinen Augen sollte ich mein Geld nicht für ein absolut überteuertes Taxi ausgeben und mich stattdessen von ihm fahren lassen.

Schon aus einigen Metern Entfernung erkannte ich Phil. Er stand vor dem Restaurant und trug einen Anzug. Scheinbar kam er direkt von der Kanzlei. Sein Jackett war offen und das weiße Hemd lang körperbetont an seinem Oberkörper. In seinen Händen hielt Phil einen großen Blumenstrauß, welcher aus weißen Lilien bestand. Er wusste, dass Gerbera meine Lieblingsblumen waren, doch vermutlich hielt er Lilien für angemessener.

Als ich auf ihn zulief, fiel sein warmer Blick auf mich und er kam mir mit wenigen großen Schritten entgegengelaufen. Wie selbstverständlich nahm er mich in den Arm, um mir einen Kuss auf die Wange zu geben. Sofort verkrampfte sich mein Körper. Er schien es zu spüren und ließ mich los. In seinen Augen konnte ich sehen, wie sehr ihn meine Reaktion verletzte.

»Es ist schön, dass du dich gemeldet hast. Du siehst wunderschön aus.«

Statt zu antworten nickte nur und lächelte ihn vorsichtig an. Ich wollte ihm nicht das Gefühl geben, dass wieder alles in Ordnung war, nur weil ich um ein Treffen bat.

»Die Blumen sind für dich. Emma, es tut mir wirklich

leid. Mein Verhalten war…« Phil verzog das Gesicht. »Es war nicht in Ordnung und dafür gibt es auch keine Entschuldigung. So etwas hätte nicht passieren dürfen. Ich wollte dich nicht verletzen oder dir Angst einjagen. Ich kann nur hoffen, dass du mir noch eine Chance gibst.«

»Phil, ich… So habe ich dich noch nie erlebt.« Mutlos ließ ich meine Arme sinken. Ich wusste nicht, was ich noch dazu sagen sollte.

»Ich weiß.« Er schloss mich abermals in seine Arme und dieses Mal ließ ich es zu. Als wollte er mich für immer festhalten, wurde sein Griff fester.

»Komm, lass uns zu Abend essen.« Phil löste seine Umarmung und ergriff meine Hand. Abwartend schaute er mich an und ich folgte ihm.

Während des Abendessens fiel die Anspannung von mir ab, doch die Frage, wie es weitergehen sollte, blieb. Ich hatte Angst anzusprechen, dass eine Entschuldigung bei Timothy ebenfalls notwendig war. Die Sorge, dass seine Stimmung wieder kippen würde, war zu groß.

Phil schien sich darum keine Gedanken zu machen und erzählte von seinem Arbeitsalltag: Welche neuen Mandanten er angenommen hatte und dass ein großer Fall in Aussicht stand, welchen er unbedingt gewinnen wollte. Phil war ein sehr ehrgeiziger Mensch und vor allem die langwierigen, komplizierten Fälle, spornten ihn an.

»Zu Hause wartet noch eine Überraschung auf dich«, endete Phil seinen Monolog. Eine Überraschung? Irritiert schaute ich ihn an. Kurz vor dem Abendessen war ich noch in seiner Wohnung gewesen, dort fiel mir nichts auf.

»Was denn für eine Überraschung?«

»Der Begriff Überraschung impliziert, dass du nichts Genaueres darüber weißt.« Er lächelte mich an und ich entspannte mich vollkommen. Er schien wirklich ein schlechtes Gewissen zu haben.

Nachdem Phil unsere Rechnung beglich, ließ er sein Auto vorfahren und er fuhr uns zu seiner Wohnung. Er schloss die Tür auf und signalisierte mir mit seiner Handbewegung, vor ihm einzutreten. Gespannt lief ich in den Flur. Erneut fiel mein Blick automatisch nach links in das offen gestaltete Wohnzimmer, und ich erstarrte.

Die Couch war weg. Statt der beigen Ledercouch stand jetzt eine dunkelbraune, breite Couch im Wohnzimmer, welche mit beigen Kissen und einer gemütlich aussehenden Decke bestückt war. Ließ er die Couch während des Abendessens austauschen, oder war bereits jemand hier, während ich mich umkleidete? Ein mulmiges Gefühl breitete sich in mir aus.

»Gefällt sie dir?« Phil trat hinter mich und zog mich in eine Umarmung.

»Die Couch sieht schön aus, aber wieso hast du eine neue Couch gekauft?« Ich drehte mich in seiner Umarmung um und sah ihm in die Augen, doch Phil verzog das Gesicht.

»Ich wollte keine Couch in unserem Zuhause haben, auf welcher du mit *ihm* gekuschelt hast. Außerdem magst du es doch, wenn es etwas gemütlicher ist. Jetzt können wir zwei hier gemeinsame Filmabende planen oder du kannst Elsa dazu einladen.«

Meine Gedanken rasten. Die Couch, auf welcher ich *mit ihm gekuschelt* hatte? Filmabend mit Phil oder Elsa?

»Phil.« Überfordert versuchte ich, meine Gedanken zu

sortieren.

»Ich schätze es sehr, dass du eine gemütlichere Couch gekauft hast, um es für mich wohnlicher zu machen«, begann ich vorsichtig, »aber ich habe nicht mit Timothy gekuschelt. Wir sind eingeschlafen und-«, bei Phils Anblick brach ich mitten im Satz ab. Er schien noch immer eine ganz andere Sichtweise zu haben. War seine Entschuldigung nicht ehrlich gewesen?

»Mach dir doch nichts vor! Ständig lungert er in deiner Gegenwart rum, hier ein Küsschen, da eine Umarmung! Das ist doch nicht normal. Mach die Augen auf, Emma! Er will mehr von dir und das solltest du dir langsam mal eingestehen.« Phils Körper bebte förmlich vor Wut.

»So ist es nicht! Wir kennen uns schon-«

»Ja, ja. Seit Jahren!«, unterbrach mich Phil. »Das kann ich nicht mehr hören! Menschen ändern sich, Emma. Dein toller Timothy möchte dich nur ins Bett bekommen, aber das kann er vergessen. Für dich gibt es nur einen Mann, er muss das endlich akzeptieren und dich in Ruhe lassen! Indem du Kontakt zu ihm pflegst, feuerst du seine Hoffnungen und Gedanken auch noch an.«

Es reichte mir. Ich konnte nicht länger zurückstecken und Phil beipflichten, nur damit es keinen Streit gab. Er musste verstehen, dass er zu weit gegangen war. Wütend funkelte ich ihn an und trat einen Schritt zurück.

»Ich befeuere es doch nicht! Wir *sind* seit Jahren befreundet, einfach nur befreundet! Das wird sich auch zukünftig nicht ändern! Du kannst nicht immer wütend werden, wenn wir uns treffen. Er gehört zu meinem Leben, ist meine Familie! Wenn du mich willst, musst du ihn ebenfalls akzeptieren, es gibt keine andere Option. Und wenn du dir ständig etwas einredest, ist es gefälligst dein Problem, nicht seines!«

Phils Gesicht war wutverzerrt und keine Sekunde später spürte ich einen brennenden Schmerz auf meiner linken Gesichtshälfte. Seine Ohrfeige war so intensiv, dass es in meinem linken Ohr dröhnte. Entsetzt und maßlos enttäuscht schaute ich Phil an, der zu verstehen schien, was eben passiert war. Sofort wurde sein Blick flehend und er streckte seine Arme nach mir aus.

Ich trat einen weiteren Schritt zurück, noch immer zu schockiert, um etwas sagen zu können. Ich konnte seine Berührungen nicht ertragen. Wie gelähmt blieb ich stehen und konnte ihr nur anstarren, meine Hand auf die linke Wange gedrückt.

»Emma, bitte... Es tut mir leid! Ich wollte dir nicht weh tun!«

Ich hörte seine Worte nur gedämpft, da der Schmerz allumfassend war. Er wollte mir nicht wehtun? Dies hatte nichts mehr mit einem Ausrutscher zu tun. Der Schlag war pure Absicht gewesen. Pure Gewalt. Ich konnte seinen flehenden Blick nicht länger ertragen, daher wandte ich den Blick ab und lief aus dem Raum.

»Emma! Warte! Lass es mich erklären! Ich möchte dich doch nicht verlieren!« Von hinten fasste er nach meiner Hand und ich fuhr ruckartig herum.

»Lass mich los!«, schrie ich ihn panisch und voller Angst an. Über seinen Blick huschte ein überraschter Ausdruck, doch er hielt meine Hand weiterhin fest umklammert. Ich sammelte all meine Kraft und entriss ihm meine Hand mit solch einer Kraft, dass ich selbst einen Schritt nach hinten taumelte.

»Du hast kein Recht mehr, mich anzufassen!« Ich drückte mich an ihm vorbei, während er mir perplex nachschaute, und rannte aus der Wohnung. Nachbarn standen vor ihrer Haustür und starren mich entsetzt an, doch es war mir egal. Ich wollte nur noch weg. Weg von dieser Wohnung, weg aus dieser Situation, weg von Phil. Nach einigen Metern griff ich nach meinem Handy. Um die Nummer zu wählen brauchte mehrere Anläufe, da es mir immer wieder aus der schweißnassen Hand rutschte. Timothy meldete sich fast sofort

»Ja?«

»Timothy? Ich brauche dich.«

Emma

»Was ist passiert?! Wo bist du?« Timothy klang alarmiert, doch ich war so durcheinander, dass ich nur schluchzen konnte.

»Emma!«

Erschrocken hielt ich inne und erkannte, dass ich ihm Antworten musste. Weinen brachte mir jetzt nichts, ich musste mich zusammenreißen.

»Ich bin weggelaufen. Von Phil... Ich... Ich bin-« Ich blickte mich um. »Ich bin bei der alten Post in der kleinen Seitengasse. Weißt du, welche ich meine?«

»Warte dort, ich bin gleich bei dir.«

Im Hintergrund hörte ich bereits, wie er seine Schlüssel schnappte und die Wohnungstür ins Schloss fiel. Ich blickte mich hektisch um und bekam plötzlich Angst, dass Phil mir hinterhergelaufen sein könnte. Ich traute mich nicht, von der Seitenstraße auf die Hauptstraße zu blicken, daher drückte ich mich mit meinem Rücken an die Wand. Was, wenn er Timothy sah? Würde er wieder zuschlagen?

Die Erkenntnis traf mich wie ein Blitz. Er hatte mich geschlagen. Er hielt mich nicht mit zu viel Druck fest, traf abfällige Aussagen oder beleidigte meine Freunde – er hatte mich tatsächlich geschlagen. Automatisch fuhr ich mit meiner Hand über meine linke Wange. Sie fühlte sich heiß an und schmerzte, es schien jedoch nichts gebrochen oder aufgeplatzt zu sein. Ungläubig stand ich in der dunklen Gasse und hoffte, dass Timothy schnellstmöglich zu mir kam.

Es fühlte sich wie Stunden an, als Timothy an der Gasse vorbeirannte, mich währenddessen mit einem Blick streifte, abrupt stehen blieb und zu mir kam. Er stellte keine Fragen, sondern drückte mich einfach nur an sich. In diesem Moment fiel alles von mir ab und ich begann, ungehemmt zu weinen.

»Schh. Es ist okay, du ist ja nicht allein.« Langsam begann er, meinen Rücken zu streicheln und schob mich leicht von sich. Sein prüfender Blick wanderte über mein Gesicht und seine Miene versteinerte. Er ließ seinen Blick über meinen Körper entlangstreifen und schien nach weiteren Verletzungen zu suchen. Als er sprach, klang seine Stimme hart und kontrolliert.

»Ist er noch in der Wohnung?«

»Ich weiß es nicht.«, sagte ich und schaute beschämt auf den Boden. Wie konnte ich nur in so eine Situation geraten? Wie konnte ich es nur zulassen, dass mich ein Mann auf diese Art und Weise berührte?

»Wäre es okay, nochmal mit mir dorthin zu gehen?«

Ich riss erschrocken die Augen auf und sämtliche Auseinandersetzungen liefen wie ein nichtendender Film vor meinen Augen ab. Bei der Vorstellung, dass Timothy und Phil aufeinandertrafen, wurde mir übel. Ich schüttelte entsetzt den Kopf.

»Okay. Dann fahren wir jetzt zu Elsa und werden morgen zurück in die Wohnung gehen, um deine Sachen zu holen. Er wird doch morgen zur Arbeit gehen, oder?«

Ich überlegte, welcher Tag heute war. Phil erzählte mir beim Abendessen, wie sein Arbeitsplan für morgen aussah. Da auch sehr wichtige Termine anstanden, würde er diese nicht verpassen wollen.

»Ich denke schon.«

Elsa wusste schon Bescheid, da Timothy sie scheinbar auf dem Weg zu mir anrief. Sie wohnte in einer Wohngemeinschaft, weshalb ich in ihrem Zimmer auf dem Bett saß. Timothy lief unruhig hin und her und murmelte grimmig irgendetwas vor sich hin, während Elsa mir ein Kühlkissen holte und es in ein Geschirrtuch wickelte, damit ich mein Gesicht kühlen konnte.

»Du musst zur Polizei gehen. Das ist häusliche Gewalt!« Elsas Angewohnheit, zum Einschlafen immer *Medical Detectives* zu schauen, machte sich nun bemerkbar.

»Timothy! Hör endlich auf, hin und her zu laufen. Mir wird ja schon ganz schlecht.«

Er blieb stehen und fixierte Elsa mit seinem Blick, bevor er wieder erneut zu laufen begann. Ich hatte aufgehört zu weinen und allein der Schock, sowie die schmerzende Wange, blieben zurück. Phil versuchte bereits mehrfach, mich anzurufen und bombardierte mich auf meinem Handy mit Nachrichten.

Bitte, Emma, rufe mich zurück.

Gehe doch bitte an dein Handy!

Emma, es tut mir so leid! So etwas wird nie mehr passieren

Komm nach Hause.

Emma, du fehlst mir. Komm nach Hause und wir klären alles.

WO bist du? Bist du etwa bei ihm?

Bitte komm nach Hause.

Es tut mir so leid, ich habe die Kontrolle verloren.

Bitte, Emma, verstehe mich.

Mir wurde schlecht. *Bitte, Emma, verstehe mich*?! Ich änderte meine Einstellungen in er App, sodass er nicht mehr sehen konnte, wann ich online war und ob ich seine Nachrichten schon gelesen hatte. Auch bei Elsa und Timothy versuchte er anzurufen. Timothy war kurz davor, das Gespräch anzunehmen, aber Elsa schlug ihm geschickt das Handy aus der Hand, was ihr einen bösen Blick von ihm einbrachte.

»Und jetzt? Gehst du wieder zurück zu ihm?« Timothy war noch immer sehr angespannt und schaute mich vorwurfsvoll an.

»Geht's noch?«, warf Elsa ein. »Natürlich geht sie nicht zurück zu ihm! Du gehst doch nicht zurück zu ihm, oder? Wenn du irgendwo hingehen möchtest, dann doch hoffentlich zur Polizei.« Elsa drückte meine Hand.

»Ganz sicher gehe ich nicht zurück zu ihm. Wie kann sich ein Mensch in nur so kurzer Zeit so sehr verändern? Ich habe ihn nicht mehr wiedererkannt.«

»Vermutlich hat er sich nicht verändert, sondern schlichtweg sein wahres Gesicht gezeigt. Ständig hat er versucht, dich zu manipulieren und von uns fernzuhalten. Elsa hat recht. Du solltest zur Polizei gehen. Damit darf er doch nicht durchkommen.« Timothy blieb endlich stehen und setzte sich zu uns auf das Bett. Er tauschte einen langen Blick mit Elsa aus.

»Du bleibst jetzt erst mal bei mir. Morgen-«, Elsa blickte auf ihre Uhr, »beziehungsweise heute - schwänzen wir die

Uni und schauen, wie es dir geht. Du musst nicht zur Wohnung gehen, um deine Sachen zu holen. Das erledigen wir.«

Bei dem Gedanken, dass die beiden allein zu Phil fahren und er dort eventuell warten würde – nein.

»Ich komme auf jeden Fall mit. Habe ich euch überhaupt erzählt, dass er ein neues Sofa gekauft hat?«

»Ein neues Sofa?«, fragte Elsa und runzelte die Stirn.

»Ja. Damit er nicht daran erinnert wird, dass Timothy und ich gemeinsam darauf gelegen sind.«

»Das ist doch krank.«, warf Timothy ein und Elsa nickte zustimmend.

»Sonst war er wirklich nie aggressiv oder gewalttätig dir gegenüber? Ich kann mir nicht vorstellen, dass er das über zwei Jahre lang verbergen konnte. Ich meine, klar, die beiden haben sich nie super verstanden, aber diese Reaktion?« Elsa blickte fragend in die Runde.

»Phil ist schon immer dominant gewesen, aber das hat mir eigentlich an ihm gefallen. Es hat nie den Anschein gemacht, dass er ein Problem mit Aggressivität haben könnte. Im Gegenteil, er war immer respektvoll mir gegenüber.«

»Pf.«, gab Timothy von sich. »Von Anfang an habe ich gesagt, dass irgendwas nicht mit ihm stimmt. Ich hätte es verhindern müssen.«

Ich verdrehte die Augen und zog eine Schnute, wodurch ein Stich durch meine linke Gesichtshälfte zuckte.

»So ein Mist.«, murmelte ich. »Ich muss mir erst meine Gedanken darüber machen, ob ich zur Polizei gehe. Im Moment kann ich es mir nicht vorstellen. In einem Moment habe ich eine normale Beziehung und im nächsten Moment bin ich von meinem Freund geschlagen worden. Das muss ich erstmal irgendwie verstehen. Eine Anzeige würde ihm auch beruflich Probleme bereiten.«

»Eine liebevolle Beziehung?«, fragte Elsa vorsichtig und zog eine Augenbraue hoch. »Bist du dir da sicher? Ich hatte das Gefühl, dass viel nach seinem Willen geschah und deine Meinung nicht richtig zählte.«

Elsa sprach aus, was ich mir insgeheim ebenfalls schon dachte. Natürlich war mir bewusst, dass ich häufig nachgab. Dies lag aber nicht unbedingt immer daran, ihm alles recht machen zu wollen, sondern an meinem schlechten Gewissen. Er gab so viel Geld für mich aus und finanzierte praktisch auch mein Leben ab dem Zeitpunkt des Einzugs. Ich wollte nicht unverschämt sein und dann noch Ansprüche stellen. Es kam mir nicht richtig vor. Also blieb ich lieber still und akzeptierte seine Vorstellungen.

»Ich gebe zu, dass ich mich mehr hätte durchsetzen können. Aber meint ihr, dadurch wäre die jetzige Situation nicht entstanden?«

Timothy schüttelte entschieden den Kopf. »Sein Verhalten hätte sich dadurch nicht geändert. Das hat bestimmt schon immer in ihm geschlummert und bisher konnte er es gut verbergen. Es bringt jetzt auch nichts, Zeit mit den Gedanken zu verschwenden, welche Auswirkungen andere Entscheidungen gehabt hätten. Jeder Mensch hat persönliche Charaktereigenschaften und seine sind nun mal scheiße.«

Emma

Am nächsten Morgen streckte sich Elsa neben mir und gähnte ungehalten. Ihre hellblonden Haare nahmen fast das gesamte Bett ein. Das war jedoch nicht schlimm, da ich sowieso kein Auge zu machen konnte. Eines stand für mich fest: Ich wollte Phil nicht wiedersehen. Seinen flehenden Blick und seine Bitten ihm zu verzeihen, konnten mir gestohlen bleiben. Ich gab ihm nach seinem Wutausbruch am Mädelsabend noch eine Chance, doch diese hat er nicht genutzt. Im Gegenteil, er machte alles nur noch schlimmer und was am gestrigen Abend passiert war, war nicht zu verzeihen. Da gab es auch keinen Kompromiss mehr.

Anders sah es für mich mit der Polizei aus. Einerseits verdiente er eine Anzeige, denn so ein Verhalten sollte nicht unbestraft bleiben. Außerdem stellte ich mir die Frage, ob ich die erste Frau war, gegenüber welcher er sich so verhielt. Andererseits würde ich ihm damit beruflich schaden und ging das nicht zu weit? Es war schon fast lachhaft, dass er sich nach seinem Jura-Studium als Strafverteidiger spezialisiert hatte. Vielleicht war er so erfolgreich in seinem Job, weil er sich gut in seine Mandanten hineinversetzen konnte. Grimmig schnaubte ich.

»Ist alles okay? Wie geht es dir heute?« Elsa richtete sich auf und wischte sich ihre Haare aus dem Gesicht.

»Es geht. Ich weiß nicht, ob es eine gute Idee ist, heute zu der Wohnung zu fahren. Phil versuchte die ganze Nacht über, mich anzurufen. Vielleicht ist er doch zu Hause geblieben und wartet darauf, dass ich nach Hause komme.«

»Hm.« Elsa schien zu überlegen. »Meinst du, wir sollten

ein paar Tage abwarten? Kleidung und alles weitere kannst du von mir haben, dein Handy hast du schon. Was ist mit deinem Portemonnaie und den Unterlagen für die Uni? Fühlst du dich überhaupt dazu in der Lage, in den nächsten Tagen an den Vorlesungen teilnehmen?«

»Ich denke schon. Es bringt nichts, mich hier bei dir zu verschanzen und Phil würde niemals an der Universität warten. Seine Angst davor, in der Öffentlichkeit bloßgestellt zu werden, wäre viel zu groß. Allerdings sind meine Unterlagen und vor allem mein Portemonnaie schon wichtig…Keine Ahnung. Wie sieht mein Gesicht aus?«

»Es ist noch leicht gerötet, aber mit meinem super tollen Concealer bekommen wir die Rötungen überdeckt.«

Ich verdrehte die Augen. Elsa und ihr Make-Up. Ich habe noch nie gesehen, dass sie das Haus ohne Make-Up verließ. Selbst, wenn sie den Müll runterbrachte oder kurz zum Bäcker musste – ohne aufwendiges Make-Up undenkbar.

»Okay, du Make-Up-Verrückte. Heute darfst du dich mal an mir austoben. Sollen wir Timothy anrufen und ihm sagen, dass wir lieber morgen zu der Wohnung fahren möchten?«

»Wenn es dir so lieber ist, schreibe ich ihm. Ich glaube, er hat am Vormittag Vorlesung. Was ist mit den Prüfungen? Möchtest du sie auf das nächste Semester verschieben?«

Wir standen kurz vor den Semesterprüfungen und in den folgenden Tagen würden die ersten Prüfungen beginnen. Sicher könnte ich diese verschieben, aber wollte ich die Vorkommnisse der letzten Tage meinen Dozenten schildern? Ich dachte an Professor Klein und die Antwort war ganz klar: Nein.

»Ich möchte meine Prüfungen trotzdem machen. Wegen Phil werde ich mein Studium nicht verschieben oder verlängern. Aber ist es wirklich okay für dich, wenn ich erstmal bei dir bleibe? Timothy hat ebenfalls angeboten, bei ihm ein paar Tage überbrücken zu können.«

Elsa rutschte zu mir rüber und nahm mich fest in den Arm. »Na klar! Die paar Wochen werden für meine Mitbewohnerinnen schon gehen und danach stehen eh die Semesterferien an. Heute werden wir aber nicht an die Uni gehen. Wir sollten, wie geplant, schwänzen und dich auf ein paar andere Gedanken bringen!«

Was *ein paar andere Gedanken* waren, konnte ich mir bei Elsa schon denken. Vermutlich hatten sie etwas mit ausgelassenem Tanzen, Alkohol, Männern oder Shopping zu tun. Vielleicht dachte sie auch an eine Kombination aus Allem. Alles Dinge, auf die ich aktuell keine Lust hatte. Doch ich täuschte mich. Elsa verschwand für eine Stunde und kam mit tütenweiser Schokolade und Chips zurück.

»Mädelstag!!«, rief sie ausgelassen und legte eine Blu-ray ein. Als der Anspann lief, erkannte ich sofort die Titelmusik von *Dirty Dancing*. Oh man, Elsa war einfach die Beste. Ich gab ihr einen Kuss auf die Wange und schnappte mir eine Tüte meiner Lieblingschips. Für heute war das Zählen von Kalorien definitiv verboten.

Emma

Als Elsa und ich zu Phils Wohnung fuhren um meine persönlichen Sachen zu holen, überkam mich eine ungewohnte Nervosität. Ich hatte solche Angst, dass Phil dort warten und uns ansprechen würde, dass ich mich fast übergeben musste. Er versuchte noch immer mehrfach am Tag bei mir oder Elsa anzurufen. Da er nicht wusste, in welchem Wohnheim der Universität Elsa lebte, konnte er uns hier zumindest nicht belästigen. Der Vorfall war nun bereits einige Wochen her und bisher konnte ich es erfolgreich vermeiden, ihm über den Weg zu laufen. Zugegeben – ich verließ auch kaum den Campus und hielt mich eher an Orten auf, an welchen er mit großer Wahrscheinlichkeit nicht zufällig vorbeispazieren würde.

Mein Blick schweifte durch Elsas Zimmer. Überall standen meine Kisten. Trotz eines verhältnismäßig großen Zimmers für eine Studentin, war es für zwei Personen einfach zu klein. Ich las bereits einige Wohnungsanzeigen und kontaktierte die Vermieter, doch eine kleine bezahlbare Wohnung mitten im Semester zu finden, war praktisch unmöglich.

Stöhnend ließ ich mich rückwärts auf das Bett fallen. In meinem Kopf ratterte es. Wie sollte es nun weiter gehen? Ich würde nicht mehr lange bei Elsa wohnen bleiben können. Bei meiner Pflegefamilie brauchte ich mich nicht melden. Mir war bewusst, dass ich für meine Pflegeeltern jeden einzelnen Tag nur als Last empfunden wurde. Das gaben sie mir in den vergangenen Jahren deutlich zu spüren. Sie machten Unterschiede zwischen ihren leiblichen Kindern und mir. Bereits als kleines Kind sagten sie mir, dass ich von meinen biologischen Eltern nicht gewollt gewesen war. Das war nicht gerade das, was ein kleines Kind von seinen Pflegeeltern hören wollte. Niemals würde ich mir die Blöße geben und mich bei ihnen melden. Vermutlich würde ich dann nur noch mehr Vorwürfe an den Kopf geworfen bekommen. Timothy hatte mehr Glück gehabt. Er bekam eine Familie zugewiesen, welche ihn wirklich als Kind annahm und liebte. Ich freute mich für ihn, dass er eine richtige Familie gefunden hatte. Durch die regelmäßigen Treffen – eine Art Selbsthilfegruppe für Pflegefamilien – lernten wir uns kennen und gingen gemeinsam durch Dick und Dünn. Ich weiß nicht, wie ich dies Zeiten meiner Kindheit ohne ihn überstanden hätte. Seine Pflegefamilie versuchte sogar, mich ebenfalls aufzunehmen, doch dies war bürokratisch nicht möglich gewesen. Also passte ich mich an und wartete nur auf den Tag meines achtzehnten Geburtstags, um dort ausziehen zu können.

Nein, es war absolut keine Option, mich bei meinen Pflegeeltern zu melden. Vermutlich würden sie mir sogar die Schuld an dem Ganzen geben. Vielleicht hatte ich ja sogar Schuld. Teilweise zumindest. Ich akzeptierte sein Verhalten und versuchte noch, das Gute in ihm zu sehen, ihn zu entschuldigen. Ich stellte Phil vor meine Freunde. Bei dem Gedanken schossen mir sofort die Tränen in die Augen und ich wusste, dass ich meinen Freunden niemals das zurückgeben konnte, was sie mir jetzt gaben.

»Ich habe mir Gedanken gemacht«, begann Elsa, als wir uns auf den Weg zur Uni machten. »Was hältst du davon, mit mir in den Semesterferien nach Hause zu fahren?«

»Nach Schweden? Boah, Elsa. Ich weiß nicht.« Überrascht blieb ich stehen. Nach Schweden? Darüber hatte ich mir noch nie Gedanken gemacht, da ich als Studentin überhaupt nicht das nötige Geld für Urlaub oder Reisen hatte. Streng genommen hatte ich Berlin noch nie verlassen. Elsa lebte seit ihrem Studium in Deutschland, weil sie einen Neuanfang in einer Großstadt wollte. Raus, aus dem beschaulichen Ort in Südschweden, aus dem sie stammte. Rein ins Neue, Unbekannte. Ich schätzte, sie wollte einfach neue Abenteuer erleben.

»Ja. Die Semesterferien beginnen bald und ich habe geplant, diese komplett bei meiner Familie zu verbringen. Meine Eltern würden sich sicher freuen, dich kennenzulernen. Platz haben wir mehr als genug und du könntest auf andere Gedanken kommen. Zudem kann dir Phil dort nicht über den Weg laufen. Mit dir wird es nicht so öde in der Pampa. Bitte, bitte komm mit! Was meinst du?!«

Hoffnungsvoll schaute sie mich an und drückte dabei fest meine Hände. Ihr Hundeblick bohrte sich in meinen.

Okay, sie hatte recht. Ich würde ohne Elsa die Semesterferien ganz allein verbringen. Timothy flog wie jedes Jahr mit seiner Familie in den Urlaub und würde ebenfalls nicht hierbleiben, geschweige denn erreichbar sein. Sie waren meist irgendwo im Nirgendwo unterwegs und dementsprechend hatte er dort keinen Empfang. Zumindest in den ersten vier Wochen der Ferien, denn normalerweise blieben sie nicht länger fort.

Darüber hatte ich mich noch gar keine Gedanken gemacht. Es kam mir unwirklich vor, dass schon wieder Semesterferien bevorstanden. Wollte ich vier Wochen alleine bleiben? Aber Schweden? Bei Elsas Familie? Schon allein bei dem Gedanken, außer ihr dort niemanden zu kennen, fühlte ich mich unwohl. Meist fiel es mir, im Gegensatz zu meinen Freunden, deutlich schwerer, neue Kontakte zu knüpfen.

»Ist es nicht total kalt in Schweden?« Bei meiner Frage lachte Elsa lauthals los.

»Du würdest überrascht sein, wie warm und wunderschön es dort ist. Ich bin zwar geflüchtet, aber meine Heimat liebe ich trotzdem. Ach Emma, komm schon. Das wird super!« In ihren Augen konnte ich erkennen, wie sie sich die kommenden Wochen bereits im Kopf ausmalte. Bei so viel Euphorie verdrehte ich unwillkürlich die Augen.

»Ich überlege es mir.«, antwortete ich mittlerweile nicht mehr ganz so abgeneigt. Vielleicht würde mir die Abwechslung guttun und während den Ferien war es grundsätzlich schwierig, eine neue Wohnung zu finden. Was hielt mich also auf?

Elsa begann zu jubeln, hüpfte auf und ab und fiel mir anschließend überschwänglich um den Hals.

»Aber du musst definitiv vorab deine Eltern fragen!« sagte ich durch ihre Umarmung hindurch. »Und es war noch kein Ja!«

»Ja, ja. Mach dir da mal keine Gedanken. Sie werden dich lieben!«, tat Elsa meine Bitte ab. »Komm, wir nutzen den Unterricht, um ein paar Pläne zu machen! Oh man, ich muss dir dort einfach so viel zeigen. Hm. Wie wir wohl am besten fahren? Also wir haben die Möglichkeit eine Fähre zu buchen, oder wir fahren die gesamte Strecke über Dänemark mit dem Auto. Eigentlich könnten wir auch fliegen, nur könnten wir dann nicht so viel Gepäck mitnehmen, Übergepäck ist ja *so* teuer geworden…«

Elsa hörte gar nicht mehr auf zu plappern und ich bereute schon fast, ihr halbwegs zugesagt zu haben. Aber sie hatte abermals recht. Ich würde etwas Ablenkung bekommen und vor allem nicht zufällig einer gewissen Person über den Weg laufen. Es war für mich weiterhin unvorstellbar, ihn wiederzusehen. Trotzdem dachte ich viel an ihn. Ich hinterfragte sein Verhalten vor diesen Ausbrüchen. Gab es vorher wirklich keine Anzeichen? Provozierte ich sein Verhalten? Wie wäre es weitergegangen, wenn ich bei ihm geblieben wäre? Und vor allem: Würde er mich nochmal schlagen? Mich überkam eine Gänsehaut.

Doch, es war eine gute Idee, nach Schweden zu gehen.

Emma

Wir waren jeweils mit Koffer, großem Rucksack, Handtasche und mehreren Jacken bepackt, als wir uns langsam Richtung Gate schleppten.

»Hey!«, schrie Timothy, »Wartet! Elsa, du hast noch etwas vergessen!« Er kam eilig auf uns zu gerannt und streckte Elsas pinkes Nackenkissen in die Luft. Wofür sie dieses bei einem anderthalbstündigen Flug brauchte, war mir ein Rätsel. Aber so war sie nun mal – lieber zu viel Gepäck, als zu wenig. Sie nahm ihr Kissen entgegen und bedankte sich überschwänglich. Dabei tat sie fast so, als wäre ihr Nackenkissen überlebensnotwendig. Timothy drückte uns zeitgleich an sich, jede in einem Arm. Da wir bereits etwas spät dran waren, beeilten wir und mit der Verabschiedung. Unser Flug wurde kurzfristig einige Stunden nach vorne verlegt, wodurch wir in Zeitdruck gerieten. Ehrlich gesagt, waren wir ohnehin schon spät dran, was nicht zuletzt an meiner Unpünktlichkeit lag. Nervös nestelte ich an meinem Reißverschluss der Handtasche rum, als wir auf das Boarding warteten.

»Sei nicht so nervös, damit machst du mich noch ganz verrückt.«, sagte Elsa und nahm mir die Handtasche vom Schoß.

»Ich hoffe einfach, dass ich deiner Familie nicht zur Last falle. Was ist, wenn sie mich nicht mögen? Dann sitze ich dort wochenlang mit ihnen fest.« Ich dachte an meine Pflegeeltern, für welche ich auch eine Last gewesen war. Elsa verdrehte die Augen. Sie setzte ihren *Jetzt-Hör-Mir-Mal-Zu-Blick* auf und drehte sich mit ihrem Oberkörper zu mir.

»Jetzt stell dich nicht so an. Sie werden dich lieben. Außerdem hast du noch mich. Das wird der tollste Sommer aller Zeiten, das verspreche ich dir!«

Elsa sprach nie viel über ihre Familie, daher war mein Wissen über sie begrenzt. Ich wusste nur, dass ihre Eltern ihre eigenen Ferienhäuser vermieteten, wobei Elsas Vater vor wenigen Jahren mit einem kleinen Ferienhaus anfing. Scheinbar waren Ferienhäuser in Südschweden sehr beliebt, weshalb er von Zeit zu Zeit ein neues Haus hinzukaufte. Außerdem hatte Elsa einen Bruder, welcher aber scheinbar nicht im Familienunternehmen arbeitete. Sie telefonierten häufig miteinander, doch ich verstand kaum ein Wort von dem, was sie sagte. Schwedisch klang für mich wie eine Mischung auf Holländisch, Englisch und Deutsch.

Es machte mich nervös, ihre gesamte Familie kennenzulernen. Ein Kennenlernen in Etappen würde mir etwas mehr Sicherheit geben. Vielleicht jede Woche eine neue Person? Klang gar nicht so übel. Ich überlegte ernsthaft, ob ich Elsa meine Idee vorschlagen sollte.

Seufzend blickte ich durch die große Glasfront am Gate und beobachtete, wie das Gepäck in das Flugzeug geladen wurde. Ich hoffte einfach, dass ihre Familie genauso sympathisch war, wie sie.

Viel mehr interessierte mich jedoch Ben. Elsa sprach selten über ihn, aber wenn, dann himmelte ihn regelrecht an. Allerdings war ich bis jetzt nicht schlau aus ihrer *Beziehung* geworden. Scheinbar sind sie vor einigen Jahren ein Paar gewesen und entwickelten sich jedoch in unterschiedliche Richtungen. Er wollte in Schweden bleiben, Elsa wollte die Welt entdecken. Als sich ihr die Chance auf ein Studium in

Deutschland bot, zog sie nach Berlin. Welche Welt sie jetzt genau in Berlin entdecken wollte, war mir jedoch weiterhin schleierhaft. Trotzdem pflegten sie über die Jahre einen engen Kontakt, telefonierten häufig über FaceTime oder schrieben sich Nachrichten. In meinen Augen führten sie eine Fernbeziehung. Auch, wenn es Elsa überhaupt nicht so sah. Meine Freundin konnte mir nichts vormachen – ich merkte ihr an, dass ihre Vorfreude auch Ben galt.

Als wir den Flughafen in Växjö anflogen, bekam ich kurzzeitig Panikzustände. Die Landebahn sah viel zu kurz für eine sichere Landung aus. Zugegeben, es war die erste Landebahn, die ich von oben sah. Trotzdem sah sie viel zu klein aus, genauso wie der gesamte Flughafen. Es gab nur eine einzige kleine Halle, in welcher das Gepäck auf dem ebenfalls einzigen Gepäckband transportiert wurde. Da wir den gesamten Prozess beobachten konnten, stellte ich mir die Frage, weshalb wir das Gepäck nicht selbst aus dem Flugzeug räumen und mitnehmen durften. Sicherheitskontrollen gab es nicht, jedoch liefen mehrere missmutig dreinblickende Polizisten mit angeleinten Hunden durch die Halle. Als wenn es hier an diesem Mini-Flughafen Bombendrohungen geben würde. Trotzdem wandte ich den Blick ab, denn die Polizei schienen von Kopf bis Fuß bewaffnet zu sein und ich wollte eine Sicherheitskontrolle unbedingt vermeiden.

Als wir endlich unser Gepäck auf dem Gepäckband ausfindig machen konnten, schnappten wir es uns, bevor es zu spät war und es nochmals eine Runde fuhr. Elsa packte meinen Ärmel und zog mich quer durch die Halle Richtung Ausgang. Ich hatte Mühe, mit ihr schrittzuhalten und stolperte mehr aus der Halle, als dass ich tatsächlich lief. Es stimmte, was Elsa sagte. Es war überhaupt nicht kalt, im Gegenteil. Zwar war es leicht windig, jedoch schätzte ich die Temperatur auf mindestens 28°C. Viel mehr fiel mir jedoch der Geruch auf. Es roch moosig und obwohl es warm war und wir uns direkt am Flughafen befanden, empfand ich die Luft als frisch und sehr angenehm. Als ich den Blick durch die Umgebung schweifen ließ, erklärte sich mir auch, weshalb.

Um den Flughafen herum war *nichts*. Nichts als Wiesen, ein paar Bäume und eine Straße. An dieser stand ein großer Geländewagen und vor ihm ein großgewachsener Mann Mitte fünfzig. Das kurze Haar war an seinen Schläfen bereits leicht grau meliert. Seine warmen blauen Augen richteten sich auf uns und sein Gesicht verzog sich zu einem breiten Lächeln. Es war unbestreitbar, dass es sich bei ihm um Elsas Vater handelte. Auch er war schlank und hochgewachsen, zudem hatte er das gleiche breite Lächeln wie seine Tochter.

Wortlos fiel Elsa ihm um den Hals und er schlang seine Arme um sie. Der Moment war so innig, dass ich mir wie eine Voyeurin vorkam und schnell den Blick abwandte. Sie drückten sich einige Sekunden und anschließend richtete er seinen Blick auf mich.

»Und du musst wohl Emma sein. Herzlich Willkommen in Schweden, ich heiße Björn«

Björn sprach fließendes Deutsch mit einem leichten Akzent. So, wie ihn man sich vorstellte und aus der IKEA-Werbung kannte. Er zog auch mich in eine Umarmung und obwohl er mich damit überrumpelte, vermittelte er mir das

Gefühl, willkommen zu sein.

»Hallo Björn, es freut mich sehr, Sie kennenzulernen.«

»Bitte duze mich, für uns Schweden ist es nicht üblich, jemanden zu siezen.«

»Okay.«, ich lächelte ihn an.

»Kommt, Kerstin ist bestimmt schon ganz nervös, weil wir so lange brauchen.«

Eines war klar, nicht nur sie war nervös. Als Björn unsere Koffer auf die Ladefläche des Geländewagens hievte, stöhnte er auf.

»Dass ihr Frauen immer so viel Gepäck mitbringen müsst. Was habt ihr denn alles eingepackt? Ein Stück von der Berliner Mauer?!«

Ich musste lachen und konnte sehen, wie erleichtert Elsa war, wieder bei ihrer Familie angekommen zu sein. Sie strahlte pure Energie aus. Hin und wieder stellte ich mir die Frage, ob sie ihre Heimat nicht insgeheim vermisste.

Die Fahrt nach Unnaryd, dem Ort aus dem Elsa stammte, verging wie im Flug. Ich war von der Natur überwältigt und konnte mich nicht satt sehen. Wir fuhren an großen Seen, tiefen Wäldern und weiten Wiesen vorbei. Es gab viele Bäche, welche von großen Felsen eingerahmt waren. Björn schien meinen interessierten Blick wahrzunehmen, denn er berichtete die gesamte Fahrt über von geschichtlichen Ereignissen, das Leben und den Einklang mit der Natur in Schweden.

Nach anderthalb Stunden Fahrt passierten wir das Ortsschild *Unnaryd*. Es war eine wirklich *sehr kleine* Stadt. Vielmehr war es ein Dorf. Wir passierten ein Restaurant, ein Café, eine Tankstelle und einen kleinen Einkaufsladen namens COOP, bevor wir den Ort schon wieder verließen. Irgendwie war es schön, dass hier alles so beschaulich und klein war, wenn auch ungewohnt. Björn folgte langsam einer geschlängelten Straße, welche an einem See entlangführte.

»Das ist der Unnensee.«, klärte mich Elsa auf, die meinen Blick bemerkte. Nach zwei Minuten bremste Björn ab und bog nach rechts auf eine Brücke ein. Die Brücke war so schmal, dass keine zwei Autos aneinander vorbei gepasst hätten. Zu beiden Seiten ergoss sich das dunkle Wasser des Sees. Auf der anderen Seite der kurzen Brücke erwarteten uns abermals Bäume und nach weiteren zwei Minuten erschienen zwei Häuser.

Björn verlangsamte sein Tempo und bog in die gemeinsame Einfahrt der Häuser ein. Es machte den Anschein, als stünden beide Häuser auf einem großen Grundstück.

Erstaunt blickte ich aus dem Fenster. Es handelte sich um ein sehr großes Holzhaus, welches in den typischen Schwedenfarben – rot und weiß – gestrichen war. Da das Haus auf einer kleinen Erhebung stand, führte eine kurze, aber breite Holztreppe zur Haustür. Neben der Haustür befand sich eine Veranda, welche sich bis auf die Rückseite zu erstrecken schien. Das Haus war unglaublich. Es war eingerahmt von weiten Wiesen und am Rande der Wiesen erkannte ich die mir mittlerweile vertrauten Wälder.

»HIER bist du aufgewachsen?!«, fragte ich Elsa ungläubig. Das Haus war kein Vergleich zu der Wohnung meiner Pflegeeltern. Es musste unbeschwert gewesen sein, in so einer schönen Umgebung aufzuwachsen. Jetzt konnte ich nachvollziehen, weshalb Elsa so ein fröhliches Gemüt hatte und immer positiv blieb. Es sah hier aus wie bei Pippi Langstrumpf oder Michel aus Lönneberga.

Die Haustür öffnete sich und eine kleine schlanke Frau, welche eine mintgrüne Kochschürze über ihrer Kleidung trug, trat heraus. Ihre langen blonden Haare trug sie zu einem festen Zopf gebunden.

»Hej! Da seid ihr ja endlich!« Kerstin lief die Treppen hinunter und Elsa fiel ihr bereits um den Hals. Ihre Mutter gab ihr einen Kuss nach dem anderen auf den Kopf und murmelte etwas auf Schwedisch, was ich nicht verstand. Ihr Blick wanderte weiter zu mir und ihre Augen leuchteten erneut auf.

»Hej Emma, wir freuen uns sehr, dich endlich mal kennenlernen zu dürfen. Elsa hat schon so viel von dir erzählt. Es kommt mir vor, als würde ich dich bereits kennen.«

Ich lief auf Kerstin zu und reichte ihr die Hand, doch sie ignorierte diese und zog auch mich in eine herzliche Umarmung.

»Vielen Dank, dass ich die Semesterferien bei euch verbringen darf. Ihr habt ein wunderschönes Haus.«

Sie schenkte mir ein weiteres Lächeln und zeigte demonstrativ Richtung Haustür. Björn schien ihre Geste sofort richtig zu deuten und lief, mit unseren Koffern bepackt, großen Schrittes auf die Treppen zu.

»Na los, der Kuchen wartet schon auf uns – ab ins Haus!«, rief er und plötzlich schien ihm das Gewicht unseres Gepäcks nicht mehr zu stören. Kuchen war wohl seine Leidenschaft, dachte ich trocken.

Das Haus sah von Innen ganz und gar nicht so aus, wie ich es mir zuvor von draußen vorgestellt hatte. Die Wände waren weiß lasiert und die Einrichtung war landhaustypisch. Ein großer offener Raum verband das Wohnzimmer mit der hellblauen Holzküche. Ich ließ meinen Blick über die Küche wandern und entdeckte eine gläserne Flügeltür, durch welche man auf die großzügige Holzterrasse hinaustreten konnte. Auf der Terrasse stand bereits ein gedeckter Tisch und in der Luft hing der leckere Duft von Schokoladenkuchen. Als ich auf die Terrasse trat, kam ich nicht mehr aus dem Staunen heraus. Mein Blick fiel sofort auf den See, welcher sich unterhalb der Terrasse, getrennt durch eine Wiese, erstreckte. Das Wasser glitzerte in der Sonne silbern und wurde durch einen Steg mit anliegendem Boot unterbrochen.

»Ihr habt ein eigenes Boot?«, flüsterte ich Elsa zu. Sie kicherte.

»Na klar. Ein Boot ist hier das Normalste überhaupt. Viele fahren mit ihrem Boot sogar direkt nach Unnaryd zum Einkaufen. Wir befinden uns auf einer Halbinsel. Vallsnäs heißt sie. Sie gehört aber zu Unnaryd.«

Noch während ich die sanften Wellen des Sees beobachtete, wusste ich, dass meine Entscheidung nach Schweden zu kommen, die richtige war.

Emma

Nach dem Kaffee und Kuchen – welcher übrigens genauso lecker schmeckte wie er roch – halfen Elsa und ich ihrer Mutter dabei, den Tisch abzuräumen und das Geschirr abzuspülen. Es herrschte eine so entspannte Atmosphäre, dass ich mich sofort wohlfühlen konnte. Björn brachte währenddessen unsere Koffer auf die Zimmer. Wir bekamen jeweils ein eigenes Zimmer: Elsa bezog ihr ehemaliges Kinderzimmer, welches mittlerweile moderner eingerichtet war und ich bekam ein Gästezimmer, welches sich am Ende des Flurs im Obergeschoss befand. Aufgrund der Dachschrägen strahlte das Zimmer pure Gemütlichkeit aus. Die weißen Holzbalken durchzogen den gesamten Raum und endeten an einem sehr weich aussehenden Bett. Erschöpft ließ ich mich auf das Bett fallen und – oh mein Gott – es war genauso weich und einladend, wie es aussah.

Ich zog meinen Koffer ebenfalls auf das Bett und öffnete ihn. Immerhin schien beim Flug nichts kaputt gegangen zu sein. Damit meine Kleidung nicht zerknitterte, hängte ich sie im gegenüberliegenden Kleiderschrank auf.

Schnell zog ich mir eine Shorts und eine Bluse an, denn in meiner Jeans war mir viel zu warm. Ich konnte es kaum erwarten, das Haus zu verlassen und die Umgebung zu erkunden. Allerdings war ich hierbei auf mich allein gestellt, da Elsa völlig erschöpft war und sich lieber hinlegen wollte. Kein Wunder, dass sie ihre Energie bereits aufgebraucht hatte. Da ich sie nicht stören wollte, tippte ich ihr kurz eine Nachricht, damit sie mich später nicht suchte. Oder vielleicht auch, damit sie genau das tat, denn so wie ich meinen

Orientierungssinn kannte, war die Wahrscheinlichkeit mich zu verlaufen gar nicht mal so gering. Ich schätzte sie auf gute achtzig Prozent.

Nur um sicher zu gehen wählte ich den Weg, den wir vorher mit dem Auto gefahren waren. Als ich die Straße zurück zu der Brücke lief, atmete ich tief ein. Die Luft war kein Vergleich zu dem stickigen Berlin. Es roch nach Wald, Gras, Blumen und Wasser. Der Geruch war unbeschreiblich. Auf der Brücke angekommen, zückte ich mein Handy und machte ein Bild von dem See. Die großen Bäume umrahmten das Ufer und spiegelten sich gebrochen in dem leicht welligen Wasser. Einen Gehweg gab es nicht. Jedoch schien es hier kaum Verkehr zu geben, weshalb es mich nicht störte, auf der Straße zu laufen.

Nach der Brücke bog ich wieder links ab und folgte weiterhin der Straße, bis ich das Ortsschild erneut passierte. Langsam schlenderte ich durch die Stadt und verschaffte mir zunächst einen Überblick. Mir fiel auf, dass kaum Menschen zu sehen waren. Entweder waren sie alle arbeiten, oder es gab einfach *extrem* wenig Einwohner.

Beim Schlendern entlang der Wege entdeckte ich einen kleinen Buchladen, welcher mir vorhin während der Autofahrt gar nicht aufgefallen war. Beim Betreten des Ladens ertönte eine Klingel und sofort stieg mir der wohlige Geruch von Büchern in die Nase. Ich ließ die Tür ins Schloss fallen und blickte mich um. Tatsächlich gab es auch ein kleines Holzregal mit Büchern in deutscher Sprache. Vermutlich wurden diese extra für die Touristen angeboten. Mein Blick fiel auf einen hellblauen Buchrücken und ich musste nicht lange überlegen, als ich es in den Händen hielt.

Schwedisch lernen leicht gemacht stand auf dem Einband, welcher in den Farben der schwedischen Flagge gehalten war. Elsa erzählte mir, dass in schwedischen Schulen Deutsch, Französisch und Spanisch unterrichtet wurde. Aufgrund der Nähe des Landes wählten viele Schüler Deutsch. Vielleicht würde ich das Buch daher gar nicht benötigen, aber ich wollte den Einheimischen gegenüber auch nicht unhöflich sein. An der Kasse wartete ich geschlagene zehn Minuten, bis der Verkäufer langsam aus seinem Hinterzimmer herausgetrottet kam. Lustlos zog er das Buch über die Theke und drückte es mir anschließend missmutig in die Hand. Entweder hatte er einen wirklich schlechten Tag, oder er war prinzipiell unfreundlich.

Nachdem ich die Buchhandlung verließ, folgte ich weiterhin der Hauptstraße und kam nach einigen Minuten zu einem gelben Gebäude aus Holz, welches ebenfalls von den typisch weiß gestrichenen Balken eingerahmt war. Auf dem Schild vor dem Gebäude stand in großen geschwungenen Buchstaben *Anni`s Café*. Das Café war ebenfalls mit einer Terrasse ausgestattet, welche sich zum See ausrichtete. Ich hatte zwar schon bei Kerstin und Björn einen Kaffee getrunken, jedoch bekam ich bei dem Anblick des Sees richtig Lust, mich zu setzen und die ersten Eindrücke zu reflektieren.

Im Café war die Luft etwas kühler und eine Mischung aus frisch aufgebrühtem Kaffee und Zimt stieg mir in die Nase. Hinter der Theke stand eine ältere Dame und begrüßte mich freundlich mit *hej hej*. Ich nickte ihr lächelnd zu und bestellte mir mit Gestik und der Hilfe meines neuen Buches einen Cappuccino.

Während ich auf der Terrasse Platz nahm, bereitete mir die ältere Dame einen Cappuccino zu und brachte ihn mir anschließend nach draußen. Auf meinen heiß geliebten Kaffee mit Karamellsirup musste ich hier wohl verzichten. Allerdings musste ich auch zugeben, dass dieser hier überhaupt nicht hingepasste.

Ich genoss die Sonne und kramte mein neu errungenes Buch erneut aus meinem Rucksack hervor. Wie immer musste ich einen Moment mit den Kordeln kämpfen, bis ich ihn öffnen konnte. Weshalb nur verstaute ich das Buch wieder im Rucksack?! Leicht entnervt zog ich es letztendlich heraus.

Mit einem Blick auf das Wasser nahm ich einen Schluck von meinem Cappuccino – welcher tatsächlich sehr gut war – und öffnete die erste Seite meines Buches, als plötzlich eine tiefe Stimme neben mir ertönte.

»Hej. Alles klar? Wie es scheint, könntest du Nachhilfe in Schwedisch gebrauchen.«

Lucas

Als Emma Anni`s Café betrat, fiel mein Blick zunächst auf den Ansatz ihres Pos, der sich in ihren weiten Shorts nur undeutlich abzeichnete. Mein Blick wanderte weiter nach oben, entlang ihrer cremefarbenen Bluse, und blieb an ihren braunen, glänzenden Locken hängen. Die Locken fielen ihr bis knapp unter das Schlüsselbein. Emma bestellte sich einen Cappuccino und schien nicht zu bemerken, dass Anni eigentlich ganz gut Deutsch sprechen konnte. Amüsiert beobachtete ich, wie sie umständlich in ihrem Buch – ein Wörterbuch? – nach den passenden Formulierungen suchte.

Ich erkannte Emma erst auf den zweiten Blick. Zu Beginn sah ich sie nur von hinten, doch als sie ihren Kopf zur Seite drehte und ich ihre unverkennbar hohen Wangenknochen im Profil sah, wusste ich sofort, dass sie es sein musste. Meine Schwester postete ständig irgendwelche Bilder von sich und Emma, wodurch Emma mir ungewohnt bekannt vorkam. Allerdings schien sie nicht sonderlich fotogen zu sein, denn die Bilder wurden ihr nicht gerecht. In Natura sah sie viel schöner und irgendwie…weicher aus. Jedoch wirkte sie auch deutlich schlanker als auf den Bildern, fast schon zu schlank. Ich war mir sicher, dass sie abgenommen hatte, denn *gewisse* Körperstellen musterte ich auf den Bildern für gewöhnlich ganz genau. Exakt diese Körperstellen fielen nun deutlich zierlicher aus. Insgesamt erinnerte sie mich an die Elfe aus *Peter Pan*. Wie hieß die nochmal? Ach, keine Ahnung. War ja auch egal.

Jedenfalls wusste ich, dass sie und meine Schwester heute in Växjö landen würden. Jedoch meinte Elsa, dass das

Flugzeug erst am späten Abend landen, und wir uns somit erst morgen sehen würden. Aus diesem Grund hatte ich meinen Tag – ebenso wie bereits die letzten Tage – komplett mit Arbeit vollgestopft. Ich arbeitete gerne mehrere Tage hintereinander sehr intensiv, damit ich anschließend mehrere Tage frei nehmen konnte. Da ich mir meine Zeit selbstständig einteilte und meist von zu Hause arbeiten konnte, war dies kein Problem.

Ein kleiner Kaffee am Nachmittag musste aber dennoch sein und gehörte zu meinem täglichen Ritual. Ich wusste, dass Anni vor allem in den Wintermonaten um das Überleben ihres Cafés kämpfte, weshalb ich sie und den Erhalt des Cafés unterstützen wollte. Egal, ob Sommer oder Winter.

Emma nahm draußen auf der Terrasse Platz und blickte angestrengt in ihr Buch. Vielleicht suchte sie sich Worte für eine weitere Bestellung raus? Ich beschloss, mich ihr vorzustellen, schließlich war ich Elsas Bruder. Ich schlenderte auf die Terrasse und blieb schließlich neben ihr stehen. Doch Emma schien überhaupt keine Kenntnis von mir zu nehmen. Ich beugte mich ein bisschen vor und während ich sie ansprach, stieg mir ein betörender Geruch in die Nase, der mich sofort an Sommer, Sonne und Urlaub denken ließ. Kokosnuss?

»Hej. Alles klar? Wie es scheint, könntest du Nachhilfe in Schwedisch gebrauchen.« Mit meinem Lächeln im Gesicht, welches die Frauen meist schwach werden ließ, zwinkerte ich ihr zu. Emma erschrak, verschüttete einen kleinen Schluck ihres Cappuccinos und starrte mich vollkommen perplex an.

»Ähm. Bitte was?« fragte sie sichtlich irritiert.

War mein Deutsch so schlecht? Da ich bei meinen Eltern hin und wieder mit ihren Ferienhäusern aushalf, sprach ich relativ viel Deutsch mit Urlaubern. Bisher hatte ich keine Verständigungsprobleme. Vielleicht rechnete sie auch einfach nicht damit, hier in ihrer Heimatsprache angesprochen zu werden.

»Deine Bestellung war ja nicht mit anzusehen.« Ich schob einen Stuhl von dem kleinen runden Tisch zurück und setzte mich zu ihr.

»Findest du es nicht ein bisschen unverschämt, dich ungefragt zu einer fremden Frau zu setzen? Es gibt hier genug freie Tische.« Mit einer ausladenden Armbewegung deutete Emma auf weitere Tische auf der Terrasse.

Okay. Sie wirkte zornig, aber auch etwas anderes blitzte in ihrem Blick auf, was ich nicht richtig deuten konnte. Nervös blickte sie sich um. Im Café waren außer Anni und mir noch zwei weitere Damen, welche jedoch keine Notiz von uns nahmen. Dafür, dass Elsa so viel von ihrer Freundin hielt, war sie ziemlich unhöflich. Vielleicht hatte sie auch einfache ihre Menstruation. Da konnten Frauen schon mal etwas dünnhäutiger sein. Einer der Gründe, weshalb ich ihnen in diesen Zeiten grundsätzlich lieber aus dem Weg ging.

»Die meisten Frauen beschweren sich nicht über meine Anwesenheit. Ganz im Gegenteil.« Ich grinste sie erneut an und Emma verdrehte die Augen. In diesem Moment beschloss ich, mich nicht als Elsas Bruder zu bekennen. Irgendwie fand ich Gefallen an der Situation, der Unbekannte zu bleiben. Wie sie wohl weiterhin auf mich reagieren würde? Irgendwie machte sie mich neugierig.

»Es mag ja sein, dass *andere Frauen* deine Anwesenheit genießen. Ich jedenfalls würde lieber in Ruhe die Landschaft betrachten.« Definitiv Menstruation.

»Du würdest also lieber hier allein sitzen und auf den See starren, statt dich mit mir zu unterhalten? Dir ist schon klar, was du dadurch verpasst?« Mit hochgezogenen Augenbrauen deutete ich mit meinen Händen auf meinen Oberköper. Okay, das war möglicherweise zu viel des Guten. Allerdings war mir bewusst, wie ich auf Frauen wirkte und eine gewisse Anziehung war in der Regel vorhanden – sie mochten mein Selbstbewusstsein. Normalerweise war es für mich kein Problem, mit Frauen ins Gespräch zu kommen oder sie für eine Nacht für mich zu gewinnen. Zugegeben, es waren häufig Touristinnen, denn in so einem kleinen Ort kannte man sich nun mal.

An einer langfristigen Bindung hatte ich kein Interesse. Ich war mit meinem Leben zufrieden und genoss die Ruhe, wenn ich abends allein vor dem Kamin saß oder mit meinem Boot hinausfahren konnte. Meine Tischgesellin jedoch wirkte weiterhin nervös und vermied es verzweifelt, mir in die Augen zu gucken. Da sie mir offensichtlich nicht antworten wollte, versuchte ich das Gespräch aufrecht zu halten.

»Ich habe dich noch nie in unserem beschaulichen Ort gesehen. Bist du auf der Durchreise, oder beehrst du uns länger mit deiner Anwesenheit?«

Natürlich wusste ich, dass sie plante, den gesamten Sommer hier zu verbringen, doch irgendwie gefiel mir dieses Spiel.

»Ich wüsste nicht, was dich das angeht.«

»Naja, ich könnte dir helfen, dir die Zeit zu vertreiben. Da du offensichtlich versuchst Schwedisch zu lernen, und ich *zufälligerweise* ein Schwede bin, könnte ich dir auch dabei eine Hilfe sein.« Ich tippte auf ihr Buch. »Außerdem könnte ich dir ein paar schöne Orte zeigen, die dir sicherlich in Erinnerung bleiben würden.« Ich zog eine Augenbraue hoch und an ihrem Blick und ihren roten Wangen erkannte ich, dass sie ganz genau wusste, *was* für schöne Orte ich meinte.

Verlegen nippte sie an ihrem Getränk und versuchte vehement, mich zu ignorieren. Ich konnte mir ein weiteres Grinsen nicht verkneifen. Kratzbürstig und prüde. Oder war es nur ihre Masche? An einem anderen Mann konnte es nicht liegen denn Elsa erzählte uns, dass Emma vor einigen Wochen ihre Beziehung zu diesem Traum-Typ mit perfektem Aussehen, Geld und Ansehen beendet hatte. Meine Schwester bat uns darum, dieses Thema nicht anzusprechen. Vielleicht hatte Emma in der Zwischenzeit jemand anderen kennengelernt?

Mit einem Blick auf die Uhr stellte ich fest, dass ich schon längst wieder arbeiten sollte. Unzufrieden schob ich meinen Stuhl zurück. Viel lieber würde bleiben und ihr nochmals die Röte ins Gesicht zaubern. Um es wenigstens zu versuchen, beugte mich noch einmal zu ihr herunter und flüsterte ihr ins Ohr.

»Vi ses. Das ist Schwedisch für *Wir sehen uns*.«

Prompt versteifte sie sich und ich schlenderte vor Genugtuung grinsend aus dem Café. Definitiv hatte ich eine gewisse Wirkung auf sie. Ich musste nur noch herausfinden, welche es war.

Zum Abschied winkte ich Anni kurz zu, welche mich mit ihren braunen Augen verfolgte, bis ich durch die Tür nach draußen trat. Anni kannte mich schon mein ganzes Leben. Ihr war klar, was ich von Emma hielt.

Heute war das Wetter wieder perfekt für einen Ausflug mit dem Boot – nicht zu heiß, nicht zu kalt, und der Wind ließ langsam nach. Ich liebte mein Boot, denn eine es war für mich mit Freiheit gleichzusetzen. Mit dem Boot fuhr ich auf den See, erkundete unbewohnte Inseln oder ließ es einfach nur auf dem Wasser treiben, um auch meinen Gedanken treiben zu lassen. Manchmal reichte es schon aus, mich in das angelegte Boot zu setzen und dem leisen Plätschern der Wellen zu lauschen, während sich das Boot sanft im Wasser wiegte. Schade, dass ich heute noch so viel zu tun hatte. Jedoch begann die Sommerzeit erst und wenn ich daran dachte, irgendwann Emma mit auf mein Boot zu nehmen, musste ich unweigerlich lächeln. Es gefiel mir, dass sie nicht sofort auf meine Avancen eingegangen war.

Der Sommer könnte interessant werden.

Emma

Fassungslos starrte ich dem Mann hinterher. So ein Arsch. Heiß, aber ein Arsch. Wie konnte man nur so überheblich und von sich eingenommen sein? Mehr noch regte mich auf, dass er die Macht besaß, mich nervös zu machen. Ich wollte nicht, dass so ein Mann Einfluss auf mich hatte. Da sollte ich darüberstehen können.

Ich nahm einen Schluck von meinem Cappuccino und schlug erneut mein Buch auf, doch ich konnte mich nicht mehr auf die Worte konzentrieren. Genervt klappte ich das Buch zu und legte es auf den kleinen runden Tisch. Ich war es in Berlin gewohnt, dass mich Männer ansprachen. Mir war auch bewusst, dass ich eine Figur hatte, die vielen Männern gefiel. Jedoch war ich es auch gewohnt, deutlich subtiler von Männern angesprochen zu werden und nicht so…so…überheblich. Arg!

Zugegeben, auch er wusste, wie gut er aussah. Seine halblangen Haare, welche ihm bis zum Kinn reichten, waren dunkelblond und leicht gewellt. Sie sahen, im Gegensatz zu vielen Männern mit längeren Haaren, gepflegt und seidig aus. Durch seinen Dreitagebart wirkte seine Frisur nicht feminin, sondern männlich. *Sehr männlich.*

Aufgrund seiner gebräunten Haut schloss ich darauf, dass er viel Zeit an der frischen Luft verbrachte. Vielleicht arbeitete er sogar in der Natur. In Schweden war die Wahrscheinlichkeit, einen Arbeitsplatz an der frischen Luft zu haben, wohl etwas höher als in Berlin. Der Mann war deutlich größer als ich, das konnte ich auch im Sitzen erkennen. Besonders in Erinnerung waren mir jedoch seine Augen geblieben, denn sie hatten einen mir bisher unbekannten dunkelblauen Ton. Sie waren wirklich hübsch. Ich würde das zwar niemals öffentlich zugeben, aber er sah aus wie ein Gott. Ein skandinavischer Gott. Solche Männer versteckten sich also in kleinen Orten Südschwedens? Ich rechnete hier eigentlich mit älteren Menschen, ähnlich wie die Dame hinter dem Tresen.

Da ich mich sowieso nicht mehr konzentrieren konnte, packte ich mein Buch wieder ein und trank den letzten Schluck meines Cappuccinos. Nachdem ich die Tasse zurück zum Tresen gebracht hatte und dafür ein dankbares Lächeln erhielt, schlenderte ich langsam zurück zum Haus. Auf dem Weg dahin blieb ich erneut am Ufer des Sees stehen. Ich konnte nicht genug von dem Anblick des friedlichen Gewässers bekommen, welches sanft an das Ufer plätscherte. Die Weiten der Natur waren einfach unglaublich. Wenn es hier im Süden Schwedens schon so atemberaubend aussah, wie sah es dann erst weiter nördlich aus? Hätte ich das schon früher gewusst, wäre ich sicherlich schon häufiger in Schweden gewesen. Oder hätte zumindest davon geträumt, hierher zu reisen. Während ich gedankenverloren weiterlief, verfolgten mich grinsende dunkelblaue Augen.

Emma

»Wie, du hast gestern einen heißen Typen kennengelernt? HIER?! Und du sagst es mir erst *jetzt*?!« Elsa war außer sich und blickte mich empört an. Zwei Minuten zuvor schnitt sie sich noch ihr Obst am Küchentresen klein, doch nun drehte sie sich zu mir um und der Saft der Wassermelone tropfte von der Messerspitze auf den weißen Fliesenboden.

»Elsa! Nicht so laut! Er war heiß, ja, aber ein Arsch. Der Typ hat die ganze Zeit nur zweideutige Bemerkungen gemacht.« Ich verdrehte die Augen. »Als wenn ich jetzt Lust darauf hätte, so einen Typ kennenzulernen. Ich habe echt genug von Männern.«

»Hat er dir denn keinen Namen genannt? Bestimmt kenne ich ihn. Oh Gott, hoffentlich war es nicht Elias, der Kumpel meines Bruders. Der legt wie mein Bruder alles flach, was bei drei nicht auf dem Baum ist. Wie sah er denn aus?«

»So wie du Elias beschreibst, könnte er es sein. Keine Ahnung, er hat mir wirklich keinen Namen genannt. Er stand plötzlich wie aus dem Nichts neben mir.«

»Heiß.« Elsa grinste verwegen. Ich hingegen konnte nur die Augen verdrehen.

»Er hatte dunkelblondes Haar, es war etwas länger, ungefähr -«

Eine tiefe Stimme unterbrach mich und ich konnte es kaum glauben, als der besagte heiße Typ durch den Flur geschlendert kam. Er sah verändert aus, trotzdem war es unbestreitbar der Mann aus dem Café. Er trug Sportkleidung und war verschwitzt, wodurch seine dunkelblonden Haare nun fast braun wirkten.

»Morgen, Ladys. Hi, Emma.« Er zwinkerte mir zu, während er zu Elsa lief, ihr den Arm um die Schultern legte und ihr einen Kuss auf die Backe gab.

»Igitt! Lass mich los, du bist ja total verschwitzt!« Elsa löste sich aus seinem Arm und trat einen Schritt zur Seite. Der Typ lehnte sich vollkommen entspannt neben sie an den Tresen und musterte mich grinsend.

Moment mal – bei mir klingelten sämtliche Alarmglocken. War der heiße Typ von gestern, der sich so unverschämt verhalten hatte, etwa *Ben*?! *Elsas Ben*? Oh Gott. Er hatte mich definitiv angemacht, das war doch keine Einbildung gewesen, oder? Vermutlich machte er das bei jedem weiblichen Geschöpf, das sich hier blicken ließ.

Ungläubig saß ich mit offenem Mund vor meiner Müslischüssel und konnte ihn nur wortlos anstarren. Wie peinlich war das denn? Und woher kannte er überhaupt meinen Namen? Wusste er gestern schon, wer ich war? Schlagartig wurde mir schlecht. Wollte er mich jetzt etwa vorführen?

»Isst du auch, oder starrst du nur?«, fragte er mich und sein Grinsen wurde breiter. Elsa stieß ihm mit dem Ellenbogen in die Seite.

»Halt die Klappe und lass Emma erzählen. Sie hat eben berichtet, dass sie gestern einen unverschämt heißen Typen kennengelernt hat.« Erneut grinste Elsa und sah mich erwartungsvoll an, während sie mehrfach hintereinander die Augenbrauen in die Höhe zog.

»Ach, hat sie das?« Seine dunkelblauen Augen blitzten auf und er fixierte mich mit seinem Blick. Langsam zog er einen Mundwinkel hoch und sein Grinsen wurde schief.

Bitte, Boden, tu dich auf und lass mich darin versinken. Ich spürte, wie meine Wangen bereits glühten. Wenn es hier in Schweden so weiterging, würde ich dauerhaft mit rotem Kopf herumlaufen. Da ich ihm nicht noch mehr Angriffsfläche geben wollte, beeilte ich mich, eine *nicht komplett* dämliche Antwort zu formulieren.

»Ähm… Wie man es nimmt. Du bist also Ben?«, fragte ich mit viel zu hoher Stimme. Ich merkte, wie mir noch mehr Röte in das Gesicht schoss. Vermutlich nahm mein Gesicht mittlerweile die Farbe einer überreifen Tomate an.

»Quatsch, das ist Lucas – mein Bruder. Emma – Lucas, Lucas – Emma.«

Lucas kam auf mich zu und reichte mir die Hand. »Es freut mich sehr, dich persönlich kennenzulernen und nicht immer nur in Elsas Posts zu sehen.«

Aha. Daher kannte er mich also und netterweise gab er mir diesen diskreten Hinweis. Warum aber sagte er nicht schon gestern, wer er war? Was sollte dieses Spiel? Langsam ergriff ich seine Hand. Seine langen Finger umschlossen meine, sodass diese förmlich in seiner Hand verschwanden. Ein nervöses Kribbeln breitete sich in mir aus.

»Hi.«, sagte ich kleinlaut. In seinen Augen blitzte es erneut und fast im selben Moment verdunkelte sich sein Blick. Ich beschloss, hier schnellstmöglich abzuhauen zu müssen.

»Also, ich gehe jetzt joggen. Lucas – hat mich gefreut.«, presste ich noch schnell heraus, um nicht komplett unhöflich gewesen zu sein. Zum Glück waren Elsas Eltern nicht hier, denn sonst wäre ich vermutlich tatsächlich im Erdboden versunken.

»Warte mal, aber der Typ von gestern! Danach erzählst

du mir aber alles!«

Ja, klar. Als wenn ich ihr erzählen würde, dass er ihr Bruder war. *Ach, es war nur dein Bruder, der mir gestern zweideutige Angebote gemacht hat. Weshalb er heute so tat, als würde er mich nicht kennen, weiß ich leider auch nicht.* Bestimmt nicht.

Ich beeilte mich, die Treppen ins Obergeschoss zu erklimmen und mir war durchaus bewusst, dass mein Aufbruch wie eine Flucht gewirkt haben musste. Nun ja, genau genommen war ich auch geflüchtet. Was machte Elsas Bruder überhaupt hier? Ich ging davon aus, dass er nicht bei Kerstin und Björn wohnte, denn bisher begegnete ich ihm nicht in diesem Haus. Wenn er hier jedoch nach dem Sport auftauchte, konnte er nicht weit entfernt wohnen. Na super.

Schnell schnappte ich mir meine Sportbekleidung. Sobald ich meine Laufschuhe angezogen hatte, fühlte ich mich gleich besser. Beschwingt schlug ich dieses Mal den Weg entgegengesetzt der Brücke ein. Von der Terrasse aus sah ich bereits, dass sich ein Waldweg an das Ende der Wiese anschloss. Hier war die Luft nochmal um ein Vielfaches frischer. Es roch komplett anders als in deutschen Wäldern. Viel…feuchter und moosiger. Nach ungefähr zehn Minuten fand ich ein angenehmes Lauftempo. Trotz lauter Musik, welche ich über meine In-Ear-Kopfhörer abspielte, kreisten meine Gedanken um Phil. Vielleicht führte er sein Leben einfach ohne mich weiter. Was er wohl aktuell tat? Ob ihm leidtat – wirklich leidtat – wie es mit uns zu Ende ging? Ich war mir nicht sicher, ob ihm sein Fehler bewusst war. Auf mich machte es den Eindruck, als sei er über sein Verhalten ehrlich erschrocken gewesen, außerdem beteuerte er mehrfach seine Reue. Vielleicht hätte er eine zweite Chance ernst genommen. Mehrfach fragte ich mich, ob er diese nicht doch verdiente, schließlich gab es auch schöne Zeiten in unserer Beziehung. Ein Auszug wäre jedoch unweigerlich gewesen, da ich mich in seiner Nähe nicht mehr sicher fühlte. Ebenso wollte ich in meinen Handlungen frei sein und nicht kontrolliert werden. Andererseits verspürte ich in Berlin tagtäglich große Angst davor, ihm über den Weg zu laufen. Allein das sollte wohl ein ausreichender Wegweiser sein, dachte ich augenrollend. Trotzdem konnte ich diese Gedanken einfach nicht abschalten. Die Frage, ob er sich ändern konnte, ließ mich nicht los. Ebenso wie die Frage, was ich abgesehen von der Freundschaft zu Timothy, bei ihm getriggert hatte. Dieses Hin und Her in meinem Kopf machte mich verrückt.

In Gedanken versunken bemerkte ich nicht, wie weit ich bereits gelaufen war. Ein Blick auf meine Smartwatch zeigte mir, dass ich bereits über fünfzehn Kilometer lief – es war definitiv Zeit für den Rückweg. Langsam spürte ich, wie etwas von meiner Anspannung abfiel. Das Joggen war für mich schon immer die einzige Möglichkeit gewesen, meine Gedanken zu ordnen und letztendlich zur Ruhe kommen zu können. Erst jetzt fiel mir auf, wie angespannt meine Schultermuskulatur war. Seufzend verlangsamte ich meinen Schritt und massierte mir mit einer Hand die gegenüberliegende Schulter.

Während ich meinen Schritt verlangsamte, bekam ich einen Blick für meine Umgebung, die ich zuvor in Gedanken versunken völlig ausgeblendet hatte. In den Wäldern fanden sich zu meiner linken und rechten Seite kleine Hügel. Sie bestanden aus einzelnen Felsen und waren mit Moos übersät. Überall wuchsen kleine und große Pilze und ich fragte mich, ob auch genießbare Pilze dabei waren. Nach einer Weile sah ich einen weiteren Waldweg, welcher sich vom Hauptweg abzweigte. Neugierig wollte ich erkunden, ob er ein alternativer Laufweg sein könnte. Da ich jeden Tag joggen ging, brauchte ich verschiedene Strecken, damit mir nicht langweilig wurde.

Der Weg wurde immer breiter, bis er zu einer kleinen Lichtung führte. Links auf der Lichtung stand ein Holzhaus, welches scheinbar auch bewohnt war. Vor der Terrassentür standen Tische und Stühle aus Holz, einige kleinere Beete erstreckten sich rechts am Waldrand, in welchen verschiedenes Gemüse und auch Blumen wuchsen. Hinter den Blumenbeeten stand ein großes Insektenhotel, was ich sofort sympathisch fand. Staunend blickte ich mich um. Da ich kein Auto auf dem Grundstück erkannte und meine Neugierde viel zu groß war, lief ich weiter und schaute mir das Haus genauer an. Es schien noch relativ neu zu sein, da das Holz bisher kaum von der Witterung angegriffen wurde. Auch die Holzterrasse wirkte neu. Ich spähte durch eines der Fenster und konnte einen großen Kamin sehen, neben welchem ein großes, rustikales Bücherregel stand. Jedes Fach war bis auf den letzten Spalt ausgefüllt. Vor dem Kamin erstreckte sich eine gemütlich aussehende braune Ledercouch. Der Mix aus modern und gemütlich gefiel mir sehr.

Langsam lief ich weiter und erst als ich um das Holzhaus herumlief, nahm ich wahr, wie groß es eigentlich war. Hinter dem Haus befand sich eine große Überdachung, welche bis an die Decke mit gestapelten Holzscheiten ausgefüllt war. Ein Holzvorrat für den Kamin. Davor stand ein Baum-stumpf, welcher scheinbar zum Holzhacken benutzt wurde. Ähnlich wie bei dem Haus von Elsas Eltern, befand sich eine Veranda hinter dem Haus, welche ebenfalls von der Küche aus begehbar war. Von der Lichtung aus führte ein kleiner Pfad durch den Wald, welcher für mich wie eine persönliche Einladung wirkte.

Als ich dem Pfad folgte, erblickte ich wenige Sekunden später einen See. Ob es ebenfalls der Unnensee war? Ich er-innerte mich an Elsas Erklärung, dass Vallsnäs eine Halbin-sel sei. Am See angekommen, erstreckte sich ein halblanger Steg ins Wasser, an dessen Ende ein Boot befestigt war. Es bot mindestens Platz für sechs oder mehr Personen und war mit einer Kajüte ausgestattet. Es lag unter einem Anbau im Wasser, welcher ebenfalls aus Holz war und dessen lange Stelzen im Wasser versanken. Wow. Da alles aus Holz und sehr natürlich gestaltet wurde, vereinte sich das Grund-stück perfekt mit dem Wald.

Neugierig lief ich auf den Steg. Der Blick auf den See war von hier aus unbeschreiblich. Die Sonne kitzelte meine Nase und das Gewässer lag ruhig und machtvoll vor mir. Keine anderen Menschen waren mit Booten oder Kanus zu sehen. Fasziniert ließ ich die Weiten auf mich wirken. Lang-sam lief ich den Steg zurück, zog meine Schuhe aus und vergrub meine Zehen im Sand. Das Wasser umspielte meine Knöchel und war eine willkommene Abkühlung nach dem Lauf.

Nachdem ich meine Füße in der Sonne trocknen ließ, schlüpfte ich wieder in Socken und Schuhe, und machte mich anschließend auf den Rückweg. Mit einem letzten

Blick auf die Holzhütte fragte ich mich, ob dieses Haus zu den Ferienhäusern von Elsas Familie gehörte. Es war wirklich etwas ganz Besonderes.

Ich duschte und wich zwischendrin mehrfach Elsas Fragen nach dem Zusammentreffen mit dem gestrigen Mann aus, bevor wir uns auf den Weg in die nächstgrößere Stadt machten, um einkaufen zu gehen. Wir mussten mit dem Auto fahren und waren hierbei geschlagene fünfundvierzig Minuten unterwegs. Hyltebruk war tatsächlich eine Stadt, in welcher es mehrere Restaurants und Einkaufmöglichkeiten gab. Auch hier gab es einen COOP, welcher jedoch im Vergleich zum COOP in Unnaryd deutlich größer war.

Wir luden unseren Großeinkauf ein, der vor allem aus vielen Snacks, Backzutaten und Würstchen bestand. Morgen würde ein Lagerfeuer am Strand mit Elsas Freunden stattfinden, wo ich auch endlich Ben kennenlernen sollte. Geplant waren Marshmallows, Würstchen, Mais und Stockbrot. Außerdem kaufte ich einige Zutaten für Torte, Kuchen und Muffins ein, da ich mich mit meinen Backkünsten bei Kerstin und Björn erkenntlich zeigen wollte.

»Warum bist du eigentlich so verlegen gewesen, als Lucas heute Morgen aufgetaucht ist?« Elsa hielt beim Einräumen des Einkaufs kurz inne und sah mich über den Einkaufswagen hinweg an.

»Ich rechnete einfach nicht damit, ihn bei euch zu Hause zu sehen. Er wohnt doch gar nicht dort, oder?«

»Nein, aber er geht trotzdem ein und aus. Er wohnt nicht weit weg. Ich glaube, deine Reaktion hat ihm geschmeichelt.« Elsa kicherte. »Freust du dich darauf, morgen Ben kennenzulernen? Ich bin ja echt gespannt, was du über ihn denkst!«

»Dafür, dass ihr nicht zusammen seid, ist dir meine Meinung aber ziemlich wichtig.«, neckte ich sie und konnte meinen Augen kaum glauben, als Elsa rot anlief. Moment mal. Elsa lief rot an?! Dass ich das noch erleben durfte.

»Es ist kompliziert… Er wohnt hier, ich wohne in Berlin. Ben kann es sich nicht vorstellen, diese Gegend zu verlassen und ich wiederum kann mir nicht vorstellen, wieder hier zu leben. Kein Shopping, keine Clubs, nicht mal eine richtige Bar gibt es hier.«

»Ich kann dich schon verstehen, aber was ist das alles wert, wenn du es nicht mit jemanden teilen kannst?«

Elsa seufzte. »Ich glaube, er hat eine andere Frau kennengelernt. Lucas hat solche Andeutungen gemacht und mich vorgewarnt.«

In Andeutungen war Lucas offensichtlich begabt. Ich verdrehte unwillkürlich die Augen.

»Jetzt warte erstmal ab. Wenn er dich einfach gegen eine andere Frau eintauscht, ist er ziemlich dämlich.« Ich schlang meinen Arm um meine beste Freundin und drückte sie an mich. Elsa lächelte mich an, doch es wirkte nicht wirklich überzeugend.

Lucas

»Haben wir genug Holz?« Elias lud die letzten beiden Holz-scheite aus dem Anhänger und legte sie neben den großen Stapel Holz am Rand des Strandes ab. Da seine Hände vom Umladen des Holzes schmutzig waren, wischte er sich den Schweiß mit dem Unterarm ab.

»Ich denke schon. Die Frage ist eher, ob wir die Kühl-truhe noch zum Laufen bekommen. Falls nicht, müssen wir alle Getränke ins Wasser stellen.«

Da wir das Lagerfeuer am Strand meiner Eltern veran-stalten wollten, steckten wir kurzerhand eine Kabeltrom-mel mit Verlängerungskabel am Haus ein und stellten eine kleine Kühltruhe auf die Holzterrasse am Strand. Plötzlich gab sie ein Brummen von sich und das kleine Licht leuch-tete grün auf. Perfekt.

»Wie es aussieht hast du sie schon zum Laufen ge-bracht.« Elias klopfte mir auf die Schulter. Wir hatten be-reits mehrere Holzscheite an der Feuerstelle aufgetürmt, Bänke um das Feuer herum positioniert und Lichter an Strand und Steg verteilt, damit es am Abend nicht zu dun-kel wurde, oder jemand ins kühle Wasser fiel.

»Hey Lucas, wo sind die Citronella-Kerzen?« Elias wühlte im Kofferraum meines Volvos herum. »Ah, hab sie schon!«

Ja, Kerzen waren zwar kitschig, aber bei den ganzen In-sekten waren sie nicht wegzudenken.

Am Strand war alles vorbereitet. Die Frauen mussten nur noch das Essen und ein paar restliche Getränke runterbrin-gen. Ein Blick auf die Uhr sagte mir, dass es bereits achtzehn

Uhr war. Vermutlich drückte sich Emma bis zur letzten Sekunde, bevor sie ihren Walk of Shame antrat. Ich wusste, dass sie mich bereits von der Veranda gesehen hatte, denn ich konnte sie ebenfalls kurz sehen. Ob sie mich wieder angestarrt hatte? Automatisch blickte ich hoch zum Haus, doch ich konnte niemanden hinter den Fenstern erkennen.

Ich war gespannt, wie sie heute auf mich reagierte. Gestern hätte nur noch gefehlt, dass sie hyperventilierte, so unangenehm war ihr die Situation gewesen. Sie dachte tatsächlich, dass ich Ben sei. Ich musste grinsen. Ben würde sich niemals trauen, der besten Freundin meiner Schwester schöne Augen zu machen. Ihm war durchaus bewusst, dass er es in diesem Fall mit mir zu tun bekommen würde. Allerdings wurde Ben in den letzten Wochen häufig mit Paula zusammen gesehen. Heute Abend würde ich mir ein Bild von der Situation machen. Eigentlich dachte ich, dass er und Elsa eine Fernbeziehung oder etwas Ähnliches führten.

Ich hörte Schritte auf dem Weg und drehte mich um. Elsa und Emma liefen mit zwei großen Kisten auf den Armen den Weg zum Strand hinunter. Beide sahen aus, als würden sie gleich zusammenbrechen. Typisch Frau – lieber einmal gehen und kaum vorankommen, statt zweimal zu laufen. Auch Elias wurde auf die beiden aufmerksam und wir eilten zu ihnen, um ihnen die – offensichtlich viel zu schweren – Kisten abzunehmen. Elsa war für mich näher, weshalb Elias die Kiste von Emma abnahm. Ich beobachtete ganz genau seinen Blick, als sie ihr gegenübertrat. Elias machte große Augen, setzte sein charmantes Lieblings-Schwiegersohn-Lächeln auf und tatsächlich biss Emma an und lächelte zurück. Unwillkürlich verzog ich das Gesicht. Ihr

Lächeln wirkte authentisch. Mich hingegen hatte sie bisher nicht auf diese Art und Weise angelächelt, jedoch gab ich ihr bisher auch keinen Grund dazu. Vielleicht sollte ich das ändern.

»Bekommst du gerade einen Schlaganfall, oder möchtest du mir etwas beichten?«

Die Worte holten mich schlagartig ich in das Hier und Jetzt zurück. Meine Schwester stand direkt neben mir und grinste mich breit an, während ich noch immer mit ihrer Kiste in den Händen neben ihr stand und zu Elias und Emma starrte. Schnell brachte ich die Kiste zu der Kühltruhe hinüber und warf Elsa einen warnenden Blick zu. Sie grinste nur noch breiter. Wer weiß, was sie sich jetzt zusammenreimte. Auch Elias brachte seine Kiste zu der Kühltruhe und stieß mir aufgeregt den Ellbogen in die Seite.

»Du hast mir nicht gesagt, dass Emma so heiß ist. Sie bleibt den ganzen Sommer, oder?« Hoffnungsvoll schaute er mich an. Na super.

»Keine Ahnung.«, murmelte ich, obwohl ich es besser wusste. Emma lief leichtfüßig den Strand entlang. Sie trug eine Jeans, welche knapp oberhalb der Knöchel in kleinen Fransen endete. Darüber trug sie ein enges weißes Top, wodurch ihre schlanke Figur betont wurde. Um die Hüften hatte sie sich einen dunkelroten Pullover gebunden, den sie vermutlich für den späteren Abend mitbrachte. Schneeweiße Sneaker vollendeten ihren Look. Ich musste Elias Recht geben, sie sah heiß aus.

Um keine Zeit zu verschwenden, ging auf sie zu und zog sie zur Begrüßung schnell in eine Umarmung, als sei es für uns das Normalste der Welt. Es ging so schnell, dass sie es offenbar erst realisierte, nachdem es schon vorüber war. Zwar kam ich mir dabei wie ein Neandertaler vor, aber ich konnte es einfach nicht unterlassen, mein Revier vor Elias zu markieren.

»Hej, Ems.«

Sie verkrampfte sich augenblicklich und schaute mich skeptisch an.

»Ems?«

»Wieso nicht? Du brauchst einen Spitznamen.« Ich zwinkerte ihr zu. Mit den Augen rollend lief sie an das Ufer und starrte auf den See. Ob sie der Situation entfliehen wollte?

Wenige Minuten später trafen auch die anderen ein und ich zwang mich, meinen Blick von Emma abzuwenden. Sophie und Laura waren Schwestern und von ihren Charaktereigenschaften komplett unterschiedlich. Sie lebten auch auf Vallsnäs und wuchsen sozusagen mit uns auf, wodurch wir gut befreundet waren.

Ben und Paula hingegen ließen lange auf sich warten, bis Elsa verkündete, dass Ben ihr eine Nachricht geschickt und abgesagt hatte. Ich konnte ihr die Enttäuschung ansehen. Jeder schien sich seinen Teil zu denken, weshalb nicht nur er, sondern auch Paula vom Lagerfeuer fernblieb. Ems redete leise auf Elsa ein und drückte sie an sich. Ich war froh, dass sie hier war und für Elsa da sein konnte. Auch ich wollte für meine Schwester da sein, aber solche Frauengespräche waren nicht mein Ding. Ich regelte solche Angelegenheiten anders.

Sophie und Laura kamen schnell mit Ems ins Gespräch und auch Elias hing die ganze Zeit an ihren Lippen. Oder an ihrem Arsch. Je nachdem, ob sie saß, oder stand. Sie schien ein offener Mensch zu sein und schnell Kontakte knüpfen zu können, jedoch bekam ich den Eindruck, dass sie sich zurückhielt. Bei ihrem Lachen zeigte sie strahlend weiße Zähne und ein kleines Grübchen kam an ihrem Kinn zum Vorschein. Nur zu mir hielt sie weiterhin einen gewissen Sicherheitsabstand. Trotzdem nahm ich wahr, wie sie mir immer wieder verstohlene Blicke zuwarf. Sobald sich unsere Blicke trafen, errötete sie. Irgendwie war ihr Verhalten süß. Vielleicht hinterließ ich bei unserem ersten Zusammentreffen doch keinen allzu miserablen ersten Eindruck. Grinsend erinnerte ich mich daran, wie sie mich als *heißen Typ* betitelte.

Wir ließen entspannte Musik laufen und aßen gemeinsam am Lagerfeuer, als Sophie von dem aktuellen Stand ihrer selbst gegründeten Hundepension erzählte.

»Für die kommenden fünf Wochen bin ich komplett ausgebucht, das ist echt irre. Es macht so viel Spaß. Nächstes Jahr möchte ich mir Unterstützung holen, damit ich noch mehr Hunde aufnehmen kann.« Sie war ganz aus dem Häuschen und ich freute mich ehrlich für sie. Sophie arbeitete zuvor als medizinische Fachangestellte in einer Arztpraxis in Hyltebruk und war mit ihrem Job nie wirklich zufrieden gewesen. Sophie schien eher mit Tieren, als mit Menschen, arbeiten zu können und erfüllte sich mit der Pension einen lang gehegten Traum. Begeistert hörte ihr meine Schwester zu, was mich wiederum etwas beruhigte, denn Elsa schien dadurch von der Sache mit Ben und Paula abgelenkt zu werden.

Ich ließ meinen Blick über die Bänke schweifen und stellte fest, dass Ems nicht mehr hier war. Als ich mich umblickte sah ich, wie sie am Strand stand und ihren Kopf immer wieder in den Nacken legte, um in den Himmel zu schauen. Entweder ging es ihr wie mir und sie genoss die Natur, oder etwas beschäftigte sie. Hm. Gerade als ich aufstehen und zu ihr gehen wollte, trat Elias in mein Sichtfeld und reichte ihr eine Dose Cola. Er selbst nippte an einem Bier. Auch die anderen blickten zu ihnen rüber und Laura schnaubte.

»War ja klar, dass sich Elias gleich an Emma ranschmeißt. Frischfleisch.«

Entweder täuschte ich mich, oder sie war tatsächlich eingeschnappt. Laura konnte grundsätzlich eher schlecht mit weiblicher Konkurrenz umgehen.

»Wie viel Bier hat er denn schon getrunken?«, fragte Sophie. Sie fragte nicht ohne Grund, denn Elias schlug hin und wieder über die Stränge und dies hatte meist zur Folge, dass er seine Grenzen nicht mehr kannte und am Ende betrunken in irgendeiner Ecke lag. Andererseits machte er in der Vergangenheit viel durch, weshalb wir – zumindest teilweise – Verständnis für ihn aufbrachten. Leider verstand er nur nicht, dass es irgendwann auch mal reichte. Elias blockte Gespräche ab, wenn ich das Thema ansprach. Vermutlich würde er sich öffnen, wenn er so weit war.

Seufzend ließ auch ich meinen Kopf in den Nacken sinken und schaute in den Himmel. Was schaute sich Emma an? Die Sterne? Den Mond? Nach wenigen Minuten verkrampfte sich mein Nacken und ich schaute wieder in die Runde. Ich musste ein paar Mal blinzeln, denn meine Augen mussten sich erst wieder an die Helligkeit des Feuers und der ganzen Lichter gewöhnen. Als sich Elias erneut an der Kühltruhe bediente und ein Bier herausfischte, ging ich zu ihm.

»Dein wievieltes Bier ist das?«

Mit glasigem Blick schaute er zu mir.

»Keine Ahnung, ist doch egal, wir sind hier zum Feiern.«

»Ja, nur dass aus dem *Feiern* eher eine gemütliche Runde am Lagerfeuer geworden ist und du zwischendurch besser mal ein Wasser trinken solltest.« Ich nahm ihm das Bier ab und reichte ihm stattdessen eine Flasche Wasser. Schnaubend nahm er das Wasser, trank einen großen Schluck und drehte mir wortlos den Rücken zu, um zurück zum Lagerfeuer zu laufen. Ich fragte mich, weshalb er nicht direkt zu Ems ging, doch als ich zum Strand schaute, war sie nicht mehr da. Suchend schaute ich mich um und erblickte sie, wie sie neben Sophie auf einer der Bänke am Lagerfeuer saß. Im Schein des Feuers wirkte ihre Züge noch zarter. Sie schien zu frösteln, denn sie hatte sich ihren Pullover angezogen und ihre Arme eng um sich geschlungen. Ich trat ebenfalls ans Lagerfeuer.

»Was steht die nächsten Tage an?«, fragte Elias. Es schien, als hätte Elsa nur auf diese Frage gewartet.

»Es steht noch einiges an. Ich möchte Emma so viel zeigen. Wir sollten unbedingt in den nächsten Tagen mit dem Boot rausfahren.«

»Was wäre denn, wenn wir statt mit dem Boot rauszufahren, mal wieder eine Kanutour zu einer der Inseln machen würden?« Lauras Augen blitzten auf. Hm. Eine Kanutour klang gut. Ich mochte sportliche Betätigung und vielleicht konnte ich es geschickt organisieren, sodass Ems mit mir in einem Kanu saß.

»Klingt gut. Wollen wir zur Vogelinsel? Wir könnten dort übernachten und am nächsten Tag zurückpaddeln. Ich würde uns eine gute Route raussuchen.« Ich sah die Begeisterung in den Augen der anderen. Emma schaute mich irritiert an.

»Die Vogelinsel? Gibt es denn dort Ferienhäuser von eurer Familie oder ein Hotel?«

»Ein Hotel?!« Laura lachte los. »Nein, wir nehmen Zelte mit und campen dort. Wichtig ist nur, dass wir keinen Abfall zurücklassen. Ansonsten ist es kein Problem.«

»Zelte? Wird es nachts nicht zu kalt? Außerdem habe ich kein Zelt.« Emma war offensichtlich nicht sehr angetan von der Idee, in einem Zelt zu übernachten. Vermutlich war es unter ihrem Niveau. Ich fragte mich, ob ich mich zu sehr von ihr blenden ließ. Vielleicht war sie es nicht wert und ich sollte sie einfach Elias überlassen. Emma schien ohnehin mehr von ihm zu halten, als von mir. Doch als im nächsten Moment ihr Blick auf meinen traf, verwarf ich diesen Gedanken sofort wieder. Shit. Was hatte sie nur an sich?

»Keine Sorge, Ems. Wenn dir kalt sein sollte, kann ich dich gerne aufwärmen.«

»Lucas!« sagten fast alle zeitgleich und verdrehten stöhnend die Augen. Lachend blickte ich in die Runde.

»Ach kommt schon, das war eine Steilvorlage.«, sagte ich mit einem Zwinkern zu Emma, deren Gesicht wieder rot anlief.

»Aber im Ernst. Wir nehmen genug Decken und Schlafsäcke mit und am Abend machen wir ein Feuer. Allein schon, um die Tiere fernzuhalten. Zelte haben wir mehr als genug, darum brauchst du dir keine Sorgen machen. Falls du tatsächlich auf meine wärmende Nähe verzichten möchtest, steht dir natürlich auch ein eigenes Zelt zu.«

»Sehr großzügig…«, murmelte sie und ich musste erneut grinsen. Es machte einfach zu viel Spaß, sie zu reizen.

»Bis Freitag soll es noch hin und wieder windig werden. Ich würde vorschlagen, dass wir den Samstag ins Auge fassen. Was meint ihr?«

Alle stimmten zu und sofort begannen Gespräche über Zelte, Proviant und geeignete Routen.

Elsa stand auf, um nach ihrer Gitarre zu greifen. Es war eine Art Tradition, dass sie an unseren Lagerfeuer-Abenden ein paar Songs auf ihrer Gitarre spielte. Je nach Stimmung, sangen wir mit. Heute lauschten wir nur den Tönen, als sie mit ihrer Gitarre *Chasing Cars* anstimmte.

Ich beobachtete Emma auf der anderen Seite des Feuers. Sie schien sich gut mit den anderen zu verstehen. Irgendwie machte es mich glücklich, sie so zu sehen. Zu Beginn des Abends wirkte sie noch deutlich verlorener.

Elias stand erneut auf und holte sich wieder ein Bier, sowie eine weitere Dose Cola für Emma. Er setzte sich diesmal direkt neben sie und möglicherweise bildete ich es mir ein, aber es machte den Eindruck, als würde sich Ems dabei unbehaglich fühlen.

Emma

Elias nahm neben mir Platz und reichte mir wortlos eine weitere Dose Cola. Er war wirklich sehr aufmerksam, mich nach meinem Lieblingsgetränk zu fragen und regelmäßig für Nachschub zu sorgen. Allerdings war mir auch nicht entgangen, dass er bestimmt schon sein achtes Bier trank und sein Blick immer glasiger wurde. Zudem schien er seinen Körper nicht mehr ganz unter Kontrolle zu haben und stieß mit seinem Oberarm immer wieder unkoordiniert gegen meine Schulter. Es war mir unangenehm, da ich ihn noch nicht wirklich kannte und ihn daher mit seinen Absichten nicht einschätzen konnte.

Elias hatte kurzes braunes Haar, welches leicht nach hinten gegelt war. Ebenso wie Lucas, war er groß und maskulin. Ich fragte mich, ob hier alle Menschen so gut aussahen. Auch Laura und Sophie waren sehr hübsch mit ihren mittellangen blonden Haaren und blauen Augen. Sie waren eineiige Zwillinge, doch zum Glück konnte ich sie aufgrund des Größenunterschiedes gut auseinanderhalten. Laura war gut zehn Zentimeter größer als Sophie.

»Danke.«, sagte ich und lächelte ihn an. Er lächelte zurück und legte seine Hand auf die Bank direkt neben mir, wobei seine Hand zur Hälfte auf meinem Oberschenkel landete. Okay, ob beabsichtig oder nicht, das war mir zu viel Körperkontakt. Abrupt stand ich auf.

»Brauch noch jemand etwas aus dem Haus? Ich gehe kurz hoch.« Ich wollte mir sowieso eine dickere Jacke holen und außerdem musste ich auf die Toilette. Die ganze Cola muss auch irgendwann wieder raus.

»Kannst du mir bitte einen Pullover mitbringen?«, fragte Elsa. Ich nickte ihr zu und stapfte zu der Stelle am Strand, wo ich ungefähr den Weg vermutete, welcher direkt zum Haus führte. Hierbei brauchte ich einen Moment, denn es war wirklich stockfinster. Am Strand und Steg standen überall Lichter, doch der Weg zum Haus war nicht beleuchtet.

»Kann ich dir helfen? In der Dunkelheit sieht man ja die Hand vor Augen nicht.« Elias trat vor und legte mir eine Hand auf den Rücken. Erschrocken zuckte ich zusammen. Wie konnte er sich nur so leise anschleichen?

»Ähm, ja, danke. Ich finde den Weg nämlich wirklich nicht.«

Elias übte mit seiner Hand in meinem Rücken leichten Druck aus und führte mich ein paar Meter weiter nach links. Nun konnte auch ich den Weg erkennen. Dankbar, aber auch etwas nervös, lächelte ich ihn an.

»Danke.«

»Ich begleite dich, damit du dich auf dem Rückweg nicht nochmal verläufst«.

Schweigend liefen wir nebeneinander her, während seine Hand noch immer auf meinem Rücken lag. Nach wenigen Minuten stellte er sich mir in den Weg, sodass ich stehen bleiben musste. Mein Blick wanderte automatisch zum Haus und anschließend zum Lagerfeuer. Wir mussten uns ungefähr auf dem halben Weg zum Haus befinden.

»Weshalb nennt dich Lucas eigentlich *Ems*?«

Irritiert über seine Frage, schaute ich ihm wieder das Gesicht. Ich hatte wirklich keine Lust, hier draußen eine Unterhaltung zu führen. Fröstelnd trat ich von einem Fuß auf den anderen.

»Naja, er wollte mir wohl einen Spitznamen verpassen.«, antwortete ich achselzuckend und fragte mich, wohin das Gespräch führen sollte.

»Dann seid ihr also nicht enger miteinander befreundet? Er hat bisher nicht viel von dir erzählt.« Seine Stimme wurde tiefer und mir gefiel dieser Ton ganz und gar nicht. Ich sendete ihm doch nicht falsche Signale, oder? Schließlich suchte er zwar häufig den Kontakt zu mir, aber ich definitiv nicht zu ihm.

»Das würde ich nicht sagen. Elias-«

»Hey, ist schon okay.«, schnitt er mir das Wort mit leiser Stimme ab und ließ seine Hand nach unten an meinen Po wandern. Eschrocken zuckte ich zurück, doch der Druck seiner Hand verstärkte sich, wodurch er mich scheinbar vollkommen mühelos zu sich zog. Es fühlte sich falsch an, so nah bei ihm zu stehen und seine Hand auf meinem Po zu spüren. Ich kannte Elias kaum, daher wusste ich nicht, wie ich in dieser Situation mit ihm umgehen sollte. Er musste doch spüren, dass mir diese Situation unangenehm war.

»Elias, bitte lass mich los.«

Nachdem er nicht auf meine Bitte reagierte, drückte ich meine Hände gegen seine Brust. Er schien es entweder nicht zu registrieren, oder es war ihm schlichtweg egal. Elias beugte sich hinunter und gab mir einen Kuss auf den Hals.

Mir wurde schlecht. Ich schnappte nach Luft und versuchte mir in das Gedächtnis zu rufen, wie ich mich selbstverteidigen konnte. Nach Phils Ohrfeige schaute ich mir mehrere Videos zur Selbstverteidigung im Internet an, doch im Moment war mein Kopf leer. Mist, Mist, Mist. Wie ging das nochmal? Plötzlich rutschte seine Hand von meinem Po und er taumelte rückwärts in die Dunkelheit.

»Geht`s noch?!«, rief er empört.

»Ob es noch geht?! Das sollte ich wohl eher dich fragen. Hast du dich so volllaufen lassen, dass du gar nichts mehr kapierst, oder was?« Lucas' Stimme klang angestrengt und wütend. Ausgerechnet Lucas, der mir von Anfang an zweideutige Angebote machte?

»Sie wollte doch, dass ich mitkomme.« nuschelte Elias. Weshalb nuschelte er?

»Aber ganz bestimmt nicht wegen dem, was du vorhattest. Jetzt geh zurück an den Strand und schnapp dir ein Wasser. Das kann ja wohl nicht wahr sein…«

Ich hörte, wie sich unregelmäßige, teilweise schlurfende, Schritte entfernten und plötzlich tauchte Lucas vor mir auf. Ich erschrak unwillkürlich und konnte ihn nur mit aufgerissenen Augen anschauen.

»Komm, ich begleite dich zum Haus.«

Als er meinen Blick sah, hob er beschwichtigend die Hände. »Ich behalte meine Hände auch bei mir, versprochen.«

Ich konnte nicht glauben, dass Elias zu betrunken gewesen war, um meine Worte zu verstehen. Umso weniger konnte ich glauben, dass mir ausgerechnet Lucas als heimlicher Retter in der Not zur Hilfe eilte. Als er nichts weiter sagte, unterbrach ich die Stille.

»Lucas?«

»Ja? Ist alles okay bei dir?«

»Danke für deine Hilfe. Ich... Naja. Ich habe seine... Annäherung nicht provoziert, falls du das denkst. Eigentlich wollte ich weg von ihm, deshalb bin ich aufgestanden.«

Ich legte meine Hand an seinen Unterarm, um ihm zu signalisieren, wie ernst es mir war. Sie kannten sich alle schon mehrere Jahre und ich war neu hinzugestoßen. Der Abend war schön und ich wollte nicht aus der Gruppe ausgeschlossen werden. Es war mir wirklich wichtig, dass Lucas mir glaubte.

»Du brauchst dich nicht entschuldigen, Ems. Ich habe gehört, wie du ihm gesagt hast, dass er dich loslassen soll.«

»Okay... Danke.«

»Jetzt hör auf, dich zu bedanken.«

Schweigend liefen wir die letzten Meter zum Haus. Dort angekommen suchte ich für Elsa einen Pullover und für mich eine Jacke. Nachdem ich auf der Toilette war, nahm ich einen Waschlappen und rieb mir damit über den linken Hals. Ich wollte das Gefühl von Elias' Lippen auf meinem Hals abwaschen. Als ich wieder die Treppe hinuntergelaufen kam, lehnte Lucas am Geländer und schaute mich mit ernster Miene an. Obwohl er gewohnt lässig aussah, wirkte sein Körper trotzdem angespannt. Seine dunkelblauen Augen fixierten meinen Hals und seine Hände ballten sich zu Fäusten. Er war wütend. Richtig wütend. Am liebsten hätte ich wieder kehrt gemacht und wäre zurück nach oben gelaufen. Doch ich riss mich zusammen und lief auch die letzten Treppenstufen nach unten zu ihm. Unsicher schaute ich ihn an. So ernst hatte ich ihn bisher nicht erlebt.

»Vielleicht ist es besser, wenn ich hierbleibe.«, sagte ich

und brach den Blickkontakt ab, denn sein intensiver Blick war mir unangenehm.

»Wenn einer irgendwo bleiben sollte, dann Elias. Außerdem finde ich die Vorstellung, dass du hier oben allein bleibst, nicht gut. Elsa hat mir geschrieben, dass Elias nach Hause gegangen ist. Du brauchst dir also keine Sorgen machen, dass er dir nochmals zu nahekommen könnte.«

Lucas schien zu merken, dass mir die Situation mehr als unangenehm war, denn sein Blick wurde etwas weicher. Er legte mir die Hand auf den oberen Rücken und schob mich sanft Richtung Haustür. Bei ihm fühlte sich diese Berührung vollkommen anders an – mein Rücken prickelte. Ich folgte seinem leichten Druck und wir liefen zurück zum Lagerfeuer.

Nachdem ich Elsa ihren Pullover reichte, setzte ich mich neben Lucas auf die Bank. Elsa schaute fragend zwischen Lucas und mir hin und her. Vermutlich erkannte sie an meinem – oder seinem – Gesichtsausdruck, dass etwas nicht in Ordnung war.

»Elias ist eben gegangen und meinte, er müsse seinen Rausch ausschlafen.«, sagte sie.

»Ja, so etwas in der Art hat er erwähnt.«, gab Lucas knapp zur Antwort. Langsam ließen wir das Feuer ausgehen und mit den letzten Flammen löste sich auch die Gruppe auf. Sophie streckte sich.

»Ich muss morgen auch wieder früh raus. Aber die Kanutour wird super! Danke für den schönen Abend. War toll, mal wieder gemeinsam ein Lagerfeuer zu machen.« Sie wandte sich mir zu. »Es war echt schön, dich kennenzulernen. Dank dir frischen wir unsere Deutsch-Kenntnisse wieder auf.« Sie grinste und umarmte mich. Auch Laura verabschiedete sich und Lucas bot an, noch ein paar Minuten zu bleiben, um sicherzugehen, dass das Feuer auch wirklich aus war und sich nicht neu entfachte. Elsa und ich packten die übrig gebliebenen Würstchen ein und gingen wieder hoch zum Haus. Oben angekommen musterte sie mich.

»Was war denn los? Ihr seid so lange weg gewesen, Elias ist plötzlich abgehauen, dann kommst du mit Lucas zurück und er weicht dir nicht von deiner Seite?« Elsa zog ihre Augenbrauen hoch. Ich erzählte ihr, was passiert war. Dass ich alleine gehen wollte, Elias plötzlich auftauchte und mir viel zu nahekam. Dass Lucas ihm die Meinung sagte, mich begleitete und ausnahmsweise ernst und anständig geblieben war.

»Oh nein. Das tut mir so leid, Emma. Elias schlägt manchmal über die Stränge und hat sich dann nicht mehr so ganz unter Kontrolle. Mir war aber nicht bewusst, dass er dabei Frauen zu nahekam. Und dass er ein Nein schlichtweg überhört – geht gar nicht. Ist alles okay bei dir?«

»Ja. Es war hauptsächlich der Schock. Aber ich weiß nicht was passiert wäre, wenn Lucas nicht gekommen wäre. Vermutlich hätte mich Elias gegen meinen Willen geküsst.«

»Ich glaube, Lucas hat gespürt, dass etwas nicht in Ordnung war. Er hat euch die ganze Zeit beobachtet und als Elias kurz nach dir ebenfalls zum Haus laufen wollte, ging Lucas ihm hinterher.«

»Meinst du, ich habe Elias falsche Hoffnung gemacht?«

»Nein, glaub mir. Niemand hatte den Eindruck, dass du ihm entsprechende Signale gesendet hast. Das lag einzig allein an seinem Alkoholkonsum. Normalerweise ist er wirklich super nett. Abgesehen von seinen Fraueneroberungen.« Elsa grinste in sich hinein.

Ja... Zu Beginn des Abends war er auch mir gegenüber sehr zuvorkommend und nett. Erst im Laufe des Abends wurde mir seine Nähe unangenehm. Ganz anders als bei Lucas. Er hatte gespürt, dass etwas nicht stimmte und nahm mich in Schutz. So, wie auch Timothy mich in Schutz genommen hätte.

»Hat es dich an Phil erinnert?« Meine Freundin klang besorgt.

»Nein, es war einfach unangenehm. Sag mal, hast du nochmal etwas von Ben gehört?« Elsa war gerade dabei, die übrig gebliebenen Lebensmittel im Kühlschrank zu verstauen und hielt in der Bewegung inne.

»Ehrlich gesagt glaube ich nicht, dass zwischen ihm und Paula etwas läuft. Er hat mir Nachrichten geschickt, dass er jetzt für sie da sein müsse und er mir alles erklären würde.«

»Okay, ich kann verstehen, dass man für seine Freunde da ist. Aber ihr seid doch so gut wie zusammen und er hat dich seit deinem Besuch hier nicht einmal treffen wollen? Ich möchte nicht gemein sein, Elsa, aber kommt dir das nicht auch komisch vor?«

Seufzend ließ sie sich auf einen der weißen Holzstühle sinken.

»Irgendwie schon, aber ich kann auch ihn verstehen. Ich habe die Angst, zu sehr an ihm festzuhalten und letztendlich enttäuscht zu werden. Wohin soll das überhaupt führen? Er hat mich auch noch nie in Berlin besucht. Das ist nicht die Art von Beziehung, wie ich sie mir vorstelle.«

Elsa sah vollkommen verloren aus. Ich wusste nicht, dass

ihr die Ungewissheit in Bezug auf Ben so nahe ging, deshalb setzte mich neben sie und legte meine Hand auf ihre.

»Ich verstehe dich. Ihr solltet erst einmal herausfinden, was das genau zwischen euch ist. Danach kannst du dir noch immer Gedanken machen, wie es weitergehen kann. Außerdem bin ich davon überzeugt, dass sich vieles ergeben wird, wenn die Chemie zwischen zwei Personen wirklich passt.«

»Ich habe überlegt, ihn morgen spontan zu besuchen. Warum sollte ich es nur ihm überlassen, ob wir uns sehen oder nicht?«

Das stimmte. Sie war gleichberechtigt und konnte genauso gut entscheiden, ob sie aktiv auf ihn zugehen wollte, oder nicht.

Am Abend fiel ich einen unruhigen Schlaf. Ich träumte von Phil, welcher mich verfolgte, Elias, der sich betrank und in den See fiel, sowie von dunkelblauen Augen, welche mich über das Lagerfeuer hinweg fixierten.

Emma

Als ich am nächsten Morgen aufwachte, schmerzte mir mein gesamter Körper. Die Sonne schien in mein Zimmer und es machte den Eindruck, als sei es bereits Mittag. Ich schnappte mir mein Handy und stellte erleichtert fest, dass es erst kurz nach acht Uhr war. Unter der Uhrzeit sah ich eine Nachricht von Elsa.

Hi Emma, du hast heute Morgen noch geschlafen. Ich bin schon unterwegs zu Ben und werde vermutlich erst heute Abend zurück sein.
Hab einen schönen Tag. xx

Ich schickte ihr eine kurze Antwort und ging hinunter, um etwas zu frühstücken. Kerstin saß am Frühstückstisch und bei meinem Anblick breitete sich ein Strahlen auf ihrem Gesicht aus. Björn ging meist schon um sieben Uhr zur Arbeit und kam auch erst spät am Abend nach Hause. Elsas Eltern waren richtige Workaholics.

»Guten Morgen, Emma. Du siehst noch ganz verschlafen aus.«

Es war mir noch immer unangenehm, in *ihrem* Haus zu wohnen und auf *ihren* Kosten zu leben. Da ich mich normalerweise selbstständig durchschlagen musste, war ich es nicht gewohnt, dass man für mich sorgte. Bei Phil war es wiederum anders. Er war extrem fürsorglich, wodurch ich mich häufig eingeengt fühlte. Einmal wollte er sogar, dass ich meinen Nebenjob aufgab, da er seiner Meinung nach genügend Geld für uns beide verdiente. Für nichts in der Welt hätte ich meinen Nebenjob aufgegeben. Schließlich ging es mir dabei nicht nur um einen kleinen Verdienst – welcher tatsächlich nicht sehr üppig ausfiel – sondern um die Unabhängigkeit und auch den Spaß an der Arbeit. Mein Team war eine bunte Mischung verschiedenster Charaktere, wodurch es nie langweilig wurde. Backen war neben dem Joggen eines meiner liebsten Freizeitbeschäftigungen. Daher genoss ich den Geruch von frisch aufgebrühtem Kaffee, Kuchen und Törtchen im Café. Beim Betreten meines Arbeitsplatzes durchkam mich jedes Mal ein Gefühl von Geborgenheit.

»Guten Morgen. Ja, ich habe nicht so gut geschlafen, aber das wird schon.« Ich lächelte Kerstin an.

»Elsa ist heute den Tag über unterwegs, oder? Hast du Pläne für heute?«

Während ich mir mein Müsli in eine Schüssel schüttete, schenkte ich mir mit der anderen Hand einen Kaffee ein.

»Ja, ich dachte ich backe heute Mittag einen Kuchen für euch. Dann kann ich mich für eure Gastfreundlichkeit revanchieren.«

Kerstin stand auf und ich wusste, dass sie zur Arbeit musste.

»Du musst dich nicht revanchieren, wir freuen uns wirklich, dass du bei uns bist. Dann legen wir heute wohl besser eine Nachmittagspause ein, denn zu Kuchen sagen wir ungern Nein.« Sie verließ zwinkernd den Raum.

Nachdem ich gegessen hatte, schnappte ich mir meine Sportsachen und lief los. Mittlerweile hatte ich mehrere Strecken als meine potentiellen Laufstrecken festgelegt, doch meine Lieblingsroute war die Laufstrecke zu der gemütlichen Holzhütte. Bisher traf ich dort nie jemanden an, doch heute stand ein Auto in der breiten Einfahrt. Es handelte sich um einen großen grauen Volvo, an dessen Motorhaube zusätzlich mehrere Scheinwerfer montiert waren. Mist, in diesem Fall konnte ich nicht quer über das Grundstück bis zum schönen Strand laufen. Für gewöhnlich legte ich hier eine kurze Verschnaufpause ein und genoss die Ruhe. Es musste wunderschön sein, jeden Tag nach dem Aufwachen einen solchen Ausblick zu haben.

Lucas

Meine Beine trugen mich wie von selbst. Nur die ersten fünf Kilometer kosteten mich Überwindung, danach trieb mich mein Körper von ganz allein an. Die Bäume flogen an mir vorbei, während sich die frische Waldluft in meinen Lungen ausbreitete und weiter anspornte.

Der gestrige Abend beschäftigte mich allerdings noch immer. Was war nur mit Elias los? Hatte er wirklich nicht verstanden, dass Emma Nein sagte, oder war es ihm tatsächlich egal? Ich konnte es mir einfach nicht vorstellen, Alkohol hin oder her. Es passte nicht zu ihm. Bereits am frühen Morgen rief er mich an, um sich nochmals zu entschuldigen und mir zu versichern, in Zukunft weniger Alkohol zu trinken. Dieses Versprechen gab er mir in der Vergangenheit häufiger, doch daran halten konnte er sich meistens nicht. Ich machte ihm klar, dass er sich bei Emma, und nicht bei mir, entschuldigen musste. Wie es ihr wohl nach dem gestrigen Abend ging? Sie hatte sich den Hals so stark abgewaschen, dass er beinah blutete. Bei der Vorstellung wurde ich erneut wütend. Weshalb löste sie bei mir diesen Beschützerinstinkt aus?

Hm. Ich fragte mich, ob sie bei mir auch so ablehnend reagiert hätte. Vermutlich nicht. Ich kam mir wie ein Vollidiot vor, grinsend durch den Wald zu rennen, aber dieses verdammte Grinsen ließ sich einfach nicht abstellen. Emma schien meine Art zu gefallen, auch, wenn sie es nicht zugeben wollte. Wenn ich an unsere erste Begegnung mit ihren Shorts und der Röte im Gesicht dachte, wurde mein Grinsen breiter. In diesem Moment hörte ich Schritte und schaute auf. Mir kam jemand entgegen, was ziemlich ungewöhnlich war, da hier kaum jemand joggen ging. Vom Gang her handelte es sich definitiv um eine Frau, sicherlich eine Touristin. Es interessierte mich nicht weiter, also grüßte ich sie beim Vorbeijoggen flüchtig und hielt beim Blick in ihr Gesicht überrascht inne. Es war Ems.

Emma lief einfach weiter, ihr Hintern bewegte sich in ihrer engen, langen Sporthose schwungvoll von links nach rechts. Ich musste nicht lange überlegen und kehrte um. Sobald ich sie eingeholt hatte, joggte ich neben ihr her.

»Na? Du gehst also auch joggen?«

Sie verdrehte die Augen und schaute demonstrativ nach vorne. Schade. Ich dachte, seit meiner Hilfe gestern sei das Eis zwischen uns zumindest angebrochen.

»Ignorierst du mich jetzt?«

Keine Antwort. Also gut. In diesem Fall blieb mir nichts anderes übrig. Mit einem großen Schritt trat ich vor sie und joggte rückwärts vor ihr her. Genervt versuchte sie, links und rechts an mir vorbeizulaufen, doch ich ließ ihr keine Chance. Trotzdem war ich bedacht darauf, ihr nicht zu nahe zu kommen. Schließlich wollte ich nicht, dass sie dachte, alle männlichen Schweden seien so wie Elias.

»Geh mir bitte einfach aus dem Weg.«, keuchte sie.

»Warum? Gemeinsam Sport zu treiben macht doch viel mehr Spaß, als allein.«

Jetzt, da sie mich nicht mehr ignorierte, kam ich ihrer Bitte nach und lief wieder neben ihr her. Sie wirkte schöpft und mich beschlich das Gefühl, dass sie ihren Schritt beschleunigte, um mir zu entkommen.

»Kommt darauf an.«, presste sie heraus.

»Worauf?«

»Mit wem man läuft.«

»Autsch. Du könntest ruhig ein bisschen netter zu mir sein. Immerhin war ich bisher auch immer nett zu dir.«

»Bisher bist du…« Sie blieb stehen, atmete hektisch ein und aus und stützte sich dabei mit ihren Händen auf den Oberschenkeln ab. In dieser Position bildete sich ein knapper Spalt zwischen ihrem Sport-BH und ihrer Haut, wodurch ich die Wölbungen ihrer Brüste erahnen konnte. Wenn sie sich noch ein paar Zentimeter nach vorne beugen würde…

»Bisher bist du nicht sonderlich nett gewesen«, presste sie heraus.

»Findest du? Was ist mit gestern? Ich habe dich gerettet.«

Ein Grinsen umspielte meine Lippen. Entrüstet und mit rotem Kopf sah sie zu mir auf.

»Ist das dein Ernst? Was wärst du für ein Mensch, wenn du nicht eingegriffen hättest?«

Na gut, damit hatte sie recht. Trotzdem hatte ich ihr geholfen. Ich machte mir ein bisschen Sorgen, da ihr Kopf mittlerweile die Farbe einer reifen Tomate annahm. Sie musste schon mindestens fünfzehn Kilometer gejoggt sein, wenn sie mir hier entgegenkam.

»Allmählich beschleicht mich das Gefühl, dass du Gründe suchst, mich nicht zu mögen. Stimmt das?«

Sie drehte sich zur Seite und schaute erneut demonstrativ weg. Da sie heute wieder ziemlich zickig unterwegs war, beschloss ich, mein Glück auf die Probe zu stellen. Ich ging auf sie zu und sie machte einen Schritt zurück, dann noch einen und noch einen. Bis sie mit dem Rücken an einem großen Felsen stand. Genau dort wollte ich sie haben. Mit beiden Händen stützte ich mich links und rechts neben ihrem Kopf ab. Weil sie so klein war, musste ich mich herunterbeugen und ihre Augen wurden groß. Als ich mich noch ein Stück weiter zu ihr herunterbeugte, sprach ich mit leiser Stimme.

»Also? Magst du mich wirklich nicht oder möchtest du nur überspielen, dass du mich magst?«

Emma schnappte nach Luft, machte aber keine Anstalten, unter meinen Armen durchzuschlüpfen. Das wäre ein Leichtes für sie gewesen, schließlich hielt ich sie nicht fest oder engte sie ein. Vermutlich würde sie sich nicht einmal bücken müssen, sondern könnte einfach davonlaufen. Doch sie blieb stehen und bewegte sich nicht. Ems fixierte meinen Blick, während sie trotzig ihr Kinn hob.

»Ich habe keine Lust auf Spielchen. Wenn ich dich mögen würde, würdest du es schon merken.«

Sie drückte ihre kleinen Hände gegen meine Brust, wobei sie leicht zusammenzuckte. Den halbherzigen Versuch, mich wegzuschieben, nahm ich ihr nicht ab. Ich bewegte meinen Kopf langsam zu ihrem Gesicht hinab. Erneut schnappte sie nach Luft und ihr Blick fiel auf meine leicht geöffneten Lippen.

»Ich schätze«, hauchte ich, »dass du mich sehr wohl magst und es nur nicht zugeben möchtest.«

Ich drückte mich vom Felsen ab und grinste sie mit einem schiefen Lächeln an.

»Aber wir haben ja noch den ganzen Sommer Zeit, um das herauszufinden, oder Ems? Außerdem möchte ich dich nicht von deinem Training abhalten.«

Ich hob den Arm in Richtung des Weges, um ihr zu signalisieren, dass sie weiterlaufen sollte. Emma wirkte vollkommen perplex, dann stapfte sie wutentbrannt an mir vorbei. Plötzlich drehte sie sich um und tippte mir mit dem Zeigefinger fest gegen die Brust.

»Niemals.«, zischte sie und lief los.

Echt jetzt? Ungehemmt lachte ich los. Während ich den Eindruck gewann, von einer Fünfjährigen bedroht worden zu sein, breitete sich ein leichtes Kribbeln in meiner Magengegend aus. Beschwingt lief ich die letzten Meter zu meinem Haus und musste zugeben, dass auch mich die Situation nicht kalt gelassen hatte. Ich konnte nicht benennen, was sie für mich so interessant machte. Fakt war, dass meine Gedanken um Ems kreisten. Fakt war auch, dass sie ebenfalls auf mich reagierte. Möglicherweise hatte sie tatsächlich einen neuen Mann an ihrer Seite. Das würde erklären, weshalb sie nicht auf mich eingehen wollte.

Zu Hause angekommen nahm ich mir meine Flasche Wasser, welche noch auf dem Holztisch auf der Terrasse stand. Ich schlenderte hinter das Haus und lief den kleinen Weg zum Strand hinunter. Mein persönliches Paradies. Da hier niemand Einsicht hatte, entledigte ich mich meiner Sportkleidung und warf sie achtlos auf den Steg. Als ich zur Abkühlung in den See sprang, sprudelte das kühle Wasser an meinem Körper entlang. Herrlich.

Ich verlor die Zeit beim Joggen aus den Augen, also schwamm ich nur eine kleine Runde und ging anschließend duschen. Nachdem ich meinen Laptop für die Arbeit hochgefahren hatte, klingelte mein Handy.

»Hi Lucas.« Ich erkannte sofort ihre Stimme.

»Hej Laura. Seid ihr gestern gut nach Hause gekommen?«

»Klar. Was machst du?«

»Ich war joggen und muss jetzt noch ein paar Stunden arbeiten.«

»Dann hast du heute keine Zeit für mich?«

Ich nahm schon bei der Begrüßung einen gewissen Unterton in ihrer Stimme wahr. Allerdings musste ich jetzt feststellen, dass mich ihre Andeutung kalt ließ.

»Hör mal, Laura, ich habe wirklich noch einiges zu tun. Wir sehen uns die Tage, okay?«

In der Leitung wurde es still. Ich dachte schon, Laura hätte aufgelegt, daher schaute ich vorsichtshalber auf mein Handydisplay. Der Anruf war noch aktiv.

»Okay. Spätestens bei unserer Kanutour.«

Stimmt.

»Ja, genau. Mach's gut!«

Zügig legte ich auf. Oh man. Mit den Gedanken an Ems Sportbekleidung stellte ich fest, dass ich in ein ernsthaftes Problem geraten war. Wann hatte ich zuletzt eine Frau abgewiesen, die offenkundig nur Sex mit mir haben wollte?

Emma

Dieser Mistkerl! Wütend schmiss ich das letzte Ei in die Rührschüssel. Wie konnte er nur so…so…dämlich und trotzdem heiß sein? Was war sein Ziel? Wollte er nur testen, ob ich auf ihn eingehen würde? Wenn ich ehrlich zu mir selbst war, hätte ich mich vermutlich nicht mal gegen einen Kuss gewehrt. Mist. Mist. Mist. Das konnte ich jetzt wirklich nicht gebrauchen. Wo war Elsa, wenn man sie brauchte? Ich nahm den Schneebesen und hob das gesiebte Mehl etwas zu energisch unter. In der halben Küche, sowie in meinem Gesicht und auf meinem Oberkörper, verteile sich das pudrige Mehl. Na super. Das fehlte mir gerade noch. Genervt nahm ich ein Spültuch und putzte alles wieder sauber. Da ich mich noch weiter abreagieren musste, beschloss ich, eine Torte statt eines Kuchens zu backen. Dadurch erhielt ich die Chance, mich dank dem Schlagen der Cremefüllungen abreagieren zu können. Nachdem ich den Teig in den Backofen geschoben hatte, musste ich eine Pause einlegen. Die Creme würde ich erst beginnen, wenn der Boden bereits ausgekühlt war. Unruhig schnappte ich mir mein Handy, wählte seine Nummer und betete zu Gott, dass er abhob.

»Hi.«

Ich sah Timothys Grinsen vor mir und musste automatisch ebenfalls grinsen.

»Hey. Wie geht es dir? Erzähl, genießt du das Meer?«

»Mir geht es gut, auch wenn ich euch vermisse. Das Meer ist warm und klar, eigentlich wie eine riesige Badewanne. Meine Schwester ist vorgestern in einen Seeigel getreten – frag nicht, was das für ein Drama war. Sie versucht mich ständig mit irgendwelchen anderen Urlauberinnen zu verkuppeln. Echt ätzend. Wie läuft es bei euch? Erzähl mir von Ben! Wie ist er so?«

»Oh je, klingt nicht gerade nach einem harmonischen Familienurlaub. Geht es deiner Schwester besser?«

»Klar, sie macht eben ein Drama daraus. Du kennst sie ja. Lieber ein bisschen zu viel Drama, statt zu wenig.«

»Ich verstehe.«, sagte ich grinsend. Ich konnte mir Jenna vorstellen, wie sie sich nun von vorn bis hinten bedienen ließ.

»Bei uns läuft es halbwegs gut. Die Natur ist einfach wunderschön, du musst definitiv auch mal nach Schweden kommen. Du kannst dir nicht vorstellen, wie grün hier alles ist. Es gibt *so* viele Seen und kleine Strände an jeder Bucht. Fast jeder hier hat ein Boot und fährt damit einkaufen, es ist einfach eine ganz andere Welt. Die Freunde von Elsa sind ganz nett, außer ihr Bruder vielleicht. Ja und Ben... Der hat sich noch nicht blicken lassen. Scheinbar hat er etwas mit einer anderen Freundin am Laufen.«, endete ich meinen Monolog.

»Echt jetzt? Und was sagt Elsa dazu?«

»Sie ist noch nicht ganz davon überzeugt, dass er ein Idiot ist. Heute wollte sie zu ihm fahren und da sie bisher den ganzen Tag nicht zurückgekehrt ist, muss es entweder viel Gesprächsstoff geben, oder sie zelebrieren ihr Wiedersehen.«

»Ich kann mir vorstellen, wie das Wiedersehen aussieht.«, sagte er lachend. Ich musste in sein Lachen einstimmen. Es war einfach so entspannt mit Timothy.

»Sei mal ehrlich. Wie geht es dir? Hast du Kontakt zu

Phil gehabt? Er versucht mich seit wenigen Tagen zu erreichen. Ich war schon kurz versucht, einen seiner Anrufe entgegenzunehmen. Allein schon, damit seine Handyrechnung aufgrund der Auslandstelefonate in die Höhe steigt.«

Er versuchte wieder, bei Timothy anzurufen? Wie verzweifelt musste er sein? Es war Wochen her, dass ich aus seiner Wohnung geflüchtet war.

»Tut mir echt leid, dass du mittlerweile auch wieder Anrufe bekommst. Bei Elsa und mir hat es etwas abgenommen. Wir heben beide nicht ab, wer weiß, was er sagen würde… Geschrieben habe ich ihm bisher auch nicht… Das habe ich ehrlich gesagt auch nicht vor. Am liebsten möchte ich ihn und unsere gemeinsame Zeit einfach vergessen. Weißt du – ich frage mich noch immer, ob ich in manchen Situationen falsch gehandelt habe.«

»Schon okay, soll er nur anrufen. Du darfst aber nicht vergessen, dass ihr auch schöne Zeiten hattet. Nicht, dass ich ihn in Schutz nehmen möchte, aber sonst wärst du doch nie bei ihm eingezogen. Und dass er sich so entwickelte konnte niemand erahnen. Ich denke, selbst wenn du in manchen Situationen anders gehandelt hättest, wäre seine Reaktion gleich gewesen. Vielleicht nur in einem anderen Zusammenhang oder zu einem anderen Zeitpunkt. Wenn jemand gewalttätig ist, zeigt sich das früher oder später grundsätzlich.«

»Mag schon sein.«

Ich berichtete ihm von meinem ersten Zusammentreffen mit Lucas und unseren weiteren Begegnungen, bis zu dem Felsen im Wald. Timothy hörte sich alles bis zum Schluss an und es dauerte einen Moment, bis er etwas dazu sagte.

»Und du meinst, er verarscht dich nur?«

»Meinst du, ein Mann verhält sich so, wenn er es ernst meint? Damit würde er sich doch selbst ins Aus schießen. «

»Vielleicht sieht er es als eine Art Spiel. Ein Vorspiel sozusagen.«

Ich verdrehte die Augen bei seiner Vermutung.

»Keine Ahnung. Ich weiß nur, dass er zwei Persönlichkeiten hat: eine nette und eine überhebliche.«

»Nehmen wir an, er würde es erst meinen. Er würde versuchen dich ein bisschen zu reizen und deine Reaktionen abzuwarten. Wärst du bereit für was Neues?«

Wäre ich bereit? Ich dachte so häufig an Phil und es drängten sich mir immer wieder dieselben Fragen auf. Außerdem bekam ich zuverlässig jede Nacht Alpträume. Das alles zeigte mir, dass ich noch nicht damit abgeschlossen hatte. Was möglicherweise auch daran lag, dass er mich mehrfach am Tag anrief. Seine Nummer zu sperren kam mir etwas zu hart vor, doch für ein Telefonat mit ihm war ich im Moment noch nicht bereit.

»Vermutlich nicht. Welchen Sinn hätte es auch? Am Ende des Sommers würde ich wieder nach Berlin gehen und er würde sein Leben hier weiterführen. Noch mehr Herzschmerz? Nein, danke.«

»Kann ich nachvollziehen. Vielleicht würde er dich aber etwas ablenken. Wenn du eh das Gefühl hast, dass er es nicht ernst meint, kannst du es ebenfalls entspannt angehen.«

»Als entspannt würde ich die bisherige Situation nicht beschreiben.« Ich dachte an die heutige Begegnung im Wald. Nein. Definitiv *nicht* entspannt. Ich hörte im

Hintergrund Jenna, wie sie nach Timothy rief. Grinsend ließ ich mich auf einen der Stühle sinken. Ich konnte mir vorstellen, wie sie ihn seit dem Tritt in den Seeigel herumkommandierte.

»Du musst mich auf dem Laufenden halten. Ich muss leider los, Jenna braucht mal wieder meine Hilfe. Telefonieren wir die Tage?«

»Das machen wir. Danke für dein offenes Ohr. Du hast mir echt gefehlt.«

»Du mir auch. Passt auf euch auf und richte Elsa viele Grüße aus. Und Emma? Nutz deine Zeit, um abzuschalten. Wer weiß, für was es gut ist.«

»Das mache ich. Und du genieße deine Familienzeit.«

Wir verabschiedeten uns nochmals und ich konnte mich nach dem Telefonat ein wenig entspannen. Vielleicht hatte er recht und ich sollte lockerer sein, was Lucas betraf. Das war aber auch leichter gesagt war, als getan. Schließlich war Timothy nicht in meiner Situation und er konnte sich nur vorstellen, wie anziehend Lucas wirklich war. Mir wurde an bestimmten Stellen warm, wenn ich erneut an die heutige Situation im Wald dachte. Wenn ich nur in seinen Kopf gucken könnte. Wobei – wer weiß, was für ein Wahnsinn dort vor sich ging. Kopfschüttelnd stand ich wieder auf.

Den Biskuitboden holte ich bereits während des Telefonats aus dem Ofen und ließ ihn zwischenzeitlich abkühlen. Vorsichtig löste ich ihn nun aus dem Backring und schnitt ihn in drei gleichmäßige Scheiben. Normalerweise backte ich Tortenböden einen Tag vorher und lagerte sie über Nacht im Kühlschrank, doch heute musste es auch so gehen. Es gestaltete sich etwas schwierig ihn vernünftig zu teilen, doch irgendwie funktionierte es. Anschließend begann ich, die Zitronen-Joghurt-Creme herzustellen. Ich musste einige Minuten suchen, bis ich einen Tortenring fand, der hoch genug war. Ich umschloss den untersten Boden mit dem Ring und begann, die Böden abwechselnd mit der Creme zu schichten. Zum Schluss stellte ich die Torte kalt, damit sie ausreichend Zeit zum Festigen hatte und ich sie am Nachmittag verzieren konnte.

Als ich gerade die Treppe nach oben zu meinem Zimmer gehen wollte, öffnete sich die Haustür und Elsa trat in den Flur. Sie wirkte entspannt und ein wohliges Grinsen umspielte ihre Züge. Gott sei Dank.

»Elsa! Warum hast du nicht geschrieben, dass du nach Hause kommst? Wie war es?«

»Hm, hier riecht es aber lecker. Hast du Zitronenkuchen gebacken?« Sie streckte ihren Kopf nach oben und schnupperte, während sie in Richtung Küche tänzelte. Ungeduldig lief ich ihr hinterher.

»Zitronen-Joghurt-Torte. Jetzt erzähl schon!«

Elsa drehte sich um und grinste mich an. Bei einem Cappuccino erzählte sie mir ohne Punkt und Komma die gesamte Geschichte. Die meiste Zeit grinste sie wie ein Honigkuchenpferd.

»Aber es muss unbedingt unter uns bleiben!«.

Ja klar, wem sollte ich es denn schon erzählen? Den Rehen im Wald?

»Und du glaubst ihm? Also, bist du dir sicher?«

»Definitiv. Nach unserem Gespräch hat er mir gezeigt, *wie* ernst er es meint. « Ihr Grinsen wurde breiter und ich verdrehte die Augen.

»Am Samstag kommt er mit auf die Kanutour. Wäre es okay für dich, wenn ich mit ihm in einem Zelt schlafe?«

Wie könnte ich dagegen sein? Elsa konnte in den vergangenen Monaten keine Zeit mit ihm verbringen, daher würde ich niemals darauf bestehen, dass sie ihr Zelt mit mir teilen musste. Verschmitzt grinsend saß sie vor mir und nippte an ihrer Tasse, obwohl der Cappuccino schon längst leer war. Oh man. Ebenfalls grinsend stand ich auf, um ihr die Tasse aus der Hand zu nehmen. Ich überlegte, ob ich ihr von meinen Begegnungen mit Lucas erzählen sollte. Angefangen mit der ersten Begegnung im Café. Als ich es gerade ansprechen wollte, öffnete sich die Haustür und Kerstin trat, dicht gefolgt von Björn, ins Haus. Er verdrehte verzückt die Augen.

»Sag bloß, es gibt Kuchen?«

Ich musste lachen. Kuchen schien für Björn tatsächlich das Heiligtum von allen Süßigkeiten zu sein. Grinsend lief ich zum Kühlschrank und holte die Torte heraus. Ich löste sie aus dem Tortenring und verzierte sie mit Sahnehäubchen und Zitronenstückchen, während Björn jeden meiner Schritte genaustens beobachtete. Wir setzten uns gemeinsam an den Tisch und Elsa bereitete nochmals weitere Cappuccinos zu, welche ihre Eltern dankbar annahmen.

»Na, ein Glück konnten wir unsere Mittagspause ein bisschen nach hinten verlegen.«, gab Kerstin zu bedenken. »Es ist wirklich sehr lieb, dass du dir für uns die Mühe gemacht hast, eine Torte zu backen.«

Ich wurde rot im Gesicht. Für mich war es selbstverständlich, mich wenigstens ein bisschen erkenntlich zu zeigen. Ehrlich gesagt war es noch viel zu wenig im Vergleich zu dem, was sie für mich taten.

Nach dem Kaffee und Kuchen schnappten Elsa und ich unsere Bikinis, sowie ein paar Handtücher, und liefen hinunter an den Strand. Auf halbem Weg, ungefähr an der Stelle, an welcher mich Elias bedrängt hatte, musste ich an die gestrige Situation denken. Ich schüttelte die negativen Gedanken ab und versuchte, mich auf einen Strandnachmittag mit meiner besten Freundin zu freuen.

Da wir nicht so viel Sand an uns kleben haben wollten, platzierten wir unsere Handtücher auf dem Steg. Schon wieder war ich über die eindrucksvolle Natur erstaunt. Ich konnte es nicht fassen, dass es unweit von meinem Zuhause eine so schöne Natur gab, und ich sie bisher nie erkundet hatte. Allein schon meine morgendlichen Laufrunden waren so viel besser, als in den kleinen Parks in Berlin. Unwillkürlich musste ich an die heutige Laufrunde mit der ungebetenen Unterbrechung denken. Mir war nicht bewusst gewesen, dass Lucas ebenfalls diese Strecke lief. Beziehungsweise, dass er überhaupt joggen ging. Eigentlich wollte ich eine kurze Pause einlegen, genauso wie an den letzten Tagen. Vermutlich dachte er, meine Kondition würde bei null liegen. Wieso machte ich mir darüber überhaupt Gedanken? Eigentlich sollte es mir egal sein, was er von mir dachte. War es aber nicht. Ich musste an Timothys Worte denken und fragte mich, ob ich mich mehr auf ihn einlassen sollte. Aber letztendlich–

»Über was denkst du so angestrengt nach?«

Ich schaute erschrocken zu Elsa und begegnete ihrem bohrenden Blick. Sollte ich ihr die Wahrheit sagen? Sie war meine beste Freundin und vorhin war ich bereits kurz davor, es anzusprechen. Ich könnte ja ein paar Einzelheiten auslassen. Zum Beispiel seine zweideutigen Einfälle. Ich seufzte, erwiderte ihren Blick und überwand mich. Ich verschönte die ein oder andere Sache, wie beispielsweise meine heutige Reaktion im Wald. Dass Lucas jedoch der Mann aus Anni`s Café war, behielt ich ebenfalls für mich. Mit offenem Mund starrte sie mich an.

»Lucas steht auf dich?!«

Als ich gerade antworten wollte, klingelte mein Handy. Wir schauten beide auf das Display. *Phil.* Elsas Blick wanderte zu mir und unsere Blicke trafen sich erneut.

»Wie oft ruft er denn noch an?«

»Täglich vielleicht zwei- bis dreimal. Ich habe schon überlegt, ob ich rangehen soll.«

»Spinnst du? Der Mann hat dich geschlagen. Er würde dir sowieso nur eine Versprechung nach der anderen machen.«

»Das heißt aber noch lange nicht, dass ich darauf eingehen würde. Ich bin mit ihm durch.«

Der Blick, den sie mir zuwarf, war nicht nur ungläubig, sondern auch wissend.

»Emma. Ich höre, wie du abends weinst oder dich nachts Alpträume quälen. Die hast du schon in Berlin gehabt, als du bei mir geschlafen hast.«

Erschrocken sah ich sie an. War es so laut gewesen? Hatten ihre Eltern auch etwas davon gehört? Ich spürte, wie mir die Farbe aus dem Gesicht wich. Elsa legte mir beruhigend eine Hand auf den Unterarm.

»Du weißt, dass ich für dich da bin, wenn du reden möchtest?«

Ich konnte nur nicken. Anschließend schwiegen wir ein paar Minuten und ich atmete tief durch.

»Ich glaub nicht, dass Lucas auf mich steht. Es ist für ihn nur ein Spiel. Eine willkommene Abwechslung.«

»Meinst du echt? Lucas macht normalerweise vielen Touristinnen schöne Augen, aber diesen Sommer scheint er an diesen kein sonderliches Interesse zu haben. Vielleicht liegt das ja an dir?«

Ich schnaubte. Für eine schnelle Nummer mit mir ließ er sich andere schnelle Nummern – die deutlich leichter zu erobern wären – entgehen? Ganz sicher nicht.

»Wohl eher nicht. Komm, lass uns eine Runde schwimmen gehen, ich vergehe in der Hitze.«

Lucas

Ich beschloss, mir heute frei zu nehmen und mit Elias ein paar Vorbereitungen für unsere Kanutour am Samstag zu treffen. Da er erst in einer halben Stunde zu mir kommen würde, machte ich mir einen Kaffee und setzte mich auf die Terrasse. Normalerweise saß ich lieber unten am Strand, aber in den letzten Tagen betrat irgendjemand regelmäßig mein Grundstück. Ich wollte die Person zur Rede stellen, wenn ich sie erwischte. In Schweden galt das Jedermannsrecht. Dieses besagte, dass Jedermann sämtliche Grundstücke betreten durfte, sie aber so verlassen werden mussten, wie sie vorgefunden wurden. Sprich, nichts kaputt machen, keinen Abfall liegen lassen, nichts klauen. Schön und gut, aber dieses Gesetz war ziemlich alt und ich empfand es als unhöflich, einfach ein fremdes Grundstück zu betreten. Zumal die Person über das gesamte Grundstück gelaufen sein musste, da es am Strand mehrere Spuren von kleinen Füßen gab. Ich suchte also nach einer kleinen Person, vielleicht ein Kind? Allerdings lag mein Haus so weit im Wald verborgen, dass hier so gut wie niemand vorbeikam. Ebenso fand man das Haus nur, wenn man genau wusste, wo es lag. Außer natürlich, man fand es zufällig.

Meine Gedanken schweiften zu Emma und Elias. Er versaute sich durch sein Verhalten beim Lagerfeuer wirklich alles bei ihr. Ob er wohl sonst Chancen bei ihr gehabt hätte? Ich musste zugeben, dass Elias gut aussah und er war auch gut gebaut, da er regelmäßig Krafttraining machte. Zudem war er – normalerweise – stets höflich und charmant. Ganz anders als die Seite, welche Ems bisher von mir kennengelernt hatte. Ich nahm mir vor, mich zukünftig ein bisschen anständiger zu benehmen. Sie sollte sehen, dass es auch einen anderen, ernsthaften Lucas gab, schließlich genoss ich durch meine Eltern eine gute Erziehung.

Wieder musste ich an unser Zusammentreffen im Wald zurückdenken. Ich war mir sicher, dass sie einen Kuss zugelassen hätte. Schließlich stand ihr frei, jederzeit zu gehen. Doch sie blieb bei mir. So wie ich sie bisher einschätzte, war sie eine sanfte Küsserin. In mir stieg der Wunsch auf, es herauszufinden. Ebenso musste ich herausfinden, wie ihr Beziehungsstatus aussah. Vielleicht würde ich Elsa unauffällig fragen können. Am Abend wollte meine Schwester sowieso bei mir vorbeikommen und von ihrem Treffen mit Ben berichten. Durch ein paar einfache Fragen würde ich Emmas Verhalten besser verstehen können. Ich beobachtete sie beim Lagerfeuer mit den anderen und sie schien kein Mensch zu sein, der vorschnell über andere urteilte oder Unterschiede machte. Abgesehen von mir – da schien sie sich schon eine unwiderrufbare Meinung gebildet zu haben. Diese Gedanken machten mich noch fertig. Genauso wie der Aspekt, dass ich mir überhaupt Gedanken darübermachte. Ich nahm mir vor, in den nächsten Tagen immer zu der gestrigen Zeit joggen zu gehen, möglicherweise würde ich Ems erneut *zufällig* treffen.

Meine Eltern wussten nichts von meinem – naja, sagen wir lockerem – Umgang mit Frauen. Dies sollte auch so bleiben, daher wollte ich Ems ungern einen Besuch zu Hause abstatten. Meine Eltern mussten nichts davon mitbekommen und sich vor allem keine Sorgen darüber machen müssen. Trotzdem war mir klar, dass ich sie treffen *musste*.

Kies knirschte und ich hörte, wie ein Auto in die Einfahrt fuhr. Ich trank meinen letzten Schluck Kaffee aus und lief um das Haus herum, um Elias zu begrüßen.

»Hej, hej.« Elias kam auf mich zu und wir klatschten uns zur Begrüßung kurz ab. Er wirkte nervös und ich wusste ganz genau, dass es an den Abend des Lagerfeuers lag. Er hatte ein schlechtes Gewissen. Ich wusste, was er alles hinter sich hatte, daher wollte ich ihm etwas Sicherheit vermitteln.

»Komm rum, ich habe schon zwei Routen rausgesucht, die zu dieser Jahreszeit aufgrund der Strömung kein Problem darstellen sollten. Hast du mal gefragt, wer alles genau dabei ist? Ich habe vorsichtshalber vier Kanus reserviert.«

Elias entspannte sich sichtlich und schaute über die von mir geplanten Routen.

»Ich würde die Route über Osten nehmen. Sie dauert zwar etwas länger, dafür sind wir auf der sicheren Seite und können entspannter paddeln.«

Ich nickte zustimmend.

»Zugesagt haben Elsa, Emma, Ben, Paula, Sophie und Laura.«

Bei dem letzten Namen warf er mir einen vielsagenden Blick zu, doch ich überging seine subtile Andeutung.

»Dann benötigen wir tatsächlich vier Kanus. Hast du noch das alte Zelt von dir gefunden? Sonst organisiere ich woanders eins für Ems.«

Elias bejahte und wollte sofort das Thema wechseln, doch so leicht ließ ich ihn nicht davonkommen.

»Wenn du dich bei ihr entschuldigen würdest, müsstest du nicht so angespannt sein. Du versaust uns noch die Tour, wenn du es vorher nicht klärst.«

»Ich weiß.«, lenkte Elias ein und fuhr sich mit einer Hand durch das kurze Haar. »Es ist mir einfach so unangenehm. Dafür gibt es auch keine Entschuldigung. Am meisten nervt mich, dass sie wirklich eine tolle Frau ist. Sie näher kennen zu lernen kann ich jetzt wohl vergessen.«

Er ließ sich auf einen der Holzstühle sinken und wirkte niedergeschlagen. Oh man. Checkte er denn nicht, dass auch ich ein gewisses Interesse an ihr hegte? Vermutlich ging er davon aus, dass ich sie wie alle vorherigen Touristinnen sah – als eine nette Gelegenheit.

»Eine tolle Frau? Das sind ja ganz ungewohnte Worte.«

Ich konnte nicht glauben, was er da sagte. Eigentlich pflege Elias einen ähnlichen Lebensstil wie ich, was Frauen und Beziehungen anging. Also keinen. Mehr als unverbindlicher Sex war nicht drin. Und jetzt haute er mir so etwas an den Kopf?

»Das ist nicht witzig. Sie ist süß, wunderschön, sexy, hat das Herz am richtigen Fleck und scheint nicht von Party zu Party zu hüpfen. Sie hat mir erzählt, wie fasziniert sie von Schweden ist und sich vorstellen könnte, häufiger hierher zu kommen.«

Shit. Sie hatte ihm wirklich den Kopf verdreht. Dennoch waren seine Informationen interessant. Sie würde also gerne erneut nach Schweden reisen. Was mich wieder zu der Frage brachte…

»Hat sie nicht einen Freund?«

»Einen Freund?« Elias blickte entsetzt auf, als hätte er selbst noch nicht daran gedacht, dass sie bereits in einer Beziehung sein könnte.

»Den hätte sie doch mal erwähnt, oder? Oder mitgebracht.«

Stimmt. Wieso sollte sie den Sommer mit Elsa in Schweden verbringen und ihren Freund zurücklassen?

»Wie auch immer. Du solltest dich entschuldigen.«, betonte ich nochmals und warf ihm einen ernsten Blick zu.

»Ich weiß. Vielleicht sollte ich ihr schreiben und fragen, ob wir uns heute Abend in Anni`s Café treffen können.«

»Du hast ihre Nummer?« Überrascht riss ich meinen Kopf in seine Richtung, sodass ich mir bei der ruckartigen Bewegung einen Nerv am Nacken einklemmte. Genervt fasste ich mir mit der Hand an die schmerzende Stelle und verzog das Gesicht. Ich Idiot.

»Ja, klar. Ich habe sie am Lagerfeuer danach gefragt.«

Sie gab ihm ihre Nummer? Einfach so? Das brachte mich auf eine Idee.

»Wenn du ihre Nummer hast, könnten wir doch eine Chat-Gruppe eröffnen, um uns alle bezüglich der Kanutour absprechen zu können.«

Tatsächlich eröffnete er die Gruppe und ich speicherte mir als allererstes die Nummer von Emma ab. Dass sie ihm einfach ihre Nummer gab... Ob sie jedem Mann, den sie erst seit wenigen Stunden kannte, ihre Nummer überließ?

Elias half mir noch eine Stunde beim Holz verarbeiten. Während ich das Holz hackte, türmte er es direkt in den dafür vorgesehen Unterbau auf. Als er sich verabschieden wollte, blickte er kurz auf sein Handy und sein Gesicht hellte sich auf.

»Hey, sie hat zugesagt, sich heute Abend mit mir zu treffen. Drück mir die Daumen!«

Ganz sicher würde ich ihm nicht die Daumen drücken. Sie sollte ihm verzeihen, ja, aber das war's dann auch. Es störte mich, dass sie sofort einem Treffen mit ihm zusagte. Andererseits wünschte ich mir für meinen Freund, dass er die Sache klären konnte.

Anni`s Café wurde am Abend von Rikard, einem Bewohner unseres Ortes, als eine Art Bar umfunktioniert. Nur, dass es höchstens niederprozentiges Bier gab, da höherprozentiger Alkohol in Schweden nicht ausgeschenkt werden durfte. Das Café wurde am Abend hauptsächlich als Treffpunkt von jüngeren Einheimischen genutzt. Mit dem Wissen, dass Elias und Emma heute Abend an einem der Tische sitzen würden, breitete sich in mir ein mulmiges Gefühl aus. Was wäre, wenn sie sich zu Elias hingezogen fühlte? Tat sie dies vielleicht schon? Elias würde heute Abend alles daransetzen, Ems von sich zu überzeugen – darin war ich mir zu hundert Prozent sicher.

Am Abend kochte ich für meine Schwester ihr Lieblingsessen – eine Reis-Gemüse-Pfanne – und war gerade dabei den Tisch zu decken, als es an der Tür klingelte.

Als sie hereinkam, wirkte sie euphorisch und glücklich wie eh und je. Ich fragte mich wirklich, wie ein Mensch nur immer so positiv durch das Leben gehen konnte. Es ist nicht so, als hätte sie keine Rückschläge erlitten, doch sie rappelte sich anschließend sofort wieder auf. Manchmal fragte ich mich, ob ihr überhaupt bewusst war, wie schnell ihr unverarbeitete Rückschläge zum Verhängnis werden konnten. Elias war hierfür das beste Beispiel. Nachdem ich die Tür öffnete, fiel mir Elsa stürmisch um den Hals und ich taumelte einen Schritt zurück.

»Wow, immer sachte.«, sagte ich lachend. »Euer Gespräch lief wohl gut?«

Als Antwort erhielt ich nur ein breites Grinsen.

»Mehr als gut. Es war alles ein großes Missverständnis und es ist so verrückt, was alles passiert ist...« Elsa hörte nicht mehr auf zu plappern und ich musste sie während ihres Monologes zum Tisch schieben, damit ich das Essen servieren konnte, bevor es kalt wurde. Die Erklärung von Ben klang zwar plausibel, allerdings hätte Ben von sich aus ein Gespräch bei ihr suchen können. Sie war aus eigenem Antrieb zu ihm gefahren. Weshalb wartete er so lange, um mit ihr darüber zu sprechen? Irgendetwas stimmte da nicht und ich nahm mir vor, mit ihm ein ernstes Wort zu reden. Es handelte sich hier schließlich um meine kleine Schwester, die –

»Und was läuft da zwischen *Ems* und dir?«, unterbrach Elsa meine Gedanken. Mir entging nicht, dass sie den Spitznamen verwendete, den ich Emma am Lagerfeuer-Abend verpasst hatte.

»Was meinst du?«, fragte ich gespielt ahnungslos. Um etwas abzulenken und nicht ebenfalls grinsen zu müssen, begann ich, das Geschirr abzuräumen. Wie konnte Elsa eigentlich aufessen, während sie die ganze Zeit nur am Reden war?

»Naja. Emma hat mir von der ein oder anderen Zusammenkunft erzählt.«

Das war interessant. Damit hätte ich nicht gerechnet. Wie sie wohl die *ein oder andere Zusammenkunft* beschrieb?

»Und? Was hat sie so erzählt?«, versuchte ich möglichst beiläufig zu fragen. Doch meiner Schwester konnte ich nichts vormachen. Sie grinste mich wie ein Honigkuchen-pferd über den Tisch hinweg an.

»Du magst sie!«

»Ich finde sie attraktiv, ja, aber das sind viele Frauen.« Ich zuckte lässig mit den Schultern, doch leider konnte ich an ihrem Blick erkennen, dass sie es mir nicht abnahm.

»Nur dass du aktuell gar kein Interesse daran zu haben scheinst, andere Frauen kennenzulernen. Zumindest seit dir *Ems* über den Weg lief.«

Erwischt. Was sollte ich dazu sagen?

»Elsa. Sie ist interessant, ja, mehr aber auch nicht. Bitte interpretiere da nicht so viel hinein.«

Sie ließ das Gespräch ein paar Minuten auf sich beruhen, bis sie verkündete, dass sie einen kleinen Abstecher in die Stadt machen wollte. Das konnte bei meiner Schwester wirklich alles bedeuten. Elsa packte mich am Ärmel meines grauen Pullovers und zog mich aus der Küche.

»Komm, ich fahre.«

Ergeben – denn meiner Schwester konnte man nur schwer etwas abschlagen – folgte ich ihr zum Auto. Wäh-rend Elsa das Gaspedal des alten Volvos unserer Mutter durchtrat, beschlich mich allmählich eine gewisse Skepsis. Sie wollte doch nicht…?

»Elsa…«

»Halt die Klappe und vertraue mir.«

Emma

Nervös zupfte ich immer wieder am Ärmel meiner Bluse, während ich vor dem Café, welches am Abend wohl eher einer Bar glich, wartete. Ich war wie immer zu spät dran und wusste nicht, ob ich weiterhin vor dem Café stehen bleiben sollte, oder ob Elias bereits im Innenbereich des Cafés auf mich wartete. Ein junges Pärchen lief eng umschlungen an mir vorbei und würdigte mich keines Blickes. Nachdem sie durch die breite Holztür traten, fasste ich einen Entschluss und fing sie auf. Gerade als ich ebenfalls die Tür passieren wollte, rief jemand meinen Namen.

Erleichtert drehte ich mich um und erblickte Elias, welcher auf mich zugeeilt kam. Er wirkte noch nervöser als ich und schien bei der Begrüßung nicht zu wissen, ob er mich umarmen durfte. Da ich schon fast ein bisschen Mitleid mit ihm hatte, lächelte ich ihn halbherzig an und umarmte ihn kurz mit einem Arm. Daraufhin warf er mir ein atemberaubendes Lächeln zu und schien sich deutlich zu entspannen. Charmant lief voraus, um mir die Tür aufzuhalten. Ich erkannte das Café kaum wieder, denn es sah am Abend komplett anders aus. Überall hingen Lichterketten mit kleinen Lampions und es herrschte eine gemütliche Atmosphäre. Es schien am Abend sehr beliebt zu sein, denn es gab nur noch vereinzelt freie Tische. Soweit ich wusste, gab es hier jedoch auch keine anderen Bars oder Restaurants, in welchen man sich am Abend treffen konnte. Elias bestellte mir eine Cola Zero und für sich eine normale Cola. Es war mir sympathisch, dass er sich noch an mein Lieblingsgetränk erinnerte und ausnahmsweise kein Bier trank. Unser kleiner runder

Tisch befand sich im Inneren des Lokals und stand relativ mittig.

»Danke, dass du dich mit mir getroffen hast.«, sagte er und er lächelte mich vorsichtig an. Natürlich war sein Verhalten nicht in Ordnung gewesen, aber was wäre ich für ein Mensch, ihm nicht die Chance auf eine Wiedergutmachung zu geben? Auch wenn ich wusste, dass er mir heute gegenüber nicht übergriffig sein würde, war ich dennoch nervös.

»Ich weiß nicht, ob es die richtige Entscheidung war.«, antwortete ich wahrheitsgemäß. Sein Lächeln verrutschte und seine Anspannung kehrte zurück.

»Emma, es tut mir leid, dass ich dich gegen deinen Willen…festgehalten und…am Hals geküsst habe. Das war überhaupt nicht in Ordnung von mir und ich verspreche dir, dass so etwas nie mehr vorkommen wird.«

Sofort versteifte ich mich. Solche Versprechungen bekam ich in der Vergangenheit bereits von einem anderen Mann zu hören. Und was wurde daraus?

»Es war nicht nur *nicht in Ordnung*. Wenn jemand Nein sagt, sollte man das akzeptieren. Ganz egal, in welcher Situation.«

»Ich weiß. Ich sehe es wie du. Keine Ahnung, was mit mir los war.«

Mit einem wissenden Blick schaute ich ihm in die Augen und er senkte beschämt seinen Blick auf den Tisch. Wir wussten beide, dass an dem Abend der Alkohol aus ihm gesprochen hatte.

»Passiert es häufiger, dass du zu viel trinkst?«

»Wow. Du bist sehr direkt.« Elias sah sich im Café um und wich abermals meinem Blick aus. Ich sah ihm an, wie unwohl er sich in diesem Moment fühlte. Trotzdem wartete ich ab. Ganz bestimmt würde ich das Thema nicht fallen lassen.

»Auf die Gefahr hin, dass dein Eindruck von mir noch schlechter wird – Ja, in letzter Zeit schon. Mir ist aber bewusst, dass es so nicht weitergehen kann. Am Morgen nach dem Lagerfeuer habe ich mich nach Therapiemöglichkeiten umgeschaut.«

Das überraschte mich. Scheinbar war es wirklich das erste Mal gewesen, das er einer Frau gegenüber übergriffig war. Auch, dass er eine Therapie machen wollte, überraschte mich positiv. Es gehörte viel dazu, sich ein Problem einzugestehen und aktiv daran zu arbeiten.

»Das freut mich wirklich für dich.«

Und ich meinte es so, wie ich es sagte. Um meine Worte zu bekräftigen, legte ich meine Hand auf seine. Elias schenkte mir erneut sein umwerfendes Lächeln und ich lächelte zaghaft zurück, während ich meine Hand verlegen zurückzog. Definitiv wollte ich ihm keine falschen Signale senden. Die angespannte Stimmung lockerte sich ein wenig auf und wir kamen zu unverfänglicheren Themen.

Mit der Zeit entspannten wir uns beide zunehmend und ich begann, den Abend zu genießen. Elias war nicht nur charmant, sondern auch witzig. In Bezug auf den kommenden Samstag erzählte er mir von einer gescheiterten Kanutour, bei welcher sie das Wetter unterschätzt hatten. Letztendlich gaben sie das Paddeln auf und es blieb ihnen nichts anderes übrig, als sich von dem rauen See an das Ufer *wortwörtlich* spülen zu lassen. Als er meinen erschrockenen Gesichtsausdruck sah, versicherte er mir, dass er und seine

Freunde mittlerweile zu Profis geworden seien. Etwas beruhigter lauschte ich seinen Erzählungen und wir verabredeten, gemeinsam in einem Kanu zu fahren. Mit Sicherheit hatte Elsa nichts dagegen, da sie sich dadurch ein Kanu mit Ben teilen konnte.

Überraschenderweise verbanden Elias und mich mehrere Gemeinsamkeiten. Wir mochten beide Kaki nur geschält, und zwar am liebsten mit Magerquark und Dinkelhaferflocken. Auch er backte gerne, wobei er sich nicht als guten Bäcker bezeichnete. Wie Elias vor mir saß, charmant lächelte und eloquent berichtete, welche Länder er schon auf der Welt bereist hatte, vergaß ich fast, dass er ein Alkoholproblem hatte. In seiner Gegenwart konnte ich mich nun vollkommen entspannen und genoss es, ihm zuzuhören. Es war irgendwie…unkompliziert.

Das Café füllte sich innerhalb kürzester Zeit, sodass bald alle Tische belegt waren. Da es mittlerweile immer lauter wurde, rutschten Elias und ich näher zusammen, um uns weiterhin unterhalten zu können. Das Café schien tatsächlich ein Anlaufpunkt für die jüngeren Menschen aus der näheren Umgebung zu sein. Ich fand es auch überhaupt nicht schlimm, dass es abgesehen von niederprozentigem Bier keinen Alkohol gab, da ich sowieso meist keinen Alkohol trank.

Nachdem ich meine Erzählung, wie Elsa und ich es nach der Uni aufgrund vom Glatteis kaum nach Hause schafften, beendete, fielen wir in ein unverfängliches Lachen. Elias legte mir die Hand auf den Unterarm und ich musste zugeben, dass sich seine Nähe angenehm anfühlte, weshalb ich meinen Arm nicht wegzog. Die Tür des Cafés öffnete sich erneut und ein kühler Windstoß erreichte unseren Tisch. Noch immer leise kichernd, blickte ich automatisch in Richtung des Eingangs.

Tiefe, dunkelblaue Augen bohrten sich in meine. Elsa drückte sich an Lucas vorbei und nachdem sie Elias und mich erblicke, stürmte sie förmlich zu uns an den Tisch. Nicht nur ich war überrascht, auch Elias blickte verdutzt zu Elsa, während er seine Hand von meinem Arm nahm. So höflich wie er nun mal war, stand er auf, um die Geschwister zu begrüßen. Zuerst umarmte er Elsa und schlug anschließend mit Lucas freundschaftlich ein. Elsa nahm mich in den Arm und schenkte mir ihr *Habe-ich-gern-geschehen-Lächeln*. Lucas wiederum zog sich, wie bei unserer ersten Begegnung, einen Stuhl direkt neben mir hervor und nahm Platz. Er stützte sich mit breit verschränkten Armen auf dem Tisch ab und knuffte mir freundschaftlich gegen meinen Oberarm.

»Alles gut bei dir?«, fragte er leise, während mich sein aufmerksamer Blick taxierte. Was sollte das denn werden? Die freundliche Macho-Tour?

»Bis vor drei Minuten war noch alles gut, danke der Nachfrage.«

Demonstrativ schaute ich in die entgegengesetzte Richtung und somit zu Elias. Fragend musterte er mein Gesicht.

»Habe ich etwas verpasst?«

Stille kehrte am Tisch ein und ich wusste nicht, was ich ihm antworten sollte. Elsa rettete mich und plapperte los, dass sie *nur einen kleinen Abstecher* in die Stadt machen wollte. Klar – da um diese Zeit auch so viele Geschäfte geöffnet waren. Bei ihrem Geplapper verdrehte ich genervt die Augen.

Die einnehmende Präsenz von Lucas war mir nur allzu deutlich bewusst, denn hin und wieder streifte er *zufällig* meinen Arm. Ich fragte mich, ob es insgeheim seine Idee war, mein Treffen mit Elias zu sabotieren.

»Ich freue mich schon so, so sehr auf die Kanutour! Endlich geht es mal aufs Wasser. Wird auch echt Zeit! Hey Lucas, du könntest Emma auch mal mit deinem Boot aufs Wasser nehmen.«

Mir klappte die Kinnlade herunter. Jetzt verlor Elsa völlig den Verstand. Okay – Elias und ich hatten kein Date, es war ein Entschuldigungs-Treffen, welches sich in eine schöne Richtung entwickelte. Trotzdem war es unhöflich, hier einfach aufzutauchen und sich ungefragt zu uns an den Tisch zu setzen. Ganz zu schweigen von ihren Bemerkungen.

»Wenn Ems Lust dazu hat, sehr gerne. Euer Kapitän steht Euch jederzeit zur Verfügung.«, sagte er an mich gewandt und deutete eine Verbeugung an. Lucas sah mir in die Augen. »Alternativ gebe ich mich auch mit einem gemeinsamen Kanu zufrieden.«

»Eigentlich«, räusperte sich Elias, »wollten Emma und *ich* gemeinsam in einem Kanu fahren.«

Elsa, genauso wie Lucas, schauten zuerst Elias überrascht an und drehten ihre Köpfe anschließend fragend in meine Richtung.

»Das haben wir zumindest vorhin besprochen.«

Nun warf mir Elias ebenfalls einen fragenden Blick zu und ich nickte bekräftigend. Ganz sicher würde ich nicht mit Lucas in ein Kanu einsteigen. Nachher ließ er es

145

absichtlich kentern, damit er mich auf eine einsame Insel schleppen konnte. Nein, danke.

»Ich bin gleich wieder da.«, sagte Elias und lief Richtung Toilette. Keine Minute später stand auch Lucas auf und folgte ihm.

»Wie, du teilst dir mit Elias ein Kanu?«, platzte es aus Elsa raus.

»Wo ist eigentlich dein Problem? Du tust ja so, als würde ich mit ihm ins Bett springen wollen. Es ist nur ein Kanu, Elsa. Sei doch froh, dass wir uns aussprechen konnten und wieder vertragen haben.«

»Aussprechen? Er hat dich gegen deinen Willen bedrängt. Aber ich verstehe es nicht. Ich dachte, du magst Lucas.«

Was war denn bitte jetzt los? War ich in einen falschen Film geraten?

»Ich habe doch nie gesagt, dass ich Lucas auf diese Art und Weise mag.«

»Das musst du auch nicht, ich sehe es dir an.«

Ich verdrehte die Augen und konnte nicht glauben, was hier gerade vor sich ging. Als die Männer zurück von der Toilette kamen, war ich noch immer von der Wendung des Abends irritiert.

Da es mittlerweile schon spät war, und zumindest Elias und Lucas am folgenden Tag früh aufstehen mussten, lösten wir unsere kleine Gruppe auf. Elsa war die einzige Person mit Auto, weshalb wir alle bei ihr mitfuhren. Zuerst brachten wir Elias nach Hause, welcher mir bei der Verabschiedung einen kleinen Kuss auf die Schläfe gab.

»Danke für den schönen Abend mit dir. Auch, wenn ich

146

die Zeit lieber mit dir allein genutzt hätte.«

Leicht verlegen verlagerte ich mein Gewicht auf das andere Bein. Ich mochte Elias, wirklich. Doch ich hatte überhaupt kein Interesse daran, wieder einen Mann in mein Leben zu lassen, welcher sich – zumindest zeitweise – nicht unter Kontrolle hatte. Da ich ihn nicht vor den Kopf stoßen wollte, nickte ich nur unbestimmt und wünschte ihm noch eine gute Nacht. In meinem Rücken spürte ich nicht nur ein brennendes Augenpaar.

Anschließend fuhr Elsa zu ihren Eltern nach Hause und ich fragte mich, weshalb wir Lucas nicht zuvor nach Hause brachten. Er schien meine Gedanken lesen zu können.

»Ich übernachte heute bei euch, da ich morgen sehr früh bei den Ferienhäusern aushelfe.«, erklärte er. Der Abend wurde ja immer besser und besser, dachte ich ironisch. Niemand hatte auch nur ansatzweise angedeutet, dass Lucas hier übernachten würde.

»Und wo schläfst du?«

»Naja, da du in meinem alten Zimmer schläfst, werde ich wohl mit der Couch Vorlieb nehmen. Das Gästehaus ist belegt.«

Mein sarkastisches Lächeln verrutschte. Ich schlief in *seinem* Bett? Oh Gott, wer weiß, was er dort schon alles getrieben hatte. Sofort entstanden Bilder in meinem Kopf und ich errötete prompt. Lucas warf mir einen stirnrunzelnden Blick zu, doch ich ignorierte seine unausgesprochene Frage. Mir war nicht bewusst, dass ich in seinem alten Kinderzimmer schlief. Er würde auf der Couch übernachten, damit ich weiterhin in dem super gemütlichen Bett schlafen konnte?

»Das muss doch nicht sein... Ich schlafe bei Elsa, dann

kannst du in deinem Bett schlafen.«

Elsa nickte zustimmend.

»Ja, die Couch ist nicht sonderlich bequem.«

Mit einem merkwürdigen Gefühl, welches ich nicht richtig deuten konnte, räumte ich wenige Minuten später ein paar meiner Sachen rüber zu Elsa. Da ich Lucas so einiges zutraute, stopfte ich meine gesamte Unterwäsche in meinen Rucksack. Elsa hätte mich ruhig vorab darüber informieren können, dass Lucas hier übernachten wollte. Ich dachte, dass *mein* Zimmer ein Gästezimmer sei und nicht *sein* altes Kinderzimmer.

Nachdem ich im Badezimmer war, legte ich mich zu Elsa ins Bett, doch ich konnte nicht einschlafend. Obwohl mich eine bleierne Müdigkeit plagte, rasten meine Gedanken. Die Vorstellung ein Zimmer neben Lucas zu schlafen, machte mich nervös. Was wäre, wenn er von meinen Alpträumen hörte? Nein. Niemals würde ich auch nur ein Auge schließen können.

Mit zunehmender Stunde bekam ich Durst und lief hinunter in die Küche. Ich wunderte mich bereits, dass unten ein Licht brannte und rechnete damit, Björn oder Kerstin am Laptop arbeiten zu sehen. Doch am Küchentresen saß Lucas, vor ihm stand ein Glas Wasser und ein halbes Stück meiner restlichen Zitronen-Joghurt-Torte.

»Hej. Kannst du nicht schlafen?« Er lächelte mich müde an.

»Ich habe nur Durst. Was ist mit dir? Warst du noch gar nicht im Bett?«

Mir fiel auf, dass er noch immer eine Jeans und den grauen Pullover vom Abend trug. Während er mit der

Hand nah seinem Wasserglas griff, bewegen sich seine Armmuskeln unter dem enganliegenden Pullover. Lucas schüttelte den Kopf und es kehrte Stille ein. Ich nahm mir ebenfalls ein Glas aus dem Regal und ließ Leistungswasser hineinlaufen. Mit einem knappen Lächeln in seine Richtung drehte ich mich um und lief wieder Richtung Treppe.

»Na dann. Guten Appetit und gute Nacht.«

»Bitte warte noch.«

Bei seiner Bitte blieb ich stehen und erwartete einen entsprechend dämlichen Spruch, doch da schätzte ich ihn falsch ein.

»Es tut mir leid. Wie ich mit umgegangen bin. Ich wollte dich nicht in Verlegenheit bringen.«

Skeptisch musterte ich ihn, doch ich konnte keine Ironie in seinem Blick erkennen.

»Ach, nein? Auch nicht im Wald?«

Er grinste. »Na gut, vielleicht ein bisschen.«

Ich stöhnte. Seine Antwort war *so* typisch für ihn.

»Aber du kannst nicht abstreiten, dass es dir auch gefallen hat. Zumindest ein bisschen.« Lucas stand auf und trat vor mich. »Oder irre ich mich da?«

Sein Blick suchte meinen und er schaute mich durchdringend an. Die Intensivität seines Blickes ließ mich kurz den Atem anhalten. Ich war überfordert und in meinem Kopf stellte ich mir eine Frage nach der anderen. Meinte er es ernst? Wollte er mich nur ins Bett bekommen? Weshalb war er plötzlich höflich und ernst? Und vor allem – Hatte er recht?

»Ich weiß es nicht.«, flüsterte ich und war über meine eigene Ehrlichkeit überrascht. Auch Lucas schien nicht mit dieser Antwort gerechnet zu haben, denn auch bei ihm huschte ein überraschter Ausdruck über sein Gesicht, bevor er mir ein breites Lächeln schenkte. Das Lächeln war nicht aufgesetzt, überheblich oder anzüglich. Es war authentisch.

Ich wurde nervös, da er noch immer vor mir stand und keine Anstalten machte, sich zu bewegen. Wollte ich überhaupt, dass er sich bewegte? Dass er sich wieder von mir entfernte?

»Okay. Das klingt gut.«, sagte er noch immer lächelnd. »Gute Nacht, Emma..«

Lucas trat zur Seite und ich hielt noch kurz inne, bevor ich stocksteif an ihm vorbeilief, um schnellstmöglich die Stufen nach oben rennen zu können.

Hinter mir hörte ich ein leises Lachen.

Was war *das* denn? Hatte ich soeben zugegeben – gegenüber *ihm* zugegeben – dass mir seine Nähe gefiel? Wo war ich nur hineingeraten? Weshalb hatte mir Elsa auch nie erzählt, dass ihr Bruder wie ein Gott aussah? Überhaupt waren hier alle Menschen viel zu attraktiv. Während meine Freundin friedlich neben mir schlief, warf ich ihr einen bösen Blick zu.

An Schlaf war nun überhaupt nicht mehr zu denken und ich lag noch für weitere zwei Stunden wach im Bett, um an die Decke zu starren und mir Gedanken zu machen. Wie sehr wünschte ich mir, meinen Kopf wenigstens für einen Tag ausschalten zu können.

Und Elias? Wir hatten, nach dem anfangs unangenehmen Gespräch, einen schönen Abend. Ich mochte ihn und fühlte mich in seiner Nähe wohl, allerdings war da keinerlei Anziehung. Er war eher der Gute-Kumpel-Typ. Ganz anders als Lucas. Stöhnend drückte ich mein Gesicht in das Kissen. Es nervte mich selbst, dass meine Gedanken immer wieder zu ihm wanderten.

Mit einem Blick auf mein Handy sah ich, dass es bereits 04:38 Uhr war. Darunter standen drei verpasste Anrufe von Phil. Es fiel mir noch immer schwer, die Nummer zu blockieren und ich fürchtete, dass ihn das nur noch mehr anstacheln könnte. Als Anwalt hatte er viele Kontakte und dementsprechend Möglichkeiten, an Daten zu gelangen.

Nachdem ich in einen sehr kurzen und unruhigen Schlaf gefallen war, wachte ich am folgenden Morgen erschöpft auf. Elsa schnarchte neben mir leise vor sich hin. Es war acht Uhr. Wow, ich schlief also höchstens drei Stunden.

Mein Blick wanderte durch das Zimmer und blieb am Fenster hängen. Der Himmel war zugezogen und es fielen erste Regentropfen vom Himmel. Da ich meine tägliche Laufrunde nicht im strömenden Regen machen wollte, ließ ich das Frühstück ausfallen und zog mir, nachdem ich im Badezimmer war, meine Laufsachen an. Vielleicht würde ich durch das Joggen etwas wacher werden.

Heute wählte ich aufgrund des Wetters ein langärmeliges rosa Laufshirt, sowie eine lange schwarze Hose. Bei Hitze trug ich oft nur ein Sport-BH und eine Hose, doch heute schien es sich deutlich abgekühlt zu haben.

Als ich die Treppe hinunterlief, schaute ich vorsichtig Richtung Küche, doch zum Glück war niemand da. Für Gesellschaft war ich noch nicht bereit.

Ich beschloss, wieder meine Lieblingsstrecke zu laufen. Nach fünf Kilometern begann es stärker zu regnen und ich überlegte, meine Runde abzubrechen. Ein Blick in den

Himmel zeigte mir, dass die Wolkendecke in der Ferne aufriss. Hm. Wenn ich jetzt zurückkehren würde und sich das Wetter tatsächlich besserte… Ich würde mich definitiv ärgern. Ich beschloss, es darauf ankommen zu lassen. Schließlich war Regen noch nie ein Grund gewesen, um mich vom Joggen abzuhalten.

Lucas

Wie manche Menschen guten Gewissens ihre Ferienhäuser verließen, war mir ein Rätsel. Ich könnte ein Buch darüber schreiben, was ich schon alles gefunden und erlebt hatte. Mit einem Blick in den Himmel registrierte ich, dass ich mich beeilen sollte. In Schweden schlug das Wetter sehr schnell um und gestern wurde eine Unwetterwarnung wegen starken Sturmböen bekannt gegeben. Daher war es notwendig, heute alle Häuser vor dem Sturm zu sichern. Nachdem ich beim letzten Haus angekommen war, rief ich kurz meinen Vater an und informierte ihn, dass alle mir zugeteilten Häuser gesichert waren. Anschließend beeilte ich mich, nach Hause zu fahren. Bei solch einem Wetter – und wenn man mitten im Wald wohnte – sollte man besser zu Hause bleiben. Außerdem wollte ich nochmals die Taue an meinem Boot überprüfen um sicherzugehen, dass sie fest, aber nicht zu fest angebunden waren. Bei Sturm und Wellengang sollte das Boot einen gewissen Freiraum haben, sich mit den Wellen bewegen zu können.

Schon während ich nach Hause fuhr, begann es stärker zu regnen und der Wind nahm vehement zu. Im Wald merkte man den starken Wind durch die vielen Bäume nur bedingt, doch genau dies machte es so gefährlich. Viele Menschen unterschätzten solch ein Wetter.

Nachdem ich an meinem Boot sämtliche Taue überprüft, und meine Gartenmöbel am Unterstand verstaut hatte, zog ich mich ins Haus zurück. Mehr konnte ich nicht machen. Da ich ziemlich nass geworden war, hängte ich meine Kleidung im Badezimmer auf und sprang unter die heiße

Dusche, um mich aufzuwärmen. Schnell schaltete ich meine Kaffeemaschine ein, denn sie brauchte mindestens dreißig Minuten, um ausreichend Druck aufzubauen. Ich zog mir eine graue Jogginghose und einen dunkelblauen Pullover an, klappte meinen Laptop auf, und begann zu arbeiten. Kurz warf ich einen Blick auf mein Handy und entdeckte mehrere verpasste Anrufe von Elsa. Ich entsperrte das Display und rief meine Schwester zurück. Auch wenn sie den Hang zum Übertreiben hatte – irgendetwas stimmte nicht.

»Lucas! Hast du heute Morgen Emma gesehen?« Sie klang aufgebracht und versetzte mich damit sofort in Alarmbereitschaft.

»Nein. Ich bin um sechs Uhr aus dem Haus gegangen. Was ist los?«

»Als ich ausgewacht bin, war sie schon weg. Sie hat mir keine Nachricht hinterlassen und ihr Handy liegt auf dem Nachttisch. Ihre Sportschuhe sind weg. Ich glaube, sie ist joggen gegangen.«

Shit. Sah sie denn nicht aus dem Fenster, bevor sie nach draußen ging?

»Elsa, bist du dir sicher?«, fragte ich angespannt.

»Ja! Und ich habe keine Ahnung, wo genau sie sein könnte!«

Sie wurde immer panischer und um nicht noch mehr Zeit zu verschwenden, schnappte ich mir nebenher eine Regenjacke, Turnschuhe und meinen Autoschlüssel.

»Aber ich. Ich gehe raus und fahre ihre Laufstrecke ab.« Ohne eine Antwort abzuwarten, legte ich auf und rannte aus dem Haus auf mein Auto zu. Schon auf diesem kurzen Weg wurde meine Kleidung trotz Regenjacke durchnässt und der Regen peitschte mir unerbittlich in das Gesicht. Falls Emma tatsächlich hier im Wald war und keinen Unterschlupf gefunden hatte, war sie in großer Gefahr. Im Wald gab es einige Bäume, die Morsch waren und auch bei deutlich weniger starkem Wind umknickten. Warum, um Himmels Willen, prüfte sie nicht die Wettervorhersage? Es war viel zu gefährlich, bei solchem Wetter rauszugehen. In Schrittgeschwindigkeit bog ich hinter meiner Einfahrt nach links ab und begab mich tiefer in den Wald. Schneller konnte ich nicht fahren, da ich fast nichts sah. Durch da Gewitter erschraken zudem manche Tiere und rannten panisch auf die Wege. Ein Wildtierunfall war das Letzte, was ich nun gebrauchen konnte.

Ich blickte während des Fahrens immer wieder nach links und rechts, um nichts zu übersehen. Wenn ich nur wüsste, welche Farbe ihre Kleidung hatte. Ich hoffte, dass sie immerhin mehr als nur einen Sport-BH trug. Nach weiteren Metern sah ich vor mir am Waldrand etwas zwischen dem Regen aufblitzen. Es bewegte sich vom Waldrand auf den Weg direkt vor mir und bei genauem Hinsehen erkannte ich schemenhaft eine Person.

Bitte lass es Emma sein. Ich schickte ein Stoßgebet in den Himmel und verließ das Auto. Gegen den Wind kämpfend lief ich auf die Person zu und erkannte ein rosa Laufshirt und ihre auffallenden, pinken Schuhe. Gott sei Dank!

»EMMA!«, schrie ich gegen den Wind an. Sie war komplett durchnässt und ihre Haut war aschfahl. Ich nahm sie am Arm und riss sie mit mir zum Auto. Ihre Haut war eiskalt. Emma wollte etwas sagen, doch da ich sie bei dem Wind sowieso nicht verstehen würde, ignorierte ich es. Ich musste sie zuerst ins Auto schaffen. Dort angekommen schubste ich sie förmlich auf den Beifahrersitz und rannte um das Auto, um mich auf den Fahrersitz zu setzen. Ich griff auf die Rücksitzbank und riss zwei Decken hervor, welche ich für den Notfall immer im Auto hatte. Schnell wickelte ich sie darin ein. Emma schaut mich entsetzt an und ihr Unterkiefer zitterte vor Kälte. Sogar ihre Lippen waren blau.

»Was hast du dir nur gedacht?! Hast du nicht nach dem Wetter geschaut? Weißt du, was alles hätte passieren können?! Du hast verdammtes Glück, dass ich dich gefunden habe!« Die Worte sprudelten aus mir hervor, da ich noch immer nicht verstand, wie sie so leichtsinnig handeln konnte.

»Es…. Es… Es tut mir…l… leid.«, presste sie abgehackt hervor. Wie ein Häufchen Elend saß sie vor mir und zitterte. Mich beschlich ein schlechtes Gewissen, in einem so harschen Ton mit ihr gesprochen zu haben, doch mir wurde bewusst, dass die Angst aus mir gesprochen hatte. Angst davor, dass ihr etwas passieren könnte. Diese Erkenntnis traf mich wie ein Schlag ins Gesicht.

»Jetzt bringe ich dich erstmal ins Warme.«

Ich drehte die Heizung auf das Maximum und machte ihr die Sitzheizung an.

»D… D… D… Danke.«, sagte sie zähneklappernd. Da ich nicht nochmals schimpfen wollte, presste ich die Lippen aufeinander und legte den Rückwärtsgang ein. Bei diesem aufgeweichten Wegesrand zu wenden war keine gute Idee, daher fuhr ich den Weg rückwärts zurück. Emma sollte keinen Meter zu viel im kalten Regen laufen, weshalb ich in die

Einfahrt meines Grundstücks fuhr und möglichst nah am Haus parkte.

»Hier... Hier wohnst du?«, fragte Emma. Beruhigt stellte ich fest, dass sie sich scheinbar etwas aufgewärmt hatte.

»Ja. Und es gibt keinen Grund zu meckern. Du bleibst hier, bis sich das Wetter beruhigt hat. Alles andere wäre lebensmüde.«

Was auch immer sie dagegen einwenden wollte – es interessierte mich nicht. Sicherheit hatte die oberste Priorität. Ohne ihre Antwort abzuwarten schaltete ich den Motor aus, stieg aus dem Auto, und lief zu der Beifahrertür. Ohne sie um Erlaubnis zu bitten, warf ich sie mir über die Schulter um schnellstmöglich zum Haus zu rennen. Trotz nasser Kleidung war sie deutlich leichter als gedacht. Im Haus ließ ich sie behutsam hinunter und wickelte sie aus den bereits durchnässten Decken. Sie war vor Kälte ganz versteift und ihre Lippen waren noch immer blau verfärbt. Mit einer Unterkühlung war nicht zu spaßen und ich machte mir ernsthafte Sorgen um sie. Da sich Ems nicht regte, ging ich auf die Knie und schnürte ihr die Schuhe auf.

»Du musst sofort unter eine heiße Dusche«, sagte ich, als ich mich aufrichtete. Zähneklappernd nickte sie. Ich schob sie den Flur entlang und direkt in das Badezimmer hinein. Schnell zog ich ihr ein paar Handtücher aus dem Schrank und drehte bereits das Wasser auf, damit es schnellstmöglich warm wurde.

»Also…ich warte dann draußen.«

Und damit ließ ich sie allein. Weil sie währenddessen nur beobachtend im Bad stehen blieb, wartete ich noch kurz vor der Tür um zu hören, ob sie tatsächlich unter die

Dusche ging. Etwas beruhigter lief ich in den Flur zurück und schnappte mir die nassen Decken. Ich hängte diese, gemeinsam mit meiner Kleidung, im Gästebad auf und duschte mich dort ebenfalls kurz ab, um mich aufzuwärmen. Schnell schrieb ich Elsa eine Nachricht, dass alles in Ordnung war und ich Emma mit zu mir genommen hatte. Anschließend wusch ich unsere nassen Spuren im Eingangsbereich auf und suchte Ems eine kuschelige Hose, einen weichen Pullover und dicke Wollsocken raus, damit sie etwas zum Anziehen hatte. Die Dusche war mittlerweile aus und ich hörte keine Geräusche aus dem Bad. War alles okay?

»Ems, alles okay bei dir? Ich habe was zum Anziehen für dich.«

Einen Augenblick später öffnete sie die Tür und trug lediglich ein Handtuch, welches sie sich um den Oberkörper gewickelte hatte. Es bedeckte knapp ihren Po. Mit trockenem Mund reichte ich ihr wortlos die Kleidung. Sie nahm sie mit verlegenem Blick entgegen.

»Danke.«

Als sie wenige Minuten später aus dem Bad kam, war ich gerade dabei, den Ofen anzufeuern. Es war zwar nicht sonderlich kalt, aber die zusätzliche Wärme würde ihr guttun. Mir übrigens auch. Da mir Emma gerade mal bis zu Brust reichte, versank sie förmlich in meiner Kleidung. Wieder aufgewärmt, stand sie mit rosa verfärbten Wangen unschlüssig im Flur und sah dabei unglaublich süß aus.

Langsam kam sie ins Wohnzimmer gelaufen und blickte sich interessiert um. Verloren stand sie mitten im Raum und schien nicht zu wissen, was sie sagen oder machen sollte.

»Komm her.«, sagte ich, und nahm sie in die Arme. »Ich habe mir wirklich Sorgen gemacht.«, flüsterte ich ihr ins Haar.

»Wieso bist du bei diesem Wetter joggen gegangen?«

Ich schob sie ein paar Zentimeter von mir weg und blickte ihr ins Gesicht.

»Ich dachte, es würde nur regnen. Als das Unwetter zunahm, wollte ich eine Abkürzung durch den Wald nehmen. Vor ein paar Tagen bin ich auf einen Trampelpfad gestoßen, aber ich bekam zu große Angst, mich vom Weg zu entfernen, deshalb bin ich auf dem Hauptweg geblieben. Joggen konnte ich wegen dem Regen nicht mehr...und mein Handy habe ich zu Hause liegen lassen. Das habe ich meist nicht dabei beim Joggen.«

Ungläubig schüttelte ich den Kopf. Das war unfassbar dumm.

»Was du gemacht hast, war echt sehr gefährlich. Weißt du, wie schnell Bäume bei einem solchen Sturm entwurzelt werden? Du hattest Glück, dass dir nichts Schlimmeres passiert ist. Außerdem solltest du zukünftig dein Handy mitnehmen. Es kann jederzeit etwas passieren und hier ist es eher unwahrscheinlich, dass jemand *zufällig* vorbeikommt.«

Emma blickte schuldbewusst drein.

»Ich weiß... Es tut mir leid. Ich habe wirklich nicht gewusst, dass sich das Wetter so entwickeln würde. Hast du mich denn durch Zufall gefunden?«

»Elsa hat angerufen. Sie war schon ganz panisch. Niemand wusste, wo du warst. Dann fiel ihr auf, dass deine Laufschuhe weg waren.«

»Das tut mir so leid. Ich wollte euch echt keine Umstände

machen.«

Ems vergrub ihr Gesicht verzweifelt in den Händen. Automatisch griff ich nach ihnen und nahm sie ihr vom Gesicht. Erschrocken zuckte ich zusammen.

»Oh Gott, deine Hände sind ja noch immer eiskalt. Was würdest du von einem Kaffee, oder vielleicht einer heißen Schokolade, halten?«

Bei dem Wort *Kaffee* leuchteten ihre Augen auf. Noch bevor sie mir antwortete, deutete ich ihre Reaktion und lief in die Küche, um die Kaffeemaschine mit Wasser aufzufüllen.

»Ein Kaffee wäre super.« Emma lief mir hinterher und schaute neugierig zur Kaffeemaschine. »Macht die zufälligerweise auch Cappuccino? Oder vielleicht einen Latte Macchiato?«

Ernsthaft? Mit Kaffee ließ sich ihr Herz erweichen? Wenn ich das früher gewusst hätte, hätte ich ihr einfach täglichen einen Kaffee vorbeigebracht.

»Ist beides möglich. Dann also einen Latte Macchiato?«

Sie nickte euphorisch.

»Du hast nicht zufällig auch Karamellsirup da?«, fragte sie mit hoffnungsvollem Blick.

»Leider nein…aber vielleicht kann ich improvisieren.« Nachdem ich die Bohnen gemahlen hatte, ließ ich ihr einen Kaffee raus. Anschließend schäumte ich die Milch auf und vermengte beides in richtiger Reihenfolge, sodass ein Latte Macchiato entstand. Fasziniert beobachtete Ems mich bei meinen geübten Handgriffen. Ich ging ins Wohnzimmer zurück und öffnete meine Schubladen mit den Süßigkeiten. Irgendwo…genau! Ich wusste, dass ich noch eine Packung Karamell-Bruchstücke hatte.

Zurück in der Küche stellte ich ihr das Getränk auf einen dafür vorgesehenen Unterteller und legte ihr ein paar Stückchen Karamell hinzu. Freudestrahlend nahm sie beides entgegen und stürzte sich förmlich auf das Getränk. Genüsslich stöhnte sie auf. Ich musste in mich hineingrinsen und ließ mir ebenfalls einen Kaffee aus der Maschine.

»Es ist also wirklich dein Haus? Du wohnst hier ganz allein?«

Dachte sie etwa, dass gleich meine Ehefrau aus dem Schlafzimmer spazieren würde? Ich beobachtete, wie sie alles genau inspizierte und folgte ihr ins Wohnzimmer zu der Couch.

»Richtig. Ich habe es gemeinsam mit der Unterstützung von Elias, Ben und meinem Vater gebaut.«

»Sogar selbst erbaut.«, murmelte sie. »Du hast dir dein eigenes Paradies erschaffen.«

Es irritierte mich, dass sie diese Worte wählte, denn genau das war es – mein persönliches Paradies. Ich dachte zunächst, ihr wäre meine Holzhütte zu klein oder rustikal, doch wenn ich nun ihren Blick sah, schien sie sich absolut wohlzufühlen.

»Ja, für mich ist es tatsächlich ein Paradies. Hier habe ich meine Ruhe und kann tun und lassen, was ich möchte. Abends und morgens kommen Rehe in meinen Garten, weshalb ich mein Obst und Gemüse abdecken muss. Nur in letzter Zeit kam hin und wieder jemand Unbefugtes auf mein Grundstück. Es gibt einen kleinen Weg, der zum Strand führt – dort waren Fußabdrücke.«

Ich zuckte mit den Schultern und Emma lief rot an. Ich wollte nicht, dass sie Angst bekam, also sprach ich weiter.

»Du brauchst dir aber keine Sorgen zu machen, bei diesem Wetter kommt niemand so schnell hierher.«

Ein paar Minuten war es still, dann fragte Emma, während sie an ihrem Karamell knabberte: »Wie lange wird der Sturm wohl anhalten?«

»Laut dem Wetterbericht mindestens bis morgen früh.«

»Bis *morgen früh*?!«, fragte sie entsetzt. »So lange werde ich hierbleiben müssen?!«

Meine Miene verfinsterte sich. Ich dachte, wir wären einen Schritt weitergekommen und jetzt sprach sie davon, ihre Zeit mit mir hier absitzen zu *müssen*?

»Keine Sorge, ich bringe dich so schnell wie möglich wieder zurück zu Elsa.«

Emmas Augen wurden groß und sie schien zu verstehen, wie ihre Aussage bei mir ankam.

»Tut mir leid, so war es nicht gemeint. Ich war nur überrascht, dass es noch so lange dauern würde. Ich bin dir wirklich dankbar für deine Hilfe. Ohne dich wäre ich da draußen vermutlich erfroren, bevor ich es zurückgeschafft hätte.«

Sie schmunzelte und vermutlich lag es am Testosteron, aber es fühlte sich gut an, sie vor der Kälte gerettet zu haben.

»Das war selbstverständlich. Und nun? Was machen wir?«

»Wenn es dir nichts ausmacht, würde ich gerne ein bisschen am Feuer sitzen bleiben.«

»Ist mir ehrlich gesagt auch recht.«, grinste ich. »Hast du Lust auf einen Film?«

Ems überlegte kurz und platzte dann heraus: »*10 Dinge,*

die ich an dir hasse?! Hast du Disney+?«

Hatte ich, aber ihrer Begeisterung und dem Titel nach zu urteilen fürchtete ich, dass es sich um einen typischen Mädchenfilm handelte. Allerdings war Emma mir gegenüber viel aufgeschlossener und ich wollte einen guten Eindruck bei ihr hinterlassen. Also stand ich seufzend auf, holte die Fernbedienung vom Sideboard und schaltete den Fernseher ein. Wortlos öffnete ich Disney+ und gab den Film in der Suchleiste ein. Als mich Heath Ledger anlächelte, musste ich mir einen weiteren Seufzer verkneifen. Ergeben drückte ich auf *Play*.

Es war ein typisch amerikanischer Mädchenfilm aus den Neunzigern. Wirklich nicht mein Filmgeschmack. Doch als ich sah, wie Emma gebannt zuschaute und Heath Ledger anschmachtete, wurde die Filmauswahl zweitrangig für mich. Ich beobachtete, wie sie mit angewinkelten Knien auf der Couch saß, wobei sie einen Arm um ihre Beine schlang und ihr Kinn mit der zur Faust gebildeten zweiten Hand abstützte. Meine Kleidung hing an ihr wie ein Zelt. So sitzend, stellte ich sie mir auch in den Vorlesungen vor. Unauffällig positionierte ich mich anders und rutschte dadurch etwas mehr in ihre Nähe. Zugegeben, ich schaute mehr nach links als geradeaus auf den Bildschirm.

Ihre Augen fielen immer wieder zu und ich fragte mich, ob sie in der letzten Nacht genauso wenig Schlaf bekommen hatte wie ich. Als ihre Augen zum vierten Mal zufielen, sprach ich sie an.

»Bist du müde?«

»Hm…«, war die einzige Antwort, die ich bekam.

Ich stand auf und holte ihr noch eine Kuscheldecke. Nie

hätte ich gedacht, dass ich sie tatsächlich gebrauchen würde, doch jetzt war ich froh, sie hier zu haben und Ems damit zudecken zu können. Ich setzte mich direkt neben sie und schlupfte ebenfalls unter die Decke.

»Hm.«, gab sie erneut von sich und langsam sank ihr Kopf an meine Brust. Ich rührte mich keinen Zentimeter, da ich Angst hatte, sie durch meine Bewegungen zu wecken. Ich wollte die Situation nicht ausnutzen, aber ich konnte nicht abstreiten, dass ich ihre Nähe genoss. Nach wenigen Minuten war ich mir sicher, dass sie tief eingeschlafen war. Ich konnte mich nicht daran erinnern, wann ich das letzte Mal so mit einer Frau auf meiner Couch saß. Vermutlich nie. Und wenn, dann trug die Frau sicherlich nicht mehr als ihre Unterwäsche – geschweige denn von meiner viel zu großen Kleidung. Was trug Emma eigentlich unter meiner Kleidung? Wahrscheinlich trug sie nichts darunter, was denn auch? Ihren nassen Sport-BH? Ich merkte, wie sich etwas in meiner Hose regte. Ich blickte auf Ems hinunter, doch durch die Kuscheldecke konnte ich nichts erahnen. Shit.

Ich musste herausfinden, welches Potential eine Beziehung mit Emma haben könnte – egal in welcher Art und Weise. Definitiv war eine Anziehung da und das konnte auch Emma nicht abstreiten. Es machte mich zwar nervös, doch ich würde, es unversucht zu lassen. Irgendwie bereute ich sogar, ihr gegenüber so provokant gewesen zu sein. Ems verdiente einen Mann, der sie eroberte und auf Händen trug. War ich dafür der richtige Mann? Bisher nicht. Wobei ich sicherlich Pluspunkte für den heutigen Tag gesammelt hatte. Und obwohl sie jetzt in *meinem* Arm lag, beschäftigte mich die Frage, was das zwischen ihr und Elias war. Man musste blind sein, um nicht zu erkennen, dass er sie mochte. Doch was dachte sie darüber? Ems war immer so verschlossen und ließ kaum durchblicken, was sie dachte. Zumindest verbal. Nonverbal verriet sie sich häufiger, als es ihr vermutlich bewusst war.

Gestern Abend in dem Café konnte ich deutlich sehen, dass sie sich gut mit Elias verstand, sich sogar in seiner Gegenwart wohlfühlte. Wenn ich an seine Hand auf ihrem Arm dachte... Nein. Das gefiel mir wirklich ganz und gar nicht. Wieder blickte ich auf sie hinab. Etwas musste sich ändern. Emma sollte sich auch bei mir wohlfühlen können.

Emma

Als ich blinzelnd die Augen aufschlug, war mir zunächst nicht klar, wo ich mich befand. Ich benötigte ein paar Sekunden um mich zu orientieren und festzustellen, dass ich nicht allein war. Genauer gesagt lag ich nicht allein auf der Couch, sondern lag mit meinem Kopf auf einer Brust. Einer sehr harten Brust, welche sich langsam und regelmäßig hob und senkte. Ein Déjà-vu holte mich ein und ich dachte an die Situation mit Timothy und Phil. Mein Herz begann zu rasen, doch dann entspannte ich mich augenblicklich wieder. Ich war nicht in Berlin. Phil war nicht hier. Das Feuer knisterte noch immer vor sich hin, doch der Fernseher war mittlerweile schwarz. War ich während des Films eingeschlafen? Wie lange war er schon vorüber – sprich, wie lange lag ich schon auf Lucas' Brust?

»Bist du wach?«, fragte er mich mit leiser, tiefer Stimme und streichelte mir sanft über den Rücken. Erst jetzt wurde mir bewusst, dass seine linke Hand an meiner Taille lag. Ich versteifte mich und seine Hand hielt augenblicklich inne.

»Ähm.«, ich hob meinen Kopf und rutschte ein kleines Stück von ihm ab.

»Sorry, ich wollte dich nicht als Kissen benutzen.«

»Schon okay. Ehrlich gesagt, fand ich es gar nicht so schrecklich.« Mit einem schiefen Grinsen blickte er zu mir herunter und ich merkte, wie mir die Schamesröte ins Gesicht stieg. Weshalb musste ich immer so schnell erröten? Und weshalb ausgerechnet so häufig in seiner Nähe?

»Na dann.«, murmelte ich und hörte Lucas leise lachen.

»Wie siehts aus, wollen wir etwas essen? Ich weiß ja nicht,

wie es dir geht, aber mein Magen knurrt schon eine Weile vor sich hin.«

»Eine Weile? Wie lange habe ich denn geschlafen?«

»Um die vier Stunden. Du scheinst letzte Nacht wohl auch nicht viel Schlaf bekommen zu haben, hm?« Er blickte mich fragend an. Ich richtete mich etwas auf und zog mir die Decke bis unter das Kinn.

»Nicht wirklich.«

Wir schauten uns einige Sekunden in die Augen.

»Also. Hunger?«, brauch Lucas unseren Blickkontakt und stand auf.

»Eigentlich sogar großen Hunger.«

Sehr großen Hunger, aber ich wollte nicht verfressen wirken. Ich stand ebenfalls auf und folgte ihm zur Küchenzeile. Auch ich hatte heute noch nichts gegessen.

»Hast du vielleicht Müsli hier?«

»Müsli? Was wäre ich für ein Gastgeber, wenn ich dir Müsli vorsetzen würde? Außerdem-«, er warf eine Tomate in die Luft und fing sie wieder mit derselben Hand auf, »bin ich ein ausgezeichneter Koch.« Sein

Grinsen wirkte siegessicher und ich wollte ihm ein bisschen entgegenkommen, schließlich hatte er sich seinen Tag bestimmt anders vorgestellt. Also setzte ich mich auf einen der mit dunkelbraunem Leder bezogenen Barhocker und stützte meinen Kopf auf meine ineinander verschränkten Hände auf dem Tresen ab.

»Was gibt's denn?«

»Spaghetti Bolognese à la Lucas. Passt das für dich? Isst du überhaupt Fleisch? Sonst könnten wir auch-«

»Nein, nein.«, unterbrach ich ihn schnell, »Spaghetti à la

Lucas klingt super.« Ich schenkte ihm ein Lächeln.

»Wie kann ich dir helfen?«

»Wenn es dir nichts ausmacht, könntest du die Tomaten schneiden. In möglichst kleine Würfel, wenn es geht.«

Ich nahm ihm die Schale mit den bereits gewaschenen Tomaten ab und bekam ein Messer, sowie ein Schneidebrett, gereicht. Beim Schneiden der Tomaten bemühte ich mich, die Stückchen möglichst gleichgroß zu schneiden. Ich spürte seinen Blick auf mir und blickte auf.

»Musst du eigentlich nicht arbeiten?«

»Ich kann mir meine Zeit sehr flexibel einteilen. Bevor ihr gekommen seid, habe ich extra viele Überstunden gemacht. Hätte ich natürlich gewusst, dass ihr auf meine Anwesenheit so wenig Wert legt, hätte ich das nicht getan.«

Er kam zu mir rüber, schnappte sich meine akkurat geschnittenen Tomaten, um sie zu seiner bereits angesetzten Sauce zu geben. Ich überging seinen Seitenhieb. Vermutlich war das nur wieder ein Köder – ein Aufhänger für seinen nächsten dämlichen Spruch. Doch ich hatte keine Lust mehr auf Spielchen. Es war schlimmer. Ich bekam das Gefühl, ihn kennenlernen zu wollen. Gestern und heute zeigte er mir vollkommen andere Facetten von sich. Er war nicht nur der sehr gut aussehende Schwede mit durchtrainiertem Körper und einem frechen, schiefen Grinsen. Nein, er war auch der fürsorgliche, hilfsbereite Mann, der eine Frau beschützen wollte. Genau diese Seite an ihm faszinierte mich.

»Dann kannst du auch im Homeoffice arbeiten?«

»Genau. Ich arbeite in der IT-Sicherheit und bin für mehrere Firmen hier im Umkreis dafür zuständig, dass die Server nicht von Viren befallen oder gehackt werden. Sprich,

ich mache ich fast nur Homeoffice.«

Ich prustete los. »Dann bist du ja ein richtiger Nerd!«

Erschrocken hielt ich mir die Hand vor den Mund. Erst nachdem ich es ausgesprochen hatte, realisierte ich, wie unhöflich meine Reaktion gewesen war. Seine Augen funkelten vergnügt und er kam um den Tresen herum, um sich dicht vor mir aufzubauen.

»Sehe ich etwa aus wie ein Nerd?«, fragte er mit seiner tiefen Stimme und wirkte dabei fast bedrohlich. Ein Schauer lief mir über den Rücken und ich musste mich erneut dazu besinnen, mit wem ich hier war. Lucas war nicht Phil. Er schien die Veränderung in meinem Blick wahrzunehmen und wandte sich wieder von mir ab.

»Aber zugegeben, ich kenne mich gut mit IT-Angelegenheiten aus. Wenn du mich als heißen Nerd bezeichnen würdest, könnte ich mich damit vermutlich abfinden.«

In jeglicher Hinsicht erleichtert, entspannte ich mich wieder.

»Ich überlege es mir. Was macht die Sauce?«

»Die sollte gleich so weit sein. Nur noch die Nudeln kochen und et voilà, das Essen kann serviert werden.«

»Wenn du mir sagst, wo sich dein Geschirr und Besteck befinden, decke ich den Tisch ein.«

»Klingt gut. Teller findest du direkt vor dir, unterhalb vom Tresen. Drücke einfach gegen die Schranktür, dann öffnet sie sich. Besteck bringe ich mit.«

Während ich zwei Teller herausholte, hörte ich bereits, wie Lucas Besteck aus einer Schublade fischte. Die Teller bestanden aus dunkelgrauem Steingut und fügten sich optimal in die rustikal-gemütliche Einrichtung ein. Als Lucas ebenfalls zum Tisch kam und das Besteck akkurat verteilte, konnte ich meine Frage nicht länger zurückhalten.

»Hattest du eigentlich einen Innenausstatter für dein Haus?«

Verwundert schaute mich Lucas an. »Nein. Weshalb?«

»Es passt alles so gut zusammen. Mir gefällt dein Einrichtungsstil.«

Meine Wohnung, in welcher ich vor meinem Zusammenzug mit Phil wohnte, war viel kleiner und deutlich altmodischer. Die Wohnung von Phil hingegen war sehr modern und kühl. Beides kein Vergleich zu diesem wunderschönen Haus. Lucas schien sich ehrlich zu freuen und schenkte mir ein breites Lächeln.

»Das freut mich. Was möchtest du zum Essen trinken? Kaffee verbiete ich dir, der passt leider echt nicht zum Essen. Einen Weißwein?« Kein Kaffee? Wirkte ich etwa kaffeesüchtig?

»Ich trinke eigentlich kaum Alkohol, aber ein kleines Glas Weißwein würde ich schon trinken.«

Lucas nickte und ging in einen Nebenraum, aus welchem er eine Flasche des besagten Weines holte. Er öffnete sie und stellte sie, gemeinsam mit zwei Weißweingläsern, auf den Tisch. Anschließend lief er in die Küche, um die Nudeln abzugießen. Es roch bereits sehr appetitlich und als Lucas mir den Teller mit dem Essen vor die Nase stellte, lief mir das Wasser im Mund zusammen. Mein Magen knurrte laut und er musste erneut auflachen. Nachdem ich währenddessen den Wein einschenkte, setzten wir uns beide und stießen an.

»Auf deinen Besuch bei mir.«

»Auf meinen Retter.«, antwortete ich und prostete ihm zu. Während wir tranken, sahen wir uns erneut in die Augen. Peinlich berührt unterbrach ich den Blickkontakt und drehte mir geschickt ein paar Spaghetti auf. Als ich mir die Gabel in den Mund schob, beobachtete mich Lucas ganz genau. Oh. Mein. Gott. Es war kein Scherz, als er meinte, dass er ein ausgezeichneter Koch sei. Ich riss meine Augen auf und schaute erneut zu ihm rüber. An seinem Grinsen konnte ich erkennen, dass er meine Gedanken erahnte. Als sei nichts gewesen, widmete er sich in aller Ruhe seinem Essen.

»Warum bist du kein Koch geworden? Das schmeckt wirklich super! Ist das ein Hobby von dir?«

»Ja, es ist ein Hobby. Genau deshalb habe ich es nicht zu meinem Beruf gemacht. Ich habe keine Lust auf Schichtarbeit, Arbeitszeiten bis spät in die Nacht, sowie an Feiertagen und den Wochenenden. Mein jetziger Job macht mir auch Spaß, doch ich habe eine Fünf-Tages-Woche und geregelte Arbeitszeiten.«

Ich nickte verständnisvoll. Mir erging es ja auch nicht anders. Ich studierte etwas komplett anderes, doch mein größtes Hobby war das Backen. Manchmal wünschte ich mir, dies als meinen Beruf auszuüben. Andererseits stellte ich mir die Frage, ob ich dann noch so viel Freude daran haben würde.

»Das kann ich nachvollziehen. Würde ich vermutlich auch nicht machen.«

»Mit dem Backen?« Überrascht schaute ich ihn an. Woher wusste er, dass ich gerne backte?

»Ja. Ich dachte, du backst so gerne. Elsa erzählt häufig

von deinen Torten und deine Zitronen-Torte letzte Nacht war super lecker.«

»Zitronen-Joghurt-Torte.«, berichtigte ich ihn automatisch.

»Sorry. Zitronen-Joghurt-Torte. Übrigens mag ich Zitronen.« Lucas grinste mich an und zog eine Augenbraue in die Höhe.

»Wie gefällt es dir denn hier in Småland? Fühlst du dich wohl?«

Die Frage klang beiläufig, doch mich beschlich das vage Gefühl, dass mehr dahintersteckte.

»Es ist echt schön hier. So viele Seen und die Wälder sind ganz anders als in Deutschland. Überall riecht es so gut nach…Natur. Eben komplett anders. Ich genieße die Ruhe. Im Vergleich zu Berlin sind es zwei unterschiedliche Welten.«

Lucas nickte. »Und von den Menschen hier?«

»Ja, doch. Ich fühle mich gut aufgenommen. Kerstin und Björn sind sehr gastfreundlich, es ist mir sogar etwas unangenehm, wie zuvorkommend sie sind.«

Ich zuckte mit den Schultern und sah seinen fragenden Blick. Ahnend, worauf er hinauswollte, schaute ich zurück auf meinen leeren Teller. Niemals würde ich zugeben, dass ich mich bei ihm wohlfühlte. Doch seine nächste Frage überraschte mich.

»Und bei Elias?«

Wollte er mich testen? Was war das denn für eine Frage? Natürlich verstand ich mich mit Elias – nach unserem etwas holprigen Start – gut. Wir tauschten sogar die Telefonnummern aus und schrieben hin und wieder. Das war es aber auch.

»Auch mit ihm verstehe ich mich gut.«, sagte ich möglichst neutral. Lucas presste seinen Kiefer aufeinander und ich konnte sehen, wie seine Zähne mahlten. Um der Situation zu entfliehen, wollte ich aufstehen und unsere Teller abräumen. Als ich aufstand, musste ich mich kurz festhalten, denn ich merkte die Auswirkungen des Weines. Ich trank so gut wie nie Alkohol und dies in Kombination mit wenig Essen vertrug sich offenbar nicht. Zum Essen trank ich allerdings nur ein halbes Glas Wein, was mich vermuten ließ, dass mir die gesamte Situation zu schaffen machte. Lucas sprang sofort auf und fasste mich am Ellenbogen.

»Dein Kreislauf? Vielleicht hätten wir doch lieber bei unserem Arzt in Unnaryd anrufen sollen. Mit einer Unterkühlung ist nicht zu spaßen.«

Ich lachte nervös auf, weil er sich scheinbar ernsthaft Sorgen um mich machte, dabei war ich nur dehydriert. Lucas schaute mich besorgt an und schien mir mein Lachen nicht abzunehmen. Vermutlich dachte er, ich sei verrückt.

»Setz dich auf die Couch. Ich räume schnell ab und bringe dir ein Glas Wasser mit.«

Ich wollte nicht unhöflich sein, also half auch ich entgegen seiner Anweisungen beim Abräumen, was er seinem Gesichtsausdruck nach missbilligend hinnahm.

»Könnte ich auch einen Kaffee bekommen?« fragte ich hoffnungsvoll.

»Nein. Kaffee entzieht deinem Körper Flüssigkeit und du hast, seit du hier bist, nur Kaffee und Wein getrunken. Wasser ist besser.«

Ich verdrehte die Augen. Er klang wie Elsa. Jetzt wusste

ich auch, woher sie dieses Verhalten hatte.

»Hast du gerade die Augen verdreht?« Er schaute mich mit funkelnden Augen an und kam langsam auf mich zu. Oh man. Er sah einfach viel zu gut aus. Als er erneut dicht vor mir stand, strich er eine Haarlocke aus meinem Gesicht. Sein herber, männlicher Geruch stieg mir in die Nase.

»Dir ist schon klar, dass ich mir nur Sorgen um dich mache, Ems? Darüber solltest du dich nicht lustig machen.«

Ich konnte ihn nur anstarren. Ich spürte, wie sich mein Körper nach ihm sehnte, und irgendwie wünschte ich mir, dass ich unsere Lippen treffen würden. Andererseits war es keine gute Idee. Überhaupt keine gute Idee. Er war noch immer Elsas Bruder. Wohin sollte das führen? Ich dachte noch immer viel über Phil nach. Aktuell fühlte ich mich nicht stabil, sondern verloren. Und wenn man sich verloren fühlte, sollte man sich nicht auf Männer einlassen. Vor allem nicht auf solche, die nur Sex wollten.

»Es würde mich sehr interessieren, was du gerade denkst.«

Seine linke Hand legte sich an meine Hüfte. Langsam hob er auch die andere Hand und umfasste mit beiden Händen meine Taille. Lucas zog mich an sich, wobei er meine Taille mit seinen großen Händen fast vollständig umschloss. Langsam und abwartend bewegte er sich. Er schien genau zu beobachten, wie ich reagierte.

Und ich ließ es einfach zu, wehrte ihn nicht ab. Weshalb ließ ich es zu? Ich sollte es nicht zulassen. Ich sollte ihn wegschubsen und ihm sagen, dass er mich nicht anfassen sollte. Stattdessen legten sich meine Hände wie von selbst auf seine harte Brust. Ich spürte ein Ziehen im Unterleib und die Luft zwischen uns knisterte.

»Ems.« Er umfasste mit der rechten Hand mein Gesicht und streichelte mir mit dem Daumen über die Wange. Seine Berührung war heiß und kalt zugleich. Worüber machte ich mir sogleich Gedanken? Ich konnte mich nicht mehr konzentrieren. Es gab nur noch ihn und mich.

»Was ist mit Elias? Meinst du, er ist der Richtige für dich?«, hauchte er mir dir Frage entgegen und beugte sich langsam herunter. Ich konnte nichts sagen. Weiterhin starr konnte ich nur gespannt stehen bleiben und wartete seine nächsten Bewegungen ab. Meine Wange brannte unter seiner zärtlichen Berührung.

»Du musst mir diese Frage beantworten.«, hauchte er erneut, als er mit seinem Mund direkt vor meinem innehielt. Ich schüttelte den Kopf. Zu mehr war ich nicht in der Lage. Fast im selben Moment trafen seine Lippen auf meine und mein Unterleib zog sich ruckartig zusammen. Es fühlte sich viel zu gut an.

Ich konnte mich nicht mehr beherrschen und drückte meinen Körper an seinen. Ein leises Lachen entwich seinem Mund, während er seine Zunge in meinen Mund gleiten ließ. Seine Berührungen, seine Küsse, sein Lachen – all das brauchte ich jetzt. Ich brauchte ihn. Es war definitiv vorbei mit meiner Selbstbeherrschung.

Lucas ließ seine Hände unter meinen Po gleiten und hob mich mühelos hoch, während ich meine Beine um seinen Oberkörper schlang. Wir bewegten uns und in diesem Moment war mir völlig egal, wohin. Erst als ich das raue Leder unter meiner Haut spürte, wusste ich, dass er mich auf die Couch gelegt hatte. Lucas lag über mir und erkundete mit seiner Zunge mein Schlüsselbein und ließ sie anschließend erneut in meinen Mund gleiten. Abermals trafen seine Lippen auf meine und während er sich mit einer Hand neben mir abstützte, schob er die andere Hand unter meinen Pullover.

Als er meine Brust umfasste, erzitterte sein Körper. Meine Hände erkundeten ebenfalls seinen Körper. Hastig zog ich ihm seinen Pullover über den Kopf. Oh. Mein. Gott. Sein Oberkörper sah aus wie gemalt. Ich spürte seinen harten Penis an meiner empfindsamen Mitte und mir entwich ein Stöhnen. Es turnte mich nur noch mehr an, weshalb ich mich gierig an ihn presste. Seine Hand fand meine zweite Brust. Lucas streichelte sie, bis er meine Brustwarze zwischen seine warmen Finger nahm und langsam daran zog. Wenn er so weitermachte, würde ich kommen. Hier und jetzt. Lucas hielt inne und schaute mich mit lustvollem, dunklem Blick an.

»Ems.«

»Hm?« Ich war trunken von der Stimmung, welche zwischen uns herrschte.

»Wir müssen aufhören.«

Wie? Wir mussten aufhören? Spinnte er? Jetzt bekam er doch genau das, worauf er es die ganze Zeit abgesehen hatte.

»Nicht so. Ich.«, er seufzte und richtete seinen Oberkörper auf. »Lass es uns langsam angehen.«

Langsam angehen? Das hier hatte absolut nichts mit *langsam* zu tun. Irritiert rutschte ich ein Stück zurück und schob mir meinen – beziehungsweise seinen – Pullover wieder herunter.

»Alles klar, ich verstehe.« Sauer und beschämt zugleich stand ich auf. Das Gefühl der Zurückweisung traf mich so heftig, dass mir Tränen in die Augen stiegen. Ich wollte einfach nur noch weg von ihm. Schnell stand ich auf und wollte das Wohnzimmer verlassen, als sich eine große Hand um mein Handgelenk schlang und mich festhielt. Erneut durchzuckte mich ein Déjà Vu und Panik stieg in mir auf. Das Gefühlschaos beherrschte mich vollkommen. Die Panik schlug in Wut um, denn ich wollte mich nicht mehr herumschubsen lassen. Damit war ab sofort Schluss.

»Lass mich los!«, fauchte ich ihn an und er hob sofort beide Hände in die Luft, als würde er sich vor einem heranfliegenden Ball schützen wollen.

»Ems, hör mir zu. Lauf nicht vor mir weg. Bitte.«, sagte er mit ruhiger Stimme, doch in seinem Blick sah ich einen Sturm, ein Wechselbad der Gefühle. »Ich möchte dich nicht für eine Nacht, nicht nur. Da ist…mehr. Ich möchte es mit dir richtig machen.«

Skeptisch schaute ich zu ihm auf. Es richtig machen? Ich verstand gar nichts mehr.

»Du möchtest mehr? Was meinst du mit *mehr*?«

»Einfach mehr. Ich kann es nicht richtig in Worte fassen, aber du bist für mich etwas Besonderes. Seit dem ersten Tag gehst du mir nicht mehr aus dem Kopf.«

Ich verdrehte die Augen und lachte hart auf. Meinte er, damit würde er mich beeinflussen können?

»Also hast du gedacht, du möchtest *mehr* von mir als nur eine Nacht, als du mich in den ersten Tagen mit zweideutigen Aussagen genervt hast? *Das* soll ich dir glauben?«

»Ich habe mich schon für mein Verhalten entschuldigt.

Die Zeit kann ich leider nicht zurückdrehen. Es fühlt sich nicht richtig an, das zwischen uns als einen Flirt anzusehen.«

Entgeistert blickte ich ihn an. »Das zwischen uns? Du tust ja so, als hätte sich etwas zwischen uns entwickelt.«

Seine Stimmung schien sich augenblicklich zu verändern und sein Blick wurde hart.

»Genauso ist es doch. Oder möchtest du jetzt abstreiten, dass sich zwischen uns eine Spannung aufgebaut hat?«

Nein, ich wollte es nicht abstreiten, denn er hatte recht. Aber konnte ich dies vor ihm eingestehen? So lange kannten wir uns noch nicht und zudem hatten wir uns – abgesehen von heute – nie richtig unterhalten, geschweige denn, tiefgründige Gespräche geführt.

»Nein, allerdings gehört für mich mehr dazu als nur eine *Spannung* zwischen zwei Menschen.«

Lucas

Emma trieb mich in den Wahnsinn. War ich für sie nur eine passende Gelegenheit für Sex? Dafür wäre ich also gut genug gewesen? Spürte sie nicht, dass sich mehr zwischen uns entwickelte?

»Natürlich gehört da mehr dazu, als nur die Spannung. Emma, ich mag dich. Ich möchte dich kennenlernen und mehr Zeit mit dir verbringen. Nur eine schnelle Nummer…nein. Das geht einfach nicht. Nicht bei dir.«

Ich war selbst überrascht von meiner Offenheit und zugegeben, ich hatte auch Angst, wie sie reagieren könnte. Doch unsere gemeinsame Zeit war zu kostbar, um sie zu verschwenden.

Ihrem Blick nach zu urteilen, rannte sie jede Minute nach draußen in das Unwetter, in der Hoffnung, von einem Baum erschlagen zu werden. Ihre großen grünen Augen weiteten sich und sie schien sich ihre folgenden Worte genau zurechtzulegen.

»Du meinst es ernst.«, stellte sie fest. »Aber ich weiß nicht, ob ich schon wieder bereit für einen Mann in meinem Leben sein kann.«

Wow. Sie dankte mir meine Offenheit mit ebenfalls purer Offenheit.

»Dann lass es uns herausfinden.« Ich griff nach ihren Händen und blickte auf sie hinab. Emma schien zu überlegen. Was gab es da zu überlegen? Die Situation zeigte doch, dass wir uns aufeinander einlassen wollten. Zugegeben – sich auf tiefere Gefühle einzulassen, war beängstigend. Doch ich musste wissen, wohin das mit uns führen konnte.

Ansonsten bereute ich es möglicherweise mein Leben lang.

»Okay. Aber du musst aufhören, ein Arsch zu sein.«

Pure Erleichterung machte sich in mir breit. Gott sei Dank. Ich würde alles daransetzen, kein Arsch zu sein. Ich wollte ihr das geben, was sie brauchte. Nicht mehr, und nicht weniger.

»Als wäre ich je ein Arsch gewesen.«, sagte ich grinsend. Als sie bereits anfangen wollte, mir zu widersprechen, griff ich nach ihren Armen. »Komm schon her.«

Ich drückte Ems an mich und zog sie mit mir auf die Couch. Dort saßen wir einige Minuten, während ich sie fest im Arm hielt und ihren Kopf vorsichtig an meine Brust drückte. Unsere jeweilige Atmung beruhigte sich mit der Zeit.

Emma versuchte sich aufzurichten, also ließ ich sie los. Ihr Blick fixierte meinen und ich konnte eine Mischung aus Zufriedenheit und Nervosität darin lesen. Plötzlich rutschte Ems an mich heran und presste ihre Lippen auf meine. Es war ein unschuldiger, zarter Kuss. Perplex sah ich sie an. Es war das erste Mal, dass sie Nähe zu mir suchte. Trotzdem war mir bewusst, wie schnell sich Emma überrumpelt fühlen konnte. Ich wollte ihr die Zeit und den Freiraum geben, den sie brauchte.

»Ich lege nochmal etwas Holz nach, damit wir es warm haben.«

Emma nickte und rutschte zur Seite, damit ich aufstehen konnte. Ich konnte nicht fassen, was heute alles passiert war. Wie schnell sich die Situation zwischen uns geändert hatte. Ich hasste zwar ein solches Wetter, doch heute war ich ausnahmsweise dankbar dafür. Nachdem ich Emma zeigte, wo alles verstaut war, bereitete sie einen Tee zu. Es war schon spät und ich ging ins Schlafzimmer, um ihr eine Bettdecke und ein Kopfkissen für die Nacht zu beziehen. Leise Schritte näherten sich mir.

»Wo kann ich heute Nacht schlafen? Auf der Couch?«

Ihr Ernst? Natürlich würde ich sie nicht auf der Couch schlafen lassen. Wenn, dann würde ich auf der Couch schlafen, doch insgeheim hatte ich andere Pläne.

»Du schläfst im Bett, ich auf der Couch.«

Emma verzog das Gesicht. »Ich möchte nicht, dass du wegen mir Unannehmlichkeiten hast.«

»Und ich möchte nicht, dass du auf der Couch schlafen musst. Da gibt es keine Diskussion.«, stellte ich sofort klar. Meine Mutter würde mit mir schimpfen, wenn ich ein Mädchen auf der Couch übernachten lassen würde. Geschweige denn, solch ein Mädchen wie Emma.

»Und…wenn wir beide im Bett schlafen?«

Unsicherheit schwang in ihrer Frage mit. Ich tat so, als sei ihr Vorschlag nichts Besonderes und zuckte mit den Schultern.

»Können wir auch machen.«

Innerlich führte ich jedoch einen Freudentanz auf. Zum Schlafen gab ich ihr eins meiner T-Shirts. Sie sah unglaublich sexy aus in dem viel zu großen T-Shirt. Ich musste eingestehen, dass mir Ems in einem meiner T-Shirts viel besser gefiel, als sämtliche Frauen in Reizwäsche, welche je in meinem Bett lagen.

Das schwarze T-Shirt mit dem kleinen Muster an der linken Brust, fiel ihr bis zur Hälfte auf die Oberschenkel. Ihre Haut war von den vergangenen Tagen bereits leicht gebräunt und man sah, dass sie regelmäßig Sport trieb. Ihre braunen Locken fielen ihr sanft wenige Zentimeter über die Schultern. So, wie sie neben dem Bett stand, hätte ich sie am liebsten hochgehoben, ins Bett geschmissen und von Kopf bis Fuß verwöhnt. Doch ich hielt mich zurück.

Ems Stand unschlüssig vor dem Bett und schien nicht zu wissen, was sie machen sollte. Daher forderte ich sie mit einer Handbewegung dazu auf, ins Bett zu steigen. Als hätte sie nur darauf gewartet, huschte sie schnell unter die große Decke und verdeckte ihre schönen Beine damit. Schade. Ich legte mich ebenfalls ins Bett und war noch nie dankbarer dafür gewesen, eine große Bettdecke zu haben, statt zwei einzelne. Wieder überraschte sie mich, indem sie zu mir rutschte und sich an meine nackte Brust kuschelte. Mich beschlich das zufriedenstellende Gefühl, dass ihr mein Brustkorb gefiel. Auch Emmas Oberweite gefiel mir. Ihre Brüste waren fest und etwas kleiner, als ich es gewohnt war. Doch ihre harten Nippel hatten bereits freudig auf meine Finger gewartet – ich musste meine Gedanken stoppen, denn bei mir regte sich erneut etwas in der Hose.

Ich seufzte und gab ihr einen Kuss auf den Kopf.

»Es fühlt sich so vertraut an.«, sagte sie in die Stille hinein, und ich musste ihr recht geben. Es *fühlte* sich vertraut an. Es fühlte sich so an, als würden wir seit Wochen jeden Abend kuschelnd im Bett liegen. Doch dass ich überhaupt mit einer Frau kuschelte, kam sehr selten vor.

»Ja. Hast du alles, was du brauchst?«

Ems bejahte und wir begannen, uns ganz unverfänglich über alles Mögliche zu unterhalten, während sie immer wieder an ihrem heißen Tee nippte. Wir kamen vom Sport zur Uni, von Freunden zu unseren Eltern und vom Kochen zum Backen. Ich erzählte gerade, was unsere Routenpläne für die Kanutour waren, als ich merkte, dass sich Emmas Atmung vertiefte. Sie war eingeschlafen. Ich schaute zu ihr herunter und strich ihr eine braune Locke aus dem Gesicht. Da für mich noch nicht an Schlaf zu denken war, beobachtete ich, wie sich ihre Brust bei jedem Atemzug hob und senkte.

Nach einer geraumen Zeit wurde ich ebenfalls müde, doch plötzlich wurde Emmas Atmung hektischer und sie begann zu stöhnen. Zunächst dachte ich, sie hätte einen versauten Traum, doch dann begann sie sich unruhig zu bewegen und verzog das Gesicht. Sie hatte einen Alptraum.

»Lass mich.«, murmelte sie und mir lief ein Schauer über den Rücken. Träumte sie von Elias und der Lagerfeuer-Nacht? Da ich ihr irgendwie helfen wollte, strich ich ihr vorsichtig über die Arme.

»Emma, es ist alles okay. Du bist hier, bei mir. Ich passe auf dich auf.«

Sie begann langsam sich zu beruhigen und fiel wieder in einen ruhigeren Schlaf. Ich beobachtete sie noch eine Weile, um sicher zu gehen, dass sie nicht nochmals einen Alptraum bekam.

Wie würde es morgen früh weitergehen? Würden wir nahtlos an unsere neu entdeckte Verbundenheit anknüpfen, oder würde sie aufwachen und feststellen, dass alles nur ein großer Fehler gewesen war? Während ich sie weiterhin beim Schlafen beobachtete, überlegte ich, wie ich den morgigen Tag gestalten konnte, um mehr Zeit mit ihr zu verbringen.

Lucas

Am nächsten Morgen wachte ich mit einem wohligen Bauchgefühl auf. Als ich meinen Arm auf die andere Seite des Bettes streckte und ins Leere griff, verschwand das wohlige Gefühl jedoch sofort. Ich drehte meinen Oberkörper und musste feststellen, dass mein Bett leer war. Sofort richtete ich mich auf. Ein Blick aus dem Fenster zeigte mir, dass der Sturm vorüber war und sich allmählich die Sonne zeigte. Es war kurz nach neun. Wann war sie gegangen? Blieb sie überhaupt die gesamte Nacht hier?

Geräusche drangen in mein Schlafzimmer und ich atmete erleichtert aus. Sie war noch da. Beschwingt stand ich auf, putzte mir schnell die Zähne, und folgte den Geräuschen in die Küche. Der Tisch war bereits mit Besteck und Tellern gedeckt.

Emma stand mit dem Rücken zu mir am Herd, während sie die Eier verquirlte. Kurz beobachtete ich, wie sie konzentriert die Eier bearbeitete, dann lief ich zu ihr und legte beide Hände an ihre Hüfte.

»Guten Morgen, skönhet.«

Sie zuckte kurz zusammen und ich drehte sie schwungvoll zu mir um.

»Skönhet? Was heißt das?« Ems schenkte mir ein umwerfendes Lächeln.

»Das musst du wohl in deinem Wörterbuch nachschlagen. Was gibt es denn Gutes?«

Ich lehnte mich seitlich an ihr vorbei und betrachtete die Pfanne, wobei ich auch über ihren Kopf gucken konnte. Allerdings schien ihr meine verspielte Art zu gefallen, weshalb ich nur allzu gern herumalberte. Mal wieder wurde sie rot im Gesicht.

»Rührei. Magst du Rührei?«

»Klar.«, sagte ich noch immer grinsend. Noch mehr gefiel mir, wie sie hier in meiner Küche stand. Emma trug noch immer das T-Shirt von mir und zog sich zusätzlich die dicken Wollsocken an, welche ich ihr gestern gegeben hatte. Am liebsten hätte ich mich an sie gedrückt und leidenschaftlich geküsst, doch ich riss mich zusammen und gab ihr stattdessen einen Kuss auf die Locken. Als sie mich anschließend anstrahlte, wusste ich, es war die richtige Entscheidung. So langsam verstand ich sie und konnte ihre Mimik besser deuten. Das gefiel mir.

»Du darfst dich gerne hinsetzen, Kaffee und Rührei kommen gleich.«

»Wenn die Dame des Hauses das befiehlt…« Ich setzte mich an den Tisch und beobachtete, wie sie das Ei nochmals verrührte. Sie ließ es kurz auf dem Herd stehen und brachte zwischenzeitlich zwei Tassen Kaffee an den Tisch. Nachdem sie mir auch das Rührei serviert hatte, nahm sie ebenfalls Platz.

»Vielen Dank für das Frühstück. Daran könnte ich mich gewöhnen.«

Ems verdrehte bei meiner Bemerkung die Augen.

»Gewöhne dich nicht zu sehr daran. Meiner Meinung nach, darf auch ein Mann am Herd stehen.«

»So wie ich gestern?«, erinnerte ich sie. Prompt warf sie mir einen düsteren Blick zu und überging meine Bemerkung.

»Der Sturm ist vorüber. Hast du dich nochmal bei Elsa

gemeldet?«

»Nachdem ich letzte Nacht ungefähr zwanzig verpasste Anrufe auf dem Handy hatte, habe ich ihr noch ein Update geschickt und informiert, dass du über Nacht bei mir bleibst.«

Emma ließ ihre Gabel sinken. Es schien ihr erst jetzt bewusst zu werden, dass sowohl Elsa, als auch meine Eltern wussten, dass sie die Nacht hier verbracht hatte.

»Es gab bei dem Wetter keine andere Möglichkeit. Ich würde ja sagen, Elsa hat sich nichts dabei gedacht, aber ich kann dir gerne ihre Antworten zeigen.«

Meine Schwester war gut darin, ihrem Kopfkino freien Lauf zu lassen und Ems Blick nach zu urteilen, dachte sie dasselbe.

»Nein danke, ich kann es mir denken.«

»Was sollen wir ihr sagen?« Diese Frage beschäftigte mich heute Nacht immer wieder.

»Am besten gar nichts. Lass uns erst schauen, wohin es führt. Du hast doch eben selbst gesagt, dass ich keine andere Option hatte.«

»Bist du dir denn sicher, dass du mir in der Öffentlichkeit widerstehen kannst, skönhet? Leicht wird es nicht, so viel sollte dir klar sein.«

Ich zog grinsend eine Augenbraue hoch und schaute sie erwartungsvoll an.

»Ich glaube, mir wäre es so lieber.« Unsicher rutschte sie auf ihrem Stuhl hin und her.

»Okay, wenn du es so möchtest. Dann lass uns erst schauen, wohin es führt. Bleibst du noch ein bisschen hier?«

Ems zog beim Anblick der Sonne die Stirn kraus und sah

dabei unglaublich süß aus. Wie eine zornige, kleine Elfe.

»Wenn du nicht möchtest, dass Elsa in den nächsten Minuten mit einem Suchtrupp in dein Haus einfällt, sollte ich wohl demnächst nach Hause gehen.«

Stimmt. Meine Schwester war sicherlich schon kurz davor, sich in ein Auto zu setzen und hier aufzukreuzen.

»Sehen wir uns dann heute Nachmittag?«

Ich versuchte, einen neutralen Blick aufzusetzen, denn ich wollte nicht verzweifelt wirken. Doch nach unserem gestrigen Kuss konnte ich mir nicht vorstellen, sie erst wieder übermorgen bei der Kanutour zu sehen und dabei nicht einmal berühren zu dürfen. Also schob ich mir ein Stück Ei in den Mund und schaute ihr anschließend fragend ins Gesicht. Emma wirkte hin und her gerissen. Es wirkte fast so, als würde sie abwägen, ob sie sich herausreden sollte. Ich versuchte meine wachsende Anspannung zu verbergen.

»In Ordnung. Soll ich zu dir kommen?«

Mein Herz machte einen Sprung.

»Ich hole dich ab. Passt dir sechzehn Uhr?«

»Ich denke schon. Was machen wir?«

»Das bleibt eine Überraschung.«, grinsend blickte ich ihr in die Augen und sie sah verlegen auf ihren Teller. Interessant.

»Aber du solltest dir etwas Warmes zum Anziehen mitnehmen.«

Emma

Während mich Lucas nach Hause brachte, musste Elsa bereits hinter der Tür gelauert haben, denn sie riss die Tür direkt vor meiner Nase auf. Es kam so unerwartet, weshalb ich mir automatisch an die Brust griff und fast zu Tode erschrak.

»Mensch, Elsa! Ich habe fast einen Herzinfarkt bekommen!«

Elsa ignorierte meine Aussage und fiel mir um den Hals. »Ich habe mir solche Sorgen um dich gemacht! Zum Glück ist dir nichts passiert. Dir ist doch nichts passiert, oder?« Ihr Blick glitt prüfend über meinen Körper und blieb letztendlich an Lucas' Kleidung hängen.

»Emma? Was ist passiert?« Elsa zog die Augenbrauen wissend hoch.

»Können wir vielleicht erstmal reingehen?«

Elsa blickte mich mit großen Augen an und folgte mir wie ein Hund bis in mein Zimmer – Lucas' altes Kinderzimmer – hinterher.

»Jetzt erzählt schon! Lief da was? Ich meine, mein Bruder ist schon heiß. Da könnte ich verstehen, wenn du dich vergessen hättest. Außerdem trägst du seine Sachen. Dann hat er dich echt ausgezogen, hm? Lucas ist einfach so ein Womanizer.«

»ELSA! Es reicht wirklich. Und nein, er hat mich nicht ausgezogen – zumindest nicht so. Ich bin fast erfroren da draußen und er hat mich gefunden, mir eine heiße Dusche, und frische Kleidung gegeben.«

Elsas Augen weiteten sich.

»Oh, Emma. Ich bin so froh, dass dir nichts passiert ist.«

Sie umarmte mich fest und ich bekam ein schlechtes Gewissen, da ich ihr nicht die ganze Wahrheit erzählte. Elsa war meine beste Freundin und wir verheimlichten uns nichts. Im Gegenteil. Sie war meine erste Ansprechpartnerin bei allem, was mich bewegte. Auf ihren Rat konnte ich mich immer verlassen. War es falsch, ihr gegenüber nicht ehrlich zu sein? Ihre Aussage verunsicherte mich zusätzlich. Ein Womanizer? Mir war schon klar, dass Lucas kein Kind von Traurigkeit war. So wie ich es in den letzten Tagen mitbekam, genoss er es ausgiebig, dass im Sommer viele Touristinnen nach Südschweden kamen. Doch ich hatte seither nicht eine Frau an seiner Seite gesehen. Hielt er die Frauen geheim? So, wie es aktuell auch bei uns war?

Bei dem Gedanken wurde mir schlecht. Überhaupt wurde ich immer unsicherer, ob das Ganze eine gute Idee war. Die Anziehung war definitiv da und ich hätte mich gestern von ihm ausziehen und weiß Gott was alles mit mir machen lassen. Lucas war gefährlich, denn ob ich es zugeben wollte oder nicht, ich war ihm verfallen. Und jetzt log ich auch noch meine beste Freundin an. Ich musste unbedingt Timothy anrufen und mit ihm reden. Er würde wissen, was zu tun war.

Gegenüber Elsa behauptete ich, dass ich müde sei und mich nochmal hinlegen wollte. Sie war weiterhin besorgt und erkundigte sich mehrfach, ob es mir auch tatsächlich gut ging. Nachdem ich meine Müdigkeit beteuerte, ließ sie mich allein und ich suchte nach meinem Handy. Der Akku war leer, war ja klar. Nachdem ich es mit dem Ladekabel verbunden hatte, musste ich anschließend einen kurzen Moment warten, ehe ich es endlich einschalten konnte.

Sobald mein Handy entsperrt war, vibrierte es mehrfach, und ich sah einundzwanzig neue Nachrichten. Oh je. Es handelte sich um mehrere verpassten Anrufe, sieben von Elsa und vier von Phil.

Darunter waren Textnachrichten zu sehen. Auch hier waren welche von Phil dabei, sowie mehrere von Elsa und Timothy. Bei den Nachrichten von Phil überkam mich eine Gänsehaut.

Emma, bitte gehe an dein Handy.

Du kannst mich nicht mehr lange ignorieren. Was denkst du dir? Du weißt, dass wir zusammengehören.

Du benimmst dich wie ein kleines Kind. Früher oder später werden wir aufeinandertreffen und dann? Rennst du weg? Lass uns reden und alles klären.

Bitte rufe mich zurück. Ich vermisse dich. Du kannst doch unsere gemeinsame Zeit nicht einfach wegwerfen. Ich warte auf deinen Anruf. Du fehlst mir.

Ich versuchte sofort, Timothy zu erreichen, doch er ging nicht an sein Handy. Ich wusste, dass er mit seiner Familie in Costa Rica im Dschungel unterwegs war und meist keinen Empfang hatte. Seufzend probierte ich es nochmals. Mist.

Was sollte ich Elsa – oder ihren Eltern – sagen, wenn mich Lucas heute Nachmittag abholen würde? Warum dachte ich nicht bereits vorhin darüber nach? Auffälliger ging es wohl kaum. Als ich erneut auf mein Handy schaute, sah ich, dass eine weitere Nachricht von einer unbekannten

Nummer eingegangen war. Sollte ich sie öffnen? Es könnte sich um Spam handeln. Oder noch schlimmer: Phil versuchte mich unter einer anderen Nummer zu erreichen. Oder…? Ich öffnete die Nachricht.

Hej, skönhet. 16 Uhr an der Brücke nach Vallsnäs. Vergiss nicht, dir warme Kleidung einzupacken. Ich hoffe, du vermisst mich bereits. xx

Als ich dieses Mal eine Gänsehaut bekam, fühlte es sich komplett anders an. Wie konnte es sein, dass mir bereits bei diesen Worten warm wurde? Ich schüttelte den Kopf. Es war wirklich überhaupt keine gute Idee.

Immerhin holte er mich an der Brücke zur Halbinsel ab und nicht direkt vor der Haustür. Ich speicherte seine Nummer unter *Womanizer* ab. Ich redete mir ein, dass es mir regelmäßig vor Augen führen würde, wie er sich sonst verhielt. Auf eine Antwort verzichtete ich. Mein Handy vibrierte erneut und ich schaute auf das Display.

Ben hat mich zu sich nach Hause eingeladen. Ich gehe zu ihm und übernachte dort, komme aber jederzeit nach Hause, wenn du mich brauchst. Schreib mir einfach. Ich hoffe, du kannst gut schlafend. Fühl dich gedrückt. E xxx

Elsa. Manche Probleme lösten sich von allein. Zumindest musste ich mir nun keine Ausrede einfallen lassen, weshalb ich den Abend nicht mit ihr verbringen konnte. Kerstin und Björn kamen ohnehin spät nach Hause und würden davon ausgehen, dass ich bereits schlief. Nervös lief ich in meinem Zimmer auf und ab. Es war 14:37 Uhr. Noch knapp anderthalb Stunden. Was sollte ich so lange machen? Ich überlegte kurz und beschloss, mich tatsächlich für ein paar Minuten hinzulegen. Leider war an Schlaf nicht zu denken. Meine Gedanken kreisten um den gestrigen Tag. Ich konnte nicht verarbeiten, was in diesen wenigen Stunden alles passiert war. Wollte ich mich tatsächlich auf Lucas einlassen? Was war nur in mich gefahren? Wurde ich von seinem Äußeren geblendet?

Als nächstes schnappte ich mir mein schwedisches Lernbuch und suchte nach dem Wort skönhet. Es dauerte einen Moment, bis ich die Übersetzung fand. Skönhet stand für Schönheit. Prompt brannten meine Wangen.

Verzweifelt versuchte ich erneut, Timothy anzurufen. Vermutlich schlief er noch. In Costa Rica war es aufgrund der Zeitverschiebung erst circa sechs Uhr am Morgen. Seufzend stand ich wieder auf und stellte mich vor den Kleiderschrank. Wenn ich nicht schlafen konnte, konnte ich genauso gut duschen gehen und meine Sachen für den heutigen Abend packen. Es war gegen sechzehn Uhr noch zu warm, um mir lange Kleidung anzuziehen, daher würde ich warme Kleidung einpacken müssen.

Als ich unter der Dusche stand, ging mir der gestrige Kuss nicht aus dem Kopf. Lucas wusste ganz genau, wo er eine Frau anfassen musste. Bei dem Gedanken seiner Finger an meinen Brustwarzen, seufzte ich. Ich war kurz davor, mich selbst zu berühren, doch es kam mir falsch vor. Frustriert stellte ich die Dusche aus und wickelte mich in ein Handtuch. Nachdem ich eine Leave-In-Haarkur in meine Locken massiert hatte, trat ich in mein Schlafzimmer. Nach dem gestrigen innigen Moment musste ich nicht lange überlegen, was für Unterwäsche ich anziehen wollte. Definitiv keine langweilige Unterwäsche. Ich entschied mich für schwarz. Darüber zog ich eine blaue Jeansshorts und eine dunkelgrüne, geraffte Bluse mit kurzen Trompetenärmeln an. Meinen Look vollendete ich mit weißen Sneakern.

Zufrieden blickte ich mein Spiegelbild an. Ich hatte keine Ahnung, was wir machen würden. Da ich aber warme Kleidung mitnehmen sollte, ging ich davon aus, dass wir uns draußen aufhalten würden. Mit einem Blick in den Kleiderschrank schnappte ich mir eine lange dunkelblaue Jeans und dazu einen cremefarbenen Oversize-Pullover. Ich stopfte beides gemeinsam mit meinem Portemonnaie, einem Deo, einer Haarbüste, einem Labello und den Schlüsseln, in meinen Shopper.

Auf dem Weg durch die Zimmertür schnappte ich mir mein Handy und lief langsam Richtung Brücke. Mit jedem Schritt wurde ich nervöser. Da ich viel zu früh dran war, verließ ich die Straße und setzte mich neben der Brücke an das Ufer. Während ich auf das Wasser schaute, beobachtete ich die leichten Wellen und mit der Zeit beruhigte ich mich etwas. Ein Blick auf meine Uhr sagte mir, dass ich noch immer fünfzehn Minuten Zeit hatte, bis Lucas kam. Es war ungewöhnlich für mich, überpünktlich zu sein. Doch der Gedanke, Lucas auf mich warten zu lassen, kam mir nicht richtig vor.

Meine Augen glitten das Ufer entlang. Große, saftig grüne Bäume säumten den See ein. Am Ufer war das Wasser bernsteinbraun und schwappte gemächlich an die schmalen, sandigen Strände und Felsen. Das Spiegelbild der Wolken brach sich in den leichten Wellen des Sees.

Mehrere Möwen flogen über den Unnensee und kreischten sich gegenseitig an. Ich konnte auf der anderen Seite ebenfalls ein Ufer erkennen, doch es konnte unmöglich das Ende des Sees sein, da dieser deutlich größer sein musste. Die Gerüche des Wassers und des Waldes stiegen mir in die Nase und ich atmete mehrmals tief ein und aus.

In der der Ferne konnte ich ein Motorboot hören. Vorbei war es mit der idyllischen Ruhe. Die Motorengeräusche wurden lauter und auch die Wellen des Sees wurden unruhiger. Ich setzte mich etwas höher ans Ufer, um nicht nass zu werden. Ebenso wollte ich nicht, dass Lucas mich übersah. Ich schloss die Augen und atmete ein letztes Mal tief ein und aus. Als das Boot immer näherkam, öffnete ich die Augen und stellte fest, dass es kurz vor der Brücke langsamer wurde, bis es sich nur noch von den Wellen treiben ließ.

»Hej, Ems. Fängst du mal?« Lucas' Stimme riss mich aus meinen Gedanken und irritiert blickte ich mich um. Wo war er?

»Hier drüben!«, rief er und winkte mir von dem Boot aus zu. Mir klappte die Kinnlade herunter. Er holte mich mit seinem *Boot* ab?! Ich schaute genauer hin und erkannte nun das Boot von seinem Grundstück. Lucas hielt ein Seil in der Hand und machte Anstalten, es mir zuzuwerfen. Perplex hob ich automatisch meine Arme in seine Richtung und er holte aus. Nachdem ich es sogar erfolgreich fangen konnte, zeigte er auf das Ufer.

»Achte darauf, dass du einen festen Stand hast und ziehe das Boot langsam zu dir.«

»Wie, zu mir ziehen? Aber dann knallt doch das Boot an die Felsen, oder?« Skeptisch blickte ich auf das Seil.

»Keine Sorge, ich passe auf. Außerdem sind Fender an den Seiten montiert, das Boot kann also gar nicht ans Ufer anschlagen.«

Okay, wenn er das meinte…Ich folgte seinen Anweisungen und stellte mich schulterbreit und in leichtem Ausfallschritt hin, um einen festen Stand zu bekommen. Anschließend zog ich vorsichtig am Seil und war verwundert, wie leicht sich das Boot heranziehen ließ. Lucas lächelte mich an und ich war froh, das Boot nicht zerstört zu haben. Manchmal war ich ziemlich tollpatschig, weshalb es durchaus im Bereich des Möglichen gewesen wäre.

»Komm rauf.« Lucas hielt mir seine Hand hin und ich schaute ihn entgeistert an.

»Wenn ich auf das Boot steige, rutscht es bestimmt weg. Ich habe ehrlich gesagt keine Lust, ins Wasser zu fallen.« Ich schaute nach unten. Das tiefe, dunkle Wasser plätscherte zwischen Ufer und Boot. Nein. Das würde definitiv schief gehen.

»Du brauchst keine Angst haben. Nimm meine Hand, ich ziehe dich an Bord. Ich verspreche dir auch, dass ich dich nicht fallen lasse.« Mit einem Grinsen streckte er seine Hand noch weiter in meine Richtung. Zweifelnd schaute ich zu ihm hoch.

»Wehe, du lässt mich fallen.«, drohte ich ihm und ergriff seine Hand, nachdem ich meine Tasche neben ihm auf das Boot geworfen hatte. Anschließend hob ich mein linkes Bein an und stellte es auf den Rand des Bootes. Mit Schwung drückte ich mich mit dem anderen Bein vom Ufer ab und im selben Moment zog mich Lucas mit einer kräftigen Bewegung nach oben. Ich bekam so viel Schwung, dass ich förmlich gegen ihn stolperte und er, mit mir im Arm, lachend zwei Schritte nach hinten weichen musste.

»Ganz langsam, sonst gehen wir noch beide über Bord.«

Auch ich musste lachen und fühlte mich beschwingt, denn ehrlicherweise sah ich mich schon im Wasser nach Atem ringen. »Danke.«

»Keine Ursache. Hast du warme Kleidung mitgebracht? Ich habe keine Antwort von dir erhalten und wusste nicht, ob du meine Nachricht gelesen hast.« Nachdenklich schaute Lucas auf meine Handtasche. »Wobei, wenn ich deine prall gefüllte Tasche sehe, scheinst du sie doch gelesen zu haben.«

»Tut mir leid, dass ich dir nicht geantwortet habe. Und ja, ich habe warme Kleidung dabei. Was haben wir denn vor? Beziehungsweise, wo fahren wir hin?«

Lucas grinste erneut. »Das lass mal meine Sorge sein. Zuerst zeige ich dir alles.«

Er führte mich über sein Boot und begeistert folgte ich ihm. Die Kajüte war klein, aber absolut ausreichend für ungefähr sechs Personen. Es gab Sitzbänke, welche mit dunkelbraunem Leder bezogen waren und laut Lucas zu einer großen Liegefläche umgeklappt werden konnten. Zwischen den Bänken befand sich ein Tisch. Die Kajüte war von allen Seiten verschlossen, jedoch konnte man die Fenster auch teilweise öffnen. Am Bug war ein großes Lenkrad aus altem Holz angebracht.

Wir liefen entlang der Kajüte zum Heck, und ich blickte auf eine kleine Erhöhung, welche vermutlich zum Sonnenbaden gedacht war. Das gesamte Boot war von einer silbernen Reling umgeben, wodurch man sich – Gott sei Dank –

überall gut festhalten konnte. Auf der rechten Seite des Bootes gab es eine kleine Leiter, die aktuell zwar eingeklappt war, jedoch auch in das Wasser gelassen werden konnte. Das Boot war von Nahem noch viel beeindruckender, als es bisher am Steg gewirkt hatte. Staunend blickte ich mich um und fuhr mit der Hand über die Reling.

»Gefällt es dir? Es hat meinem Opa gehört und war nicht mehr fahrtüchtig. Ich habe den Motor reparieren lassen und den Rest wieder auf Vordermann gebracht.«

Wow. Was er geschaffen hatte, war unglaublich.

»Dein Boot ist wirklich schön. Ich weiß gar nicht, was ich sagen soll. Du fährst vermutlich häufig auf den See, oder?«

»Wann immer ich Zeit dazu habe. Wenn du magst, kannst du dich nach vorne zu mir stellen. Es kann nur sein, dass du durch die Wellen ein wenig nassgespritzt wirst. Am Heck und in der Kajüte bleibst du aber ganz sicher trocken, falls die das lieber ist. Wir sollten nur allmählich fahren, damit wir noch etwas von dem schönen Wetter haben.«

Während der Fahrt konzentrierte sich Lucas auf das Steuer. Immer wieder kamen wir mitten auf dem See an Bojen vorbei und Lucas erklärte mir, dass dort große Felsen unter der Wasseroberfläche lagen. Um Bootsunfälle zu vermeiden, wurden diese mit Bojen gekennzeichnet, weshalb er diese weiträumig umfuhr.

Der See war noch viel größer, als ich dachte. Er schien sich unendlich weit zu erstrecken. Wir fuhren an mehreren kleinen Inseln vorbei, bis wir an der gegenüberliegenden Seite des Sees an einer Felsformation ankamen. Langsam fuhren wir an dieser vorbei und ich merkte Lucas an, dass er angespannt war.

»Wir fahren aber nicht gegen einen Felsen und kentern dann wie bei Titanic, oder?«

»Möchtest du etwa meine Bootskenntnisse infrage stellen?« Er zog eine Augenbraue hoch und guckte kurz zu mir herüber, konzentrierte sich jedoch anschließend wieder auf das Gewässer.

»Kann ich dir vielleicht helfen?«

»Ja, komm zu mir.«

Ich lief zu Lucas und er ging einen Schritt zurück, um mich an das Steuer des Bootes zu schieben. Dicht hinter mir blieb er stehen und legte seine Hände auf meine, um diese an das Steuer zu führen. Sobald ich verstand, dass *ich* lenken sollte, verspannte ich mich. Hatte er den Verstand verloren? Es war überhaupt keine gute Idee, mir das Steuer zu überlassen. Im wahrsten Sinne des Wortes.

»Es ist ganz einfach.«, raunte er mir mit tiefer Stimme ins Ohr. Mit seinen Händen über meinen, dirigierte er das Boot in eine kleine Bucht, welche zuvor nicht zu sehen gewesen war. Bei jeder noch so kleinen Bewegung spürte ich seinen Körper an meinem Rücken, und seine Nähe wurde mir nur allzu deutlich bewusst.

»Wir sind da. Gut gemacht.«, sagte er, während er die Geschwindigkeit reduzierte und mich hinter dem Ohr küsste. Lucas lief an das Heck des Bootes und ich hörte eine Kette klappern.

Ich lief ebenfalls nach hinten um zu sehen, was er tat. Er ließ einen Anker in das Wasser hinab und ich betete inständig, dass er mit dem schweren Anker keinen Fisch traf. Mit einem skeptischen Blick schaute ich auf das Wasser direkt neben dem Boot. Es war dunkel, was für mich hieß, dass es tief war.

»Hier gehen wir in das Wasser?« Ich hatte keine Badekleidung eingepackt, denn davon hatte Lucas nichts gesagt. Außerdem wusste ich nicht, was für Fische hier im Wasser schwammen, weshalb ich nicht unbedingt so viele Meter vom Ufer entfernt in das Wasser springen wollte. Lucas lachte und kam zu mir geschlendert.

»Wenn dir nach Baden ist – bitte schön. Mein Plan war jedoch, auf dem Boot zu bleiben. Du wirst doch nicht seekrank, oder?« Sein Lächeln verrutschte etwas, als würde er sich Sorgen machen, dass seine Idee doch nicht so gut gewesen sein könnte.

»Nein, nein. Ich dachte nur, dass wir ein bestimmtes Ziel anvisieren.«

»Wir *haben* auch ein bestimmtes Ziel anvisiert. Du musst nur noch etwas Geduld haben. Gibst du mir fünf Minuten?« Ich nickte und war gespannt, was er vorhatte. Eigentlich war ich kein Fan von Überraschungen, doch seine geheimnisvolle Art mache mich neugierig. Um ihn nicht zu stören, schnappte ich mir meine Tasche und kramte mein Handy heraus. Eine neue Nachricht.

Guten Abend, Emma. Hast du den Sturm gut überstanden? Ich hoffe, dir geht es gut. Ich freue mich auf die Kanutour mit dir. Bis dann, Elias.

Prompt machte sich bei mir ein schlechtes Gewissen breit. Natürlich bemerkte auch ich, dass Elias Interesse an mir signalisierte. Es war offensichtlich, dass er bei unseren Kontakten nicht nur an Freundschaft dachte. Auch ich machte mir Gedanken darüber, denn Elias war ein sympathischer, gutaussehender, junger Mann – mit einem kleinen Alkohol-problem. Dies schien ihm aber immerhin bewusst zu sein.

Elias und Lucas waren zwei völlig unterschiedliche Män-ner. Während Elias eher Heiratsmaterial war, war Lucas eher Sexmaterial. Was mich wieder zu der Frage brachte, ob meine Entscheidung ihn näher kennen zu lernen, schlau war.

Lucas

Emma stand, mit dem Blick auf den See gerichtet, an der Reling. Vermutlich fragte sie sich, was wir hier machen würden. Ich konnte mich nicht überwinden, meinen Blick von ihr abzuwenden. Ihre leicht gebräunten Beine sahen in ihrer knappen Jeansshorts sexy aus.

Als sie mich hörte, drehte sie sich um und über ihr Gesicht huschte ein überraschter Ausdruck. Die Sonne glitzerte in ihren grünen Augen, welche durch die dunkelgrüne Bluse noch mehr betont wurden. Wie immer war Emma nur minimal geschminkt, wenn überhaupt. Sie war ganz anders als die Frauen, welche ich sonst traf. Emma war irgendwie das nette Mädchen von nebenan. Doch spätestens nach dem gestrigen Abend war mir klar, dass sie nicht nur *nette* Seiten an sich hatte. Hätte sie sich auf mich eingelassen, wenn ich einen Schritt weiter gegangen wäre? Ich spürte, wie ein gewisser Teil meines Körpers reagierte, doch ich zügelte meine Gedanken. Weil ich nichts überstürzen wollte, riss ich meinen Blick widerwillig von ihrer Erscheinung los.

»Ich hoffe, du hast Hunger? Ich habe etwas für uns vorbereitet.«

Amüsiert registrierte ich, dass sich auch Emma aus einer Starre lösen musste, bevor sie anschließend langsam in meine Richtung lief. Machte sie es mit Absicht, so aufreizend zu gehen, oder machte mir mein Kopfkino etwas vor?

»Ich habe ehrlich gesagt sogar großen Hunger.« Ems trat neben mich und stupste mich mit dem Oberarm an. Süß.

»Ausgezeichnet.«

Grinsend nahm ich ihre Hand und führt sie das Boot entlang, bis zu meinem vorbereiteten Platz. Als sie plötzlich stehenblieb und erst das Heck, dann mich und anschließend wieder das Heck anstarrte, wirkte sie ehrlich überrascht. Hoffentlich war es ihr nicht zu viel.

Mit mehreren Kissen und Decken hatte ich uns eine gemütliche Liegefläche bereitet. In der Mitte stand ein kleiner Holzklapptisch, welchen ich normalerweise für Frühstück im Bett benutzte. Darauf drapierte ich verschiedenste Früchte und stellte zwei Gläser Wein bereit, wobei ich Emmas Glas nur zur Hälfte einschenkte. Da sie kaum Alkohol trank, hatte ich noch non alkoholische Getränke dabei. Neben ein paar Antipasti stand eine Schale mit frischem Brot. Emma sagte nichts und ich dachte bereits, dass es tatsächlich zu viel des Guten war.

»Ich...«, sie sprach mit rauer Stimme. »Ich danke dir. Das ist wirklich etwas ganz Besonderes. Vielen Dank.«

Sie drehte sich zu mir, schlang ihre Arme um meinen Hals und streckte sich nach oben, um mich zu küssen. Wie selbstverständlich presste ich meine Hüften gegen ihre und erwiderte ihren Kuss. Der Kuss war unschuldig. Mit geröteten Backen löste sie sich von mir und als ihr Blick den meinen traf, konnte ich Verlangen erkennen. Mit einem letzten tiefen, verführerischen Blick, wandte sie sich von mir ab und lief zu den Decken. Ich räusperte mich und lief ihr hinterher, um mich gegenüber von ihr zu setzen.

»Sag Bescheid, wenn dir kalt ist. Ich habe noch mehr Decken dabei.« Meine Stimme klang viel zu rau und auch Emma schien die Veränderung meiner Stimme zu bemerken, denn ein wissender Blick huschte über ihr Gesicht. Um ihre Verlegenheit zu überspielen, schnappte sie sich eine Erdbeere und biss genüsslich hinein. Machte sie das mit Absicht? Es konnte doch nicht sein, dass ihr Verhalten komplett unbeabsichtigt war? Als sie noch ein kleines Seufzen von sich gab, musste ich mich ablenken. Ich versuchte an alles Mögliche zu denken, doch mit Ems direkt vor mir, war das wirklich verdammt schwierig.

»Bringst du viele Frauen mit deinem Boot hierher?«

Ihre Frage riss mich komplett aus den Gedanken und herzlichen Glückwunsch – sie hatte geschafft, was ich bis eben noch vergeblich versucht hatte.

»Wie bitte?« Komplett perplex schaute ich sie an. Wie kam sie denn jetzt darauf? Nun ja, sicher war ihr ebenfalls zu Ohren gekommen, dass ich mich gerne mit den Touristinnen vergnügte. Meinte sie vielleicht, sie sei ebenfalls eine meiner Sommer-Eroberungen?

»Ob du viele Frauen mit auf dein Boot nimmst. Ihnen ein nettes Plätzchen vorbereitest und Wein mit ihnen trinkst.«

Ernsthaft? Wenn ich es nicht besser wüsste, würde ich denken, sie sei eifersüchtig. Doch Emma war definitiv keine eifersüchtige Frau. Sie wirkte eher verunsichert und es machte den Anschein, als würden ihr tausend Fragen durch den Kopf rattern. Wann war ihre Stimmung umgeschlagen?

»Ems. Ich nehme keine *Frauen* mit auf mein Boot. Mein Boot ist mir heilig, es ist sozusagen mein Rückzugsort. Du bist die erste Frau, die ich mit hierher genommen habe.«

Erst als ich diese Worte aussprach, wurde mir bewusst, dass sie wahr waren. Ich hatte noch nie eine Frau mit auf mein Boot genommen. Doch bei Emma war mir sofort klar, dass sie hierher mitnehmen *wollte*. Sie sollte meine

Lieblingsplätze auf dem See kennenlernen und außerdem konnte ich sie dabei ganz für mich alleine haben. Allerdings schien sie meine Antwort nicht wirklich zu beruhigen, weshalb ich zu ihr herüber rutschte. Als ich ihren Blick suchte, versank ich förmlich in ihren grünen Augen.

»Ich meine es ernst.«

Emma schien noch immer zu zweifeln. »Du musst mich verstehen... Du hast einen gewissen Ruf.«

Sie hörte also tatsächlich, dass ich viele Frauen aufriss – was ja auch der Wahrheit entsprach. Zugegeben, ich schämte mich vor ihr, dies einzugestehen.

»Und du scheinst genau zu wissen, was du tust. Was du tun musst, um mich um den Finger zu wickeln.« Wieder errötete sie. Es war so verdammt süß.

»Ich habe dich also um den Finger gewickelt?«

Als sie sich zum See abwandte, um ihr Gesicht vor mir zu verbergen, erschien es mir wie eine nonverbale Bestätigung meiner Frage.

»Ein bisschen.«, gab sie zu.

Ich legte meine Hand an ihre Wange und drehte ihren Kopf zurück zu mir. Grinsend suchte ich ihren Blick. »Das gefällt mir.«

Wir saßen für einige Minuten schweigend auf den Decken und blickten auf den See. Was wohl in ihrem Kopf vor sich ging? Das fragte ich mich häufiger, denn ich spürte, dass sie sich manchmal vor mir verschloss. Aber was verbarg sie vor mir?

Nachdem sich die Atmosphäre etwas entspannt hatte, erkundigte ich mich nach der Reaktion meiner Schwester am heutigen Vormittag. Elsa rief mich vormittags nochmals an und fragte, ob mit Emma wirklich alles in Ordnung war. Meine Schwester war schon immer sehr fürsorglich gewesen, doch gegenüber Emma war ihre Fürsorge schon fast extrem. In ihrer Stimme schwang eine Sorge mit, die ich nicht von ihr kannte. Dabei musste ich an Emmas Alptraum denken und irgendwie machte es den Eindruck, als gäbe hier einen Zusammenhang. Vielleicht sollte ich bei Elsa nachhaken. Geheimnisse für sich zu behalten, war nicht unbedingt ihre Stärke.

»Elsa wollte natürlich alles haargenau wissen, aber ich habe es abgetan und gesagt, dass ich müde sei. Okay, ich war auch müde, aber ich denke, dass sie es mir abgekauft hat.«

In Gedanken versunken fuhr ich mit meinen Fingerspitzen langsam ihren Arm auf und ab. Es war bereits zwanzig Uhr, doch da bald Midsommer war, stand die Sonne noch immer am Horizont und wärmte uns.

»Elsa ist sehr misstrauisch. Als sie mich anrief, bekam ich das Gefühl, dass etwas nicht stimme.«

»Wie meinst du das?«

»Ich kann es nicht genau beschreiben. Es war einfach ein Gefühl, dass mir etwas verborgen blieb.«

In meinem Armen blieb Ems still und ich hatte das vage Gefühl, dass sie genau wusste, was mir verborgen blieb. Ich wartete ein paar Minuten ab und als sie nichts darauf sagte, begann ich wieder, ihr mit den Fingerspitzen über den Arm zu fahren. Sie schien sich wieder zu entspannen, doch als ihr Handy vibrierte, zuckte sie kurz zusammen. Scheinbar war sie ebenfalls ihren Gedanken nachgehangen.

»Wenn man vom Teufel spricht…«, sagte sie und fischte

ihr Handy aus der Hosentasche. Als sie das Display zu ihrem Gesicht drehte, sah ich einen eingehenden Anruf von Phil. Wer war Phil? War das nicht ihr Freund aus Berlin gewesen? Emma drückte den Anruf so schnell weg, dass ihr das Handy fast aus der Hand fiel. Hektisch steckte sie es in ihre Tasche zurück, wobei sie es fast in die Tasche *warf*.

Alles klar. Was war los? Mir unterstellen, dass ich viele Frauen mit auf mein Boot nehmen würde, doch selbst einen Freund in Berlin haben? Das Handy vibrierte erneut und Emma regte sich nicht, als könnte sie das Klingeln damit ignorieren. Es vibrierte eine gefühlte Ewigkeit und von Sekunde zu Sekunde wuchs meine Anspannung.

»Möchtest du den Anruf nicht annehmen? Es scheint wichtig zu sein.«

Ich selbst konnte hören, wie gereizt meine Stimme klang, doch Emma machte keine Anstalten, den Anruf anzunehmen. Was lief hier eigentlich?

»Emma.«, sagte ich und drehte ihren Oberkörper in meine Richtung. Ihr Blick war nicht schuldbewusst, weil ich den Namen des Anrufers gesehen hatte. In ihren Augen erkannte ich… Was? Angst? Weshalb? Ich runzelte die Stirn.

»Emma, was ist los?«

Sie schüttelte nur den Kopf. »Nichts. Es ist nur. Ich habe nicht mit dem Anruf gerechnet, das ist alles. Ich habe ihm nichts zu sagen. Es tut mir leid, ich schalte mein Handy aus.«

Ich glaubte ihr kein Wort. Irgendetwas stimmte nicht. Ich schaute sie noch einen Moment an, doch sie wich meinem Blick aus.

»Ist Phil dein Freund?«, platzte es aus mir heraus.

»Mein Freund? Du denkst ich wäre hier mit dir, wenn ich einen Freund hätte?« Fassungslos sah sie mich an.

Okay – es war zu dem Zeitpunkt vielleicht nicht die beste Frage, aber dieses Thema beschäftigte mich schon länger. Was war mit diesem Typen aus Berlin? Nun war ich mir zumindest sicher, dass dieser Phil genau besagter Mann war. Allerdings wollte ich ihr auch nicht unterstellen, gleichzeitig etwas mit zwei Männern zu haben. Das passte irgendwie nicht zu ihr. Trotzdem konnte sie nicht abstreiten, dass diese Situation merkwürdig war.

»So war es nicht gemeint.«, ich blickte sie entschuldigend an. »Es hat mich schon länger beschäftigt, ob du noch mit diesem Mann aus Berlin zusammen bist oder nicht. Genauso wie es mich beschäftigt, was genau die Sache mit Elias ist. Ich mache mir Gedanken darüber.«

Emma blickte mich direkt an. »Und weshalb gehst du davon aus, dass ich mehrere Männer zeitgleich treffe? Das ist nicht meine Art und ich würde es genauso niveaulos finden, wenn du noch eine andere Frau treffen würdest.«

Abwartend schaute sie mich an. Als ich nichts dazu sagte, seufzte sie und fuhr fort. »Ich war mit Phil zusammen, aber es hat nicht gepasst. Elias ist wie gesagt nur ein Freund. Ja, auch ich habe das Gefühl, dass er mich mehr mag als ich ihn, aber das ändert nichts an meiner Meinung. Ich habe ihn gern, aber nur auf freundschaftliche Art und Weise. Da ist keine…keine Anziehung.«

Erleichterung machte sich in mir breit. Trotzdem konnte ich das ungute Gefühl, dass etwas nicht stimmte, nicht ignorieren. Ich ging nicht davon aus, angelogen zu werden, aber sie behielt etwas für sich. Auch ihre ständige

Nervosität fiel mir jetzt auf. Emma war eine attraktive Frau und sie konnte mir nicht weismachen, dass sie in Deutschland nicht auch von Männern angesprochen wurde. Dass sie jemand umwarb, sollte sie also gewohnt sein.

»Das…beruhigt mich. Und nein, ich treffe keine anderen Frauen. Daran habe ich auch überhaupt kein Interesse mehr, seit ich dich das erste Mal in Annis Café getroffen habe. Weiß Elias denn, dass du ihn nur als Freund magst?«

Ausgerechnet mein bester Kumpel warf ein Auge auf die Frau, die ich mochte. Wenn Emma es nicht tat, musste ich mit ihm reden.

»Ehrlich gesagt haben wir nicht darüber gesprochen, aber ich werde das Thema spätestens bei der Kanutour ansprechen. Vorausgesetzt, er signalisiert mir noch immer ein gewisses Interesse.«

Für unsere Kanutour entwickelte sich viel Potential für angespannte Situationen. Auf jeden Fall würde ich in den folgenden Tagen ein paar Dinge klären müssen.

»Okay. Und wegen diesem Phil muss ich mir keine Gedanken machen?«

Sie warf mir einen kalten Blick zu. »Definitiv nicht.«

Ein paar Minuten schwiegen wir beide. Emma kuschelte sich wieder in meine Arme, doch ich war noch immer von der ganzen Situation irritiert. Hatten wir nicht bereits ein ähnliches Gespräch geführt? Dieses Misstrauen musste aufhören.

»Lucas?«

»Hm?«

»Ich trage etwas Ballast mit mir herum und ich muss mir über manche Dinge klar werden. Das heißt aber nicht, dass ich dir überhaupt nicht vertraue. Gestern bei dir einzuschlafen und deine Nähe zuzulassen, waren für mich keine Selbstverständlichkeiten. Vielleicht bin ich etwas misstrauisch, aber ich möchte, dass du weißt, wie sehr ich dir für deine gestrige Hilfe dankbar bin. Was du heute Abend für mich vorbereitet hast…das schätze und genieße ich sehr.«

Wow – mit diesen Worten rechnete ich nicht. Es war, als hätte sie meine Gedanken gelesen.

Und wieder öffnete sie sich ein Stück mehr. Doch sie gab auch zu, misstrauisch zu sein und Ballast mit sich herumzutragen. Tat das nicht jeder? Ich rutschte ein Stück von ihr weg und drehte sie sanft zu mir, sodass wir uns anschauen konnten. In ihren grünen Augen flackerte etwas auf – Mut? Entschlossenheit?

Ich zog sie rittlings auf meinen Schoß und Emma wehrte sich nicht. Wie selbstverständlich schlang sie ihre Arme um meinen Hals und während ich sie fester an mich presste, trafen sich unsere Lippen. Unsere Küsse waren bisher unschuldig, doch dieser Kuss war mehr. Er drückte Verbundenheit, pure Lust und wachsendes Vertrauen aus. Ich erkundete mit meiner Zunge ihre Lippen. Leckte an ihrer Unterlippe und knapperte anschließend daran. Während sich meine Küsse zu ihrem Schlüsselbein bewegten, ließ sie ihren Kopf zur Seite fallen, damit ich ihren Hals leichter erreichen konnte. Während ich sie am Hals küsste und ihren – übrigens sehr süßen – Po packte, stöhnte Emma leise auf. Ihr Stöhnen turnte mich nur noch mehr an. Meine Hände fuhren an ihrem Rücken unter die Bluse und ich zog leicht daran. Emma streckte ihre Arme nach oben, damit ich ihr die Bluse vom Körper streifen konnte. Vor mir entblößten sich ihre kleinen, prallen Brüste, hübsch verpackt in einem halb durchsichtigen Spitzen-BH.

Mit meiner Selbstbeherrschung war es nun offiziell vorbei. Ich beugte mich nach vorne und legte Emma sanft auf den Rücken. Auf ihre Zustimmung wartend, blickte ich ihr in die Augen. Sie nickte kaum merklich und in ihrem Blick erkannte ich Zuneigung. Nichts anderes wollte ich ihr geben. Als ich mich über sie legte, spürte sie meinen harten Penis und begann, ihre Hüften lustvoll gegen meine zu pressen.

»Ems, du musst damit aufhören. Sonst ist es mit meiner Zurückhaltung vorbei.«

Provokant rieb sie sich erneut an mir und auch mir entwich ein leises Stöhnen. Meine Küsse wanderten zu ihrem Dekolleté, während ich unter ihren Rücken griff, um mit einer geschickten Bewegung ihren BH zu öffnen – den würde sie vorerst nicht mehr brauchen. Nachdem ihre Brüste frei vor mir lagen, umfasste ich sie jeweils mit einer Hand und begann, sie zu massieren. Emma bäumte sich mir entgegen und schien meine nächste Handlung kaum abwarten zu können. Meine Daumen und Zeigefinger fanden ihre Brustwarzen und zogen leicht daran. Sie schloss genüsslich die Augen und wandte sich unter mir. Mit meinem Mund umschloss ich eine ihrer Brustwarzen und leckte zunächst sanft über die Spitze, bis ich vorsichtig hineinbiss und fest daran saugte. Ein weiteres, deutlich lauteres Stöhnen entwich ihrem kleinen Mund.

»Ich brauche dich. Jetzt.«, hauchte sie mir entgegen.

Oh nein. Noch nicht so früh. Ich genoss es, wie ihr meine Berührungen gefielen und wollte den Moment so lange wie möglich auskosten.

Während meine Hände ihre Brüste weiter massierten, ließ ich meine Küsse ihren Bauch entlangwandern. Am Bund ihrer Jeansshorts hielt ich erneut inne und blickte fragend zu ihr. Niemals würde ich etwas machen, was sie nicht wollte. Doch ihr Blick sagte mehr als tausend Worte. Langsam öffnete ich den Knopf und sie hob eilig ihre Hüfte, damit ich die Hose herunterstreifen konnte. Doch *eilig* würde hier gar nichts passieren. Auch, wenn sie es sich in diesem Moment sehnlichst wünschte. Ich mir übrigens auch. Sie trug ein passendes Höschen zu dem bereits ausgezogenen BH, welches nicht viel verhüllte. Einen Moment hielt ich inne und betrachtete sie. Nie wieder würde ich meinen Lieblingsplatz anfahren können, ohne an diesen Moment zurückzudenken.

Langsam ließ ich meine Küsse von ihrem Bauchnabel zu ihrer Leiste wandern und liebkoste die Innenseite ihrer Oberschenkel. Ein Zucken durchfuhr ihren Körper und an ihren Beinen entstand eine Gänsehaut. Während ich ihre Oberschenkel sanft küsste und bis ins kleinste Detail inspizierte, roch ich bereits, wie bereit sie war – bereit für mich. Meine große Hand umschloss ihren weichen, intimsten Bereich des Körpers. Durch den dünnen Slip spürte ich ihre Feuchte.

»Oh Gott.« Wenn das so weiterging, würde ich einfach in meiner Hose kommen.

Ganz langsam, als hätte ich alle Zeit der Welt, zog ich ihr den Slip herunter. Ich blickte nochmals auf sie herab und musste mir einen Moment Zeit nehmen, um das mir dargebotene Bild zu verinnerlichen. Meine wunderschöne Ems.

Ich versuchte, mir jedes Detail ihres Körpers einzuprägen. Langsam glitt ich mit meiner linken Hand nach oben zu ihrer Brust und mein Mund verschloss ihren erneut, sodass ihr nächstes Stöhnen in meinem Mund verhallte. Mit der rechten Hand wanderte ich ihren Oberschenkel entlang und bewegte mich langsam zu ihrer empfindlichsten Stelle. Ihr Körper drückte sich mir entgegen und ich drückte ihre Hüfte sanft zurück auf das Deck.

»Entspanne dich und genieße es.«, flüsterte ich ihr ins Ohr. Meine Finger fanden ihre Klitoris und umkreisten sie langsam, dann immer schneller und abwechselnd wieder langsamer. Auf Emmas Stirn sammelten sich kleine Schweißperlen und sie wimmerte leise vor sich hin. Ebenfalls langsam wanderten meine Finger wenige Zentimeter nach unten und ich tauchte meinen Zeigefinger in ihre warme Mitte. Ich wollte den Moment etwas auskosten, doch sie zeigte sich erneut ungeduldig und streckte ihre Hüfte gegen meine Hand.

Leise lachend drückte ich sie zurück und hielt ihre Hüfte mit meiner freien Hand fest. Anschließend ließ ich meinen Finger in ihr kreisen, erkundete ihren Körper. Ich ließ einen zweiten Finger hineingleiten und zog sanfte Kreise in ihr. Bewusst langsam zog ich sie zur Hälfte hinaus und glitt anschließend wieder hinein. Immer wieder wechselte ich meinen Rhythmus, wurde schneller und langsamer, glitt hinein und hinaus, massierte zwischendurch ihre Klitoris. Ich wollte ihren Höhepunkt so lange wie möglich hinauszögern. Mir war mehr als deutlich bewusst, dass es nicht mehr lange dauern würde.

Am liebsten würde ich mir die Hose herunterreißen und

tief in sie eindringen. Bei diesem Gedanken beschleunigte ich meinen Rhythmus und während ich auch ihre Brustwarze stärker bearbeitete, küsste ich sie hart. Emma wurde immer unruhiger, drückte sich in demselben Rhythmus gegen meine Hand und während sie sich mit ihren Fingernägeln in meinen Rücken krallte, schrie sie unkontrolliert an meinem Mund auf. Ihr gesamter Körper bebte und zuckte. An meiner Hand wurde es noch feuchter und ich fragte mich, wie das möglich war.

Ich lege mich nehmen sie zog sie mit meinem freien Arm an mich, während sich ihre Atmung langsam beruhigte. So blieben wir liegen und nachdem sich Emma sichtlich entspannt hatte, zog ich meine Finger langsam aus ihr heraus. Vor ihren Augen steckte ich sie mir in den Mund und leckte sie ab. Emmas Augen wurden groß.

Ich rutschte ein Stück nach unten, spreizte ihre Beine und bevor ihr klar wurde, was ich vorhatte, leckte ich bereits mit meiner Zunge über ihre heiße Mitte. Langsam leckte ich mich von außen nach innen, um ihr eine kleine Pause zu gönnen. Offensichtlich rechnete sie nicht damit, dass ich meine Zunge in sie hineingleiten lassen wollte, denn als ich dies tat, schrie sie überrascht auf und presste aus Reflex ihre Beine zusammen. Mit meinen Schultern hielt ich sie auseinander und fuhr mit meinen Händen unter ihren Po. Ich begann, sie mit einem unerbittlichen, schnellen Rhythmus zu lecken.

»Komm für mich.«, flüsterte ich gegen ihren Schritt und spürte, wie sie erneut feuchter wurde. Es dauerte nur wenige Sekunden, bis sie nochmals zu beben begann und ein Zucken durch ihren Körper fuhr. Ich blieb noch einen

Moment zwischen ihren Beinen und leckte sanft über ihre Schamlippen. Bei jeder noch so sanften Berührung, zuckte sie leicht zusammen. Dass sie so empfänglich für Lust – für mich – war, gefiel mir sehr. Zufrieden und selbstgefällig grinsend, beobachtete ich, wie erschöpft sie war. Emma sah mich mit verhangenem Blick an und ich gab ihr einen Kuss auf den Haarscheitel.

Noch immer konnte ich nicht fassen, wie sie sich mir anvertraute, mir ihren Körper voller Lust und Hingabe entgegengestreckte. Dankbarkeit erfüllte mich.

So blieben wir liegen, bis Emma wenige Minuten später begann, mir mit den Händen über die Brust zu fahren. Ich wusste genau, was ihr Plan war, denn ich hätte genauso gehandelt. Um sie zu stoppen, schloss ich sanft meine Hände um ihre Handgelenke und führte diese zu meinem Mund, um jeden ihrer Fingerknöchel zu küssen.

»Ich möchte mich revanchieren.«, sagte sie mit rauer Stimme. Das klang sehr vielversprechend, doch ich wollte nicht, dass sie das Gefühl bekam, sich revanchieren zu müssen.

»Es ist okay. Ich wollte dich verwöhnen. Genieß einfach den Moment.« Heute Nacht würde ich viel Zeit unter der Dusche mit mir selbst verbringen müssen, um die ganze angestaute Anspannung abzuladen.

Emma wirkte unzufrieden und ich musste leise lachen. Als ich ihr über den Körper strich, bekam sie erneut eine Gänsehaut. Die Sonne war mittlerweile untergegangen. Ich liebte diesen Platz, weil man hier einen schönen Sonnenuntergang sehen konnte, doch heute hatten wir ihm keine Beachtung geschenkt.

Ich blickte auf Emma und war mir nicht sicher, ob sie fror. »Ist dir kalt?«

»Vielleicht ein bisschen.«

Ohne ihr zu antworten nahm ich eine Decke, breitete sie über ihr aus, und wickelte sie anschließend darin ein.

»Hast du vielleicht eine Flasche Wasser hier?«

Ich grinste sie an. »Besser. Warte kurz.«

Ich drückte ihr noch einen Kuss auf die Stirn und lief in die Kajüte. Als ich mit einer Thermofalsche zurückkam, guckte sie mich skeptisch an. Doch als ich ihr etwas von der dampfenden Flüssigkeit in einen Becher goss, und sich der kräftige Geruch des Kaffees ausbreitete, schenkte sie mir ein strahlendes Lächeln. Ich wusste genau, was sie glücklich machte. Ich machte mich ein bisschen über sie lustig und sie boxte mir spielerisch gegen den Oberarm. Mit Emma Zeit zu verbringen, fühlte sich leicht und unbeschwert an. Ich wünschte mir, für immer mit ihr auf diesem Boot bleiben zu können. Auch ich schenkte mir einen Kaffee ein und genoss den Moment, Ems in meinem Arm zu halten. Stille kehrte ein und wir lauschten dem leisen Plätschern des Wassers, welches mein Boot sanft schaukeln ließ. Emma ließ ihren Kopf in den Nacken fallen und schaute in den Himmel.

»Er ist wunderschön, oder?«

»Wen meinst du?« Ich strich ihr eine Locke hinter das Ohr.

»Den Mond. Er strahlt voller Kraft auf uns hinab und ist von abertausenden Sternen umringt. Er ist wunderschön.«

Auch ich blickte in den Himmel. Ems hatte recht. Der Mond *war* wunderschön. Weshalb fiel es mir heute auf? Erstaunt ließ ich meinen Blick zurück zu Emma wandern. Sie

215

schenkte Dingen im Leben Beachtung, welche ich für selbstverständlich hielt. Es gab so Vieles, was ich über Emma wissen wollte, doch nach der merkwürdigen Reaktion während Phils Anruf, wollte ich sie nicht überfordern. Was wir hatten, war gut. Es war mehr als gut.

»Hast du eigentlich viele Freunde in Berlin?«

Perfekt. Eine einfache, unverfängliche Frage.

»Nein, eigentlich nicht. Klar habe ich einige Kommilitonen, mit denen ich mich gut verstehe, aber richtig befreundet bin ich nur mit Elsa und Timothy.«

Elsa sprach oft von Timothy und sie äußerte mir gegenüber einmal den Verdacht, dass zwischen Timothy und Emma mehr als Freundschaft laufen könnte. Ich spürte einen leisen Anflug von Eifersucht. Sie waren schon länger befreundet und er würde sie zukünftig regelmäßig sehen, mir hingegen war nur der gemeinsame Sommer vergönnt.

»Erzähl mir von eurer Freundschaft. Du und Timothy, ihr kennt euch schon länger, oder?«

»Ja, wir sind sozusagen miteinander aufgewachsen. Timothy wurde ebenfalls von einer Pflegefamilie aufgenommen. Als wir noch klein waren, gab es regelmäßige Treffen für Pflegefamilien und deren Kindern. Sowohl seine, als auch meine Pflegeeltern, nahmen daran teil. Es war Zufall, dass wir im selben Stadtteil lebten und mit den Jahren ist eine enge Freundschaft entstanden. Zu Beginn des Studiums kam dann Elsa hinzu.« Emma lachte. »Am Anfang fragte ich mich, ob sie eigentlich auch mal aufhören würde, zu reden.«

Ich musste grinsen. Ja, so war meine Schwester.

Emma

Am späten Abend fuhren wir mit dem Boot wieder zurück und Lucas ließ mich direkt am Steg seiner Eltern raus. Er reichte mir die Hand und half mir, auf die breiten Holzbalken zu springen. Anschließend sprang er ebenfalls vom Boot und packte mich an den Hüften. Mit einer schnellen Bewegung zog er mich an sich und legte seine Stirn an meine, wobei ihm seine Haare ins Gesicht fielen.

»Danke für den schönen Abend.«

Beim Klang seiner Stimme durchfuhr mich ein Kribbeln und Wärme breitete sich in mir aus.

»Ich habe zu danken. Wie geht es weiter? Ich meine, es bleibt noch unter uns, oder?«

Lucas' Griff an meinen Hüften wurde fester, ihm würde es scheinbar nichts ausmachen, offen mit unserer Beziehung umzugehen.

»Wenn du das weiterhin so möchtest.« Langsam beugte er sich weiter zu mir herunter und sein Mund verweilte direkt vor meinem. Die sexuelle Anspannung war kaum auszuhalten. »Aber es wird schwer für mich, die Finger in der Öffentlichkeit von dir zu lassen.«

Ein Schauer überkam mich und weil ich mich nicht mehr zurückhalten konnte, presste ich meine Lippen auf seine. Gierig drückte er mich fester an sich und der Kuss wurde alles andere als jugendfrei. Ich wollte nicht gehen. Bei Lucas fühlte ich mich absolut wohl. Er vermittelte mir ein Gefühl von Geborgenheit. Da sich jedoch die Angst in meinem Hinterkopf meldete, dass uns jemand sehen könnte, löste ich mich widerwillig von ihm.

»Ich gehe jetzt rein.«

Lucas seufzte. »Wirst du heute Nacht von mir träumen?«

Ich wurde rot und war froh, dass es dunkel war und er meine Hautfarbe nicht erkennen konnte.

»Möglicherweise.«, sagte ich frech und löste mich vollends aus seinem Griff. Er ließ los, doch als mich abwandte und zwei Schritte Richtung Strand lief, griff er nach meiner Hand und zog mich in einer Drehung zu sich zurück. Überrascht stolperte ich nach vorne und knallte gegen seinen Oberkörper. Lucas lachte auf.

»Warum denn so tollpatschig?« Er umarmte mich fest und ließ mich anschließend los. »Na auf, geh rein, bevor du dich noch erkältest.«

Während ich zum Haus lief, spürte ich seinen stechenden Blick in meinem Rücken. Beschwingt lief ich die letzten Stufen der Veranda hoch und hörte, wie Lucas sein Boot startete. Ich öffnete die Haustür und trat in den dunklen Flur. Bevor ich das Licht einschaltete, hörte ich ein leises Rascheln im Gang.

»Na, wo kommst du denn her?!« Elsa stand direkt vor mir und grinste mich an. Sie machte keine Anstalten, mich an ihr vorbeizulassen. Oh nein. Vermutlich ließ sich mein Gesicht farblich nicht mehr von einer Tomate unterscheiden. Ich hatte keine Ahnung, was ich ihr sagen sollte.

»Ich dachte, du übernachtest heute bei Ben.«, gab ich geistreich von mir.

»Aha. Und da dachtest du, du kannst die Gelegenheit nutzen und dich unauffällig mit einem Typen treffen?« Elsa grinste noch immer und zog beide Augenbrauen hoch. »Ich habe ganz genau gesehen, dass du mit einem Boot nach

Hause gebracht wurdest. Wieso hast du denn nichts erzählt? War das der heiße Typ, den du an deinem ersten Tag hier im Café getroffen hast?«

Puh, was sollte ich ihr nur sagen? *Wie wäre es mit der Wahrheit?*, meldete sich mein Gewissen. Nein. Das ging nicht. Überhaupt war es viel zu früh. Ich hatte keine Ahnung, was sich da zwischen uns entwickelte, und außerdem war ich erst seit Kurzem von Phil getrennt. Phil. Am restlichen Abend verschwendete ich – das erste Mal seit Wochen – nicht einen Gedanken an ihn.

»HALLO! Erde an Emma!«

Ich schaute zurück zu Elsa. »Ja, gewissermaßen schon.«, gab ich zu.

»Gewissermaßen schon?! Wer ist es? Und was habt ihr gemacht?«

»Naja, er hat mich mit seinem Boot abgeholt und wir sind auf den See gefahren. Dort hat er ein kleines Picknick vorbereitet und wir haben eben den Abend genossen.«

»Das klingt aber sehr romantisch. Lief da mehr?«

Als ich wieder rot wurde, war dies offensichtlich Antwort genug. Elsa grinste anzüglich.

»Ich hoffe, es war gut. Moment mal – wir reden hier aber nicht von Elias, oder?!«

Sie wurde immer aufgeregter und ich wollte keinesfalls, dass sie sich da noch mehr hineinsteigerte.

»Nein, natürlich nicht. Mensch, Elsa. Jetzt beruhige dich. Wenn es weiterhin gut läuft, werde ich dir auch mehr erzählen. Aber bitte lass mich erstmal selbst schauen, wohin es führt.«

Elsa konnte sich nur schwer abgrenzen, aber sie schien

zu verstehen, dass es mir wirklich wichtig war. Bedächtig nickte sie und ihre Freude war fast greifbar.

»Dann kommst du wenigstens mal auf andere Gedanken. War auch Zeit, dass du dich etwas ablenkst von dem ganzen Drama in Berlin. Übrigens habe ich heute mit Phil gesprochen.«

Ich fuhr so abrupt mit meinem Kopf zu ihr herum, dass ich mir den Kopf an einer Wandleuchte anstieß. Mit schmerzverzerrtem Gesicht griff ich mir an die Stirn. Autsch. Typisch ich.

»Bitte was hast du getan?!«

»Ich habe mit Phil gesprochen. Nachdem er heute ungefähr sieben Mal angerufen hatte, reichte es mir. Er soll gefälligst aufhören, dich zu terrorisieren. Ich habe ihm erklärt, dass du kein Interesse daran hast, mit ihm zu reden und er seine Anrufe lassen soll. Er hat ordentlich Mist gebaut und muss jetzt mit den Konsequenzen klarkommen.«

Elsa war wirklich mutig. Ich hätte mich niemals getraut, an das Telefon zu gehen, obwohl ich schon öfter mit dem Gedanken gespielt hatte. Nur über meine Gründe dafür war ich mir noch nicht ganz im Klaren. Wollte ich den Abstand wahren, oder hatte ich Angst, ihm nach einem längeren Gespräch zu verzeihen? Wenn ich sah, wie liebevoll Lucas mit mir umging, war eine erneute Beziehung mit Phil undenkbar. Doch war ich überhaupt bereit – wirklich bereit – mich auf eine Beziehung einzulassen? Ich hatte noch so viel zu verarbeiten.

»Und was hat er dazu gesagt?«

»Er wollte die ganze Zeit wissen, wo du bist und was du machst. Ich sollte das Telefon an dich weiterreichen. Er dachte, du seist bei mir.«

»Aber du hast ihm nicht gesagt, dass wir in Schweden sind, oder?«

»Nee, soll er doch grübeln. Ich habe ihm gesagt, dass er ein Idiot ist.« Sie grinste und ich konnte mir ganz genau vorstellen, in welchem Tonfall sie das gesagt hatte. Das musste ich erstmal verarbeiten.

»Und was machst du hier? Ich dachte, du übernachtest bei Ben.«

»Das war der Plan, aber ich habe dich bisher viel allein gelassen und wollte eigentlich einen Film-Abend vorschlagen, aber du warst ja nicht da. Ich finde, es ist mal wieder Zeit für *10 Dinge, die an dir hasse*.«

»Oh, den habe ich doch erst mit Lucas gesehen.«

»Was? Den hast du mit Lucas gesehen?« Sie guckte mich so ungläubig an, als wäre mir plötzlich ein drittes Auge auf der Stirn gewachsen. Verlegen sah ich sie an.

»Ähm, ja. An dem Tag, an dem es so stark gestürmt hat.«

»Und er hat mit dir diesen Frauenfilm geschaut? Das passt ja gar nicht zu ihm.«

»Vermutlich hatte er nur Mitleid mit mir.«, sagte ich so beiläufig wie möglich und holte mir ein Glas aus dem Schrank. »Möchtest du auch etwas trinken?«

Elsa schlich um den Küchentresen herum und beäugte mich skeptisch. Ich konnte förmlich sehen, wie sich ihre Gedanken wie ein Puzzle zusammensetzten und eine – in ihren Augen – großartige Geschichte entstand.

»Sag mal. Der Typ von heute Abend war aber nicht zufällig Lucas, oder?«

Ich hielt mitten in der Bewegung inne und drehte mich

zu Elsa um. Würde ich sie direkt anlügen können? Das verdiente sie nicht. Elsa war in den letzten Monaten immer an meiner Seite gewesen und unterstützte mich, wo sie nur konnte. Dann sollte ich doch nicht so fies sein und sie anlügen, oder? Meine Frage erübrigte sich, denn mein Gesichtsausruck schien bereits Bände gesprochen zu haben.

»Ist nicht dein Ernst! Es ist Lucas! Dann war er auch der heiße Typ vom ersten Tag?!«

»Schrei nicht so!«, fuhr ich sie an. »Sonst wissen eure Eltern ja auch gleich Bescheid.«

Ihre Augen weiteten sich bis zum Maximum, und sie strahlte mich an. Innerhalb von einer Sekunde war sie bei mir und drückte mich so fest an sich, dass ich fast erstickte.

»Oh mein Gott! Das ist einfach so toll! Wie genau ist das passiert? Oh nein, dann hattest du ja Sex mit meinem Bruder.«, sie verzog angewidert das Gesicht.

»Elsa! Ich hatte keinen Sex mit deinem Bruder. Also, jedenfalls nicht so, wie du es denkst.«

»Igitt! Ich möchte wirklich keine Details hören. Wobei – ist er so gut, wie er immer tut?!

»Kein Kommentar.«

»Dann ist er also wirklich so gut. Mist. Ich dachte schon, ich könnte ihn damit aufziehen.«

»Elsa, das muss unbedingt zwischen uns bleiben. Ich möchte nicht, dass irgendjemand davon erfährt. Es ist noch so frisch und wir wissen nicht, wohin es führt. Dann ist da noch die Sache mit Phil und ich… Keine Ahnung. Es ist einfach viel, okay? Lass uns bitte selbst herausfinden, was das ist.«

Sie blickte mich einen Moment schweigend an.

»Er bedeutet dir wirklich etwas, oder?«

Als ich ihr nicht antwortete, wandte sie den Blick ab und schaute auf den Boden.

»Wenn er dir das Herz bricht, ist er tot.«

Emma

Später lagen Elsa und ich in meinem Bett und schauten den Film *Pretty Woman* an. Elsa sinnierte noch einige Minuten darüber, wie toll es doch wäre, wenn ich mit Lucas eine Familie gründen würde – dann wären wir schließlich auch offiziell miteinander verwandt. Bei ihren Luftschlössern musste ich ständig die Augen verdrehen. Es war so klar, dass sich Elsa hineinsteigern würde.

»Was ist eigentlich das zwischen dir und Ben? Irgendwie seid ihr zusammen, oder?«

»Ja, irgendwie schon. Aber ich weiß nicht, wie es in der Zukunft werden soll. Okay, das Studium ist bald vorüber, aber dann? Sollte ich wieder nach Schweden ziehen? Ben kann sich nicht vorstellen, nach Deutschland zu kommen.«

Genervt griff sie in die Kekspackung und fischte einen Schoko-Cookie heraus.

»Findet einen Kompromiss und zieht nach Dänemark.«, erwiderte ich trocken und fing mir einen kalten Blick von meiner besten Freundin ein.

»Aber mal im Ernst. In Deutschland bist du von Date zu Date gegangen. Wieso hast du das getan und weiß er überhaupt davon?«

»Natürlich weiß er davon. Ich schätze ich wollte ihm zeigen, was er verpasste. Dass er *mich* verpasste. Es war zwar ganz nett, mich mit anderen Männern zu treffen, aber ich wünschte mir einfach nur, ihn zu sehen.«

»Hast du ihm das denn gesagt?« Manchmal waren Männer einfach blind und verstanden nur direkte Ansagen.

»Nicht so direkt. Es ist schwierig. Einerseits denke ich

schon, er nimmt unsere Beziehung ernst. Andererseits bemüht er sich nicht sonderlich. Klar, jetzt ist alles ganz schön, aber wie wird es nach dem Sommer weitergehen?«

Ja, wie würde es nach dem Sommer weitergehen? Diese Frage stellte ich mir auch in Bezug auf Lucas. Wenn es zwischen uns wirklich ernst werden würde, müssten wie eine Entscheidung treffen. Bei dem Gedanken wurde mir schlecht. Eigentlich war es zum Scheitern verurteilt. Doch wie war es für Elsa und Ben?

»Ihr müsst euch überlegen, wie ernst es euch ist. Wenn ihr euch wirklich liebt, wird sich auch ein Kompromiss finden lassen. Ich bin überzeugt davon, dass eine Fernbeziehung erstmal machbar ist…so weit ist Berlin jetzt auch nicht von Schweden entfernt. Guck mal, wir sind anderthalb Stunden mit dem Flugzeug geflogen. Da dauert eine Autofahrt nach Hamburg, oder an die Ostsee, länger.«

Nachdenklich fuhr sie sich mehrfach durch den langen Haarzopf.

»Vermutlich hast du recht. Ich bin gespannt, was du zu ihm sagst. Übermorgen lernst du ihn ja bei der Kanutour kennen.« Auch ich war gespannt, was ich zu ihm sagen würde. Ben war für mich ein absolutes Mysterium.

In der Nacht konnte ich kaum schlafen. Mein Gespräch mit Elsa stieß einige Gedanken bei mir an. In meinem Kopf kreisten Zukunftssorgen. Außerdem fragte ich mich, wie es mit Phil weitergehen sollte. Ich musste ihm früher oder später gegenübertreten. Nicht für ihn, sondern für mich. Nur so konnte ich mit der Situation abschließend. Ich brauchte einen klaren Abschluss, so oder so.

Ich schlief ein und in meinen Träumen verfolgten mich

dunkelblaue Augen.

Am nächsten Morgen war ich trotz der kurzen Nacht ausgesprochen fit. Da Elsa ebenfalls bereits wach war und für uns, und ihre Eltern, ein leckeres Frühstück zauberte, beschloss ich, heute nicht joggen zu gehen. Zwei Tage Pause wären auch in Ordnung.

Ich fasste mehrere Entschlüsse. Erstens: Ich musste mit Phil abschließen. Zweitens: Ich musste Lucas und mir eine ehrliche Chance geben und drittens: Ich musste Ben genauestens unter die Lupe nehmen, um zu prüfen, ob er tatsächlich gut genug für Elsa war.

Elsa und ich beschlossen, am Vormittag in die Stadt zu gehen und ein bisschen zu bummeln. Ich wollte unbedingt nochmals in den Buchladen gehen und prüfen, ob ich irgendwelche interessanten Bücher fand. Seit ich in Schweden war, fand ich kaum Zeit zum Lesen und ich brauchte definitiv etwas Ablenkung. Auch Elsa wollte ein paar Erledigungen machen und somit packte ich meinen Rucksack und wir schlenderten los. Heute war es wieder etwas bewölkter, weshalb ich eine lockere Palazzo-Hose, kombiniert mit einer Bluse, trug. Meine Fußnägel waren in der derselben Farbe wie die Hose lackiert – dunkelgrün. Dementsprechend kamen meine Füße in den Riemchensandalen perfekt zur Geltung.

»Sag mal, hast du dich heute für Lucas so schick angezogen?«

Irritiert blickte ich sie an. »Weshalb sollte ich mich für ihn schick machen? Wir sind nicht verabredet.«

»Naja,«, sagte Elsa langsam, »du möchtet doch bestimmt einen Kaffee trinken gehen oder?«

»Ja, natürlich. Wenn wir schon in der Stadt sind. Elsa, bitte sprich mit mir in vernünftigen Sätzen. Ich kann mit deinen kryptischen Fragen nichts anfangen.«

»Naja. Lucas geht jeden Mittag zu Anni`s Café und trinkt dort etwas. Wenn wir dort also auch *ganz zufällig* zu derselben Zeit einen Kaffee trinken, könntest du ihn *ganz zufällig* antreffen.«

Ich verdrehte die Augen. »Absolut zufällig.«

Elsa grinste nur breit. »Hat sich Lucas nochmal bei dir gemeldet?«

»Nein. Das finde ich auch irgendwie merkwürdig. Gestern wollte er mich nicht gehen lassen und jetzt meldet er sich überhaupt nicht.«

»Hm.«, gab Elsa von sich. »Vielleicht ist er einfach mit der Arbeit beschäftigt? Er arbeitet wirklich viel und in den letzten Tagen musste er immer wieder Pausen einlegen, um unseren Eltern mit den Ferienhäusern zu helfen, oder um Zeit mit dir zu verbringen.« Sie grinste mich vielsagend an.

»Möglich…aber so gar nicht?«

»Lucas ist nicht so der Schreiber, er telefoniert lieber. Jetzt zieh nicht so ein Gesicht. Wir gucken, dass wir am Nachmittag im Café sind, dann treffen wir ihn sicherlich.«

Aufmunternd sah mich Elsa an. Es war schon merkwürdig, dass ich nichts mehr von ihm hörte. Gefiel ihm unser Date im Nachhinein doch nicht so sehr, wie gedacht? Vielleicht war er auch einfach abgeschreckt von Phils Anrufen. Ehrlich gesagt hätte es mich auch gestört, wenn er mehrfach Anrufe von einer mir unbekannten Frau bekommen hätte. Möglicherweise hätte ich vermutet, dass er mir etwas verheimlichen wollte.

»Wir können gerne ins Café gehen, aber nicht zwingend zu seiner Zeit. Ich möchte ihm nicht hinterherrennen. Entweder er meldet sich, oder eben nicht. So verzweifelt bin ich nun auch wieder nicht.«

Zugegeben – ich konnte schon stur sein, wenn ich mich im Recht fühlte. Oder bekam Lucas einfach schon, was er wollte? Die Vorstellung schreckte mich ab. So war Lucas nicht, oder? Allerdings befriedigte er nur mich und das gleich zweimal. Bei dem Gedanken musste ich leicht grinsen und meine Backen wurden warm.

»Hast du ihm denn mal geschrieben oder angerufen?«, fragte Elsa und riss mich damit aus meinen Erinnerungen an den gestrigen Abend.

»Nein.«

Ich verstand, was sie mir damit sagen wollte. Einerseits erwartete ich von ihm, dass er sich meldet, aber selbst kam ich nicht auf die Idee. Ganz schön eingebildet von mir.

»Das ist wohl nicht ganz fair von mir.«, murmelte ich. Prompt schnappte ich mir mein Handy und tippte ihm eine Nachricht.

Hi. Meinst du, wir sehen uns nochmal vor der Kanutour? Ich würde mich freuen. x Emma

Keine zwei Minuten später vibrierte mein Handy in der Hosentasche. Grinsend zog ich es raus und auch Elsa beugte sich gespannt über das Display.

Hej skönhet. Da vermisst mich wohl jemand, hm? Ich hoffe du vermisst meine Person und nicht nur meine Fingerfertigkeit. Ich

komme morgen zum Frühstück vorbei. Hältst du es bis dahin ohne mich aus? Denk an dich. xx

Ich spürte, wie nicht nur mein Gesicht, sondern auch mein Dekolleté, dunkelrot anlief.

»Igitt! Seine Fingerfertigkeit?! Oh man, Emma. Das ist ja widerlich!« Angewidert drehte sich Elsa zur Seite und tat so, als müsste sie an den Straßenrand erbrechen. Es war eine typische Lucas-Antwort. Eben extrem von sich überzeugt. Sogar ich musste jetzt die Augen verdrehen. Elsa und ich schauten uns an und dann prusteten wir los. Wir steigerten uns so sehr in das Lachen hinein, dass uns die Tränen über das Gesicht liefen.

»Seine Fingerfertigkeit!«, Elsa schnappte nach Luft und krümmte sich nach vorne, während sie sich den Bauch hielt.

»Das ist einfach typisch Lucas!«, auch ich konnte mich nur schwer beruhigen. Es fehlte mir, so unbeschwert zu lachen und den Moment zu genießen. Hier in Schweden erlebte ich immer mehr Momente, in welchen es mir wieder möglich war.

»Aber skönhet ist wirklich ein süßer Kosename.« Elsa grinste mich an und wir beruhigten und wieder. Nachdem wir in dem Buchladen und der Apotheke waren, suchten wir den örtlichen Supermarkt COOP auf, um uns frisches Obst und Gemüse für die nächsten Tage zu holen.

»Wir können auch etwas mehr kaufen und mit auf die Kanutour nehmen. Ich brauche auch noch unbedingt Lakritz, Ben liebt Lakritz.«

Ich war so gespannt, was Ben für ein Typ Mensch war. Unglaublich, dass ich ihn noch nicht getroffen hatte. Ehrlich gesagt war ich ziemlich skeptisch, da mein bisheriger Eindruck von ihm nicht allzu positiv war.

Elsa und ich nahmen unsere Einkäufe mit in Anni`s Café und suchten uns einen Randtisch im Schatten der Terrasse aus. Ich versuchte, mich möglichst unauffällig umzugucken, doch ich konnte Lucas nirgends entdecken. Während mir Elsa berichtete, wie schön Ben Gitarre spielen konnte, und gar nicht mehr aus dem Schwärmen kam, drifteten meine Gedanken erneut zu meinem gestrigen Abend mit Lucas ab. Klar, es bemühten sich schon manche Männer um mich, aber eine richtige Beziehung hatte ich nur mit Phil gehabt…und dieser wäre vermutlich nie auf die Idee gekommen, mich mit einem Picknick auf einem Boot zu überraschen. Vor allem gab sich Lucas wirklich viel Mühe und brachte die Sachen mit, die ich gerne mochte. Als ich an den Kaffee dachte, musste ich lächeln.

»Sag mal, hörst du mir überhaupt zu?« Elsa schaute mich strafend an.

»Tut mir echt leid, ich war mit meinen Gedanken ganz wo anders.« Entschuldigend blickte ich sie an. »Der Kaffee geht auf mich.«

»Schon okay. Du denkst an Lucas, oder?« Während ich an meinem Kaffee nippte, nickte ich ihr zu. Elsa schaute mich prüfend an.

»Emma, ehrlich gesagt mache ich mir auch meine Gedanken. Klar, es wäre echt super toll, wenn ihr ein Paar werden würdet, aber Lucas hat auch eine andere Vergangenheit. Ich glaube, ich habe ihn noch nie mit einer Frau an seiner Seite erlebt. Er hat nie eine Frau mit nach Hause gebracht. Falls du ein komisches Gefühl bekommst, rede bitte mit mir, okay?«

Sofort wurde mir flau im Magen. Wenn ich bei Lucas war, fühlte sich alles unbeschwert an, aber vielleicht auch nur deshalb, *weil* er so locker war. Ich konnte mich nicht daran erinnern, einem Mann nach so kurzer Zeit je so nahe gekommen zu sein. Irgendwas hatte Lucas an sich, was mich einnahm und in seinen Bann zog. Es war einfach seine verspielte, offene Art. Vielleicht verhielt er sich aber auch bei jeder Frau so, schließlich konnte er mir viel von Ernsthaftigkeit und *mehr* erzählen.

»Darüber mache ich mir auch Gedanken. Ich möchte nicht Gefühle entwickeln und nachher enttäuscht werden. Er gibt mir das Gefühl von Geborgenheit. Daher habe ich Angst, dass ich mich nur wohl bei ihm fühle, weil mir genau das bei Phil gefehlt hat. Macht das Sinn?« Ich schaute Elsa fragend an. Sie überlegte einen Moment, bevor sie antwortete und ihren Blick auf etwas hinter mir richtete.

»Es würde schon Sinn ergeben, dass du genau das suchst, was dir zuletzt gefehlt hat. Umgedrehte Psychologie sozusagen. Aber das werden wir wohl erst später ausdiskutieren können, denn Lucas steuert gerade unseren Tisch an.«

Ich drehte mich ruckartig um sah Lucas, wie er trotz seiner großen Gestalt elegant an unseren Tisch geschlendert kam. Ein leichtes Grinsen lag auf seinen Lippen und er sah einfach umwerfend aus. Sofort spürte ich, wie seine Anwesenheit leichte Nervosität in mir auslöste. Wenn ich an den gestrigen Abend dachte, stieg meine Nervosität ins Unermessliche.

Als Lucas unseren Tisch erreichte, drückte er Elsa kurz

an sich. »Guten Morgen, Schwesterherz.«

Danach wandte er sich mir zu, setzte sich auf den Stuhl neben mich und gab mir einen schnellen Kuss auf die Backe. Erschrocken hob ich meine Hand an mein Gesicht. Wir hatten doch vereinbart, dass wir es noch für uns behalten wollten. Wieso küsste er mich dann jetzt in aller Öffentlichkeit auf die Backe?! Gerade wollte ich Luft holen und ihn zur Rede stellen, als er mich unterbrach.

»Keine Panik, hier kennt dich niemand und Elsa ist sicherlich sowieso schon bestens informiert.« Mit einer Handbewegung deutete er in die Richtung seiner Schwester. Sogar Elsa sah etwas erschrocken aus, bevor sie ihre Gesichtszüge wieder unter Kontrolle brachte und ein wissendes Grinsen ihre Züge umspielte.

»Ich sage es auch dir: keine Details!«

Lucas lachte auf und legte mir unter dem Tisch unauffällig eine Hand auf den Oberschenkel. Sofort spürte ich ein Stechen im Unterleib.

»Keine Sorge, sogar ich möchte manches lieber privat halten.«, gab Lucas zur Antwort und zwinkerte mich an. »Ihr seid also ein bisschen im Ort unterwegs und legt nun eine Kaffeepause ein?«

Wir wurden kurz unterbrochen, als die Bedienung einen Kaffee an den Tisch brachte und vor Lucas abstellte. Sie war nochmals deutlich jünger als ich, schätzungsweise achtzehn, und schenkte ihm ein breites Lächeln. Er schien davon kaum Kenntnis zu nehmen und nickte ihr nur kurz dankend zu, während er seinen Blick nicht von mir löste.

»Ähm, ja. Du weißt ja, Kaffee muss sein.«, antwortete ich etwas einfallslos.

»Ist alles okay bei dir?« Prüfend sah er mir in die Augen. Ich konnte seinem tiefgründigen Blick kaum standhalten und war froh, als Elsa das Wort ergriff.

»Hallo! Ich bin auch noch da! Das ist ja kaum mit anzusehen, wie ihr miteinander umgeht.« Wieder machte Elsa eine Geste, als würde sie erbrechen müssen. Dadurch steigerte sich meine Nervosität nur noch mehr. Niemals würden wir in den nächsten Tagen unsere Anziehung verbergen können.

»Keine Panik, Schwesterherz, morgen hast du Ben an deiner Seite und wirst uns sowieso keine Beachtung mehr schenken. Außerdem-«, er grinste mich an, »bin ich ein sehr guter Schauspieler. Von mir erfährt niemand was.« Mit seiner freien Hand tat er so, als würde er einen Reisverschluss an seinem Mund verschließen. Klar, total überzeugend.

»Du kommst also morgen zum Frühstück vorbei?« Ich blickte Lucas erneut an, mit der Gefahr, mich wieder nicht von seinem Anblick lösen zu können.

»Genau. Wir starten eh von dem Grundstück unserer Eltern aus mit der Tour und dann kann ich alles in Ruhe vorbereiten. Start ist um dreizehn Uhr, somit haben wir genügend Zeit, um gemütlich zu frühstücken.«

»Das klingt gut. Wie weit ist es eigentlich bis zu der Vogelinsel?«

»Nicht so weit, circa fünf Kilometer. Da wir einen kleinen Umweg fahren, brauchen wir vielleicht zwei Stunden. Maximal.«

Er fand fünf Kilometer nicht so weit? Schließlich war ich es nicht gewohnt, Kanu zu fahren und stellte mir das Paddeln bei den hohen Temperaturen und dem Wellengang anstrengend vor.

»Ben kommt auch etwas früher und hilft dir, die Kanus abzuladen. Er hat übrigens noch einen wärmeren Schlafsack für dich gefunden, Emma. Ich bin so gespannt, es wird einfach super!«

Ich war eher angespannt, da es sich um etwas Neues handelte und Neues stellte für mich immer eine kleine Herausforderung dar. Ich war es gewohnt, meinen Routinen zu haben und viel für mich zu sein. Wenn ich auf neue Menschen traf, oder komplett ungewohnte Aktivitäten machen sollte, fühlte ich mich zunächst immer etwas unwohl. Außerdem traf Phil in der Vergangenheit viele meiner Entscheidungen – an meine neue Eigenständigkeit musste ich mich ebenfalls erst wieder gewöhnen. Allerdings mochte ich die Freunde von Elsa und Lucas. Abgesehen von Ben und Paula kannte ich schon alle. Das war immerhin mehr als die Hälfte. Doch wenn die beiden ebenfalls so sympathisch waren wie Elias, Sophie und Laura, sollte ich mir eigentlich keine Sorgen machen müssen.

Während Elsa mit ihrem Bruder darüber diskutierte, welche Wanderstrecke die schönste war, schaltete ich etwas ab. Es war schön, Elsa so entspannt und vertraut mit ihrem Bruder zu erleben. Sie schien sich vollkommen wohlzufühlen. Ich fragte mich, ob ihr ihre Heimat insgeheim nicht doch fehlte. Hier war ihre Familie, ihr Freund Ben, sowie diese wunderschöne Natur.

Wie sollte es für mich in Berlin weitergehen, wenn sie zurück nach Schweden gehen würde? Klar, es gab noch Timothy, aber auch er würde irgendwann eine Partnerin finden und mit dieser eine Zukunft aufbauen. Zudem war eine Freundschaft mit einer Frau einfach etwas anderes als eine Freundschaft mit einem Mann. Oh man, mir wurde erneut deutlich, wie sehr mir Timothy fehlte.

»Was machen wir eigentlich an deinem Geburtstag?« Elsas Frage riss mich aus meinen Gedanken und ich warf ihr sofort einen bösen Blick zu. Sie wusste ganz genau, dass ich meinen Geburtstag nicht gerne feierte. Ich hatte einfach keine schönen Erinnerungen an meine Kindergeburtstage und außerdem war es mir unangenehm, im Mittelpunkt zu stehen.

»Du hast Geburtstag? Wann?« Lucas warf mir einen fragenden Blick zu, weshalb sich Elsa einen weiteren bösen Blick von mir einfing. Sie zuckte jedoch nur mit den Schultern und nippte an ihrem Kaffee. So eine gemeine… Lucas stupste mir mit seinem Oberarm gegen meine Schulter.

»Am Donnerstag. Und nein, ich möchte nicht feiern.«

Er musterte mich. »Weshalb?«

»Ich mag es einfach nicht. Können wir es bitte dabei belassen?« Genervt blickte ich nochmals zu Elsa, welche demonstrativ in ihre Kaffeetasse schaute, als könnte sie im Kaffeegrund ihre Zukunft erblicken. Pft.

»Das ist schade, es ist doch ein besonderer Tag.«

Ich spürte Lucas' drängenden Blick auf mir, doch ich schaute nicht auf. Es trat eine betretende Stille ein und ich fühlte mich zunehmend unwohl. Lucas schien es zu spüren und er begann, mit seiner Hand sanft über meinen Oberschenkel zu streicheln. Ich hob meinen Kopf und begegnete seinem Blick.

»Es ist okay, wenn du nicht feiern magst. Trotzdem würde ich den Tag gerne mit dir verbringen, wenn es okay für dich ist.« Seine warmen Augen fixierten meinen Blick. Er machte es mir unmöglich, mein Gesicht abzuwenden.

»Okay.«, sagte ich leise. Er gab mir einen weiteren Kuss, diesmal auf meinen Haaransatz.

»Danke.« Ein leichtes Lächeln umspielte seine Lippen und er musterte mich noch einen Moment. »Okay, Ladys, ich muss euch leider wieder allein lassen, denn die Arbeit ruft. «

Einerseits war ich erleichtert, der Situation zu entkommen, andererseits spüre ich eine Kälte an meinem Oberschenkel, wo bis vor wenigen Sekunden noch seine Hand lag. Die Kälte wanderte meinen Körper entlang und sofort vermisste ich seine Nähe.

»Euer Kaffee ist übrigens schon bezahlt.«

Unangenehm berührt blickte ich zu Elsa. Ich wollte nicht, dass Lucas das Gefühl bekam, für uns – beziehungsweise für mich – zahlen zu müssen. Da ich bei Phil keine Miete zahlen musste, konnte ich zwar einiges an Geld sparen, aber natürlich würde auch dieses nicht ewig reichen. Zudem musste ich eine neue Wohnung finden, sobald das Wintersemester begann. Erfahrungsgemäß brachen einige Studenten ihr neues Studium ab, wodurch Wohngemeinschaftszimmer, oder kleine Studentenwohnungen, frei wurden. Trotz allem war es mir wichtig, für meine Unkosten selbstständig aufkommen zu können. Bisher schaffte ich es immer und da ich keine Unterstützung von meinen Pflegeltern erhielt, war ich es auch nicht anders gewohnt.

Nachdem sich Lucas verabschiedete – und er ließ es sich nicht nehmen, mir nochmals einen Kuss auf die Backe zu geben – sah mich Elsa gespannt an.

»Also wenn ich es nicht besser wüsste, würde ich meinen, er ist total verliebt in dich. Hast du seine Blicke gesehen? Außerdem konnte ich ganz genau sehen, dass er seine Hand auf deinem Oberschenkel hatte.« Sie zog erneut sie Augenbrauen hoch und grinste wissend.

»Natürlich habe ich seine Blicke gesehen.« Ich verdrehte die Augen. »Was denkst du, weshalb ich immer so nervös werde? Wenn er mich anguckt, kann ich kaum den Blick abwenden.«

»Oh Emma, ich glaube, dich hat es auch erwischt.« Grinsend nahm sie den letzten Schluck ihres Kaffees.

»Komm, wir bringen unsere Einkäufe nach Hause und packen ein paar Sachen für morgen. Ich habe einen wasserdichten Sack, da können wir auch unsere Handys und so einpacken. Damit für den Fall der Fälle die Elektronik trocken bleibt.«

Mit einem skeptischen Blick sah ich sie an. »Wir haben aber schon Schwimmwesten an, oder?«

»Na klar. Es wäre viel zu gefährlich, keine Schwimmwesten zu tragen – auch wenn man dadurch so hässliche Sonnenabdrücke bekommt. Aber naja, man kann das Wetter nie zu hundert Prozent einschätzen. Zumindest der Wind kann schnell umschlagen. Aber die Männer haben eine Route gewählt, die eher ruhig ist und nicht mitten über den See führt.«

Das beruhigte mich etwas. Grundsätzlich spürte ich, dass Lucas nichts machen oder planen würde, was potenziell gefährlich sein könnte. Trotzdem konnte immer etwas schieflaufen und ich war unerfahren, was dieses Gewässer anging. Oder das Kanufahren.

Wir schnappten uns unsere Sachen und liefen nach Hause, um bereits die ersten Dinge für die Kanutour zusammenzupacken.

Lucas

Es gefiel mir, Emma in meiner kleinen Mittagspause zu begegnen. Wobei ich den Eindruck gewann, dass diese *zufällige* Begegnung nicht ganz so zufällig war, wie Elsa behauptete. Meine Schwester wusste ganz genau, wann sie mich nachmittags im Café antreffen konnte.

Trotzdem, Ems wirkte heute besonders nervös – sprich, noch nervöser als sonst. Mich beschlich das Gefühl, dass wir wieder einen Schritt rückwärts, statt vorwärts, gemacht hatten. Gestern noch öffnete sie sich mir und heute zeigte sie sich wieder verschlossener. Vielleicht war es ihr auch unangenehm, in der Öffentlichkeit meine Nähe zuzulassen. Ein kleiner Stich durchfuhr mich bei diesem Gedanken und ich hoffte, dass es nicht an mir als Person lag, sondern an der Situation an sich. Es war absolut klar, dass meine kleine Schwester bereits bestens über unser Treffen informiert gewesen war. Was sie jedoch davon hielt, sagte sie mir nicht eindeutig. Wobei man ihr ständiges Grinsen und Zwinkern als deutliches Signal interpretieren könnte. Hm. Vielleicht stand sie tatsächlich hinter unserer Beziehung. Außerdem würde sich Elsa doch sicherlich distanzieren, wenn Elsa ein Problem damit hätte, oder?

Obwohl ich Ems noch nicht lange kannte, vermisste ich sie. Mir fehlte ihre Nähe, ihre Wärme, ihr Lächeln. Ob ich es nun zugeben wollte oder nicht – ich würde gerne mehr Zeit mit ihr verbringen. Am liebsten wäre es mir gewesen, sie für mich allein zu haben. Ungestört von meiner Schwester oder anderen Bekannten aus Unnaryd, welche uns neugierig beäugten.

Während ich mit dem Geländewagen vor meinem Haus parkte, war ich Gedanken noch immer bei Emma. Weshalb sie wohl nicht ihren Geburtstag feiern wollte? Prinzipiell dachte ich mir nicht viel dabei, da ich einige Menschen kannte, die ihren Geburtstag ungern feierten – zumindest in einer großen Runde. Doch Emmas Geburtstag komplett zu ignorieren, kam überhaupt nicht infrage. Bis Donnerstag hatte ich noch ein wenig Zeit, um mir Gedanken für das perfekte Geschenk zu machen. Für mich musste ein Geschenk nicht besonders teuer oder extravagant sein. Es musste persönlich sein und zu ihr passen.

Nachdem ich bis zum Abend gearbeitet hatte, schnappte ich mir meine Laufshorts und startete meine Joggingrunde. Als ich an dem Felsen vorbeikam, an welchen ich Emma an einem ihrer ersten Tage fast geküsst hatte, durchzuckte mich die Erinnerung wie ein heißer Blitz. Wie ich es auf dem Boot geschaffte, mich von ihr abzugrenzen, war mir ein Rätsel. Vermutlich lag es daran, dass sie mir tatsächlich wichtig war und ich wollte sie auf keinen Fall zu irgendetwas nötigen.

Eine solche Anziehung hatte ich noch nie gespürt. Hierbei ging es für mich nicht nur um die sexuelle Anziehung, ich *wollte* sie richtig kennenlernen. Nach einigen Kilometern bog ich in einen Schleichweg ab, welcher am See entlang, und auf direktem Wege zu meinem Haus führte. Morgen würde endlich die Kanutour stattfinden und ich konnte es kaum erwarten, so viel Zeit in Emmas Nähe verbringen zu können. In Gedanken malte ich mir aus, wie ich nachts in ihr Zelt gekrochen kam und wir unanständige Dinge taten. Oh man. Sofort bereute ich meine Gedanken, denn meine

Hose wurde enger.

Nachdem ich geduscht hatte, wickelte ich mir ein Handtuch um den Unterkörper und lief in die Küche, um mir ein Glas Wasser einzuschenken. Ich schnappte mir mein Handy, um Emma eine Nachricht zu schreiben, doch sie war mir zuvorgekommen. Die Nachricht ging bereits vor über zwei Stunden bei mir ein. Mist.

Du fehlst mir.

Drei Worte. Drei schlichte Worte und trotzdem sagten sie so viel mehr aus. Ich hatte nicht das Gefühl, dass Emma sich leicht damit tat, ihre Gefühle zum Ausdruck zu bringen. Sie öffnete sich mir zwar Stück für Stück, aber es schien ihr nicht leicht zu fallen. Daher war es für mich ein umso wärmeres Gefühl, ihre Nachricht zu lesen. Es wurde langsam dunkel und ich beschloss, noch einmal das Haus zu verlassen. Langsam fuhr ich den Waldweg entlang und aktivierte meine zusätzlichen Scheinwerfer. Mein Auto parkte ich am Waldrand und lief die letzten paar Meter, um möglichst unbemerkt zu bleiben. Mit meinem Schlüssel öffnete ich die Eingangstür zum Haus meiner Eltern. Nach einem kurzen prüfenden Blick in die leere Küche, huschte ich die Treppen nach oben. Vor meinem ehemaligen Kinderzimmer blieb ich stehen und atmete einmal tief ein. Hoffentlich war es eine gute Idee und sie fühlte sich nicht überrumpelt. Meine Menschenkenntnis war normalerweise ganz gut und diese sagte mir, bei Emma vorsichtig sein zu müssen. Ich zog mein Handy aus der Hosentasche und tippte ihr eine Nachricht.

Was machst du?

Die Antwort kam eine endlose Minute später.

Ich liege im Bett und kann nicht einschlafen. Und du?

Grinsend steckte ich das Handy wieder zurück in die Hosentasche und klopfte – möglichst leise – an Emmas Zimmertür. Es dauerte einen kleinen Moment, bis ich es hinter der Tür rascheln hörte. Emma öffnete vorsichtig die Tür und ihre Augen weiteten sich, als sie mich sah.

»Ich kann auch nicht schlafen.«, sagte ich grinsend. Da sie keine Anstalten machte, mir aus dem Weg zu gehen, schob ich mich an ihr vorbei und zog die Tür hinter mir zu. Als sie gerade etwas sagen wollte, drückte ich sie mit einer Drehung gegen die Tür und presste meine Lippen auf ihre. Das hatte ich mir schon seit heute Mittag vorgenommen. Emma erwiderte meinen Kuss und drückte sich an meinen Körper. Nachdem wir uns voneinander gelöst hatten, ließ ich meinen Blick durch das Zimmer schweifen. Sie schien tatsächlich bereits im Bett gelegen zu haben. Als ich sie genauer musterte, fiel mir auf, dass sie eine kurze Pyjamashorts trug, sowie den Pullover von mir. Ich grinste noch breiter und zupfte an dem Ärmel des Pullovers.

»Er scheint dir also zu gefallen, hm?«

Ems blickte verlegen zur Seite. »Ja. Er riecht nach dir.«

Ich konnte nicht anders und musste sie erneut küssen. Nach dem vergleichsweise scheuen Kuss, schob ich sie langsam rückwärts und drückte sie sanft auf das Bett. »Du hast mir auch gefehlt.«, murmelte ich an ihrem Mund. Ems erschauderte leicht und sah mich mit verhangenem Blick an.

»Deshalb bist du extra hierhergekommen?«

»Na klar. Ich musste nicht lange überlegen, ob ich erst morgen Früh zum Frühstück kommen sollte, oder bereits jetzt.«

»Dann bleibst du über Nacht?« Ihr hoffnungsvoller Ton ließ mich leise auflachen.

»Wenn ich darf?« Fragend blickte ich Emma an und sie gab mir einen weiteren, kurzen Kuss auf den Mund. Zufrieden kletterte ich in das Bett, zog Emma an meine Seite und breitete die Decke über uns aus. Wir sahen uns in die Augen und ihre dunkelbraunen Locken umrahmten ihr zartes Gesicht.

»Hast du eigentlich deinen Spitznamen nachgeschlagen?«

Emma wurde rot, was ich als ein Ja deutete.

»Eigentlich wird er dir nicht gerecht.«

Ich umfasste ihr Gesicht mit meiner Hand und zog ihren Kopf zu mir, um sie besser küssen zu können. Ihr Körper erschauderte erneut und ich freute mich insgeheim über ihre Reaktion. Ems war zwar kein Mensch von vielen Worten, dafür kommunizierte sie nonverbal umso mehr. Mittlerweile war ich ganz gut darin, ihre Reaktionen richtig zu deuten.

»Also. Weshalb möchtest du deinen Geburtstag nicht feiern?« Fragend blickte ich sie an.

»Es ist für mich einfach kein besonderer Tag. Im Prinzip ist es ein Tag wie jeder andere auch.«

»Prinzipiell schon, allerdings bist du an diesem Tag auf

die Welt gekommen und ich weiß ja nicht wie du es siehst, aber ich bin dafür verdammt dankbar.«

»Ja, nur ist es nie jemanden wirklich wichtig gewesen. Meine Pflegeeltern feierten meinen Geburtstag nicht. Ich habe keine guten Erinnerungen an meine Geburtstage.«

Es tat mir leid, dass sie aufgrund ihrer Pflegeeltern keine schönen Kindergeburtstage feiern konnte. Ich hingegen hatte viele schöne Kindheitserinnerungen an meine Geburtstage. Meist gab es eine Mottoparty, wie *Star Wars, Lucky Luke* oder *Herr der Ringe*.

»Und wenn ich dir verspreche, dass dir dein Geburtstag dieses Jahr gefallen wird?«
Sie legte den Kopf schief und überlegte für einige Sekunden.

»Muss das wirklich sein? Können wir nicht einfach einen Film anschauen, oder so?«

Ich musste lachen.

»Das machst du mit Elsa doch ständig und wäre nichts Besonderes. Ich verspreche dir, dass wir nichts Außergewöhnliches machen werden. Es wird dir aber trotzdem gefallen.« Als ich die Augenbrauen vielsagen hochzog, verdrehte Emma die Augen.

»Du kannst mich nicht immer mit körperlichen Gefälligkeiten um den kleinen Fingen wickeln.«

Ich ließ meine Hand über ihren Körper gleiten und hielt an ihrem Po inne. Ems atmete zischend ein und ließ sich ohne jegliche Gegenwehr an meine Leistengegend ziehen.

»Es scheint aber durchaus gut zu funktionieren.« Ich flüsterte ihr diese Worte zu und als Ems erkannte, dass ich recht hatte, ärgerte sie sich sichtlich über sich selbst.

»Lucas?«

»Hm?«

»Ich muss dir etwas beichten.«

Gespannt sah ich sie an und rückte sogar ein kleines Stück zurück, um ihr besser in das Gesicht sehen zu können. Was würde jetzt kommen? Sie sah so ernst aus, dass ich es fast mit der Angst zu tun bekam. Was wäre, wenn sie unseren Deal bereute? Mich bereute? Erwartungsvoll sah ich sie an und wartete ab. Nach drei Minuten verfärbten sich ihre Wangen rosa.

»Also dieser fremde Mensch auf deinem Grundstück-«, sofort wurde ich hellhörig, »das war möglicherweise ich.«

Moment mal.

»Wie meinst du das?« Ich verstand nicht, was sie mir damit sagen wollte.

»Naja… Als ich den Waldweg zum ersten Mal gelaufen bin, stieß ich zufällig auf dein Haus. Ich wusste natürlich nicht, dass es dein Haus war. Jedenfalls hat es mir dort so gut gefallen, dass ich dort öfter eine Pause einlegte.«

Ich starrte sie an und Ems schien unter ihrer Decke förmlich zu versinken.

»Dir hat es also so gut gefallen, dass du mir häufiger einen Besuch abgestattet hast?« Ich musste grinsen. Ursprünglich war ich sauer über die Dreistigkeit, dass jemand wie selbstverständlich mein Grundstück betrat. Nun, da es sich um Emma handelte, fand ich es irgendwie belustigend. Sie rutschte leicht hin und her und nickte zaghaft. Mein Grinsen wurde breiter.

»Und du hast auch meine Pflanzen gegossen?«

Wieder nickte sie. »Naja, ich wollte wenigstens etwas

Gutes tun.«

Emma war so unglaublich süß, weshalb ich sie lachend an mich zog. Ich musste sie einfach küssen. Im ersten Moment wirkte sie von meiner Reaktion überrascht, doch der Kuss wurde schnell leidenschaftlicher. Ich ließ meine Hand erneut zu ihrem Po wandern und zog sie enger an mich. Emma stöhnte leise in meinen Mund und ich wusste genau, was sie brauchte. Als ich meine Hand langsam unter den Bund ihrer Pyjamashorts schob, drückte sie sich ein paar Zentimeter von mir weg.

»Nicht.« Ihre Stimme klang rau. »Nicht im Haus deiner Eltern.«

»Genau genommen befinden wir uns zwar im Haus meiner Eltern, im Moment liegen wir aber in *meinem* Bett.«

Ich musste erneut grinsen und Emma warf mir einen tadelnden Blick zu. Ergeben seufzend drehte ich sie, sodass sie sich in meinen Arm kuscheln konnte.

»Na gut. Aber beim nächsten Mal kommst du mir nicht so leicht davon.«

Emma versteifte sich kurz und ich musste erneut grinsen. Sie war meist so prüde und wirkte irgendwie unbeholfen, was Männer betraf. Das machte für mich jedoch überhaupt keinen Sinn, denn in Berlin war sie mit Phil zusammen gewesen. Weshalb war sie dann meist so nervös? Emma unterbrach meine abschweifenden Gedanken.

»Hast du eigentlich ein Fernstudium gemacht?«

Wie kam sie denn jetzt darauf?

»Nein, ich habe sieben Jahre in Stockholm studiert und mich anschließend bei Firmen in der Region hier beworben.«

»Fehlt dir Stockholm nicht? Sieben Jahre sind eine lange Zeit, um sich an einen anderen Ort zu gewöhnen.«

Mir gefiel ihr Interesse an mir. Es war ihr ebenfalls wichtig, mich und meine Denkweisen kennenzulernen.

»Ja, ich habe die Zeit dort auch genossen. Aber es war für mich relativ schnell klar, dass ich wieder hier leben möchte. Mir fehlten die Seen, die Weiten, die Natur. In Stockholm gab es zwar auch viel Gewässer, aber es waren eher breite Flüsse, keine Seen. Man kann es eigentlich nicht mit hier vergleichen. Außerdem wollte ich in der Nähe von meiner Familie sein. Für meine Eltern war es schwer, als Elsa weggezogen ist. Ich wollte ihnen nicht zumuten, noch ein Kind zu verlieren.«

Meine Eltern unterstützen uns bei allem und ich wollte ihnen dies zurückgeben. Außerdem waren sie solche Workaholics, manchmal brauchten sie jemanden, der ihnen die Arbeit abnahm und zur Freizeit zwang.

»Aber du hast nicht das Gefühl, auf Kosten von Elsa zurückstecken zu müssen, oder?« Nachdenklich fuhr Emma mit ihren Fingern über meinen Unterarm.

»Nein, wie gesagt, ich liebe es, hier zu wohnen.«

Emma blieb still und ließ meine Worte auf sich wirken. Ich ahnte, worüber was sie sich Gedanken machte.

»Wie ist es mit dir? Fühlst du dich in Berlin wohl?«

Es dauerte einen Moment, bis sie antwortete.

»Im Moment nicht. Ich habe das Gefühl, mich nicht mehr frei bewegen zu können.«

Sie konnte sich nicht mehr frei bewegen? Weil die Kriminalität immer mehr zunahm, oder weil sie vieles nach der Trennung an ihren ehemaligen Partner erinnerte? Hing sie etwa doch noch an ihm?

»Wie meinst du das?«

»Ach, es hat sich einfach so vieles verändert. Nach den Semesterferien muss ich auch nach einer neuen Wohnung schauen, bisher blieb meine Suche erfolglos. Ich kann schließlich nicht ewig bei Elsa bleiben.«

So manches hatte sich also verändert. Es stand für mich außer Frage, dass sie damit die Trennung von Phil meinte. Sie schien noch unter der Trennung von diesem Typen zu leiden, was mir ein ungutes Gefühl gab. Außerdem störte es mich, dass sie mir nicht genauer sagte, was sie damit meinte. Die Ungewissheit machte mich unruhig. Da ich sie nicht drängen wollte, ging ich nur auf den zweiten Teil ihrer Antwort ein.

»Bestimmt wird sich etwas ergeben. Zur Not ist Elsa sicherlich nicht sauer, wenn du länger bei ihr wohnen bleibst. Vermutlich ist sie sogar froh darüber.«

Emma schmunzelte und an ihrem Kinn kam ein kleines Grübchen zum Vorschein.

»Möglich, Elsa hat immer viele Pläne.«

»Wem sagst du das.« Ich verdrehte die Augen. »Wie lange geht denn dein Studium noch? Ebenfalls noch ein Jahr, wie bei Elsa?«

»Ja, noch ein Jahr. Wobei das letzte Semester hauptsächlich aus Selbstlernzeit besteht.«

»Was ist denn eine Selbstlernzeit?« Fragend blickte ich sie an, denn dieses Wort hatte ich noch nie gehört.

»Das bedeutet, dass ich keine Vorlesungen habe und eigenständig zu Hause lernen muss. Das ist sozusagen Zeit, um mich auf die Abschlussprüfungen vorzubereiten.«

»Das restliche Jahr wird bestimmt schnell vorübergehen. Was möchtest du denn nach dem Studium machen? Machst du noch einen Masterabschluss?«

Ems seufzte leise und richtete sich auf. »Eher nicht. Ich habe zwar Interesse daran, aber ich werde es mir nicht leisten können. Ehrlich gesagt weiß ich noch nicht, wie es nach dem Studium weitergehen soll. Da ich mich nicht nur für klassische Literatur interessiere, sondern auch neue Projekte unterstützen möchte, wäre eine Anstellung als Literaturagentin spannend. Ich wäre bei einem Verlag angestellt und würde neue Autoren und Autorinnen unterstützen und vermitteln. Aber es ist leider nicht einfach, in diesem Bereich einen Job zu finden. Es gibt nur wenige Stellen und die sind begehrt. Mal sehen…Vielleicht finde ich auch einen Arbeitgeber, der mir ein Masterprogramm finanziert. Oder sich zumindest daran beteiligt.«

Gedankenverloren starrte Ems ein paar Sekunden vor sich hin. Verständlich, schließlich würde sich innerhalb des kommenden Jahres vieles für sie verändern: neue Wohnung, Prüfungen, neuer Job. Das alles in Berlin?

Es reizte mich so sehr, sie danach zu fragen, aber es war zu früh. Sie wollte ja noch nicht einmal, dass andere Personen von uns wussten. Geschweige denn, in welche Richtung das mit uns beiden führte. Wie sollte sie sich dann Gedanken darüber machen, ob sie sich ihre Zukunft in einem anderen Land vorstellen könnte? Natürlich war auch das viel zu früh und vermutlich auch zu viel interpretiert, aber diese Gedanken ließen mich nicht los. Ich wünschte mir schon jetzt, dass wir den Sommer verlängern könnten. Es waren nur noch wenige Wochen, welche Ems hier verbringen würde und die Vorstellung, sie wieder gehen zu lassen, schnürte mir die Kehle zu. Sie *musste* vorher verstehen, wer ich war und wer ich *für sie* sein konnte.

»Was ist los?« Emma streichelte mir über das Gesicht, wobei ihre kleine Hand hauptsächlich meinen Bart bedeckte. Sollte ich ihr von meinen Zukunftsgedanken berichten? Sie müsste sich zwar nicht dazu äußern, aber sollte sie nicht wissen, was mich bewegte? Nein, es war definitiv zu früh. Daher entschied ich, ein anderes Thema anzusprechen, welches mich ebenfalls beschäftigte.

»Ich denke an morgen. An die Kanutour. An Elias. Du hast noch nicht mit ihm gesprochen, oder?«

Ich wusste ganz genau, dass sie noch kein Gespräch zu ihm gesucht hatte. Erst heute Vormittag rief er mich unter dem Vorwand an, noch etwas wegen der Tour besprechen zu müssen. Schnell wurde mir jedoch klar, dass er über Emma sprechen wollte. Elias wollte in Erfahrung bringen, ob sich Emma über den Abend in Anni`s Café geäußert hat. Außerdem deutete er an, bei der morgigen Kanutour offensiveren Kontakt zu ihr suchen zu wollen. Bei dem Gedanken wurde ich wütend. Ganz sicher würde ich sie morgen nicht allein lassen. Na gut, zumindest würde ich sie immer im Auge behalten.

Mich beschlich ein schlechtes Gewissen, Elias nichts von Ems und mir zu erzählen, immerhin war er mein engster Kumpel. Andererseits nahm mir Emma das Versprechen ab, nicht mit anderen über uns zu reden. Doch wenn er herausfinden würde, dass zwischen uns bereits etwas lief… Ich wollte mir nicht ausmalen, wie enttäuscht er sein würde.

»Nein. Wie gesagt werde ich morgen mit ihm reden, falls

er überhaupt noch Interesse an mir zeigt.«

In ihren Worten schwang Skepsis mit. Weshalb redete sie sich selbst immer so herunter? Als würde sich nicht jeder Mann nach ihr umdrehen. War es nur so dahingesagt, oder meinte sie es tatsächlich ernst?

»Dir ist schon klar, dass er mehr als freundschaftliches Interesse an dir hat? Er wird definitiv versuchen, dir näher zu kommen.«

Bei meinem schneidenden Ton verzog Emma ihr Gesicht. »Warum denkst du das?«

Ihr Ernst? Seufzend drückte ich ihr einen Kuss auf die Haare. »Du hast wirklich keine Ahnung, welche Wirkung du auf Männer hast, oder?«, fragte ich sie mit leiser Stimme.

Ems gab mir keine Antwort und blickte verlegen auf ihre Hände. Ihr schien es tatsächlich nicht bewusst zu sein. Ich konnte nicht anders und nahm ihr Gesicht in meine Hände, um sie erneut zu küssen. Als sich ihre kleinen prallen Brüste an meinen Oberkörper drückten, und sie ihre Hüfte an meinem Körper bewegte, rang ich um meine Selbstbeherrschung.

»Du treibst mich in den Wahnsinn, skönhet.«

Meine Stimme klang dunkel und rau. Mit einem Blick in ihre Augen nahm ich wahr, dass auch diese lustvoll aufblitzten. Sie führte ihre Hand unter die Decke und begann, mich oberhalb meines Hosenbundes zu streicheln. Fast schon zögerlich ließ sie ihre Finger über meine dünne Haut gleiten.

»Ems…«

Während sie mich entschlossen anblickte, fuhr sie mit der Hand unter den Bund meiner Hose und legte ihre kleine

Hand in meinen Schritt. Erschrocken sah sie zu mir auf. Dachte sie ernsthaft, dass ich noch nicht bereit sein würde? Bereit für sie. Nachdem sie kurz innehielt und sich ihr Blick abermals verdunkelte, streichelte sie sanft über meinen Schwanz. Zwischen ihm und ihrer Hand befand sich noch meine Boxershorts, welche mir noch nie so störend vorkam, wie in diesem Moment. Es machte mich verrückt, dass sie mich so zaghaft berührte. Entschlossen griff ich nach ihrem Pullover und zog ihr diesen über den Kopf. Es war eine dämliche Idee, denn dadurch musste sie ihre Hand aus meiner Hose ziehen. Umso besser fand ich, dass sie mir anschließend die Hose hinunterzog, um leichteren Zugang zu meinem Penis zu haben. Als sie ihre Hand fester um ihn schloss, legte ich meine Hände stöhnend auf ihre beiden Brüste und liebkoste diese, während meine Lippen ihre fanden. Schnell wurde unser Kuss leidenschaftlicher und selbst ich spürte, wie mein Penis an ihrer Hand pulsierte. Sie schob ihre Hand unter meine Boxershorts und ich konnte kaum erwarten, mehr von ihr zu spüren. Ich brauchte meine Ems.

Als ich meine Hände ebenfalls an ihrer Pyjamashorts entlangwandern ließ, hinderte sie mich daran. Sofort versteifte ich mich und befürchtete, zu weit gegangen zu sein. Das Letzte was ich wollte, war, sie zu erschrecken. Doch Emmas Blick war noch immer vor Lust verhangen.

»Was möchtest du?«, hauchte ich ihr entgegen. Etwas befangen sah sie mich an und bewegte sich langsam an meinem Körper herab, sodass meine Hände nicht mehr ihren Hosenbund erreichen konnten.

»Heute möchte ich dich verwöhnen.«, gab sie mit leiser,

unsicherer Stimme zur Antwort. Oh. Mein. Gott. Emma griff neben sich auf den Nachttisch, wo eine Glasflasche mit Öl stand. Mit hochgezogener Augenbraue schaute ich sie an, doch sie rollte nur mit den Augen.

»Es ist einfach nur ein Hautpflege-Öl, okay?«

»Okay.«

Ich beobachtete sie abwartend und erregt, während sie eine kleine Menge des Öls in ihre Hände gab und anschließend damit über meinen Penis fuhr. Es fühlte sich weich und warm an, wodurch meine Fantasie noch mehr angeregt wurde. Zunächst strich sie langsam mit regelmäßigen Bewegungen über ihn und steigerte langsam das Tempo. Sie massierte meinen Penis und er fühlte sich immer heißer in ihren Händen an. Mehrfach änderte sie ihren Rhythmus oder die Art und Weise, wie sie ihn bearbeitete. Es schien ihr Spaß zu machen, denn auch sie stöhnte, als sie die Vibration meines Schwanzes spürte. Ich dachte daran, wie es wäre, jetzt in sie einzudringen.

»Emma…«, ich konnte ihren Namen nur hauchen, denn ich hatte das Gefühl, jeden Moment zu kommen. Auch sie schien es zu spüren und umfasste ihn plötzlich so fest und hart, dass ich nochmals laut aufstöhnen musste. Während sie ihre eine Hand auf und ab bewegte, strich sie unaufhörlich mit der anderen Hand über meine Eichel. Ich konnte mich nicht mehr lange zurückhalten.

»Emma, ich komme…«

Sie blickte mir mit ihren warmen grünen Augen direkt ins Gesicht und während sich ihre Backen leicht rosa färbten, spritzte ich ab. Während mein Schwanz noch immer heftig pulsierte, hielt sie ihn weiterhin fest umschlossen und verlangsamte ihre Bewegungen. Ich sank mit meinem Oberkörper zurück auf das Bett und entspannte mich vollkommen. Wann, um Himmels Willen, richtete ich meinen Oberkörper auf?

Emma rutschte wieder zu mir hoch, behielt ihre Hände jedoch in meinem Schritt und gab mir einen kleinen Kuss auf mein Kinn. Ich drehte meinen Kopf in ihre Richtung und konnte einfach nicht fassen, dass ich mit ihr in meinem alten Bett lag. Ich hätte nie gedacht, dass ich eine Frau so sehr begehren, so sehr brauchen würde. Um den Moment noch etwas auszukosten, zog ich sie an mich. »Danke.«

Nachdem ich ihr einen Kuss auf das Haar gab, blieben wir für einen Moment liegen, bis sie ihre Hände von meinem Penis zurückzog.

»Ich sollte wohl meine Hände waschen.« Entschuldigend blickte sie mich an und war dabei so süß, dass ich sie am liebsten wieder geküsst hätte. Widerwillig ließ ich sie los, denn auch ich sollte dringend das Badezimmer aufsuchen. Emma schlupfte unter der Decke hervor und lief in ihr angrenzendes Badezimmer. Ich wartete, bis sie zurückkam, und ging anschließend ebenfalls in das Bad, um mich in meinem Schritt zu waschen. Als ich zurück in das Schlafzimmer trat, lag Ems bereits wieder unter der Bettdecke.

»Ich brauche etwas zu trinken, möchtest du auch etwas?« Fragend blickte ich sie an.

Sie nickte. »Ein Glas Wasser wäre super.«

Ich zog mir meine Jogginghose über und verzichtete auf ein Oberteil. Emma verschlang mich förmlich mit ihrem Blick und es fiel mir nicht zum ersten Mal auf, dass sie den Anblick meines Oberkörpers genoss. Grinsend – und bevor ich mich doch noch auf sie stürzte – verließ ich ihr Zimmer und schlich den Gang entlang. Es war schon spät und im Haus war es noch immer ruhig. Als ich die Küche betrat, ertönte die Stimme meiner Schwester aus der Dunkelheit.

»Na, seid ihr fertig? Ihr könntet ja wenigstens etwas leiser sein.«

Kurz erschrak ich, doch ehrlich gesagt rechnete ich bereits damit, sie hier anzutreffen. Früher kam es häufiger vor, dass wir uns in der Nacht trafen und gemeinsam den Kühlschrank plünderten. Meine Schwester konnte Gewohnheiten nur schwer ablegen.

»Mein Gott, Elsa, du spinnst doch. Hast du uns etwa belauscht?!«

»Das war gar nicht nötig. Es war auch so klar, was da bei Emma im Zimmer ab ging.« Sie kam auf mich zu. »Lucas? Sei ehrlich. Was ist das mit Emma?«

»Wie meinst du das? Ich dachte, du hättest alles gehört.« Genervt griff ich in den Schrank und zog zwei Gläser heraus.

»Du weißt ganz genau, wie ich es meine.«

Seufzend drehte ich mich zu ihr um und hielt inne. Sie sah mich ernst, fast schon streng an.

»Elsa…ich nutze sie nicht aus.«

»Und da bist du dir sicher? Wie soll es denn weitergehen, wenn der Sommer vorüber ist?«

Genervt stellte ich die Gläser auf den Küchentresen. Dem Klirren nach zu urteilen, war ich dabei etwas zu impulsiv.

»Was soll dieses Verhör?!«

Ich selbst wollte nicht, dass der Sommer endete. *Ich* wollte mehr, Emma war sich nicht sicher. Weshalb war ich jetzt der Böse, der sie nur ausnutzen wollte?

»Sei nicht sauer. Es ist einfach… Sie hat es nicht verdient, verletzt zu werden.« Elsa blickte mich entschuldigend an und in meinem Kopf arbeitete es.

»Hat es was mit Phil zu tun?«

Elsa schaute ertappt an die Wand und schien abzuwägen, was sie mir erzählen konnte, und was nicht. Ich wusste die ganze Zeit, dass da etwas nicht stimmte. Mein Bauchgefühl spielte mir nichts vor.

»Was ist passiert? Hat er sie betrogen?«

»Nein… So war es nicht. Sie verarbeitet ihre letzte Beziehung noch und es würde sie kaputt machen, wenn sie sich jemanden öffnen würde und letztendlich verletzt wird. Verstehst du, was ich dir damit sagen möchte?«

Langsam nickte ich. »Ich habe nicht vor, ihr wehzutun.«

»Ich weiß, dass du das nicht möchtest. Aber was ist, wenn sich zwischen euch mehr entwickelt und sie wieder nach Berlin geht? Wie soll es weitergehen?«

Elsa sah so verzweifelt aus, dass ich nicht anders konnte, als sie in die Arme zu nehmen. »Ach, Elsa. Ich bin nicht Ben.«

Meine Schwester schluchzte leise auf. Ich verstand sie. Es war nicht schön, von der Person die man liebte, eine räumliche Distanz zu haben. Doch war es bei Emma und mir gleich? Würden wir eine Beziehung aufbauen und diese auf Distanz führen müssen? Bei dem Gedanken mach sich ein mulmiges Gefühl in meinem Magen breit. Elsa befreite sich aus meiner Umarmung.

»Schon okay. Bitte pass einfach auf Emma auf, okay? Sie kann eine weitere Enttäuschung einfach nicht gebrauchen.«

Ich nickte und erwiderte ihren ernsten Blick.

»Gut. «

Elsa verließ die Küche und ich dachte über das Gespräch nach. Irgendetwas war vorgefallen und es hatte nichts damit zu tun, dass dieser Phil ihr fremdgegangen war. Was war dann passiert? Meine Schwester hätte ruhig ein bisschen mehr verraten können… Emma sprach so gut wie nie über ihn und ich fragte mich, ob und wann sie es mir anvertrauen würde. Es schien keine Kleinigkeit gewesen zu sein, wenn Elsa so erpicht darauf war, Ems zu schützen.

Ich erinnerte mich an ihre ängstliche Reaktion, als die Anrufe von Phil eingingen. Was hatte dieser Mistkerl angestellt? Ich spürte eine Wut in mir aufsteigen und wollte so schnell wie möglich zurück zu Emma. Als ich die Tür aufriss und sie friedlich im Bett schlafen sah, beruhigte ich mich augenblicklich.

Nachdem ich einen Schluck getrunken hatte, legte ich mich zu ihr. Vorsichtig zog ich sie an mich und wie von selbst schmiegte sie sich an meine Brust. Ich strich ihr eine Locke aus dem Gesicht und konnte nicht verstehen, wie ein Mann diese wunderschöne Frau enttäuschen konnte. Dieser Phil war ganz schön dämlich, es sich mit ihr zu verbocken.

Emma

Ein Arm lag schwer auf meiner Hüfte, während ich Lucas' morgendliche Erektion an meinem Po spürte. Ich streckte mich genüsslich.

»Guten Morgen, Ems.« Lucas flüsterte mir die Worte ins Ohr und gab mir anschließend einen Kuss auf das Haar. Ich liebte seine Angewohnheit, kleine Küsse auf mein Haar zu verteilen. Grinsend drehte ich mich um und blickte ihm in die Augen.

»An diese Art aufzuwachen, könnte ich mich gewöhnen.« Ich erwiderte sein Grinsen und ein Lächeln breitete sich auf seinem Gesicht aus, wobei es jedoch nicht seine Augen berührte.

»Alles okay?«, fragte ich und spürte deutlich, dass etwas nicht stimmte. Eine gewisse Spannung lag in der Luft, doch die Ursache dafür war für mich nicht ersichtlich.

»Es ist alles in Ordnung, skönhet. Ich wollte nur warten bis du wach bist, bevor ich das Zimmer verlasse.«

Ich verstand.

»Du möchtest dich also wie ein Schwerenöter aus dem Zimmer schleichen?«, fragte ich ihn neckend. Doch statt auf meinen Witz einzugehen, verhärtete sich seine Miene.

»Es ist nicht mein Wunsch, dass unsere Treffen geheim bleiben.«

Okaaaay. Ich dachte, er akzeptierte meine Sichtweise? War er sauer, weil ich noch abwarten wollte, wohin sich das zwischen uns entwickelte? Sein Blick wurde etwas weicher.

»Es tut mir leid, Ems. Ich wollte dich nicht verunsichern.« Lucas küsste mich kurz auf die Lippen. »Ich meinte nur: Ich fühle mich gut mit dir. Mit uns. Ich möchte an deiner Seite sein. Auch, wenn andere Personen in der Nähe sind.« Augenblicklich entspannte mich wieder.

»Ich weiß. Die Trennung von Phil ist noch nicht sehr lange her… Ich brauche etwas Zeit. Es ist viel für mich und ich habe nicht damit gerechnet, jemanden wie dich kennenzulernen. Vor allem jetzt. Verstehst du das?« Fragend blickte ich ihn an und hoffte, er würde meine Reaktion nachvollziehen.

»Jemanden wie mich?«

»Einen interessanten Mann, wie dich.«

Sofort begann Lucas erneut zu grinsen.

»Du meinst, einen Mann er nicht nur männlich ist, sondern auch eine weiche Seite hat, sich durch Humor und Witz auszeichnet und zudem noch unbeschreiblich gut aussieht?«

Ich spürte, wie mir die Röte in die Wangen stieg. Er hatte sich perfekt beschrieben. Wie er hier im Bett lag, mit freiem Oberkörper und leicht verwuschelten Haaren, war er mehr als attraktiv. Doch durch seinen Humor – und zugegeben, mittlerweile auch durch seinen Charme – war er noch viel attraktiver. Niemals hätte ich bei unserem ersten Kennenlernen gedacht, dass so viel mehr hinter seiner Fassade steckte.

Meine Reaktion schien Antwort genug gewesen zu sein, denn Lucas küsste mich nochmals kurz auf die Lippen, zwinkerte mir verschwörerisch zu, und stieg aus dem Bett. Nachdem er mein Zimmer verlassen hatte, blickte ich auf die Uhr. Sechs Uhr und zwanzig Minuten. Alle würden noch schlafen. Ich hüpfte unter die Dusche und zog mir anschließend eine kurze Sporthose und ein lockeres T-Shirt an. Dies würde ich heute auch während der Kanutour tragen. Als ich die Treppen herunterlief, stieg mir bereits der Geruch von frisch aufgebrühtem Kaffee in die Nase. Unten angekommen saß Björn bereits am Frühstückstisch.

»Guten Morgen, Emma. Na, fit für die Tour heute?« Ich konnte ihn nur angrinsen. Björn und ich verstanden uns blendend. Nicht zuletzt, weil uns die Liebe zu Kuchen und Torten verband. Mit der Zeit fanden wir unsere Routine: Ich backte, er probierte.

Während ich auf den Tisch zulief, kam Lucas mit einer Tasse auf mich zu und drückte mir diese in die Hand. Ein Blick in die Tasse bestätigte meine Hoffnung – ein Cappuccino. Ich lächelte ihn dankend an. Zurück zum Frühstückstisch drehend, traf mein Blick auf Björn, welcher uns aufmerksam musterte. Offensichtlich schien ihm unsere Vertrautheit nicht entgangen zu sein.

»Wann bist du nochmal heute Morgen gekommen, Lucas?«

Ging es nur mir so, oder hörte Lucas ebenfalls eine Doppeldeutigkeit in dieser Frage? Mist. Ahnte er etwas? Oder hatte er sogar letzte Nacht etwas *gehört*? Oh nein, bitte nicht. Was würden Kerstin und Björn denken, wenn sie wüssten, dass ich etwas mit ihrem Sohn angefangen hatte? Ob sie es gutheißen würden? Schließlich hatten sie mich mit einer Selbstverständlichkeit bei sich aufgenommen, wie ich sie bisher noch nie erlebt hatte. Demonstrativ setzte ich mich neben Björn, um einen gewissen Abstand zu Lucas einzuhalten. Ein weiterer Vorteil bestand darin, dass ich seinem bohrenden Blick ausweichen konnte.

»Ich konnte nicht lange schlafen, daher bin ich schon um kurz nach sechs Uhr hier gewesen. Ohnehin müssen Elias und ich noch die Kanus checken und gleichmäßig beladen. Er müsste demnächst mit dem Träger kommen, dann können wir sie abladen.«

Björn wirkte nicht ganz überzeugt. Als er gerade noch etwas sagen wollte, kam Kerstin in die Küche gelaufen.

»Guten Morgen, meine Lieben.« Sie strahlte über das ganze Gesicht, während sie Lucas einen Kuss auf die Backe gab. Es war offensichtlich, dass er mit seiner Familie einen sehr liebevollen Umgang pflegte. Ich wurde fast etwas neidisch, wenn ich an die Beziehung zu meinen Pflegeeltern dachte.

Nachdem auch Elsa zu uns gestoßen war, entspannte sich die gesamte Atmosphäre und ich genoss es, Elsa mit ihrer Familie zu erleben. Nach einem ausgiebigen Frühstück schnappten Elsa uns ich unsere letzten Habseligkeiten, welche erst kurzfristig eingepackt werden konnten. Als ich meine Zahnbürste verstaute, spürte ich plötzlich, wie jemand hinter mir stand. Nervös stellten sich mir die Nackenhaare auf und ich drehte mich hektisch um. Beruhigt, da es sich nur um Lucas handelte, entspannte ich mich sofort wieder. Ein wachsamer Ausdruck huschte über sein Gesicht. Er trat in das Bad und schloss leise die Tür hinter sich.

»Sicher ist sicher.«, sagte er grinsend, während er meinen skeptischen Blick sah. Lucas kam auf mich zu und zog mich an meinen Hüften an sich. Dies tat er häufig und ich konnte nicht abstreiten, dass es gefiel mir. Es gefiel mir sogar sehr.

»Bevor ich heute den ganzen Tag Abstand zu dir halten muss«, begann er mit rauer Stimme und küsste mich am

Hals, »muss ich dich noch einmal ganz nah bei mir haben.«

Zugegeben – auch ich ahnte, dass es mir schwerfallen würde, den ganzen Tag nicht von ihm berührt zu werden, obwohl er in meiner unmittelbaren Nähe war.

Dankbar streckte ich ihm meinen Kopf entgegen und als sich unsere Lippen trafen, griff ich ihm automatisch in die halblangen Haare. Ein Seufzen entwich meinen Lippen, als er mich mit seiner Hüfte gegen das Waschbecken drückte. Ich spürte ganz genau, was er wollte, denn ich wollte dasselbe. Bisher verwöhnten wir uns nur gegenseitig, jedoch hatten wir noch nie…naja. Sex gehabt. Die sexuelle Anziehung zwischen uns war gewaltig und ich ahnte, dass es nicht mehr lange dauern würde.

Lucas umfasste meinen Po und hob mich hoch, um mich auf einer Kommode neben dem Waschbecken abzusetzen. Damit nicht mein gesamtes Gewicht auf dem Möbelstück lastete, hielt er mich weiterhin fest, während ich meine Beine um seine Mitte schlang.

»Ich muss runter.«, murmelte er zwischen unseren Küssen. Ich presste ihn mit meinen Beinen enger an mich und er stöhnte leise auf.

»Ems...« Seine Stimme klang flehend, fast verzweifelt.

»Ich möchte dich.«, flüsterte ich ihm zu und blickte zu ihm auf. Seine Augen verdunkelten sich. Während er den Blick nicht von mir abwandte, schob er eine Hand zwischen uns und fasste mir direkt in meine bereits sehr feuchte Mitte. Scharf sog er die Luft ein.

»So bereit für mich.«, murmelte er. Mit der anderen Hand hielt er weiterhin meinen Po fest, sodass ich meine Hüfte nicht bewegen konnte. Ich verspürte dadurch noch mehr Lust und konnte nicht unterdrücken, es trotzdem zu versuchen, doch seine Kraft war unnachgiebig. Er blickte mir fest in die Augen und schob langsam erst einen, dann einen weiteren Finger in mich hinein. Pure Begierde war in seinem Blick zu lesen und ich ließ meinen Oberkörper ergeben an die Wand hinter mir sinken. Seine Finger bewegten sich zunächst kreisend in mir, bevor er sie in einem unnachgiebigen Rhythmus rein und raus führte.

Dies hatte nichts mit einem langsamen Vorspiel zu tun. Unter seinem Blick steigerte Lucas meine Lust kontinuierlich und hatte trotz meines leisen Wimmerns kein Erbarmen. Es ging so schnell, dass ich kaum realisieren konnte, was gerade passierte. Während ich noch feuchter wurde und spürte, wie sich meine Muskulatur um ihn herum zusammenzog, presste er sich mit seinem Oberkörper an mich, um mein lautes Stöhnen mit einem wilden Kuss zu ersticken.

Erschöpft und völlig überwältigt sackte ich in mir zusammen. Was war das denn gewesen? Ich öffnete flatternd meine Augenlieder und begegnete erneut seinem Blick. Lustvoll beobachtete er meine Gesichtsregungen. Als er seine Finger vorsichtig aus mir herauszog, zuckte ich kurz zusammen. Sein Blick wurde noch dunkler und ein leichtes Grinsen umspielte seine Lippen, bevor er einen Mundwinkel nach oben zog.

»Damit du mich heute nicht vergisst.«, murmelte er dicht an meinen Lippen und gab mir einen letzten, kurzen Kuss. Ich schmolz dahin. Wie, um Himmels Willen, sollte ich ihn vergessen? Während er das Badezimmer verließ, zwinkerte er mir grinsend zu und schloss die Tür hinter sich.

Fassungslos starrte ich auf die Tür. Ich brauchte einen Moment, um mich zu fangen.

Als ich von der Kommode hüpfte, verlor ich aufgrund meiner wackeligen Beine fast das Gleichgewicht. Mein Blick fiel in den Spiegel. Meine Wangen waren gerötet und meine Locken am Hinterkopf leicht verwuschelt. Schnell machte ich mich frisch und zog mir einen neuen Slip an, denn dies war dringend nötig. Ich schnappte mir meine Tasche und verließ das Haus, um mit wackeligen Beinen an den Strand zu laufen. Elias und Lucas luden bereits die Kanus ab und positionierten diese am Strand.

»Du bist du ja endlich!«, rief Elsa aus. »Ich dachte schon, du hast es dir anders überlegt.«

Verlegen wich ich ihrem Blick aus. »Sorry, ich habe noch etwas im Bad suchen müssen.«

Elias drehte sich beim Klag meiner Stimme um und ein Lächeln breitete sich auf seinem Gesicht aus, als er auf mich zukam. »Hej, Emma. Geht es dir gut?«

Ich nickte schnell und erwiderte seine Umarmung. Er wollte gerade etwas sagen, als Elsa schrill aufschrie. Wir schreckten alle herum, als ein Mann auf uns zugelaufen kam. Mir klappte die Kinnlade herunter. Er war – wie Elias und Lucas – groß gebaut und breitschultrig. Seine Haare waren blond und fast genauso hell wie Elsas. Perfekte weiße Zähne blitzten bei seinem Lächeln auf und seine hellblauen Augen fixierten meine beste Freundin, als sie auf ihn zulief und sich ihm förmlich an den Hals schmiss.

Er schien allein Elsa wahrzunehmen. Nach ihrem leidenschaftlichen Kuss – bei welchem ich mich kurz anwenden musste – lehnte sie sich an seine Seite. Sie sahen aus wie ein perfektes schwedisches Model-Paar. Was hatten die Menschen hier nur für Gene? Sofort fühlte ich mich eingeschüchtert und kam mir irgendwie langweilig vor. Doch als Ben auf mich zukam und mich ebenfalls in eine herzliche Umarmung zog, entspannte ich mich wieder. Er hatte eine beruhigende Ausstrahlung. Ich warf Elsa einen wissenden Blick zu und sie grinste mich verheißungsvoll an. Jede Wette würden sie ihr Zelt etwas abseits von den anderen aufbauen. Als Ben die anderen beiden Männer begrüßte entging mir nicht, dass Lucas sich ihm gegenüber reserviert verhielt. Na nu? Verstanden sie sich nicht? Lucas und ich hatten bisher nie über Ben gesprochen. Dieser begann sofort, den Männern zu helfen und Elsa wich ihm nicht von der Seite. Noch nie hatte ich sie so euphorisch und glücklich in der Nähe eines Mannes erlebt. Ich musste zugeben, dass eine objektive Musterung meinerseits schwierig werden könnte. Allein der Aspekt, Elsa so glücklich zu sehen, heimsten ihm einige Pluspunkte bei mir ein.

Etwas verloren stand ich neben den anderen und war dankbar, als auch Laura und Sophie dazustießen. Kurz darauf erschien eine weitere Frau, welche Paula sein musste. Sie war ebenfalls blond, hatte jedoch braune Augen und war etwas kleiner als die anderen – jedoch nicht kleiner als ich. Paula war mir sofort sympathisch, da sie ebenso wie ich eine ruhige Person war.

Lucas

Nachdem wir sämtliches Gepäck gleichmäßig verteilt hatten, besprachen wir Männer nochmals kurz die Route. Geschickt konnte ich arrangieren, mit Paula in einem Kanu zu fahren. Laura drängte sich mir schon die ganze Zeit dezent auf und ich hatte wirklich keine Lust, so viel Zeit mit ihr zu verbringen.

Mein Blick schweifte zu meiner Schwester und ich beobachtete, wie sie Ben anhimmelte. Es gefiel mir überhaupt nicht, sie mit rosaroter Brille zu sehen. Okay, die Erklärung, weshalb Ben viel Zeit mit Paula verbrachte, war plausibel, aber ich traute ihm trotzdem nicht über den Weg. Was war er für ein Mann, wenn er Elsa bei ihrer Ankunft nicht sofort treffen wollte? Sollte Emma zukünftig nach Schweden reisen, würde ich sie definitiv vom Flughafen abholen – vorausgesetzt, ich wäre nicht sowieso schon an ihrer Seite.

Während Paula vorne in das Kanu stieg, schob ich es langsam auf den See, bis mir das Wasser bis zur Hüfte reichte. Geschickt kletterte ich hinein und wartete, bis auch alle anderen mit den Kanus startklar waren. Emmas Blick traf meinen und Lust durchzuckte mich. Wie sie sich mir heute Morgen im Badezimmer hingegeben hatte, war unglaublich sexy. Ich zwinkerte ihr zu und ihre Wangen verfärbten sich rot, ehe sie schnell den Blick abwandte. Leise lachend stieß ich mein Paddel ins Wasser.

»Sind alle bereit? Paula und ich fahren voraus. Bleibt in der Ufernähe. Wie ihr wisst, kann die Strömung verräterisch sein. Am besten weicht ihr einfach nicht von der Route ab.«

Ich drehte mich nochmals um und schaute zu Elias. Wehe, er würde nicht gut auf meine Ems aufpassen. Seine Art, sie anzusehen, gefiel mir überhaupt nicht. Er verdiente sich nicht das Recht, sie so anzublicken. Obwohl er mein langjährigster Freund war, gönnte ich es ihm nicht, Zeit mit Ems zu verbringen. Es fühlte sich einfach nicht richtig an.

Vor einigen Minuten sah ich, wie sie sich abseits der anderen unterhielten und ich ging davon aus, dass Emma ihm eine Abfuhr erteilte. Trotzdem starrte er sie weiterhin unentwegt an. Aber okay, wer konnte es ihm verdenken? Emma trug ihre braunen Locken wie gewohnt offen. Die Schwimmweste sah viel zu groß an ihrem zierlichen Körper aus. Ihre perfekten Beine steckten noch immer in diesen verdammt engen schwarzen Sportshorts, wodurch die Form ihres Hinterns für niemanden mehr Spielraum für Fantasien bot.

Seufzend paddelte ich weiter und riss meinen Blick von ihr los. Es dauerte insgesamt knapp drei Stunden, bis wir an der Vogelinsel ankamen. Immer wieder huschte mein Blick zu Emma, die sich begeistert umsah. Mir fiel auf, dass sie mit Elias ein gutes Team bildete und seine Anweisungen genau befolgte. Mehrfach legten sie kleine Pausen ein und Elias schien ihr etwas über die Umgebung zu erklären. Auch das ärgerte mich, denn es sollte meine Aufgabe sein, ihr Schweden zu zeigen und Dinge zu erklären. Ein unangenehmes Gefühl stieg in mir auf. So musste sich Eifersucht anfühlen. Sie stieg aus meinem tiefsten Innern empor und breitete sich in meinem Brustkorb wie ein Virus aus.

Dankbar, dass wir unser Ziel endlich erreichten, sprang ich kurz vor dem Strand aus dem Kanu und schob es die letzten Meter an Land, damit Paula nicht nass wurde. Am Strand reichte ich ihr die Hand um sicherzustellen, dass sie nicht ausrutschte und hinflog. Dankend nahm sie meine Hilfe an.

Von außen betrachtet wirkte Paula entspannt, doch wer sie besser kannte wusste, dass sie ihre Gefühle ungern zeigte. Vermutlich hatte sie Angst, dass ihr Geheimnis ausgeplaudert wird. Weder von Elsa, noch von mir, musste sie dies befürchten. So, wie ich es verstanden hatte, wollte Ben ebenfalls nichts mitteilen.

»Keine Panik, meine Schwester und ich werden nichts sagen. Genieße den Ausflug und komm ein bisschen auf andere Gedanken.«

Mit hängenden Schultern und traurigem Blick sah sie mich an. »Danke. Ich muss erst selbst damit klarkommen.«

Verständlich. So eine Nachricht bekam man schließlich nicht jeden Tag. Ich drückte ihr die Schulter und warf ihr ein aufmunterndes Lächeln zu.

Plötzlich drang ein unverkennbares Kichern an meine Ohren. Ich drehte mich zu den anderen um und sah, wie Elias Emma packte, um sie vom Kanu an das Ufer zu tragen. Ganz der Gentleman. Emma lachte überrascht auf und zappelte in seinen Armen wie ein Fisch an Land. Eine Hand legte sich an meinen Arm.

»Lucas, entspann dich. Du lagst letzte Nacht in ihrem Bett, nicht *er*. Emma ist keine Frau, die von Mann zu Mann hüpft.«

Die Worte meiner Schwester beruhigten mich. Trotzdem fragte ich mich, ob Emma ihm vorhin überhaupt einen Korb gegeben hatte. Vielleicht führten sie ein komplett anderes

Gespräch und er machte sich weiterhin Hoffnungen. Begrabschte er sie deshalb?

Mit Sicherheit lag es an meinem Testosteron, denn selbst ich bemerkte, dass ich etwas *zu schnell* zu ihnen herüberlief. Besitzergreifend legte ich Emma einen Arm um die Schultern. Okay – es war nicht unbedingt unauffällig, aber ich konnte es nicht lassen.

»Na, wie war die Fahrt? Hat es dir gefallen?« Emma lachte ungezwungen und versuchte, sich von meinem Arm zu befreien.

»Igitt, lass mich los! Du bist ja ganz nass!« Lachend hielt ich sie fester und presste mich an sie, damit ihre Kleidung ebenfalls nass wurde. Grinsend ließ ich sie los und sie nutzte die Gelegenheit sofort, um ein paar Meter Abstand zu gewinnen.

»Geteiltes Leid ist halbes Leid!«, rief ich ihr hinterher und bemerkte, dass teilweise ihr BH durch das nun feuchte T-Shirt durchblitzte. Erst danach nahm ich wahr, dass sämtliche Augenpaare auf mich gerichtet waren. Etwas mulmig zog ich auch die anderen Kanus an Land und rief: »Na los, schlagen wir unsere Zelte auf!«

Ich nahm ganz genau wahr, wie meine Freunde Blicke miteinander tauschten. Lauras Blick brannte sich förmlich in meinen Rücken. Hatten sie mich etwa noch nie herumalbern sehen? Emma schien von der Stimmung nichts mitbekommen zu haben. Sie wirkte befreit und vollkommen entspannt, während sie sich staunend umschaute. Gemeinsam luden wir die Kanus ab und liefen ein paar Meter den Strand hinauf, bis wir an eine Lichtung oberhalb des Strandes kamen. Die Lichtung war von Birken und Buchen umsäumt und in der Mitte befand sich ein Kreis aus Steinen, in welchem wir heute Abend ein Lagerfeuer entzünden würden. Die Zelte waren schnell aufgebaut, wobei Elias, Ben und ich den Frauen unter die Arme greifen mussten. Es gab insgesamt fünf Zelte. Eins für Elsa und Ben, eins für Elias, ein großes für Laura, Sophie und Paula, eins für mich, sowie eins für Ems.

Wie sich herausstellte, war der Platz für fünf Zelte etwas zu knapp. Damit die Zelte nicht zu nah am Feuer standen, mussten wir ein Zelt abseits von den anderen aufbauen. Elsa und Ben erklärten sich hierfür sofort bereit und ich verzog angewidert das Gesicht. Wenn ich daran dachte, was wir heute Nacht zu hören bekommen würden, drehte sich mir der Magen um.

Mittlerweile war es später Nachmittag und ich verkündete, mein Glück beim Angeln versuchen zu wollen, um uns ein Abendessen zu fangen. Elias schloss sich mir an.

Als wir einem Trampelpfad am Ufer folgten, um an die großen Felsen der Ostseite zu gelangen, hingen wir unseren Gedanken nach. Ich genoss die friedliche Ruhe, die auf der Insel herrschte. Am Felsen angekommen bestückten wir unsere Angeln mit Blinkern und begannen, diese in unterschiedliche Richtungen auszuwerfen. Während wir die Schnur wieder mit der Kurbel einholten, schien Elias etwas auf der Seele zu brennen. Mir fiel auf, dass er länger als nötig an seiner Kurbel herumfummelte, außerdem verhedderte er sich mehrfach. Ich ahnte bereits, was gleich aus ihm herausplatzen würde, weshalb ich mich innerlich bereits wappnete.

»Du scheinst dich mittlerweile etwas besser mit Emma

zu verstehen.«

Ich spürte seinen fragenden Blick, doch was sollte ich ihm antworten? Er war mein bester Freund und weder für ihn, noch für mich, war die Situation fair. Es brannte mir auf der Seele und ihn bei einer so direkten Frage anzulügen, kam mir falsch vor.

»Ich mag sie.« Drei schlichte Worte. Leider schien Elias den Sinn dahinter nicht zu verstehen.

»Emma ist keine Frau für eine Nacht. Du solltest sie nicht ausnutzen.« Seine Worte trafen mich wie ein Schlag in die Magengegend. Dass Emma keine Frau für eine Nacht war, war mir mehr als deutlich bewusst. Außerdem nutzte ich nie eine Frau aus. Wenn ich eine mit zu mir nahm, sorgte ich vorab immer für klare Verhältnisse und das wusste Elias ganz genau.

»Du verstehst mich nicht richtig. Ich mag sie wirklich.« Ergeben sah ich ihn an und seine Augen weiteten sich erstaunt. Die Reaktion meines Kumpels kotzte mich an. Sämtliche Menschen bildeten sich ein zu wissen, wie ich mit Frauen umging, oder dass ich Emma verletzen würde. Einen Moment schauten wir uns nur an und nach den verschiedensten Regungen, schien die Enttäuschung in seinem Blick die Oberhand gewonnen zu haben.

»Hat sie mir deshalb einen Korb gegeben?«

Dann sprach Emma mit ihm also doch darüber. Etwas erleichtert schaute ich auf den See. Seufzend holte ich meine Angelschnur ein und legte die Angel auf dem Felsen ab.

»Ich denke schon. Es tut mir leid, dass ich nicht vorher mit dir darüber gesprochen habe. Emma hat es mir vom ersten Tag an angetan. Als ich gesehen habe, dass du auch

Interesse hast, wollte ich erst abwarten. Es hätte ja sein können, dass sie dich mag. Oder keinen von uns.«

Auch Elias holte seine Angel ein und legte sie ab. Während er ebenfalls auf den See schaute, vergingen einige Sekunden und er ließ sich in einen Schneidersitz sinken. Ich folgte seinem Beispiel.

»Wir sind seit Jahren befreundet. Du hättest ehrlich zu mir sein müssen.«

»Ich weiß.«

»Und sie mag dich also auch?«

Eine weitere Stille entstand, während wir angestrengt auf den See blickten.

»Ich hoffe es.«

»Glückspilz.«, murmelte Elias. »Wenn in Zukunft wieder so eine Situation entsteht, sei ehrlich zu mir. Das geht echt gar nicht.« Er warf mir einen durchdringenden Blick zu.

»Ich weiß.«, sagte ich abermals. Ich fühlte mich scheiße. Von Beginn an hätte ich ehrlich zu ihm sein müssen.

»Was ist mit Laura? Weiß sie es?«

»Ich habe ihr gesagt, dass zwischen uns nichts mehr läuft. Vermutlich kann sie sich denken, weshalb. Offen gesagt habe ich es ihr aber nicht. Emma weiß noch nicht, ob sie bereit für einen neuen Mann in ihrem Leben ist und möchte erst schauen, in welche Richtung es sich mit uns entwickelt. Außerdem geht es Laura auch einfach nichts an.«

»Wie lang ist denn ihre Beziehung her?«

»Ganz genau weiß ich es nicht, sie spricht nicht gerne über dieses Thema. Zumindest müssten es ein paar Monate sein.« Gedankenverloren schaue ich wieder auf den See. Leider konnte mich sein Anblick nicht beruhigen.

»Okay. Je nachdem, wie ernst es war, sind ein paar Monate natürlich nicht viel. Sie hat dir überhaupt nichts erzählt?«

Ich wägte ab, was ich ihm erzählen durfte, und was nicht. Letztendlich wusste ich aber, dass Elias vertrauenswürdig war. Wenn nicht er, wer dann?

»Kaum. Nur, dass da definitiv nichts mehr läuft. Elsa hingegen... Sie hat Andeutungen gemacht, dass der Typ ordentlich Mist gebaut hat und Emma einiges verarbeiten müsste.«

Das Ems mir offenlegte, einiges an Ballast mit sich herumzutragen, behielt ich für mich. Es kam mir nicht richtig vor, mit einer anderen Person darüber zu sprechen. Zumal ich nicht wusste, wie weitgreifend dieser Ballast tatsächlich war.

»Hm. Ist er ihr fremdgegangen?«

»Elsa meinte nicht. Es muss etwas anderes gewesen sein.«

»Hat er sie vielleicht schlecht behandelt?«

Bei Elias' Worten zog sich mein Magen unangenehm zusammen. Auch ich hatte diese Vermutung bereits aufgestellt. Ich dachte an ihre ängstliche Reaktion bei seinem Anruf und daran, wie sie das Thema möglichst mied. Während ich meine Sitzposition änderte, erzählte ich ihm von ihrer Reaktion bei seinen Anrufen.

»Das klingt schon merkwürdig. So reagiert man doch nicht, wenn *nur* irgendwas Unangenehmes vorgefallen ist, oder? Was weißt du denn über diesen Typen?«

»Nicht viel. Er heißt Phil, sie lebten in Berlin kurzzeitig zusammen, er ist vermögend und gutaussehend.«

Elias verzog das Gesicht. »Klingt nach einem Arschloch.«

Nickend stimmte ich ihm zu.

»Was passiert, wenn sie wieder nach Berlin geht?«

Das war die entscheidende Frage. Was würde passieren? An welchem Punkt wären wir bis dahin angelangt? Würde sie mich genauso wollen, wie ich sie? Elias schien all diese Fragen in meinem Blick lesen zu können. Seufzend schaute er wieder auf den See.

»Ich habe eine Therapie angefangen. Wegen dem Alkohol und dem ganzen Mist.«

Erstaunt riss ich meinen Kopf in seine Richtung.

»Ehrlich? Elias, das ist super. Ich hoffe wirklich, dass dir die Therapie hilft.« Meine Worte kamen von Herzen. Schon so häufig versuchte ich, mit ihm über alles zu reden, doch er blockte immer wieder ab und ertrank sein Leid in Alkohol. Ich war stolz auf ihn. Es war sicher nicht leicht, sich für eine Therapie zu öffnen. Ermutigend, aber auch dankbar für den Sinneswandel, klopfte ich ihm auf die Schulter.

»Emma hat mich dazu gebracht. Was ich getan habe… Ich bin vor mir selbst erschrocken. So etwas darf nie wieder passieren.« Er ließ seinen Kopf auf die Arme sinken.

Ja, er hatte Mist gebaut, aber ich kannte auch die ganze Geschichte dahinter. Außerdem war er ein wirklich anständiger Kerl. Elias war normalerweise der Gute von uns beiden.

»Du machst das Richtige. Es ist ein wichtiger Schritt. Du weißt, dass ich – dass wir alle – hinter dir stehen und dich unterstützen.«

In einvernehmlichem Schweigen beobachteten wir die

Wellen, welche sanft an die Felsen zu unseren Füßen schlugen. Einige Minuten hingen wir unseren Gedanken nach. Emma schaffte das, was ich seit Ewigkeiten vergeblich versuchte – Elias zu einer Therapie zu motivieren. Okay, er fand sie heiß, aber trotzdem musste sie eine tiefere Verbindung zu ihm aufgebaut haben, um ihn dazu zu ermutigen.

»Lass uns ein paar Fische angeln, sonst sitzen wir nachher mit einem Haufen hungriger Frauen auf der Insel fest. Wir sind schließlich in der Unterzahl.«

Grinsend stand Elias auf und ich war erleichtert, dass wir die unangenehmen Themen abhaken konnten, und die Stimmung zwischen uns nicht nachhaltig beeinträchtigt war.

Wir angelten noch für zwei Stunden und kamen mit zwei Hechten und einem Zander zurück zu der Lichtung. Um den Frauen den Anblick zu ersparen, nahmen wir die Fische bereits an unserer Angelstelle aus, wo wir sie anschließend filetierten. Nachdem sie mit Zitronenpfeffer und etwas Salz mariniert waren, wickelten wir sie in Alufolie ein und legten die Filets in die solarbetriebene Kühltruhe. Anschließend feuerten wir das Lagerfeuer an, damit wir später ausreichend Glut für das Abendessen hatten. Sophie bereitete zu Hause Mandelkartoffeln vor, welche ebenfalls gewürzt und in Folien eingewickelt in der Kühltruhe lagen. Perfekt. Sophies Kartoffeln waren einfach die besten.

Nachdem wir mit den Vorbereitungen fertig waren, liefen wir an den Strand, da wir dort die anderen vermuteten. Laura lag am Strand auf einem Handtuch und schien eingeschlafen zu sein. Von Elsa und Ben war keine Spur zu sehen. Vermutlich machten sie einen Spaziergang über die Insel, um etwas Zeit für sich zu haben. Wenige Meter vom Ufer entfernt sah ich Sophie, Paula und Emma. Sie hatten sich umgezogen und lagen in Bikinis auf einer Sandbank. Hundertprozentig führten sie Frauengespräche. Elias und ich beschlossen, ebenfalls in unsere Badehosen zu schlüpfen, um uns etwas abzukühlen. Die Frauen schienen uns erst zu bemerken, als wir fast bei ihnen ankamen. Sie drehten sich um und Emmas Blick blieb an mir hängen. Mit Genugtuung beobachtete ich, wie sie ihn zunächst langsam über meinen definierten Oberkörper schweifen ließ und anschließend am Bund meiner tiefsitzenden Badeshorts hängen blieb. Ich konnte die pure Begierde in ihrem Blick erkennen. So viel zum Thema, es vor den anderen zu verheimlichen. Wenn sie so weitermachte, würde es sogar noch die schlafende Laura vom Strand aus checken.

»Das ist ja ekelhaft.«, murmelte mir Elias zu und ich musste grinsen. Ich persönlich fand ihre Blicke überhaupt nicht ekelhaft. Absichtlich setzte ich mich zu Sophie, um Elias nicht zu kränken, und den von Emma gewünschten Abstand einzuhalten. Es fiel mir schwer, Emma nicht allzu viel Beachtung zu schenken. Sie lag zwar bereits vollkommen nackt auf meinem Boot, doch in ihrem dunkelgrünen Bikini sah sie absolut sexy aus. Das Oberteil war bedeckt geschnitten, dafür rückte es ihr Dekolleté perfekt in Szene. Die Träger ihres Bikinis waren im Nacken zusammengebunden. Ehrlich gesagt war es mir auch lieber, wenn nicht jeder X-beliebige Mann meine Emma in einem viel zu knappen Bikini sehen konnte, welcher kaum etwas verbarg. Die Hose hingegen… Der Bikinislip hatte einen hohen Bund und war an den Beinen tief ausgeschnitten. Er sah aus, wie ein Bikini aus den 80er Jahren. Wenn ich daran dachte, dass ich noch vor wenigen Stunden meine Hand in ihr Höschen geschoben hatte, wurde mir warm. Vorsichtshalber packte ich für heute Nacht Kondome ein, man wusste ja nie. Falls wir uns näherkommen würden, wäre für Schutz gesorgt. Prinzipiell hatte ich immer welche in meinem Geldbeutel, doch diesen brauchte ich nicht auf der Vogelinsel, weshalb ich ihn auch nicht mitnahm.

Emma schien sich gut mit Sophie und Paula zu verstehen, denn sie wirkte vollkommen entspannt. Ich erlebte sie bisher selten so ausgelassen. Wenn ich nur wüsste, was sie davon abhielt... Seufzend blickte ich erneut in ihre Richtung. Ein breiter Strohhut mit kleinen bunten Perlen schützte ihre zarte Haut im Gesicht vor der intensiven Sonne. Mehrere Wassertropfen standen auf ihren Schultern und glitzerten in der Abendsonne. Die Mädels kicherten und steckten immer wieder ihre Köpfe zusammen.

»Sagt mal, über was redet ihr denn da?« Skeptisch legte Elias seinen Kopf schief.

»Ach«, presste Sophie angestrengt heraus, »über das männliche Geschlecht und seine Macken.«

Plötzlich brachen alle drei in schallendem Gelächter aus. Ein kurzer Blickwechsel mit Elias genügte um festzustellen, dass wir den gleichen Plan hatten. Wir sprangen nach vorne und zogen die Frauen an den Füßen in das Wasser. Hierbei kreischten sie schrill, als hätte das Wasser nur drei Grad. Lachend versuchten sie uns abzuwehren, doch ehrlich gesagt war das ziemlich lächerlich. Besonders süß war, als Emma versuchte, mich wegzudrücken. Ich zog sie ein paar Meter zur Seite, sodass wir etwas abseits der anderen waren, jedoch auch nicht zu weit weg. Neckend kniff ich sie in ihren Po und als sie mir spielerisch gegen die Brust schlug, zog ich sie etwas näher an mich, sodass noch ein gewisser Sicherheitsabstand zwischen uns bestand. Geschickt zog ich ihren Bikinislip mit einer Hand zur Seite und fuhr ihr über die Klitoris. Zischend sog sie die Luft ein und ich spürte, wie sie prompt feucht wurde. Dass sie sofort auf mich reagierte, turnte mich so sehr an, dass auch mein bestes Stück eine deutliche Reaktion zeigte. Was würde ich nur dafür geben, jetzt mit ihr allein zu sein. Emma schien sich nicht entscheiden zu können, ob sie erschrocken oder erregt sein sollte. Also half ihr etwas auf die Sprünge und ließ meine Hand über ihren Schambereich gleiten, wobei ich ganz kurz andeutete, meine Finger in ihr zu versenken. Sie riss ihre Augen auf und zog sich ein paar Zentimeter von mir zurück. Grinsend umfasste ich nochmals ihren Po und zog sie die entkommenen Zentimeter wieder zu mir zurück. Meine Finger waren so schnell in ihr, dass sie keine Möglichkeit hatte, sich rechtzeitig erneut zurückzuziehen. Ich ließ meine Finger dreimal in ihr kreisen und strich anschließend nochmals über ihre Klitoris.

Am liebsten hätte ich sie geküsst und hier und jetzt genommen. Es kostete mich meine ganze Selbstbeherrschung, meine Hand wieder komplett zurückzuziehen. Als Emma anschließend *äußerst* angespannt an mir vorbeischwamm, drehte ich mich mit ihr mit, sodass sie meinen harten Schwanz an ihrem Po spürte. Ich konnte ihr förmlich ansehen, wie sie sich versteifte. Über ihre Schulter warf sie mir einen neckischen Blick zu und leckte sich über die Unterlippe. Würde ich jetzt meine Hand zu meinem Penis führen, würde es sicherlich nur wenigen Sekunden dauern. Allerdings war ich kein Unmensch und hatte zu viel Respekt vor meinen Freunden. Also sparte ich mir meine Lust für Emma auf, und sie würde meine Lust heute noch definitiv zu spüren bekommen.

Wir schwammen allmählich an das Ufer zurück, wo wir uns mit den Handtüchern abtrockneten. Nachdem wir alle wieder trockene und weniger freizügige Kleidung trugen, warfen wir die Kartoffeln in die Glut und legten ein Rost über das Feuer, auf welches wir den Fisch legten. Nach der heutigen körperlichen Anstrengung waren wir alle ausgehungert.

»Hm, das riecht aber wirklich lecker.« Emma schaute auf das Feuer und schien zu sich selbst gesprochen zu haben. Ich lauschte den anderen Gesprächen. Mittlerweile waren auch Elsa und Ben wieder zu uns zurückgekehrt und wirkten wie ein frisch verliebtes Pärchen. – so, wie ich mit Ems wirken wollte.

Meine Gedanken drifteten wieder zu dem Gespräch mit Elias ab. Auch er vermutete, dass etwas Schlimmes zwischen ihr und Phil passiert sein musste. Die Frage war nur, was. Würde es unsere Bindung beeinträchtigen? Zögerte sie daher damit, sich mehr auf mich einzulassen? Ich musste herausfinden was passiert war, um ihr zu beweisen, dass ich es besser machen konnte.

Mir fiel auf, dass sich Emma wieder mit Paula unterhielt und irgendwie machte es auch Sinn für mich. Sie waren sich sehr ähnlich, denn beide waren vom Charakter her zurückhaltend und beide hatten eine Leidensgeschichte.

Emma

Nachdem wir den leckeren Fisch bis zum letzten Stückchen aufgegessen hatten, saßen wir noch eine Weile am Lagerfeuer und die anderen erzählten lustige Geschichten aus ihrer gemeinsamen Jugend. Abgesehen von Elsa, Paula und mir, waren alle ein paar Jahre älter und standen bereits fest im Berufsleben. Ich fand es schön, dass sie alle ihrer Heimat treugeblieben waren und nach Ausbildung, oder Studium, zurückkehrten. Vermutlich hätte ich das auch gemacht, wenn ich hier aufgewachsen wäre. Nicht nur wegen der Familie, sondern auch wegen der wunderschönen Umgebung.

Die Kanutour war zwar anstrengend, jedoch lohnte sie sich definitiv. Es war beruhigend, über den See zu fahren und dabei das Wasser unter dem Kanu zu spüren. Wir kamen an vielen kleinen Inseln vorbei, welche offensichtlich nur von Tieren bewohnt wurden. Ebenso wie die Vogelinsel, wie mir Elias auf dem Weg hierher erklärte. Sie war ein Vogelschutzgebiet, und man durfte sie nur zu gewissen Zeiten im Jahr betreten. Überall entlang des Sees erstreckten sich große Wälder oder weite Wiesen. Immer wieder kamen Buchten zum Vorschein, bei welchem sich ein natürlicher Strand gebildet hatte. Es war absolut beeindruckend.

Ich sah zu Lucas herüber, doch seinem skeptischen Blick nach zu urteilen, schien er zu grübeln. Was ihm wohl durch den Kopf ging? Ich lief zu ihm und stupste mit einem Finger gegen seine Schulter, woraufhin er ruckartig den Kopf in meine Richtung drehte. Als er mich erkannte, entspannte er sich. Er muss gedanklich ganz woanders gewesen sein.

»Hast du vielleicht Lust, mir die Insel zu zeigen?« Das musste ich wohl nicht ein weiteres Mal fragen, denn ein sanftes Lächeln umspielte seine Lippen und er stand auf, um den Arm auf meinen Rücken zu legen und mich Richtung Strand zu führen.

»Du bekommst wohl nicht genug von mir, hm?« Grinsend beugte er sich zu mir herunter. Ich schlug ihm sanft gegen den Arm. »Sei nicht so eingebildet.«

Lucas warf einen Blick über seine Schulter und zog mich plötzlich zu sich, indem er mit seinen großen Händen mein Gesicht umfasste und für einige Sekunden intensiv küsste. Instinktiv legten sich meine Hände an seine Unterarme, um mich an ihm festzuhalten. Noch immer zu mir heruntergebeugt flüsterte er: »Ich jedenfalls habe noch nicht genug von dir. Noch lange nicht.«

Ein warmer Schauer durchlief meinen Körper. Da wir mittlerweile außer Sichtweite der anderen waren, nahm er meine Hand und zog mich sanft mit sich. Wir schlenderten den weitläufigen Strand entlang, bis dieser in einem Trampelpfad mündete.

»Komm mit.«

Ich ließ mich von ihm führen und nach wenigen Minuten kamen wir an eine große Felsformation. Es musste die gegenüberliegende Seite der Insel sein, denn vom Wasser aus konnte man diese Felsen nicht sehen. Wir kletterten den Felsen hinauf und oben angekommen stellte ich mich an den Rand, um einen möglichst weitreichenden Blick zu erhalten.

Staunend blickte ich auf den See, welcher sich noch kilometerweit zu erstrecken schien. Immer wieder ragten kleine

Inseln aus dem dunklen Gewässer und unter der Wasseroberfläche waren hier und da hellere Flecken zu erkennen. Felsen, wie ich vermutete. Fasziniert fragte ich mich, ob man sich je daran sattsehen würde.

Lucas' Arme schlangen sich von hinten um mich und er legte sein Kinn auf meinen Kopf ab. Dabei packte er mich etwas fester, als notwendig. Vermutlich hatte er die Sorge, dass ich von der Klippe fallen könnte.

»Wunderschön, oder?«

Schweigend genossen wir den Ausblick. Nach einigen Minuten drehte ich mich in seiner Umarmung, um ihm einen Kuss zu geben. »Danke, dass du mir das gezeigt hast.«

Seine tiefblauen Augen wurden warm und wir setzten uns auf den Felsen, um die Zweisamkeit noch etwas auskosten zu können.

»Weshalb ist das Gewässer hier eigentlich so braun? Mir ist aufgefallen, dass nicht nur der See, sondern auch sämtliche Bäche bernsteinfarben sind.« Diese Frage beschäftigte mich schon länger.

»Das liegt an den Wäldern. Wir haben hier viele Fichten, welche organischen Kohlenstoff produzieren. Außerdem liegt es an der sauberen Luft, was auch wiederum an den Wäldern liegt.«

»Oh. Ist das irgendwie schädlich?« Sofort musste ich daran denken, wie extrem attraktiv die Menschen hier waren. Vielleicht gab es da einen Zusammenhang? Wobei, dann wären die Menschen hier wohl eher nicht attraktiv und hätten vielleicht noch einen zusätzlichen Finger oder so.

Lucas lachte. »Nein, es ist nicht schädlich für uns Menschen oder die Tiere. Fast sämtliches Gewässer in Schweden hat Trinkwasserqualität. Zumindest, wenn man es nicht direkt vom Ufer nimmt.«

»Dann ist ja gut...«, murmelte ich wenig überzeugt auf den See blickend, was Lucas erneut lachen ließ.

»Über so etwas grübelst du also in deinem hübschen Kopf nach?«

Als Antwort grinste ich ihn an.

»Ich frage mich, was da oben noch so vor sich geht.« Er sprach diese Worte sehr leise aus, weshalb ich sie kaum verstehen konnte. Daher schloss ich daraus, dass er sie eher zu sich selbst sagte.

»Kann ich dich etwas fragen?«

Ich hörte eine Veränderung in seiner Stimme und erwiderte achtsam seinen Blick.

»Prinzipiell kannst du mir jede Frage stellen.«

Bei meiner Antwort verdrehte er spielerisch die Augen.

»Stimmt. Aber beantwortest du sie mir auch?«

Ich musste nicht lange überlegen.

»Das kann ich dir nicht versprechen.«

Er seufzte und kurz dachte ich, dass er seine Frage auf sich beruhen ließ, doch ich irrte mich.

»Okay. Ich kann verstehen, wenn dir die Frage unangenehm ist, aber es beschäftigt mich wirklich sehr.«

Sein Blick wurde eindringlich. Ich richtete mich auf und nun war mir klar, dass seine Frage definitiv keine leichte Frage sein würde. Abwartend zupfte ich an meinem T-Shirt.

»Wieso hast du dich von Phil getrennt? Oder ging es von ihm aus?«

Ich schloss die Augen, denn ehrlich gesagt rechnete ich

schon mit diesem Thema. Trotzdem fragte ich mich, wie er jetzt darauf kam? Wir hatten das Thema bereits kurz angeschnitten und ich erklärte ihm, dass es mit Phil definitiv aus war. Zugegeben – an seiner Stelle würde mir das ebenfalls nicht genügen, allerdings war er keine Frau. Wann sind Männer denn so neugierig geworden?

»Was spielt das für eine Rolle?«, fragte ich ihn, statt eine Antwort zu formulieren. Sein prüfender Blick musterte mich. Er war so eindringlich, dass es mir bereits unangenehm wurde. Ich brach den Blickkontakt ab und mir war klar, dass er es als Schwäche interpretieren würde.

»Ich habe einfach das Gefühl, dass mir da etwas Wichtiges entgeht. Und falls es etwas Wichtiges aus deinem Leben gibt, möchte ich es gerne wissen.«

In mir wurde es kalt und ich fühlte mich unter Druck gesetzt. Was sollte das? Und wie kam er überhaupt darauf? Hatte Elsa etwa irgendwelche Andeutungen gemacht?! Mit Druck konnte ich noch nie gut umgehen, außerdem bekam ich das Gefühl, dass gerade etwas ganz gewaltig aus dem Ruder lief.

Sein Blick wurde mitfühlend und ich musste mich erneut abwenden. Wenn ich eines überhaupt nicht aushalten konnte, dann, dass jemand Mitleid mit mir hatte. Es war noch schlimmer als der Druck. Außerdem wollte ich nicht, dass die aggressive Art und Weise von Phil unsere bisherige Beziehung beschmutzte. Bisher war zwischen uns alles so leicht, friedlich und frei. Und nun? Unsere Beziehung bekam dunkle Flecken. Ich merkte, wie mir vor Wut Tränen in die Augen stiegen.

»Weshalb musst du immer dieses Thema anschneiden?«,

fragte ich mit zitternder Stimme.

»Weil es da offensichtlich mehr gibt, als du preisgeben möchtest, skönhet.«

Merkte er denn nicht, dass ich einfach nicht darüber reden *wollte*? Einerseits konnte ich mir vorstellen, ihm – irgendwann – davon zu erzählen. Es wäre nur fair und ich ging davon aus, dass ich es ihm anvertrauen konnte. Anderseits war es noch zu früh. Viel zu früh. Noch war es leichter, das Thema wegzuschieben. Zumal ich mir selbst noch nicht sicher darüber war, wie ich über manches denken sollte. Wie sollte es dann ihm damit gehen?

»Ich möchte jetzt nicht darüber reden.« Meine Stimme klang etwas fester, wenn auch noch immer leicht zitternd. Lucas schaute mir in die Augen und dieses Mal hielt ich seinem Blick stand. Ich würde mich nicht dazu nötigen lassen, etwas gegen meinen Willen zu erzählen. Vor allem *das* nicht.

Lucas sah mir noch immer prüfend in das Gesicht. Trotzig schob ich mein Kinn nach vorne. Ich war kurz davor, die Arme vor der Brust zu verschränken, doch ich hielt mich in letzter Sekunde von dieser kindischen Geste ab.

»Okay.«

Er strich mir eine Locke hinter das Ohr und küsste mich sanft auf die Stirn.

»Aber du musst mir eines versprechen. Falls die Gefahr besteht, dass es dir damit schlechter gehen sollte, sprichst du vorher mit mir, okay?«

Ich schluckte. Unsere Beziehung schien ihm wirklich wichtig zu sein. *Ich* schien ihm wirklich wichtig zu sein. Vorsichtig nickte ich. Sein Blick wurde weicher und Lucas zog mich in eine Umarmung.

»Ich bin für dich da, wenn du mich brauchst.«, murmelte er in mein Haar.

»Schläfst du heute Nacht bei mir?« Hoffnungsvoll sah er mich an. Natürlich würde ich gerne die Nacht mit ihm verbringen, aber wir waren schließlich nicht allein.

»Was ist mit den anderen? Die bekommen doch sicherlich mit, wenn wir beide in einem Zelt verschwinden.«

Lucas grinste mich an. »Daran sollte es nicht scheitern. Geh du ganz normal in dein Zelt und ich komme später zu dir. Ist das okay? Wenn es dir zu viel wird-« ich unterbrach seinen Satz, indem ich ihm den Mund zuhielt. Er grinste unter meiner Hand und biss mir spielerisch hinein. Lachend zog ich sie weg.

»Natürlich kannst du zu mir kommen. Solange es niemand mitbekommt.«, betonte ich mit erhobenem Zeigefinger.

»Ich werde mich bemühen.« Lucas griff nach meiner Hand und verschränkte seine Finger mit meinen. Meine Hand fühlte sich in seiner so winzig an und ich musste daran denken, wie er mir am ersten Morgen in Unnaryd die Hand reichte, um sich offiziell vorzustellen. Es war kaum zu fassen, was sich seither alles verändert hat, vor allem in einer so kurzen Zeit.

»Wenn du nicht möchtest, dass die anderen Verdacht schöpfen, sollten wir langsam den Rückweg antreten.«

Geschmeidig stand er auf und zog mich mit sich nach oben. Wir liefen Hand in Hand den Weg zurück. Kurz vor dem Strand blieb ich stehen. Da unsere Hände noch immer verschränkt waren, musste auch Lucas stehen bleiben.

Verwundert drehte er sich zu mir um, doch bevor er etwas sagen konnte, stellte ich mich auf die Fußspitzen, um seinen Hals umschlingen zu können. Nach oben streckend zog ich ihn leicht zu mir herunter und küsste ihn.

Lucas hob mich hoch und im nächsten Moment spürte ich einen Baumstamm in meinem Rücken. Es gefiel mir, dass er mich mit einer Leichtigkeit hochheben konnte. Neben ihm fühlte ich mich weiblich und begehrt, während er Stärke und Männlichkeit ausstrahlte.

Lucas unterbrach unseren Kuss. »Ist es zu unbequem für dich?«

Als Antwort drückte ich mich fester an ihn und biss ihm leicht in die Lippe. Lachend lehnte er sich wenige Zentimeter zurück.

»Ich verstehe.« Sein Grinsen wurde breiter.

Plötzlich hörten wir herannahende Schritte und Lucas ließ mich so schnell auf den Boden gleiten, dass ich fast stolperte. Er streckte einen Arm nach mir aus und gab mir Halt, bevor er ihn endgültig zurückzog. Schon im nächsten Augenblick kam uns Sophie entgegen.

»Huch. Da seid ihr ja. Wir haben uns schon gefragt, wo ihr geblieben seid.« Sie lächelte uns an und es wirkte kein bisschen aufgesetzt. Sophie war eine vollkommen authentische Frau, weshalb ich sie am Abend des Lagerfeuers sofort in mein Herz schloss.

»Ich habe Emma zu den großen Felsen auf der anderen Seite geführt, damit sie einen besseren Überblick von der Umgebung bekommt.«

Sophie blickte zu mir. »Der Ausblick ist von dort oben wirklich beeindruckend, oder?«

Man musste Sophie einfach mögen. Sie wollte sich noch für ein paar Minuten die Beine vertreten und wir schlenderten den Strand entlang, zurück zu den anderen.

Dort angekommen, musterte mich Elias mit einem wachsamen Blick. Wusste er, dass ich ihm wegen Lucas einen Korb gegeben hatte? Nein, außer...? Ich drehte mich zu Lucas um, welcher Elias einen warnenden Blick zuwarf.

Ernsthaft? Ich verstand, dass sie Freunde waren und er ehrlich zu ihm sein wollte, jedoch sollte er mich wenigstens einweihen, wenn jemand anderer Bescheid wusste. Wusste Elias es bereits heute Vormittag, als ich mit ihm sprach? Ich spürte, wie sich eine Röte auf meinen Wangen ausbreitete.

Mit einem Blick in die Runde sah ich, dass zwischen Laura und Ben ein Platz frei geworden war. Vermutlich saß Sophie zuvor zwischen den beiden. Ich lief um das Feuer herum und setzte mich.

»Richtig gemütlich. Macht ihr das öfter?«

Meine Frage war an Laura gerichtet, doch sie schnaubte nur. Hatte ich etwas verpasst? Als wir zurückkamen, machte es nicht den Eindruck, als sei die Stimmung angespannt.

»Entschuldigung?«, fragte ich und nachdem ich keine Antwort erhielt, blickte ich auf die andere Seite zu Ben. Er warf mir einen *War-Doch-Klar-Blick* zu und ich war noch irritierter.

»Was ist denn los?«

»Ach, hat dir Sunnyboy etwa nichts erzählt?« Der schneidende Ton von Laura traf mich. Beim letzten Lagerfeuer verstanden wir uns ganz gut und seither hatten wir uns auch nicht mehr gesehen. Was war also zwischenzeitlich passiert? Mir fiel zwar heute auf, dass sie etwas Abstand zu mir und den anderen hielt, aber ich dachte mir nichts dabei.

»Was meinst du?« Verwirrt sah ich sie an. Die Stimmung schlug schlagartig um und ich spürte, wie sämtliche Augenpaare auf uns gerichtet waren. Lucas erhob sich.

»Laura.« Sein Ton war warnend.

»Was ich kann ich denn jetzt dafür? Du bist doch selbst schuld, wenn du ihr nichts erzählt hast.« Sie wurde lauter. Anschließend sah sie mich direkt an. »Denk bloß nicht, du seist mehr als nur ein kurzer Sommerflirt. Falls es dir nicht entgangen ist: Es ist sozusagen sein Hobby, Touristinnen abzuschleppen.«

Pikiert sah sie auf das Feuer und verschränkte die Arme vor der Brust. Von der Wendung des Abends war ich komplett verwirrt. Wusste hier etwa jeder Bescheid, dass etwas zwischen uns lief? Und noch viel schlimmer: Hatte er doch noch etwas mit anderen Frauen am Laufen? Die Blicke der anderen waren zerknirscht und Ben sah betreten zum Boden.

Ich traute mich nicht, Elias in die Augen zu blicken. Zu groß war die Angst vor einer weiteren Demütigung. Ich wollte weg, weil die Situation unerträglich für mich war. Es verletzte mich, dass Laura so mit mir sprach. Noch viel schlimmer war jedoch die Frage, weshalb *sie* offensichtlich sauer war.

Stocksteif stand ich auf und verließ das Lagerfeuer. Weil ich nicht auch noch Sophie begegnen wollte, lief ich die entgegengesetzte Richtung des Weges entlang. Keine Minute später ergriff eine Hand meinen Arm. Wie ein Déjà Vu durchzuckte mich die Erinnerung an die erste Begegnung mit Phil. Komplett überfordert von meinen Gefühlen, riss ich meinen Arm zurück, während ich mich umdrehte und in Lucas' erschrockene Augen blickte.

»Was läuft hier eigentlich? Treibst du es nebenher mit weiteren *Touristinnen*?! Hast du mich die ganze Zeit über verarscht?!«

Lucas

Bei dem Wort *Touristinnen* zuckte ich zusammen. Sie war für mich weitaus mehr, als nur eine Touristin. Das sollte sie doch langsam mal begriffen haben. Shit. Ich hätte nie gedacht, dass Laura so eingeschnappt sein könnte und Emma über unsere Affäre erzählen würde. Tja, falsch gedacht. Ems war so zerbrechlich, so sensibel. Sie hatte es einfach nicht verdient, so behandelt zu werden. Und ich war schuld.

»Natürlich nicht!« Ich versuchte nochmals nach ihrer Hand zu greifen, aber sie zuckte sofort zurück und diese Reaktion war für mich wie ein Schlag ins Gesicht. Ich musste ihr klar machen, dass sie mir vertrauen konnte.

»Du weißt von meiner Vergangenheit und die Zeit kann ich nun mal nicht zurückdrehen. Weshalb auch, ich war Single, ungebunden und es war immer einvernehmlich. Aber seit ich dich kenne, habe ich kein Interesse an anderen Frauen. Überhaupt nicht. Das habe ich dir schon erklärt. Ich möchte nur *dich* kennen lernen, sonst niemanden.«

Mit eindringlichem Blick fixierte ich sie. Sie musste verstehen, dass ich ihr die Wahrheit sagte.

»Und wann wolltest du mir von dir und Laura erzählen?« Shit. Shit. Shit.

»Emma…«

»Nein. Ich habe keine Lust auf Spielchen. Du weißt ganz genau, dass ich manches von der Beziehung mit Phil verarbeiten muss. Ich konnte mir nicht vorstellen, mich auf jemanden einzulassen, aber dann musstest ja ausgerechnet du kommen, mit deinem Charme, deinen Haaren und… War es dir eigentlich vollkommen egal, was dadurch mit meinen Gefühlen passiert?«

Schlimmer als ihre verletzten Worte, war ihr Blick. Dieser zeigte mir noch viel deutlicher, wie enttäuscht sie von mir war. Ich musste ehrlich sein.

»Ich habe dich nicht angelogen und dir auch nichts vorgemacht, Ems. Klar habe ich nicht sofort am ersten Tag gewusst, was ich für dich empfinden würde, aber da habe ich dich doch auch noch gar nicht gekannt. Das hat sich geändert. Du bist mir verdammt wichtig geworden. Und Laura… Wir hatten eine Affäre, aber da war nichts außer Sex. Seit ich dich kenne, habe ich mich nicht mehr mit ihr getroffen. Ich habe in den vergangenen Tagen mit ihr gesprochen und die Affäre beendet. Endgültig.«

Während ich sprach starrte Emma auf den See und schien mir nicht ins Gesicht schauen zu wollen. Oder zu können. Ich sah förmlich, wie es in ihrem Kopf ratterte.

»Bitte, Emma. Es war nicht okay von mir, dir nichts von Laura zu erzählen. Das sehe ich ein. Es tut mir leid.« Sie musste mir verzeihen. Sie *musste* einfach. Das konnte es noch nicht so schnell gewesen sein. Nicht, bevor sie erkannte, was ich ihr alles zu bieten hatte. Erneut nahm ich ihre Hand und dieses Mal ließ sie es zu. Gott sei Dank. Ihr Blick traf meinen und in ihren Augen standen Tränen.

»Bitte komme heute Nacht nicht in mein Zelt. Ich möchte allein sein.« Mit diesen Worten entzog sie mir die Hand und ließ mich stehen.

Ich spürte, dass ich sie gehen lassen musste. Auch, wenn es sich wie ein Abschied anfühlte. Ich trat einen Ast zur Seite, welcher vor mir im Sand lag. Wie konnte ich nur so dumm sein? Es war klar, dass sie früher oder später von

Laura und mir erfahren würde. Weshalb hatte ich nicht mit ihr darüber gesprochen? Okay, es war erst seit Kurzem so innig zwischen uns und sie begann endlich, Vertrauen zu mir aufzubauen. Die Angst, sie zu verlieren, war bedrückend. Doch wenn ich mich in ihre Lage versetzte und mir vorstellte, dass ein Typ, der neben mir saß, etwas mit Ems hatte… Nein. Auch ich wäre sauer geworden.

Ich ließ mich ans Ufer sinken und fuhr mir mit einer Hand durch das Haar. So blieb ich sitzen und wartete. Wartete darauf, dass Emma zurückkam, während ich unentwegt in die Richtung starrte, in welcher sie verschwunden war. Irgendwann legte sich eine Hand auf meine Schulter und ich hob hoffnungsvoll den Kopf.

Ben. Na super. Aufgrund dessen, wie er mit meiner Schwester umgegangen war, war er für mich noch immer ein rotes Tuch. Genervt drehte ich den Kopf wieder weg und er besaß ernsthaft die Dreistigkeit, sich zu mir zu setzen.

»Jeder wusste von dir und Laura. Es war eine Frage der Zeit, dass sie es herausfinden würde.«

Sein Ernst? Wollte er mir jetzt Beziehungstipps geben, oder was?

»Ach, du nimmst Laura und ihre Aktion also in Schutz?«

»Nein, so habe ich es doch gar nicht gemeint. Es war nicht okay von ihr, es Emma zu sagen. Aber es wäre deine Aufgabe gewesen, es rechtzeitig zu tun. Zumindest, wenn sie dir wirklich wichtig ist.«

Fassungslos schaute ich Ben an. »So, wie du mit meiner Schwester gesprochen hast?«

Als er den Sarkasmus in meiner Stimme hörte, verzog er

sein Gesicht.

»Das kannst du doch gar nicht vergleichen.«

»Nicht?« Natürlich konnte ich das vergleichen. Wie viele Tage machte sich Elsa Gedanken darüber, was zwischen ihm und Paula laufen könnte?

»Nein. Es ging nicht nur um mich, es ging auch um Paula und unsere beiden Familien. Ich konnte nicht egoistisch sein und meine Bedürfnisse vorne anstellen. Auch, wenn ich nichts lieber getan hätte, als das. Ich konnte erst mit Elsa reden, als es auch für Paula in Ordnung war.«

Na gut, es machte Sinn, was er sagte, trotzdem nervte mich seine Doppelmoral.

»Trotzdem.«, sagte ich mit so viel Trotz in der Stimme, dass es mir schon selbst auffiel. Ben lachte leise auf.

»Komm, Mann. Du musst nicht hier sitzen bleiben. Sie wird kommen, wenn sie bereit dafür ist. Du bist ihr nicht egal, sonst hätte sie nicht so reagiert. Also atme ein paar Mal tief durch und warte ab. Du weißt doch, wie Frauen sind.« Achselzuckend blickte er ebenfalls auf den See.

Ganz unrecht hatte er damit nicht. Wenn ich ihr egal gewesen wäre, hätte sie über die Bemerkungen von Laura hinweggesehen. Das beruhigte mich etwas, trotzdem spürte ich noch immer eine starke innere Unruhe. Ich wusste nicht, ob ich abwarten konnte, bis Ems auf mich zukam. Seufzend erhob ich mich.

Als wir auf halbem Weg zurück zum Lagerfeuer waren, kam Laura auf uns zugelaufen. Sie sah tatsächlich schuldbewusst aus. Vermutlich sprachen die anderen ein ernstes Wörtchen mit ihr. Sie kam auf uns zu und ich hob reflexartig eine Hand in ihre Richtung. Ich war wirklich nicht dazu in der Stimmung, mir das anzuhören.

»Spare es dir.«

»Hey Lucas, es tut mir leid. Ich wusste nicht, wie ernst es zwischen euch beiden war.«

Die Vergangenheitsform regte mich noch mehr auf.

»Ach nein?! Weshalb sollte ich das zwischen uns denn sonst beendet haben? Ganz ehrlich, Laura. Lass mich einfach in Ruhe.«

Ihre Augen weiteten sich, als ich um sie herumlief. Elsa beobachtete das ganz Spektakel vom Feuer aus und sogar sie sah wütend aus. Na super. Es wurde ja immer besser und besser. Als sie jedoch in mein Gesicht blickte, wurde ihre Mimik etwas weicher.

»Du musst das wieder in Ordnung bringen. Unbedingt.«

»Das weiß ich auch.«, fauchte ich sie an und setzte mich genervt an das Feuer. Meinen Blick richtete ich wieder auf den Weg, auf welchem Emma verschwunden war.

Emma

Er war ein Arsch. Ein absoluter Arsch. Wie konnte er nur so ein Arsch sein? Er ließ mich den ganzen Tag mit Laura verbringen und hielt es vorher nicht für nötig mir zu sagen, dass da mal was lief? Scheinbar sogar länger?! Unverschämt. Absolut unverschämt. An mir herummeckern, weil ich ihm nicht die ganze Story von Phil erzählte, und er verschwieg mir *sowas*? Nein. Das ging echt gar nicht. Er würde Phil nie kennen lernen und trotzdem störte es ihn. Konnte er sich dann nicht denken, wie es mir damit gehen würde? Weshalb geriet ich immer an solche Männer? Konnte ich nicht einen anständigen, vernünftigen Mann finden? War ich so naiv? Genervt warf einen weiteren kleinen Stein in den See. Immerhin wirkte der Ausblick etwas beruhigend auf mich. Ich hörte ein Knacken hinter mir und fuhr erschrocken herum. Ben stand auf dem Weg und sah mir forschend ins Gesicht. »Alles okay bei dir?«

Was wollte der denn jetzt? Als würde ich mit ihm über meine Probleme reden. »Sieht's denn so aus?«

Genervt warf ich einen weiteren Stein in das Wasser und spürte bei dem dumpfen Geräusch des Aufpralls pure Befriedigung. Ben ließ sich durch meine Antwort nicht abschrecken, sondern blieb hinter mir stehen. Himmel. Hoffentlich würde er gleich eine weise Entscheidung treffen und zu den anderen zurückgehen, schließlich kannte er mich überhaupt nicht. Doch ich täuschte mich in ihm. Nachdem er einen Stein aufhob und ebenfalls in den See schnippte, seufzte er zufrieden.

»Ich habe in den vergangenen Wochen auch viele Steine

ins Wasser geworfen. Irgendwie beruhigend, oder?«

Als ich ihm eine Antwort schuldig blieb, seufzte er erneut. Dieses Mal klang es weniger zufrieden.

»Lucas ist nicht so, wie du denkst.«

»Ach nein?« Genervt schnaubte ich. Woher wollte er überhaupt wissen, was ich dachte?

»Ja. Er ist nicht wie Phil.«

Gerade wollte ich einen weiteren Stein in den See befördern, doch bei seinen Worten hielt ich augenblicklich inne.

»Was hast du gesagt?«

»Er ist nicht wie Phil. Nicht alle Männer sind so, Emma.«

Fassungslos starrte ich ihn an. Meinte er es gerade ernst? Das war wirklich ein absolut falsches Thema. Langsam machte ich einen Schritt auf ihn zu, doch Ben ging mir nicht aus dem Weg. Ich musste meinen Kopf in den Nacken legen, um ihm ins Gesicht schauen zu können.

»Du weißt gar nichts!« Als ich mich umdrehen wollte, hielt er mich an den Schultern fest und ich schaute ihn empört an. Jetzt ging er definitiv zu weit. Leise Panik stieg in mir auf und ich blickte mich hektisch um. Niemand war hier. Ich war ganz allein mit ihm. Ben schien die Panik in meinem Blick zu sehen und sprach eindringlich auf mich ein.

»Emma. Keine Angst. Ich möchte nur nicht, dass du davonrennst. Du musst dich der Situation stellen. Wir sitzen hier alle gemeinsam fest und können die Insel leider erst wieder bei Tagesanbruch verlassen. Deshalb bleibt dir jetzt schlichtweg nichts anderes übrig. Verstanden?«

Sein Griff wurde etwas weicher, während seine Worte zu

mir durchdrangen. Ich verstand, was er mir damit sagen wollte. Auch wenn ich es überhaupt nicht wollte, würde ich mich der Situation stellen müssen. Zumindest müsste ich Laura und Lucas unter die Augen treten. Erneut stiegen mir Tränen in die Augen und ich fragte mich, was ich hier überhaupt machte. Als die erste Träne mein Auge verließ, breitete Ben die Arme nach mir aus. »Darf ich?«

Nachdem ich nichts sagte, nahm er mich einfach in die Arme. Es hatte nichts Anzügliches oder Bemitleidendes an sich. Er hielt mich einfach fest und wartete, bis ich mich wieder beruhigte. Und ich ließ es geschehen. Es tat gut, einfach nur gehalten zu werden. Noch ein wenig schniefend, löste ich mich von ihm.

»Was weißt du über Phil?«

»Ich vermute mal, so ziemlich alles.« Entschuldigend aber auch abwartend schaute er mich an. »Bitte gebe Elsa keine Schuld. Auch sie hat die ganze Sache sehr mitgenommen und sie brauchte jemanden zum Reden. Ich schätze, es war für euch alle sehr belastend.«

Natürlich war es das. Und ich würde es Elsa nicht übelnehmen können, mit jemanden über die Situation gesprochen zu haben. Vermutlich dachte sie zu diesem Zeitpunkt, dass ich Ben niemals kennenlernen würde.

»Ich weiß. Wenn ich könnte, würde ich die letzten drei Jahre ungeschehen machen.« Und ich meinte es genauso, wie ich es sagte.

»Du konntest doch nicht ahnen, dass es so laufen würde. Niemand konnte das. Manche Menschen sind einfach unberechenbar. Aber Lucas ist nicht so. Er ist vielleicht manchmal ein Trottel, aber er ist kein Idiot. Das sehe ich schon allein daran, wie schnell er erkannt hat, was alles in dir steckt.«

Fragend schaute ich ihn an. »Wie meinst du das?«

»Komm schon, Emma. Er ist hin und weg von dir. Er sieht dich an, als seist du seine persönliche Göttin. Als dich Elias an das Ufer getragen hat, sah er so aus, als wollte er ihm die Beine brechen.«

Meine Augen weiteten sich und mein Gesicht lief rot an. Ben musterte mich skeptisch.

»Das war dir wirklich nicht bewusst, oder?«

»Nein…ich. Ich weiß nicht, woran ich bei ihm bin. Ich kenne seinen Ruf und-«

»Vergiss seinen Ruf«, fiel mir Ben ins Wort. »Er kann nichts an der Vergangenheit ändern, genauso wenig, wie du. Er war ein Womanizer, du ein Opfer häuslicher Gewalt. Mit beidem müsst ihr zurechtkommen.«

Es tat zwar weh, diese Worte zu hören, aber auch damit hatte Ben recht. Seine Ruhe und Objektivität beruhigten mich. Ja, auch in meiner Vergangenheit war nicht alles gut gelaufen und es beeinflusste unsere Beziehung. Auch ich war kein unbeschriebenes Blatt. Trotzdem wollte er mich weiter kennenlernen, er interessierte sich sogar für das, was geschehen war. Ob er uns noch immer seine Chance geben wollte, wenn er alles aus meiner Vergangenheit wusste?

»Ist er bei den anderen?«

»Die anderen sind schon in ihre Zelte gekrochen. Er wartet am Feuer auf dich. Wenn du nicht demnächst zurückkommst, sucht er dich vermutlich.«

Ja, das passte zu Lucas. Ben deutete mit seinem Kopf auf den Weg und zog die Augenbrauen hoch. In einvernehmlichem Schweigen liefen wir zurück zu den Zelten. Ben behielt abermals recht, denn nur Lucas war am Feuer zu sehen. Sein Blick heftete sich sofort auf uns und er stand vom Boden auf. Ich wiederum blieb stehen und wandte mich Ben zu.

»Danke für das Gespräch. Du hast meine Genehmigung.«

»Deine *was*?« Verwirrt legte er den Kopf schief.

»Du darfst mit Elsa zusammen sein. Aber nur, wenn ihr eine ordentliche Lösung findet und sie nicht mehr traurig sein muss.« Mein Blick war streng und unnachgiebig. Kurz lachte er auf, bis er merkte, dass mir nicht nach Lachen zumute war. Ben räusperte sich.

»Okay. Ähm. Danke?«

Ich nickte und lief Richtung Feuer. Lucas kam mir entgegen und warf Ben einen fragenden Blick zu, allerdings lief dieser bereits zu seinem gemeinsamen Zelt mit Elsa. Ich konnte Lucas' Blick nicht deuten. Mit einem gewissen Abstand blieb er vor mir stehen und schien sich zu fragen, wie nahe er mir kommen durfte. Prüfend sah er mir in das Gesicht und sein Blick folgte der Tränenspur auf meinen Wangen, bis hin zu meinem durchnässten T-Shirt.

Ich konnte nicht anders, und lehnte mich gegen ihn. Ich musste seine Nähe, seine Wärme spüren. Seine starken Arme umschlangen mich und sein vertrauter Geruch stieg mir in die Nase. Wie konnte es sein, dass er sich trotz der Enttäuschung wie ein sicherer Hafen anfühlte?

»Du hast geweint.«, murmelte er in mein Haar und seine Stimme brach bei dem letzten Wort.

»Es tut mir so leid, Ems. Nie wieder werde ich dir etwas

vorenthalten.«

»Können wir am Strand spazieren gehen?«

Ich musste mit ihm reden. Es war nur fair, ihm von meiner Vergangenheit zu erzählen. Ben öffnete mir die Augen – ich *musste* ehrlich sein. Lucas verdiente es, die Wahrheit zu erfahren. Wenn er mich dann noch immer wollte, war ich bereit. Die Frage war nur, wie er es auffasste und ob er mit einer so feigen Person wie mir zusammen sein wollte.

Das Gespräch in diesem kleinen Zelt zu führen, konnte ich mir nicht vorstellen. Ich brauchte dafür frische Luft, und kein beengtes Zelt. Nervös zupfte ich an meinem T-Shirt. Lucas' Hände umfassten meine, sodass ich mit der Bewegung aufhören musste.

Lucas

Nachdem sie ihre Hand in meine legt hatte, liefen wir auf den Strand zu. Ihr lag etwas auf dem Herzen, das konnte ich spüren. Ihrem Blick nach zu urteilen, war es keine Kleinigkeit. Meine Gedanken bildeten ein wildes Durcheinander und mein Herz raste. Was wäre, wenn sie mich von sich stoßen würde? Wenn sie uns nun keine Chance mehr geben wollte? Abwartend hielt ich meinen Mund und gab ihr die Zeit, die sie offensichtlich brauchte.

»Meine Beziehung mit Phil…«

Ich riss die Augen auf. *Davon* wollte sie mir erzählen? Heute Nachmittag war sie von der Idee komplett abgeneigt gewesen. Weshalb jetzt dieser Sinneswandel? Hatte er sie doch betrogen und die vorherige Situation mit Laura erinnerte sie daran? Ich blieb stehen und hob ihren Kopf an, damit ich ihr in die Augen sehen konnte.

»Das musst du nicht machen. Du sollst dich nicht dazu genötigt fühlen, mit mir darüber zu reden.«

»Das tue ich nicht. Ich muss es dir sagen. Du sollst wissen, was du dir mit mir antust.«

Was ich mir mit ihr antun würde? Himmel, was war nur geschehen? Ich konnte mir nicht vorstellen, dass ihre Vergangenheit mein Bild von ihr verändern könnte.

»Also, meine Beziehung mit Phil endete nicht *so* schön. Genauer gesagt, endete sie plötzlich und wir hatten seither auch keinen Kontakt mehr.«

Ich dachte an seine hartnäckigen Anrufe. Er schien definitiv noch Redebedarf zu haben. Um Emma nicht zu drängen, lief ich neben ihr weiter und hielt mich zurück, obwohl ich innerlich fast explodierte. Meine freie Hand ballte ich angespannt zu einer Faust und ahnte, dass ich diesen Typen in wenigen Minuten noch weniger leiden könnte, als ohnehin schon.

»Ich weiß nicht, ob ich manche Anzeichen übersehen habe, aber Phil war sehr einnehmend. Er hatte Probleme damit, Kompromisse einzugehen oder mir Zeit mit meinen Freunden einzuräumen. Vor allem mit Timothy. Phil dachte, dass Timothy mehr als nur Freundschaft von mir wollte.«

Er war also sehr eifersüchtig.

»Und war dem so?« Ich versuchte, meine Stimme möglichst ruhig klingen zu lassen.

»Nein! Es war nie so. Phil machte mir Vorwürfe und ich hatte immer das Problem, zwischen ihm und meinen Freunden zu stehen. Als ich Timothy in den Schutz nahm, verlor Phil die Beherrschung.«

Ems schniefte und meine Faust platzte fast vor Anspannung. Er verlor die Beherrschung? Was sollte das heißen? Schrie er herum und schmiss Möbel durch die Gegend, oder was? Zutrauen würde ich es ihm nach allem, was ich bisher gehört hatte. Er wollte Emma ganz für sich allein haben, was zwar irgendwie verständlich war, allerdings schien dieser Phil eine extreme Meinung zu diesem Thema gehabt zu haben.

»Was ist passiert?«

Wir blieben stehen und ich sah, dass mehrere stille Tränen über ihr Gesicht flossen. Sanft wischte ich ihr diese mit meinen Daumen weg, während ich auf eine Antwort wartete.

»Er hat mich geschlagen.«

Ich stand vor Emma und spürte, wie mir meine Gesichtszüge entglitten. Ich hatte keine Ahnung, was ich sagen sollte. In diesem Moment war ich absolut überfordert. Mit allem Möglichen rechnete ich, aber nicht damit, dass er ihr gegenüber körperlich gewalttätig war. Dieses schnöselige Arschloch. Er hat Emma geschlagen. *Meine Ems.* Wie konnte man nur eine Frau schlagen, ausgerechnet auch noch eine Frau wie Emma? Wut brannte in meiner Kehle und am liebsten hätte ich auf irgendwas eingeschlagen, um mich abreagieren zu können. Vorzugsweise Phil.

Emma blickte mir direkt in das Gesicht und trotz ihrer kleinen Körpergröße strahlte sie Stärke aus. Ich war so stolz auf sie, dass sie den Mut aufbrachte, mit mir darüber zu reden. Es stärkte unser Band ins Unermessliche, mir dieses Vertrauen zu schenken. Ihre Vergangenheit erklärte so viel von ihrem Verhalten – ihre Ängstlichkeit bei seinen Anrufen, ihr fehlendes Vertrauen, ihre Zurückhaltung. Alles machte Sinn. Traurigkeit schlich sich in ihren Blick.

»Ich weiß, es ist viel. Ich verstehe, wenn du es so nicht willst.«

»Moment mal. Was meinst du?« Ich verstand nicht, was sie mir damit sagen wollte.

»Na, wenn es dir zu viel ist. Mein Ballast. Ich kann es verstehen.«

Entgeistert sah ich sie an. Glaubte sie das etwa wirklich?

»Emma. Ich wäre der dümmste Mann auf Erden, wenn ich dich deshalb verlassen würde. Im Gegenteil. Ich bin unfassbar stolz auf dich, dass du es mir anvertraut hast. Dass du dich mir öffnen konntest. Trotz alledem.«

Sie wirkte noch immer unsicher, weshalb ich sie an mich zog und innig küsste. In meinen Kuss legte ich meine ganzen Gefühle. Meine Wut, meine Verzweiflung, meine Hoffnung und meine Liebe. Ich wollte für sie da sein. Emma würde meine volle Unterstützung bekommen, egal, bei was. Nie mehr würde ihr so etwas geschehen. Nicht, solange sie mich an ihrer Seite akzeptierte. Als wir uns nach wenigen Minuten voneinander lösten, wirkte sie noch immer irritiert.

»Dann…möchtest du mich trotzdem?«

Verstand sie es denn noch immer nicht? Wie konnte sie nach meiner Reaktion weiterhin daran zweifeln?

»Nur dich.«

Wir blieben noch einige Minuten am Strand, bevor sich Emma in mein Zelt zurückzog, während ich noch frisches Wasser von unseren Vorräten holte. Als ich ebenfalls in das Zelt schlüpfte, saß sie bereits unter der Kuscheldecke, welche ich mitgenommen hatte. Ich kuschelte mich zu ihr und zog meine kleine Sporttasche heran. Als ich eine Tafel Schokolade hervorzog, machte sie große Augen. Nachdem sie sah, dass es sich um Schokolade mit Kaffeegeschmack handelte, gab sie mir einen dankbaren Kuss. Ich musste grinsen. Ihre Freunde über diese Kleinigkeit ließ Wärme durch meinen Körper fließen. Kuschelnd naschten wir von der Schokolade und Emma berichtete mir etwas ausführlicher, was alles passiert war. Währenddessen musste ich mehrfach meinen Kiefer zusammenpressen, um keine Tirade aus Schimpfworten loszulassen. Es war für mich absolut unverständlich, wie sich ein Mann so verhalten konnte.

»Wie ging es weiter? Bist du zur Polizei gegangen?« Ems

rutschte nervös hin und her. Sie mied meinen Blick und ihr Kiefer verhärtete sich. Ich wollte sie nicht unter Druck setzen, doch mir drängten sich so viele Fragen auf. Wurde sie von der Polizei nicht ernst genommen? Ich stellte es mir schwer vor, eine Aussage gegen den ehemaligen Partner zu machen.

»Nein.« Emma blickte noch immer zur Seite. »Ich war nicht bei der Polizei.«

Moment mal. Sie erstattete keine Anzeige? Wie konnte sie die Tatsache, dass Phil sie geschlagen hatte, einfach auf sich beruhen lassen? Er *musste* seine verdiente Strafe erhalten. Ich suchte Emmas Blick. Es war ihr sichtlich unangenehm, aber ich musste ihr verdeutlichen, dass Phils Verhalten Konsequenzen haben sollte.

»Weshalb bist du bisher nicht zur Polizei gegangen?« Schweigen.

»Emma?«

»Ich weiß es nicht.«

Sie wusste es nicht? An ihrem Blick konnte ich erkennen, dass mehr dahintersteckte. Scheinbar wollte sie es mir nur nicht erzählen. Weshalb?

»Hast du Angst davor, ihm bei einer Gerichtsverhandlung gegenübertreten zu müssen?« Schuldbewusst mied sie erneut meinen Blick. Mit jeder Sekunde unseres Gesprächs wuchs auch mein Hass gegenüber diesem Mann.

»Ja, auch, ich möchte ihm nicht schaden. Durch eine Anzeige wäre sein Beruf als Strafverteidiger gefährdet. Außerdem…«

»Außerdem?«

»Außerdem möchte ich nicht mit fremden Menschen

darüber reden. Das ist nicht einfach für mich.«

»Hör mal, es ist seine eigene Schuld, wenn sein Beruf dadurch gefährdet ist. Ihm war es doch auch egal, ob du bei seinem Verhalten Schaden nimmst. Du musst dabei an dich denken. Dann arbeitet er auch noch als Strafverteidiger... Das ist doch reinste Blasphemie.«

»Ich kann es mir einfach nicht vorstellen, zur Polizei zu gehen. Natürlich habe ich auch darüber nachgedacht... Aber ich möchte es nicht. Zumindest im Moment.«

»Und wenn er wieder eine neue Beziehung eingeht und es der nächsten Frau genauso geht? Wenn er wieder zuschlägt? Vielleicht warst du nicht die erste Frau, die er so behandelt hat. Du kannst andere Frauen vor ihm schützen.«

Ems Augen füllten sich erneut mit Tränen. Ich verstand, dass es schwer für sie war, jedoch musste sie auch die andere Seite sehen. Sie sollte sich in Monaten oder Jahren nicht den Vorwurf machen müssen, nichts gesagt oder getan zu haben. Daher sollte ihr die Tragweite ihrer Entscheidung bewusst sein.

»Ich weiß.«, schluchzte Emma auf. »Einfach die Vorstellung, mit einer komplett fremden Person darüber zu reden...ich komme mir so...so...schmutzig vor.« Beschämt schaute sie auf den Boden.

Wie bitte? »Schmutzig?«

»Beschmutzt, verbraucht, nenn es, wie du willst.« Ich konnte nicht fassen, was sie mir da sagte. Weshalb sollte sie sich beschmutzt oder verbraucht fühlen, wenn sie doch gar nichts dafür konnte?

»Emma... Es ist nicht deine Schuld. Phil hat sich vollkommen falsch verhalten und das macht aus dir nicht gleich einen schlechten oder schmutzigen Menschen.«

»Aber ich bin nicht mehr dieselbe Frau. Ich bin nicht mehr so glücklich, nicht mehr fei und offen, oder auch mal leichtsinnig. Mein Leben hat an Leichtigkeit verloren.«

Tränen strömten über ihr Gesicht und sie hielt sich die Hände davor. Ich zog Emma fest an mich. Ihr Körper bebte und sie atmete stockend, während sie sich ausweinte.

»Schhh.« Beruhigend strich ich ihr über den Rücken. Es tat mir im Herzen weh, sie so leiden zu sehen. Dass sie sich so negativ sah und *beschmutzt* fühlte, war kaum ertragbar für mich. Wieder fragte ich mich, wie sich ein Mann nur so verhalten konnte. Wir mussten dringend nochmals über die Sache mit der Polizei reden, doch ich wollte Emma nicht noch mehr überfordern. Sie brauchte Zeit, um sich damit auseinanderzusetzen und diese würde ich ihr geben. Vielleicht brauchte sie auch andere Hilfe, professionelle Hilfe, doch dieses Thema würde ich jetzt si her nicht ansprechen. Es war mir wichtig, dass Emma das Verhalten von Phil verarbeiten und wieder glücklich sein konnte. Nichts anderes verdiente sie.

Als Emma erschöpft einschlief, war für mich nicht an Schlaf zu denken. Meine Gedanken ratterten und ich dachte über alles nach, was ich gerne mit Phil anstellen würde. Allerdings wäre ich dann kein Deut besser als er. Wobei – er hätte es verdient, im Gegensatz zu Emma. Ich spürte aber auch Dankbarkeit gegenüber meiner kleinen Schwester und Timothy. Sie waren für Emma da gewesen und unterstützten sie, wobei sie sich sogar selbst in Gefahr brachten. Mit Elsa würde ich morgen reden müssen, aber irgendwann würde ich mich auch bei Timothy bedanken.

»Bei mir bist du in Sicherheit.«, sagte ich leise und küsste sie auf ihre Locken. Während mein Blick auf der schlafenden Ems ruhte, kam mir eine Idee für ihren anstehenden Geburtstag. Vorsichtig, um sie nicht zu wecken, zog ich meinen Arm unter ihr hervor und bewegte mich zum Ausgang des Zeltes. Möglichst leise zog ich am Reisverschluss und blickte währenddessen zu Emma. Auf keinen Fall wollte ich ihren Schlaf stören. Nachdem ich aus dem Zelt geklettert war, lief ich zielstrebig zu dem Zelt von Elsa und Ben. Oh man, hoffentlich würde ich nicht in eine unangenehme Situation platzen. Bevor ich das Zelt öffnete, blieb ich einen Meter davor stehen und lauschte, ob Stöhnen oder andere eindeutige Geräusche zu hören waren. Nachdem ich keine Geräusche vernehmen konnte, sprach ich leise gegen die Zeltwand.

»Elsa?« Abwartend hielt ich den Atem an. »Elsa, wach auf!« Wenige Sekunden später wurde ruckartig der Reisverschluss nach unten gerissen und ich erschrak fast zu Tode.

»Mein Gott, Lucas! Hast du mal auf die Uhr geschaut?« Wütend blinzelnd sah sie mich an.

»Du musst mir helfen.«

Lucas

Am nächsten Morgen fühlte ich mich wie gerädert. Auch Emma sah müde aus, ihre Augen waren durch das Weinen am Vortag noch immer leicht geschwollen. Da ich mit einer Schwester aufwuchs, wusste ich ganz genau, wie ich Abhilfe schaffen konnte. Ich schnappte mir zwei gekühlte Getränke und wickelte sie dünn in Küchenpapier ein, damit sich Ems die Augen kühlen konnte. Laura versuchte nochmals mit mir zu reden, doch dafür hatte ich keinen Nerv. Ich sah jedoch, dass Emma ihr Gesprächsangebot annahm. Sie war einfach zu lieb für diese Welt. Liebend gerne würde ich Mäuschen spielen und bei diesem Gespräch lauschen. Ich hoffte inständig, dass Laura sich nur entschuldigen, und die Beziehung zwischen Emma und mir nicht noch mehr negativ beeinflussen würde. Angespannt wartete ich ab und beobachtete das Gespräch aus der Ferne. Elias warf mir immer wieder fragende Blicke zu, ebenso wie Sophie. Sophie schien davon auszugehen, dass die angespannte Stimmung an Lauras Verhalten lag, doch alle anderen – abgesehen von Laura und Paula – wussten es besser.

Auf der Rücktour ließ ich es mir nicht nehmen, mit Ems in einem Kanu zu sitzen. Ich würde sie nicht mehr so schnell aus den Augen lassen. Emma brauchte mich jetzt und ich wollte für sie da sein.

Nachdem wir am Strand meiner Eltern angekommen waren und sämtliche Kanus wieder auf den Hänger gehievt hatten, wies ich Emma an, ein paar Sachen zu packen. Sie sollte heute mit zu mir kommen, da Elsa bei Ben übernachten wollte. Ich würde Ems heute ganz sicher nicht allein lassen. Klar, meine Eltern waren ebenfalls da, aber das konnte man wohl nicht vergleichen.

Während ich unten wartete und im Kühlschrank prüfte, ob noch etwas vom Mittagessen meiner Mutter übrig war, wurde die Kühlschranktür zugeschubst. Irritiert sah ich auf und sah meinen Vater, der lässig am Tresen neben dem Kühlschrank lehnte. Er musste sich angeschlichen haben, denn ich hatte ihn weder gesehen, noch gehört.

»Ähm, Guten Morgen?«

Er inspizierte mein Gesicht und setzte den typischen Männergespräch-Blick auf.

»Du scheinst Emma zu mögen.«

Alles klar, weshalb auch mit entspanntem Smalltalk beginnen, wenn man gleich mit der Tür ins Haus fallen kann? Es war keine Frage, es war eine Feststellung. Sein Blick ließ mich nicht erkennen, ob er seine Feststellung gut oder schlecht fand.

»Irgendwie schon.« Tatsächlich war ich verlegen. So ernst und direkt fragte mich das noch niemand. Vor allem war dies kein Thema, welches ich häufig mit meinem Vater besprach – wenn überhaupt.

»Emma ist ein tolles Mädchen. Außerdem ist sie die beste Freundin deiner Schwester.«

Die Warnung in seiner Stimme entging mir nicht. Natürlich war mir bewusst, dass ich damit auch ihre Beziehung zu meiner Schwester beeinflusste. Da ich aber nur Gutes im Sinn hatte, machte ich mir darüber keine Sorgen.

»Das ist mir schon klar.« Eindringlich sah ich ihn an. Bekam er in der Vergangenheit vielleicht mehr von meinen Affären mit, als ich dachte? Der Gedanke war mir so unangenehm, dass ich das Gespräch am liebsten beendet hätte. Mit perfektem Timing, und als hätte Ems meine Gedanken gelesen, kam sie die Treppe hinuntergepoltert. Da sie auf einer der letzten Stufen stolperte, und mir praktisch in die Arme flog, fing ich sie auf und musste unwillkürlich lachen. Wie konnte ein so kleiner Mensch nur so tollpatschig sein?

Emma hielt sich noch immer an mir fest, als es eigentlich gar nicht mehr notwendig war. Als ihr Blick zu meinem Vater wanderte, ließ sie mich ertappt los. Auch sie schien davon ausgegangen zu sein, dass wir allein waren.

»Oh. Ähm. Hi Björn.«, gab sie kleinlaut von sich.

Ich konnte mir ein weiteres Grinsen nicht verkneifen, so rot wurde sie im Gesicht. Der Blick meines Vaters ruhte auf ihr, bevor er zu mir wanderte.

»Na dann. Viel Spaß, Kinder.«

Er drehte sich um und ich fragte mich, was dies nun zu bedeuten hatte. Gab er uns damit seinen Segen?! Und *Kinder*? Alles klar. Es war schließlich nicht so, dass ich bereits zweiunddreißig Jahre alt war.

Da Emma noch immer regungslos im Flur stand, schob ich sie Richtung Haustür nach draußen. Bei meinem Auto angekommen, sprudelten die Worte plötzlich aus ihr heraus.

»Toll. Das war es dann wohl mit unserer halbherzigen Geheimhaltung. Meinst du, er hat schon vorher etwas geahnt? Oh man. Was ist nur, wenn mich deine Eltern nicht mögen? Es ist schließlich ein Unterschied, ob ich die Freundin ihrer Tochter bin, oder die Liebhaberin ihres-«

Mit einem Kuss erstickte ich ihre Worte. Es war mir vollkommen egal, was meine Eltern dachten. Wenn sie Ems nicht auch als meine Freundin mochten, waren sie nicht bei klarem Verstand. Ich genoss es, Emma nicht mehr nur heimlich küssen zu können. Wieso auch noch diese Heimlichtuerei? Schließlich schien mein Vater sowieso schon zu wissen, was Sache war. Dementsprechend wusste es meine Mutter auch.

Emma ließ sich ohne Gemecker auf den Kuss ein. Während ich sie an mein Auto schob, stöhnte sie leise auf. Nun bereute ich es wiederum, nicht mit ihr allein zu sein. Schweren Herzens ließ ich von ihr ab und öffnete die Beifahrertür neben ihr.

»Na los, rein mit dir, damit ich dich zu mir nach Hause bringen kann.«

Emma

Bei Lucas angekommen, beschlossen wir, joggen zu gehen. Für mich war es höchste Zeit, da ich meinen Sport in den vergangenen Tagen hin und wieder vernachlässigt hatte. Trotzdem war ich etwas skeptisch, da ich mich nicht vor Lucas blamieren wollte, schließlich hatte er eine viel bessere Ausdauer als ich. Er trug eine weite Laufshorts und ein Sportshirt, welches an seinem breiten Schultern spannte. Ich hingegen trug wie meistens, eine kurze enge Shorts und dazu einen Sport-BH. Wenn es so heiß wie an diesen Tagen war, verzichtete ich auf ein zusätzliches T-Shirt. Lucas wartete bereits vor der Tür, und als ich ebenfalls nach draußen trat, blieb sein Blick an meinem Sport-BH hängen.

»Ist das dein Ernst, skönhet?«

Peinlich berührt blickte ich an mir herab.

»Du wirst dich aber schon noch auf die Laufstrecke konzentrieren können, oder?«, fragte ich ihn neckend und verdrehte spielerisch die Augen. Ungläubig zog er seine Augenbrauen in die Höhe und trat einen Schritt auf mich zu, während sich seine Augen zu Schlitzen verengten.

»Hast du etwa gerade die Augen verdreht? Ganz schön frech, für einen laufenden halben Meter.« Seine Stimme klang rau und ein Schauer durchfuhr meinen Körper. Sofort fühlte ich mich von ihm angezogen und plötzlich hatte ich gar kein Problem mehr damit, das Sportprogramm für heute ausfallen zu lassen.

»Lass uns loslegen, bevor ich es mir anders überlege…« Zwinkernd drehte er sich um und lief los. Perplex beeilte ich mich, mit ihm schrittzuhalten. Ich genoss es, zu laufen und die nach See, Wald und Wiesen riechende Luft einzuatmen. Noch immer war es für mich faszinierend, wie unglaublich frisch die Luft in Schweden war.

In diesem Moment überkam mich ein befreiendes Gefühl. Erst jetzt realisierte ich, dass ich es tatsächlich geschafft hatte, die Beziehung mit Phil zu reflektieren und mit Lucas darüber zu reden. Ich hatte Angst davor, was dieses Gespräch bei ihm auslösen würde, doch er zeigte sich einfach nur verständnisvoll. Meine Befürchtungen, von ihm mit mitleidigen Blicken bedacht zu werden, bestätigten sich nicht. Ebenso wies er mich nicht zurück. Im Gegenteil, er bestärkte mich und stand hinter mir. Dies gepaart mit den Weiten der Natur und dem befriedigenden Gefühl sich auszupowern, beflügelten mich.

Lucas sah zu mir herüber. Er blieb und stehen und ergriff währenddessen mein Handgelenk, sodass ich leicht zurückgerissen wurde und schon im selben Moment gegen ihn prallte. Er hielt mich fest umschlungen und schenkte mir ein breites Lächeln.

»Du siehst glücklich aus. Über was hast du nachgedacht?«

Mein Grinsen wurde breiter. Ich war dankbar dafür, ihn getroffen zu haben. Er gab mir so viel Energie. Durch ihn wurde mir bewusst, wie sehr ich durch die letzten Monate beeinträchtigt gewesen war. Wie sehr ich eine Befreiung gebraucht hatte.

»Ich bin einfach nur dankbar. Für dich. Für alles.«

Sein Lächeln intensivierte sich, während seine Augen aufblitzten. Er gab mir einen Kuss auf den Mund und drückte meinen Kopf anschließend an seine harte Brust. So blieben wir einen Moment stehen, bis ich mich mit leichtem Druck von ihm löste.

»Ein paar Kilometer haben wir noch vor uns.«

Mein Blick war mahnend und Lucas gab mir grinsend einen Klaps auf den Po, bevor wir wieder in ein angenehmes Lauftempo verfielen.

Zurück auf seinem Grundstück steuerte ich das Haus an, doch Lucas legte mir eine seiner großen Hände an die Hüfte und dirigierte mich seitlich am Haus vorbei.

»Wo gehen wir hin?«, fragte ich ihn.

»Ich habe da so ein Ritual.«

Fragend blickte ich zu ihm hoch, doch Lucas schwieg. Am Strand angekommen blieb ich stehen und war wie immer fasziniert von dem Ausblick und der friedlichen Stille des Sees. Lucas hingegen lief direkt auf den Steg zu. Mir fiel die Kinnlade herunter, als er sich zuerst das Shirt über den Kopf zog und anschließend die Hose abstreifte. Mein Blick glitt über seinen trainierten Körper und blieb an seinen breiten Schultern hängen. Er sah wirklich verdammt gut aus.

»Worauf wartest du?«

Mit dem Kopf voraus sprang er in den See. Das ließ ich mir nicht zweimal sagen. Wenige Meter von mir entfernt tauchte er auf und beobachtete jeden meiner Schritte, während ich mir zunächst den Sport-BH und anschließend die Shorts, samt Unterhose, abstreifte. Es turnte mich an, wie er mich beobachtete und sich sein Blick verdunkelte.

Da ich kein Fan davon war, in fremdes Gewässer zu springen, setzte ich mich an den Rand des Steges und ließ mich langsam in das Wasser hinabgleiten. Es umspielte meinen nackten Körper und ich genoss die willkommene

Abkühlung nach dem Sport.

Die brennenden Blicke des nackten Mannes wenige Meter vor mir ignorierend, schwamm ich absichtlich in die entgegengesetzte Richtung. Langsam – und fast schon bedrohlich – kam er auf mich zu. Trotz des kühlen Wassers wurde mir heiß.

»Sag mal, schwimmst du etwa absichtlich von mir weg?« Er stoppte kurz vor mir im Wasser und rührte sich nicht.

»Vielleicht.« Ich grinste ihn an und machte eine Schwimmbewegung, sodass ich mich an ihn drücken konnte. Sofort umschlangen mich seine starken Arme und ich konnte wahrnehmen, dass seine Füße – ganz im Gegensatz zu meinen – den Boden erreichten.

»Du bist ganz schön frech geworden. Das gefällt mir.«, flüsterte er mir in mein Ohr und biss leicht hinein. Ein leises Kichern entwich meinem Mund und der Druck seiner Arme wurde fester. Mit einem Arm hielt er mich weiterhin umschlungen, während sich seine andere Hand an meinen Po legte. Mit meinen Beinen umschlang ich seine Hüfte und seine Erregung drückte sich längst an meinen Bauch. Die Spannung zwischen uns war fast greifbar, während wir uns eng aneinandergepresst einfach nur in die Augen schauten. Ich beugte mich vor, um ihn zu küssen. Der Kuss war nicht wild und ungehemmt, er war innig und leidenschaftlich. Sein Arm ließ mich los, um mit seiner Hand meinem Bauch entlang, nach unten zu wandern. Als er mit seinen Fingern spürte, wie feucht ich war, stöhnte er leise auf.

»Ich liebe es, wie feucht du für mich wirst.«

Bei seinen Worten schoss mir direkt die Röte ins Gesicht. Während er mich mit seinem Blick fixierte, schob er langsam einen Finger in mich hinein und ich ließ meinen Kopf vor Lust in den Nacken fallen. Lucas beugte sich vor und übersäte mein Dekolleté mit Küssen.

»Ems?«

Ich richtete meinen Kopf wieder auf und er sah mich so dunkel und lustvoll an, dass ich prompt noch feuchter wurde. Er schob mich mit der Hand an meinem Po etwas hoch und ich spürte seinen Penis, welchen er direkt vor meiner feuchten Mitte positionierte.

»Ja?« Meine Stimme war leise und rau. Er atmete tief aus und rieb mit seinem Penis, welcher sich in dem kühlen Gewässer heiß anfühlte, an meinem Schambereich entlang. Instinktiv bewegte ich meine Hüften, doch sein Händedruck an meinem Po verstärkte sich, sodass ich mich nicht bewegen konnte.

»Hör auf damit. Sonst kann ich mich nicht mehr zurückhalten.« Lucas' gepresste Stimme klang fast schon flehend.

»Dann tu es nicht.«

Ich konnte kaum glauben, wie selbstbewusst und attraktiv ich mich in seiner Nähe fühlte. Seine Augen weiteten sich für einen kurzen Moment. »Bist du dir sicher?«

Ich nickte und über seine Augen legte sich ein Schatten, bevor er den Druck an meinem Gesäß reduzierte und erneut mit seinem Penis über meine heiße Mitte glitt. Gleichzeitig küsste er mich und seine Zunge erforschte die meine. Der Kuss wurde drängender und unsere Atmungen schwerer, während ich seine Eichel direkt an meinem Schoß spürte.

»Ganz sicher? Ich habe hier kein Kondom.«

»Ich nehme die Antibabypille.«

Statt noch mehr Zeit zu verschwenden, kippte ich meine Hüfte nach unten und Lucas drang quälend langsam in mich ein. Er füllte mich Zentimeter für Zentimeter vollständig aus und es fühlte sich unbeschreiblich gut an. So gut, dass ich mehr wollte. Lucas erschauderte als ich begann, mich mit Bedacht hoch und runter zu bewegen. Sein Penis war groß und ich musste mich erst langsam an ihn gewöhnen. Während ich mich immer schneller bewegte, lief Lucas ein paar Schritte nach vorne und stützte sich mit einer Hand am Steg hinter mir ab, während er mit der anderen Hand weiterhin meine Hüfte hielt. Er stöhnte an meinem Mund auf. Zwischen unseren Küssen murmelte er schwedische Worte vor sich hin, die ich nicht verstand. Doch ich musste nicht verstehen, was er sagte, denn sein Körper sprach Bände. Ich spürte, wie sich mein Körper zunehmend anspannte. Rücksichtslos bewegte ich mich immer heftiger, dem Höhepunkt entgegen. Ich konnte meine lustvollen Geräusche nicht länger unterdrücken, doch kurz bevor ich kam, war seine wärmende Nähe plötzlich verschwunden.

Lucas hob mich auf den Steg. Überrascht blickte ich ihn an. Er stemmte sich gekonnt mit seinen Armen aus dem Wasser und beugte sich über mich, sodass ich mich auf den Rücken legen musste. Mit einer flüssigen Bewegung drang er erneut in mich ein, während das kühle Wasser des Sees auf mich tropfte.

»Wenn du das erste Mal durch meinen Schwanz kommst, werde ich dafür sorgen. Nicht du.«

Oh. Mein. Gott. Während er mich erbarmungslos nahm, schob er einen Arm unter meinen Rücken, um mich festzuhalten. Währenddessen bearbeitete seine zweite Hand meine Brüste. Er ließ seine Hand hinunter zu meiner Scham gleiten und massierte meine Klitoris. Ich riss überrascht die Augen auf und konnte nicht länger an mich halten. Eine Hitze stieg in mir auf und ich spürte, wie sich alles in mir zusammenzog. Als er abermals tief in mich eindrang, schrie ich vor Lust auf und auch Lucas spannte stöhnend seinen gesamten Körper an, bevor seine Bewegungen langsamer wurden.

Erschöpft stützte er sich neben mir ab. Während ihm seine halblangen Haare ins Gesicht fielen, pulsierte sein Penis noch immer in mir. Ich richtete mich leicht auf, wobei er zusammenzuckte, und küsste ihn keusch auf den Mund. Ein zufriedenes Lächeln breitete sich auf seinem Gesicht aus.

»Es war ganz schön gemein von dir, dich kurz vor meinem Höhepunkt zurückzuziehen.«

Mit meinen Händen strich ich über seine definierte Brust.

»Ja?«, fragte er grinsend. »Ich hatte eigentlich das Gefühl, dass du Gefallen an meinem Handeln gefunden hast.«

Prompt wurde ich rot und sein Lächeln verwandelte sich in ein Grinsen.

»Ich liebe es, wenn sich deine Wangen verfärben, skönhet.«

Langsam zog er sich aus mir zurück und sofort machte sich eine Leere in mir breit. Gerade als ich mich beschweren wollte, drehte er mich zu sich und legte mir eine Hand auf die Taille. Seine dunkelblauen Augen ruhten auf mir.

Während der Dusche liebten wir uns erneut, diesmal langsamer. Wir erkundeten den Körper des anderen nochmals auf eine ganz andere Art und Weise. Als ich nur mit einem Handtuch bekleidet aus dem Badezimmer kam und in das Wohnzimmer trat, fixierte er mich mit seinem Blick. Ohne den Blickkontakt zu unterbrechen, ließ ich das Handtuch fallen. Seine Augen wanderten gierig über meinen Körper und während wir uns küssten, schob er mich rückwärts in das Schlafzimmer.

Vollkommen erschöpft lagen wir auf seinem Bett. Mein Kopf lag auf seiner Schulter und mit der Hand malte ich kleine Kreise auf seinen Bauch. Hin und wieder huschte eine Gänsehaut über seine Muskeln. Verträumt dachte ich an die letzten Stunden. Wer hätte gedacht, dass unserer Geschichte eine solche Wendung nehmen würde? Mein Magen unterbrach die friedliche Stille mit einem lauten Knurren.

»Ich schätze, die wunderschöne Dame in meinem Bett hat Hunger.«

Lucas stützte sich mit seinem Arm ab und richtete sich auf, während ich verlegen seinen Blick erwiderte. »Ich habe wirklich großen Hunger.«

Grinsend stand er auf »Na gut, dann möchte ich dich nicht unnötig leiden lassen.«

Während Lucas bereits in die Küche ging, hüpfte ich nochmals unter die Dusche und zog mir anschließend eine meiner Sporthosen, sowie ein Oversize-T-Shirt, an.

Als ich das Badezimmer verließ, vernahm ich bereits einen leckeren Geruch aus der Küche, der meinen Magen erneut knurren ließ. Hm…Curry? Ich betrat das Wohnzimmer.

»Was riecht hier denn so lecker?«

Lucas warf mir einen anzüglichen Blick über die Schulter zu. »Komm her.«

Ich folgte seiner Aufforderung und der Currygeruch intensivierte sich. In einem tiefen Wok schwamm verschiedenes Gemüse, umrahmt von einer orangenen Sauce. Lucas streckte mir den mit Sauce gefüllten Löffel hin und ich verdrehte verzückt die Augen.

»Das schmeckt sooo gut! Ist das Thaicurry?«

»Genau. Hast du Lust, Musik zu hören? Wenn du magst, kannst du schonmal eine Playlist suchen, die dir gefällt. Das Essen ist auch gleich fertig.«

Ich gab ihm einen Kuss auf die Backe und warf nochmals einen Blick in den Wok, bevor ich es mir auf der Couch gemütlich machte. Mein Handy war bereits mit seinem Smart Home gekoppelt. Während ich ihn von der Couch aus beobachtete, wählte ich eine *extrem* romantische Playlist aus. Ich musste mir ein Lachen verkneifen, während ich seine Reaktion auf die italienische Musik abwartete. Zunächst blickte er irritiert auf den Herd, dann verzog er angewidert das Gesicht. Grinsend beobachtete ich seine Gesichtsregungen. Lucas warf mir einen flüchtigen Blick zu, doch als er mein Schmunzeln sah, wanderte sein Blick ruckartig zu mir zurück. Seine Augen verengten sich, während er mich musterte.

»Du verarschst mich doch, oder?« Skeptisch und abwartend zugleich streckte er den Kochlöffel in meine Richtung und ich konnte mich nicht mehr zurückhalten.

»Du hättest deinen Gesichtsausdruck sehen müssen!«, brachte ich unter Lachen hervor.

»Mein Gott, ich hatte schon Angst, dass ich diese Musik

den ganzen Abend hören muss.« Lucas sah ernsthaft erleichtert aus. Ich stand auf und lief zu ihm in die Küche, um mich an seinen Rücken zu kuscheln.

»Keine Sorge, das ist wirklich nicht meine Musik.«

Ich löste mich von ihm und stoppte die Playlist.

»Was hörst du denn so für Musik?« Lucas gab etwas Salz in den Wok.

»Prinzipiell gibt es für mich in fast jedem Genre ganz gute Lieder, wobei mein Herz für Hip-Hop schlägt. Jedoch höre ich hauptsächlich American Old School. Ich habe sogar mal in der Tanzschule Hip-Hop getanzt.«

Lucas ließ seinen Kochlöffel sinken und drehte sich zu mir um. Seine Augen blitzten auf, während er mich mit seinem Blick fixierte. »Baby, du wirst ja immer interessanter.«

Prompt lief ich erneut rot an. »Und was hörst du?«

»Tatsächlich auch Hip Hop, allerdings höre ich auch gerne Musik aus den aktuellen Charts. Eben das, was gerade so im Radio läuft.«

Ich nickte und nahm nochmals mein Handy zur Hand. In der Mediathek wählte ich die neu hinzugefügten Playlists aus und öffnete *Aktuelle Charts Juni 2024*.

Während uns die Musik im Hintergrund begleitete, verteilte Lucas unser Essen auf den Tellern. Es roch köstlich. Ich war es nicht gewohnt, so umsorgt zu werden. Natürlich sorgte Phil in unserer Beziehung auch immer dafür, dass es mir gut ging, jedoch hätte er sich niemals an den Herd gestellt und etwas gekocht – dafür gab es schließlich Restaurants oder spezielle Lieferdienste. Jetzt im Nachhinein fiel mir auf, dass er seine Probleme oder Angelegenheiten meist mit Geld regelte. War das schon zu Beginn unserer

Beziehung so gewesen? Früher – vor Phil – empfand ich Menschen die mit Geld um sich warfen, oder sich nicht von Annehmlichkeiten lösen konnten, unsympathisch. Umso mehr schätzte ich es heute, wie Lucas hinter dem Herd stand, mit dem Kochlöffel herumalberte, und es für ihn das Normalste der Welt zu sein schien.

Während des Essens machte ich mir Gedanken über die Reaktion von Björn. Sicher würde Kerstin auch bereits wissen, dass ich heute bei Lucas übernachtete und in welcher Situation uns Björn beobachtet hatte. Es war mir *so* peinlich. Was er wohl jetzt von mir dachte? Als ich aufsah blickte ich direkt in Lucas' Gesicht.

»Meinst du, wir sollten mit deinen Eltern reden?«

»Du meinst, weil mein Vater heute gesehen hat, wie du die Finger nicht von mir lassen konntest?« Ein anzügliches Grinsen umspielte seine Lippen. Gespielt genervt verdrehte ich die Augen.

»Du weißt ganz genau, weshalb. Das ist doch komisch. Sie nehmen mich für den Sommer bei sich auf und ich danke es ihnen, indem ich etwas mit ihrem Sohn anfange.«

Lucas ließ seinen Löffel sinken. »Meine Eltern würden niemals so über dich denken. Du machst dir zu viele Gedanken. Sie mögen dich, das merkt man doch.«

»Okay, vielleicht *mochten* sie mich bisher, doch da wussten sie auch noch nicht, dass etwas zwischen uns läuft. Wir hätten mit ihnen reden müssen.« Es beschäftigte mich wirklich sehr, da ich Kerstin und Björn sehr dankbar für ihre Gastfreundschaft war. Für mich war es etwas Besonderes, so offen und herzlich aufgenommen zu werden.

»Ems. Bisher haben wir doch mit niemanden so wirklich

324

darüber gesprochen und wenn Laura gestern Abend nicht so eine Szene gemacht hätte, würde außer Elsa, Ben und Elias, niemand Bescheid wissen.«

Apropos.

»Übrigens hättest du mir ruhig sagen können, dass du Elias eingeweiht hast. Ich kam mir gestern wirklich blöd vor. Gefühlt hat jeder von uns beiden gewusst.«

Immerhin hatte Lucas den Anstand, bei meinen Worten etwas schuldbewusst drein zu blicken.

»Ja… Du hast recht. Ich hätte es dir sagen müssen. Elias ist seit Jahren mein bester Freund und ich musste einfach für klare Verhältnisse sorgen. Auch deshalb, weil er mich mehrfach wegen dir angesprochen hat. Da bekam ich schon ein ziemlich schlechtes Gewissen.«

Überrascht riss ich die Augen auf. »Er hat dich *mehrfach* angesprochen?«

Das war mir nicht bewusst. Klar, wenn man eins und eins zusammenzählte, machte es Sinn, schließlich waren die beiden sehr eng miteinander befreundet. Ich verstand, dass sich Lucas damit unwohl fühlte. Ich hätte mich vermutlich auch unter Druck gesetzt gefühlt.

»Das kann ich nachvollziehen, ich hätte es einfach gerne gewusst. Also, wie machen wir es mit deinen Eltern?«

Lucas schnaubte.

»Bevor wir offiziell mit meinen Eltern reden, sollten wir vielleicht vorab klären, was das genau zwischen uns ist. In welche Richtung es geht.«

Wie meinte er das? In welche Richtung es ging? Mich beschlich ein ungutes Gefühl. Er meinte zwar, *mehr* zu wollen, doch vielleicht war *mehr* für ihn gleichbedeutend mit Sex?

Nervös rutschte ich auf dem Stuhl hin und her.

»Du bist dir nicht sicher, in welche Richtung es geht?«, fragte ich ihn mit leiser Stimme. Übelkeit stieg in mir auf. Mit einem Mal waren die ganzen positiven Gefühle des Tages wie weggefegt und ich spürte wieder eine heranrollende Leere. Erste Tränen stiegen mir in die Augen und ich musste den Blick abwenden. Von meiner eigenen Reaktion genervt, versuchte ich, sie unauffällig wegzuwischen. Lucas' Stuhl kratzte über den Boden und ich spürte seine Hand an meinem Rücken. Er ging in die Hocke, um auf Augenhöhe mit mir zu sein.

Nein. Auf Mitleidsbekundungen konnte ich verzichten. Machte ich mir die ganze Zeit etwas vor? Wütend stand ich auf, um seiner Nähe zu entkommen. Überrascht blickte Lucas mir hinterher, doch er folgte mir nicht.

»Für mich ist es keine Frage, dass du mir wichtig bist. *Du* warst dir bisher nicht sicher, wohin es für dich führt, oder für was *du* bereit bist. Ich habe meinen Eltern noch nie eine Frau als meine Partnerin vorgestellt und das möchte ich auch zukünftig nur dann machen, wenn es für beide Seiten ernst ist.«

Völlig entgeistert sah ich ihn an. War er blind? Sah er nicht, dass es für mich überhaupt keine Frage mehr war, was das mit uns sein könnte? Ich dachte, dass der gestrige Abend unsere Beziehung besiegelt hatte.

»Du denkst, ich würde mir mit dir nicht sicher sein? Dass ich noch immer an einer Beziehung zwischen uns zweifeln und trotzdem meine Vergangenheit offenlegen würde?!« Schnaubend lief ich erneut durch den Raum. Als ich stehen blieb, drehte ich mich zu ihm um. Einige Sekunden starrten wir uns schweigend in die Augen. Sein Blick wurde weicher und er schien zu verstehen, worauf ich hinauswollte.

»Ems...Wir haben seither nicht mehr darüber gesprochen. Lass uns in Ruhe darüber reden.«

»Du bist wirklich ein Idiot.«

In meinen Augen brannten erneut Tränen der Wut und ich wischte mir mit dem Handrücken darüber. Es war mir peinlich, wieder geweint zu haben. Elsa sah es als meine Stärke, dass ich Gefühle zeigen konnte, doch für mich war es einfach nur unangenehm.

»Möglich. Aber Emma, du musst mir klar sagen, was du denkst. Wenn wir gegenseitig nur irgendetwas interpretieren, wird es immer wieder zu Konflikten kommen.«

Sein Blick war so eindringlich, als würde er versuchen, meine Gedanken zu lesen. Er musste die Worte aus meinem Mund hören.

»Ich habe mein Herz schon vor Tagen für dich geöffnet. Ich habe dir Dinge anvertraut, bei denen ich es niemals für möglich gehalten hätte, sie laut auszusprechen.«

Es irritierte mich noch immer, dass er die Botschaft dahinter nicht verstand. Lucas kam auf mich zu und als er dieses Mal Nähe zu mir suchte, wehrte ich mich nicht. Mit einer Hand drückte er meinen Kopf an seine Brust. Mittlerweile war es eine so vertraute Geste, dass ich mich zwangsläufig entspannte. Ich spürte seine Lippen auf meinem Haar.

»Ich weiß. Für dein Vertrauen bin ich dir auch unendlich dankbar. Aber wir wohnen in zwei verschiedenen Staaten. Ist es das, was du dir für die Zukunft wünschst?«

Seine Worte versetzten mir einen Stich ins Herz und ich

seufzte innerlich. Natürlich war mir bewusst, dass uns viele Kilometer trennten, aber war dies ein Ausschlusskriterium für ihn? Er wusste es doch seit Beginn, ebenso wie ich. Zugegebenermaßen ignorierte ich die Frage bewusst, was nach dem Sommer passieren würde. Doch das wollte ich nun nicht länger machen, denn dafür war ich mit meinen Gefühlen viel zu sehr darin verstrickt.

»Wünschst du es dir denn nicht?« Ich traute mich kaum, diese Worte auszusprechen. Zu groß war die Angst vor seiner Antwort. Was wäre, wenn er mich nicht in seiner Zukunft sah? Der Druck seiner Arme wurde fester und die Angst breitete sich weiter in mir aus. Ich konnte mich nicht von ihm lösen, wollte ihm nicht in das Gesicht schauen. Die Luft anhaltend, wartete ich ab. Es dauerte endlose Sekunden, bis er endlich antwortete.

»Du bist alles, was ich will.«

Bei seinen Worten verschwand meine innere Kälte, stattdessen breitete sich eine wohlige Wärme in mir aus. Erleichtert löste ich mich aus seinem Griff, um ihn in sein Gesicht schauen zu können. In seinen warmen, tiefblauen Augen konnte ich Entschlossenheit sehen.

»Trotzdem müssen wir uns überlegen, wie es nach dem Sommer weitergehen kann.«

Lucas hatte recht. Wir mussten eine Lösung finden.

Lucas

Es war ein durchaus befriedigendes Gefühl, neben Emma aufzuwachen. Ihre braunen Locken lagen ausgebreitet auf ihrem Kopfkissen und rahmten ihren Kopf ein. In der Morgensonne glänzte ihre gebräunte Haut beinah. Ich konnte es nicht lassen und strich ihr mit den Fingerspitzen über die Schulter. Ihre Haut war so weich. Ems seufzte leise im Schlaf, dann drehte sie sich zur Seite, wobei mir ihr typischer Geruch nach Kokos in die Nase stieg.

Heute war die erste gemeinsame Nacht, in welcher sie keine Alpträume gehabt hatte. Zumindest keine offensichtlichen. Eigentlich war ich es gewohnt, mindestens einmal in der Nacht durch ihre Unruhe oder Rufe geweckt zu werden. Ich sagte es ihr nicht, weil ich sie nicht damit unter Druck setzen wollte, mit mir zu reden. Doch wenn sie diese Alpträume – bei welchen es sicherlich um Phil ging – weiter haben würde, brauchte sie Hilfe. Umso erleichterter war ich, dass sie zumindest heute Nacht ruhig schlafen konnte. Ich sah es als ein positives Zeichen für die Zukunft.

Am Abend sprachen wir darüber, wie es mit uns weitergehen sollte. Fakt war, dass Emma durch ihr Studium für mindestens ein weiteres Jahr an Berlin gebunden war, wobei sie im letzten Halbjahr ausschließlich ihre Bachelorthesis schrieb. Ebenso hatte ich hier meinen Job und meine Familie, welcher ich hin und wieder durch meine Beteiligung der Ferienhäuser unter die Arme griff. Daher beschlossen wir, für das kommende Jahr eine Fernbeziehung zu führen und in dieser Zeit zu schauen, wie es zwischen uns lief.

Am liebsten würde ich Ems sofort bei mir behalten und

sie nicht mehr zurück nach Deutschland – zurück in eine Stadt mit Phil – gehen lassen. Die Sorge, dass er ihr auflauern könnte, machte mich schon jetzt verrückt. Abgesehen von Elsa und Timothy gab es dort niemanden, der auf sie aufpasste.

Eine Idee schlich sich über Nacht in meine Gedanken. Ems erzählte, dass sie in ihrem kommenden Wintersemester ein einmonatiges Praktikum absolvieren musste. Dies weckte bei mir Erinnerungen an einen Freud aus Schulzeiten. Gunnar gründete nach dem Studium einen eigenen Verlag und würde Emma bestimmt Praktikumsplatz anbieten können. Vielleicht sollte ich ihn kontaktieren und zwanglos nachfragen... Allerdings wollte ich Emma nicht dazu drängen, denn sie sprach bereits von zwei Verlagen, bei welchen sie sich vor den Semesterferien beworben hatte. Wenn sie dort keinen Praktikumsplatz bekam, würde ich ihr meine Idee unterbreiten.

Mein Handy vibrierte auf dem Nachtkästchen und riss mich aus meinen Gedanken. Schnell griff ich danach, um Emma nicht zu wecken. Während ich aus dem Schlafzimmer lief, sah ich auf das Display. Laura. Widerwillig nahm ich den Anruf entgegen.

»Ja?« Schnaubte ich genervt in das Telefon und konnte fast vor mir sehen, wie sie zusammenzuckte.

»Hej, Lucas. Ich wollte dich fragen, ob wir miteinander reden können?« Ihre Stimme klag kleinlaut. Gut so.

»Das tun wir doch schon, oder etwa nicht?«

Einerseits war ich wirklich genervt, andererseits wollte ich den Streit ebenfalls aus der Welt schaffen. Es war zwar nicht in Ordnung von ihr gewesen, mir das Gespräch mit

Emma vorweg zu nehmen, allerdings hätte ich das Gespräch auch früher zu ihr suchen können. Daher... Naja. Wir sollten es einfach klären.

»Ja...stimmt.«

Wieder Stille und ich verdrehte die Augen.

»Laura, lass es einfach gut sein. Es war total unnötig, so unhöflich zu Emma zu sein, aber ich habe auch eine Teilschuld. Also lassen wir es auf sich beruhen, okay?«

Mir war bewusst, wie verletzend meine Worte für sie sein mussten, schließlich war sie nicht grundlos unhöflich zu Emma. Sie war verletzt. Doch wir waren uns immer einig gewesen, dass unsere Affäre nichts weiter als das war – eine Affäre. Abgesehen von meinem Friedensangebot konnte ich ihr heute keine weiteren Zugeständnisse entgegenbringen. Ich war noch immer genervt von der Situation und wollte nichts sagen, was ich später bereute.

»Okay... Dann, ähm. Wir sehen uns am Freitag?«

»Ja, klar. Ciao.« Schnell legte ich auf, bevor sie etwas erwidern konnte. Ich hatte ganz vergessen, dass bereits in fünf Tagen Midsommar war. Meine Eltern organisierten gemeinsam mit weiteren Freiwilligen das Midsommarfest in Unnaryd. Das Fest war nicht nur von den Einheimischen, sondern auch von den Urlaubern der Ferienhäuser gut besucht. Sicherlich gab es noch einiges zu organisieren und meine Eltern rechneten, wie auch in den vergangenen Jahren, mit meiner Unterstützung. Ich würde mit ihnen reden müssen, denn am Donnerstag war Emmas Geburtstag und für diesen Tag hatte ich bereits ganz andere Pläne.

Ich beschloss, Emma ausschlafen zu lassen, da sie von den vergangenen zwei Tagen komplett erschöpft war.

Allerdings bekam ich bereits Hunger, weshalb ich mir schnell eine Müslischüssel schnappte und sie mit Joghurt und frischen Früchten aus dem Garten füllte. Nachdem ich mich gestärkt hatte, rief ich Elsa an um sie nach dem aktuellen Stand von Emmas Geburtstagsüberraschung zu fragen. Ich war erleichtert zu hören, wie passend sich alles ergab. Meine Schwester würde den heutigen Tag mit Ben verbringen und wir verabredeten uns zu einem gemeinsamen Abendessen in der Stadt. Sozusagen ein Doppel-Date. Bei dem Gedanken verzog ich das Gesicht, denn normalerweise war ich kein Mann für solche Pärchen-Aktivitäten. Doch wie so häufig in letzter Zeit, sah ich auch dies anders, da es um Ems ging.

Zufrieden blickte ich durch die bodentiefen Fenster in den Wald. Diese Woche hatte ich Urlaub, weshalb ich es entspannt angehen lassen konnte. Gerne wäre ich joggen gegangen, allerdings wollte ich nicht, dass Emma alleine war, wenn sie aufwachte. Daher beschloss ich, etwas Gartenarbeit zu erledigen. Als ich draußen vor meinen Beeten stand, stellte ich grinsend fest, wie akribisch sich Emma in den letzten Tagen um meine Pflanzen gekümmert hatte. Perfekt. Ich ließ meinen Blick durch den Garten schweifen und blieb am Holzunterstand hängen. Seit Elias mir vor einigen Tagen half das Holz aufzustapeln, hatte ich nichts mehr gemacht. In der Hoffnung, nicht zu laut zu sein, schnappte ich mir das Beil und spaltete weitere Holzscheite. Nach einer guten halben Stunde war ich komplett durchgeschwitzt, weshalb ich mein Oberteil an den Holzunterstand hängte. Ich nutzte die kurze Pause, um ein Glas Wasser zu trinken.

Zum See blickend dachte ich erneut an die Kanutour. Was wäre wohl gewesen, wenn wir diese Tour nicht gemacht hätten? Hätte Emma mich trotzdem in die Geheimnisse ihrer Beziehung mit Phil eingeweiht? Als ich an ihn dachte, stieg Wut in mir auf. Von dem ein oder anderen Post von Elsa wusste ich, wie er aussah. Ich konnte ihn nicht detailliert beschreiben, doch erkennen würde ich ihn definitiv. Allein schon sein Auftreten stank nach Arroganz.

Zugegeben, ich war auch keine arme Kirchenmaus, aber ich ließ es nicht heraushängen. Eigentlich wusste auch kaum jemand, wieviel ich wirklich mit meiner Arbeit verdiente. Gedankenverloren spaltete ich weiter das Holz, wobei ich beim Hacken möglicherweise das ein oder andere Mal an Phils Gesicht denken musste.

Als ich beschloss, dass es für heute reichte, drehte ich mich zum Haus und mein Blick fing Emma ein. Sie lehnte mit einer Tasse dampfenden Kaffee am Türrahmen der Terrasse, während sie mich beobachtete. Ihr Blick fixierte meinen Oberkörper, welcher noch immer nass vom Schweiß war. Sie selbst trug nur eins meiner viel zu großen T-Shirts. Ich liebte es, wenn sie Kleidung von mir trug. An ihrem Blick konnte ich erkennen, wie sehr sie die Situation anturnte. Ich musste grinsen. So gefiel mir meine Ems. Als sich unsere Blicke trafen, zuckte sie kurz zusammen. Offensichtlich fühlte sie sich ertappt. Emma stieß sich vom Türrahmen ab und kam zu mir geschlendert.

»Guten Morgen.«

Automatisch erwiderte sie meinen Kuss und drückte mir die Kaffeetasse entgegen.

»Ich dachte, du könntest einen Kaffee gebrauchen.«

Dankend nahm ich ihr die Tasse ab. »Habe ich dich geweckt?«

»Nein, ich bin von alleine aufgewacht. Ich war kurz überrascht, als ich alleine im Bett lag.«

»Tut mir leid, skönhet. Ich wollte dich ausschlafen lassen.« Ich gab ihr noch einen Kuss, diesmal auf den Haarscheitel.

»Kann ich dir helfen?« Wie sie in meinem T-Shirt auf der Terrasse stand und mir ernsthaft beim Holzhacken helfen wollte, war unglaublich süß. Am liebsten hätte ich sie gepackt und ausgiebig geküsst, doch ich wollte mich nicht mit meinem Schweiß an sie pressen.

»Quatsch, brauchst du nicht. Ich räume das Holz schnell auf und dann gehe ich duschen. Leistest du mir dabei Gesellschaft?«

Die Vorstellung schien nicht nur mir zu gefallen. Mit einem kleinen Schmunzeln auf den Lippen drehte sie sich um und lief wieder Richtung Terrassentür. Auf dem halben Weg blickte sie zurück und zwinkerte mir zu.

Okay, das Holz konnte auch warten.

Lucas

Mit verschränkten Armen wartete ich an meiner Kochinsel, während Emma nochmals ins Schlafzimmer lief, um ihre Handtasche zu holen. Weshalb brauchten Frauen immer so viel Zeit, um sich ausgehfertig zu machen? Zumal Emma wirklich nicht viel brauchte, um sich hübsch zu machen. Sie schminkte sich kaum, meist sogar gar nicht. Außerdem war sie sowieso immer passend und schick gekleidet. Sie schien sich gar keine Gedanken darüber zu machen und intuitiv die passenden Kleidungsstücke zu kombinieren. Trotzdem lief sie nun noch immer aufgeregt durch mein Haus und suchte irgendwelche Sachen. Typisch Frau. Kein Mann der Welt würde dieses Verhalten jemals verstehen.

»Wenn wir nicht zu spät kommen wollen, sollten wir langsam los, Ems.«

»Ja, bin gleich da! Ich brauche nur noch zwei Minuten!« Ihre Stimme wurde etwas leiser, während sie vom Schlafzimmer aus in das Bad lief und sich dadurch von mir entfernte. Zwei Minuten. Ja klar. Seufzend verlagerte ich mein Gewicht auf das andere Bein und lehnte mich mit der anderen Körperseite an die Kochinsel.

»Schon fertig!« Mit einem strahlenden Lächeln kam Emma den Flur entlang. Wenn sie mich so anstrahlte, konnte ich ihr wirklich nicht böse sein.

»Hübsch siehst du aus.«

Ich ließ meinen Blick über ihr kakifarbenes Kleid schweifen. Es hatte kurze Ärmel mit kleinen Rüschen und fiel unterhalb ihrer Oberweite locker bis zur Mitte ihrer Oberschenkel. Ihre dunkelgrün lackierten Zehen steckten in sommerlichen Sandalen mit Keilabsatz. Es irritierte mich, dass ich es feststellte, doch durch den Ton ihres Kleides wurden ihre grünen Augen zusätzlich unterstrichen.

Meine Bemerkung verlieh ihrem Gesicht eine zarte Röte. Indem ich ihr meine Hand auf den Rücken legte, dirigierte ich sie Richtung Haustür, bevor sie auf die Idee kam, noch irgendetwas erledigen zu müssen.

»Weshalb hast du eigentlich noch zusätzliche Scheinwerfer an deinem Auto? Wegen dem Wildwechsel?« Fragend blickte mich Emma an.

»Genau. Vor allem hier in ländlichen Regionen haben fast alle Autofahrer zusätzliche Scheinwerfer. Manche montieren sie erst im Herbst und demontieren sie nach dem Frühjahr. Für mich macht das aber keinen Sinn, da ich im Wald wohne. Ich sehe fast jeden Tag ein Reh oder zumindest mehrere Hasen.«

»Das dachte ich mir schon. Du hast aber noch nie ein Tier angefahren, oder?«

Der Ernst in ihrer Stimme ließ mich grinsen.

»Nein, keine Sorge. Ich fahre vorsichtig.«

Meine Worte schienen sie zu beruhigen, denn ihr Gesicht entspannte sich wieder.

»Ist es nicht irgendwie komisch, ein Doppeldate mit deiner Schwester zu haben? Vielleicht ist es doch nicht so gut, wenn wir in der Öffentlichkeit als Paar unterwegs sind.«

Woher kam nun wieder dieses Misstrauen? Ich dachte wirklich, wir hatten oft genug darüber gesprochen. Von hinten hielt ich ihre Hüften fest und drehte sie zu mir um.

»Haben wir nicht bereits geklärt, dass du zu mir gehörst und ich zu dir? Ganz offiziell?«

Sofort färbten sich Emmas Wangen erneut rosa. Verlegen schaute sie zur Seite und wich meinem Blick aus. Hatte sie mir bei unseren letzten Gesprächen nicht die Wahrheit gesagt und verheimlichte mir doch noch etwas? Weshalb konnte sie sich nicht voll und ganz auf mich einlassen? Noch nie musste ich mich um eine Frau so sehr bemühen. Neben meinem umwerfenden Aussehen, schätzte ich auch meinen Charakter als nicht ganz so übel ein. Was war es also? Lag es an der wohnlichen Entfernung? Oder waren die Erfahrungen mit ihrem Ex noch zu frisch? Ihr Blick traf meinen.

»Doch… Aber es ist trotzdem noch etwas ungewohnt für mich. Es geht so schnell.«

Innerlich musste ich seufzen. Ich wollte sie nicht überfordern, aber einen Schritt zurückzugehen war definitiv keine Option.

»Das verstehe ich. Wir verkünden ja auch nicht, dass wir morgen heiraten wollen.«

Bei dem Wort *heiraten* riss sie ihre Augen auf und ich musste grinsen. »Wir sagen lediglich, wie gern wir uns haben. Daran ist doch nichts verwerflich. Und wenn jemand ein Problem damit hat, kläre ich es persönlich.« Entschlossen schaute ich ihr in ihre wunderschönen grünen Augen. Damit sie nicht erneut protestieren konnte, gab ich ihr einen flüchtigen Kuss und zog sie an der Hand mit mir zum Auto. Wir waren bereits viel zu spät dran.

Nach fünfunddreißig Minuten Fahrt lenkte ich meinen Volvo auf den Parkplatz des Restaurants. Natürlich war es Elsas Idee gewesen, gemeinsam Essen zu gehen. Sie war ganz aus dem Häuschen und so wie ich meine Schwester kannte, hatte sie noch viele weitere Pläne für die Zukunft. Hoffentlich überforderte sie Emma damit nicht noch mehr. Ich musste aufpassen, in welche Richtung die heutigen Gespräche liefen.

Als wir Elsa und Ben bereits vor dem italienischen Restaurant stehen sahen, drückte Emma meine Hand etwas fester. Ich verstand sofort. Bei der Kanutour erfuhr sie, dass Ben ebenfalls von ihrer Vergangenheit mit Phil wusste. Seither machte sie sich Gedanken darüber, was er davon hielt. Vor allem, da sie damit auch Elsa in Gefahr gebracht hatte. Doch in meinen Augen musste sich Emma keine Gedanken darüber machen. Ich hatte zwar keine Ahnung was genau er zu Ems auf der Vogelinsel sagte, doch aufgrund des Gesprächs, öffnete sie sich mir. Er hätte sich nicht für uns eingesetzt, wenn er in ihr ein Problem für Elsa sah.

»Hej, ihr süßen Turteltäubchen!« Beschwingt kam meine Schwester auf uns zu. »Habt ihr noch einen Quickie eingeschoben, oder was?«

Sofort blieb Emma stehen und ich warf meiner Schwester einen bösen Blick zu. Als ich sie umarmte, flüsterte ich ihr ins Ohr, dass sie sich gefälligst zurückhalten sollte. Ich wollte Emma keinen Grund geben, das gemeinsame Essen im Nachhinein zu bereuen. Auch Ben zeigte sich verständnisvoll und ging sehr umsichtig mit der Situation um. Er drückte Emma ebenfalls kurz an sich und ich hörte ganz genau, was er ihr zuflüsterte.

Es ist schön, dass ihr gemeinsam hier seid.

Zugegeben, nach dem letzten Jahr war ich sehr skeptisch was die Beziehung zwischen Elsa und Ben anging. Elsa war viel zu gut für ihn, und das wusste er genau. Doch nachdem ich verstand, was das zwischen Paula und ihm war und er mir nun sogar mit Ems geholfen hatte, veränderte sich meine Meinung über ihn. Eigentlich war er ganz okay. Doch wenn er meiner Schwester nochmals wehtat, würde er mich richtig kennenlernen.

Der Abend gestaltete sich deutlich entspannter, als zuvor befürchtet, und auch Emma wirkte unbeschwert. Ich stellte fest, dass sich Ems seit ihrem ersten Tag hier verändert hat. Sie schien mehr aus sich herauskommen zu können und wirkte insgesamt irgendwie glücklicher. Es war schön, sie gemeinsam mit meiner Schwester zu beobachten. Sie verhielten sich wie Schwestern, nicht wie Freundinnen.

Den Gesprächen konnte ich nicht immer folgen, denn noch immer beschäftigten mich meine Gedanken zu der vorherigen Situation. Irgendein Puzzlestück fehlte noch, um Emmas Reaktionen vollkommen nachvollziehen zu können. Plötzlich drangen Elsas Worte an mein Ohr.

»Aber eine Geburtstagsparty wäre doch super! Wir können eine Party am Strand machen, oder auf der Terrasse, oder auf der Wiese! Eigentlich könnten wir auch in Anni`s Café feiern. Ach komm schon, Emma! Wir feiern auch im ganz kleinen Kreis!«

Emma verdrehte die Augen. »Ich möchte aber keine Party.«

»Außerdem ist Emma am Donnerstag bereits verplant.« Alle Augenpaare richteten sich auf mich, als Elsa sofort begann, sich darüber zu beschweren. Ich hob eine Hand und sie verstummte augenblicklich.

»Darüber wird nicht diskutiert. Du hattest die letzten Jahre Ems Geburtstag, dieses Jahr gehört er mir.« Elsa plusterte ihre Backen auf und wollte erneut protestieren, als sich Emma zu Wort meldete.

»Was ist eigentlich mit euch los? Es ist noch immer *mein* Geburtstag. Da kann ich ja wohl selbst entscheiden, wann, wo und mit wem ich diesen verbringen möchte.«

»Tut mir leid, skönhet, aber dieses Jahr hast du keine Wahl.« Ich flüsterte ihr die Worte ins Ohr und sah, wie sich eine Gänsehaut in ihrem Nacken bildete. Mit den Fingern strich ich sanft darüber, wodurch sich die Gänsehaut intensivierte. Unsere Blicke trafen sich und sofort lag eine fast greifbare Spannung in der Luft.

»Na gut, na gut. Aber der Abend gehört mir!«

Ben warf meiner Schwester einen belustigten Blick zu und er schien zu wissen, worum ich Elsa bezüglich des Geburtstages gebeten hatte. Ich wusste, dass Elsa bereits alles daransetzte, meine Pläne noch so kurzfristig in die Tat umzusetzen. Entspannt lehnte ich mich zurück.

Emma

Nachdem ich am nächsten Morgen aufwachte, blieb ich lustlos im Bett liegen. Lucas musste an den kommenden Tagen irgendwelche Vorbereitungen für meinen Geburtstag und das Midsommarfest treffen. Ich hoffte wirklich, Lucas würde nicht zu viel für meinen Geburtstag planen. Innerliche verfluchte ich Elsa dafür, dass sie ihm überhaupt davon erzählt hatte. Wenn es nach mir ginge, würde niemand davon wissen.

Im Untergeschoss hörte ich Gepolter und prompt wurde mir flau im Magen. So lange es mir möglich war, würde ich ein Zusammentreffen mit seinen Eltern vermeiden. Die Vorstellung davon, was sie von mir als seine Freundin halten könnten, machte mir Bauchschmerzen. Stöhnend drückte ich mein Gesicht in das Kopfkissen.

»Was soll ich nur sagen…?«, murmelte ich in das Kissen hinein. Mit der Gewissheit, dass ein Aufeinandertreffen letztendlich unvermeidbar war, stand ich quälend langsam auf und schlurfte in mein angrenzendes Badezimmer. Nachdem ich mich im Bad gerichtet und meine Zähne ausgiebig geputzt hatte, fühlte ich mich noch immer unwohl.

Okay. Ich würde es tun. Vorsichtig öffnete ich die Zimmertür und spähte zunächst in den Flur. Niemand war in Sicht. Für wenige Sekunden lauschte ich in die Stille und stellte beruhigt fest, dass auch von unten keine Geräusche zu hören waren. Etwas mutiger lief ich die Treppen hinunter und sah Kerstin am Frühstückstisch sitzen. Um diese Uhrzeit? Es war bereits nach neun Uhr, normalerweise müsste sie schon längst bei der Arbeit sein. Gerade wollte ich mich unauffällig zurück nach oben schleichen, als mich ihr Blick erfasste.

»Emma! Da bist du ja. Guten Morgen.«

Hatte sie etwa extra auf mich gewartet? Kerstin lächelte mich wie gewohnt warm und herzlich an. Vielleicht hatte Björn gar nicht mit ihr gesprochen? Als ich die letzten Schritte zur Küche lief, lächelte ich hoffnungsvoll zurück. Kerstin erhob sich und kam auf mich zu. Überrascht blieb ich stehen und wusste nicht was ich sagen sollte, als sie direkt vor mir stehen blieb, mich nochmals lächelnd anblickte, und anschließend in eine herzliche Umarmung schloss.

»Ich freue mich so sehr, dass du Teil unserer Familie geworden bist. Herzlich Willkommen.«

Kerstin ließ mich los und legte eine Hand an meine Wange. Ich war so perplex, dass ich sie für einen Moment nur anstarren konnte.

»Ähm…dann. Also. Also weißt von Lucas und…mir?« Nervös wartete ich ihre Reaktion ab.

»Emma, wir wohnen hier in einem kleinen Ort. Da wird viel geredet. Außerdem erzählte mir Björn von eurem kleinen Zusammentreffen am Sonntag.« Okay, das sollte mich nicht überraschen.

»Dann ist es okay für euch?« Nervös zupfte ich an meiner Shorts. Der Ausdruck in ihrem Gesicht veränderte sich und sie zog ihre Stirn kraus.

»Natürlich. Hast du gedacht, wir hätten ein Problem damit?«

»Naja…ich war mir nicht sicher.«

»Wir haben dich gerne bei uns, Emma. Vom ersten Tag an war mir klar, dass du eine ganz besondere, junge Frau bist. Dass mein Sohn das ebenfalls erkannt hat, macht mich stolz. Jetzt frühstücke erstmal was, du musst ja hungrig sein. Ich muss leider los, die Vorbereitungen für das Fest warten nicht.«

»Danke, Kerstin.«

Erleichtert umarmte ich sie, womit sie scheinbar nicht gerechnet hatte. Lachend erwiderte sie meine Umarmung.

»Kann ich euch bei den Vorbereitungen irgendwie helfen?«

»Das ist lieb, aber eigentlich kannst du uns nichts abnehmen. Falls mir allerdings etwas einfällt, komme ich gerne auf dich zurück. Okay?«

»Okay.«

Ich winkte Kerstin zum Abschied zu und ließ mich erleichtert auf einen der Stühle sinken. Gott sei Dank. Wenn Björn ähnlich reagieren würde – wovon ich aktuell ausging – würde mir ein Stein vom Herzen fallen. Ich schnappte mir meine Haferflocken und den Magerquark. Während ich ein paar Erdbeeren in die Schüssel schnitt, dachte ich an den gestrigen Abend zurück. Ich war aufgeregt da ich nicht wusste, wie Ben auf mich reagieren würde. Er entpuppte sich als wirklich netter Mann und ich war erleichtert, dass er und Elsa ihre Differenzen scheinbar überwunden hatten. Ich hoffte nur, er würde sich nach unserer Abreise nicht wieder in einen Arsch verwandeln. Wobei… So wie ich ihn bisher kennenlernte, konnte ich es mir kaum vorstellen.

Nach meinem Frühstück zog ich mir meine Joggingkleidung an und schnappte mir meine Laufschuhe. Wie in den vergangenen Tagen auch, genoss ich die Geräusche und Gerüche der Natur. Es war unbeschreiblich, wie schön und friedlich es hier war. Ich beschloss, bei Lucas entlang zu joggen, doch sein Auto stand nicht vor dem Haus. Enttäuscht lief ich meine Strecke weiter und steckte mir für den Rückweg einen Kopfhörer ins Ohr. Ich passte mein Schritttempo den Beats von Eminem an und lief die letzten Kilometer gemütlich im Schritttempo, um meinen Puls langsam zu senken.

Elsa wollte erst heute Abend von Ben zurückkommen, weshalb ich mich nach dem Duschen an den Strand legte, um mich etwas zu bräunen. Mit einem Blick auf mein Handy stellte ich fest, dass es bereits dreizehn Uhr war. Unter der Uhrzeit standen fünf Anrufe in Abwesenheit von Phil. Wie lange würde er es noch probieren? Was sollte das? Er versuchte es nun bereits *Monate*. Meinte er, ich würde plötzlich ein Telefonat annehmen und mit ihm reden? Klar hatte ich schon mit dem Gedanken gespielt, aber mittlerweile kam mir ein Gespräch mit ihm so unwirklich wie noch nie vor.

Seufzend entsperrte ich mein Handy und versuchte Timothy zu erreichen, doch wie vermutet ging sofort die Mailbox ran. Auch wenn er mir immer wieder Sprachnachrichten schickte, vermisste ich seine Stimme, seine lockere Art und seinen Rat. Es war merkwürdig zu wissen, dass er so viele Kilometer von Elsa und mir entfernt war, denn normalerweise gab es uns immer im Dreierpack. Wir überlegten uns sogar, eine gemeinsame Wohnung für das kommende Semester zu suchen. Abermals seufzend tippte ich ihm eine Nachricht.

Hi Großer, wie geht es dir? Ich vermisse dich ganz schrecklich.

Hier ist so viel in den letzten Tagen passiert! Das muss ich dir aber alles persönlich, oder zumindest am Telefon, erzählen. Pass gut auf dich auf & lass von dir hören!! xxx

Nur ein einzelner Haken erschien unterhalb der Nachricht. Das hieß, dass die Nachricht zwar gesendet, aber noch nicht zugestellt wurde. Genervt legte ich das Handy beiseite. Ich wollte zwar nicht schon wieder nach Berlin zurück, aber lange würde ich es nicht mehr ohne Timothy aushalten. Eine bleiende Müdigkeit überkam mich und ich beschloss, meine Lider zu senken und ein wenig zu dösen.

»Wach auf!« Elsas Stimme riss mich aus dem Schlaf. Als ich meine Augen blinzelnd öffnete, schmerzten mir sämtliche Körperteile.

»Oh man…« Langsam richtete ich mich auf und streckte meine Glieder im Sitzen aus.

»Du bist am Strand eingeschlafen. Zum Glück schien die Sonne nicht zu stark, sonst hättest du jetzt einen fetten Sonnenbrand.« Sie grinste mich an.

»Wow, wie witzig. Mir tut echt alles weh.«

Elsa verzog das Gesicht.

»Das denke ich mir. Komm, es gibt bald Abendessen.«

»Was? Wie spät ist es denn?«

»Kurz nach achtzehn Uhr. Ich dachte, du wärst in der Stadt oder so. Ich habe dich aus Zufall entdeckt, als ich den Tisch auf der Terrasse decken wollte.«

Na super. Der Tag war gelaufen. Es ging ein leichter Wind, weshalb ich in meinem Bikini fror. Als ich mir mein Handy schnappte sah ich, dass Timothy versucht hatte, mich zu erreichen. Mist, der Anruf war bereits zwei Stunden her. In Costa Rica müsste es kurz nach zehn Uhr sein, weshalb ich sofort zurückrief. Wieder die Mailbox. Heute war wirklich nicht mein Tag.

Nach dem Abendessen verabschiedete ich mich zügig und zog mich auf mein Zimmer zurück. Bisher hatte ich hier nie das Gefühl, allein gelassen zu sein, doch heute fühlte ich mich einsam. Ich vermisste Timothy und ich vermisste Lucas. Gerade als ich ihm schreiben wollte, rief er mich an.

»Hej, skönhet. Wie geht es dir?« Der Ton seiner tiefen Stimme heiterte mich sofort auf und schon sah die Welt nicht mehr ganz so düster aus, wie noch wenige Sekunden zuvor.

»Du fehlst mir.«

Stille trat ein und ich dachte schon, etwas Falsches gesagt zu haben.

»Soll ich zu dir kommen?«

Ich überlegte kurz und hätte am liebsten zugesagt, doch ebenso war mir bewusst, dass er viel zu erledigen hatte. Ich wollte kein Grund für Verzögerungen oder Schwierigkeiten beim Fest sein. Außerdem war ich nicht allein. Elsa war im Zimmer nebenan. Ich sagte mir, dass ich nicht so egoistisch sein sollte, meine Bedürfnisse über seine zu stellen.

»Nein, es ist schon okay. Du fehlst mir einfach, aber morgen Abend sehen wir uns, oder?«

Ein leises Lachen ertönte in der Leitung.

»Ich hole dich morgen Abend ab, dann können wir gemeinsam in deinen Geburtstag starten. Klingt das gut?«

»Sehr gut sogar. Wie war dein Tag?«

»Anstrengend. Es ist wirklich einiges zu organisieren. Und deiner?«

Ich berichtete ihm von meinem langweiligen Tag und den resultierenden Rückenschmerzen.

»Am liebsten würde ich jetzt zu dir fahren und dich ausgiebig verwöhnen.«

Sofort wurde mir heiß und die Röte stieg mir ins Gesicht. Ein leises Klopfen an der Tür brachte mich jedoch schnell wieder auf den Boden der Tatsachen.

»Es klopft an der Tür. Bist du das?«

Ich musste grinsen, denn es wäre nicht das erste Mal, dass Lucas unverhofft vor der Tür stand. Ohne seine Antwort abzuwarten, sprang ich auf und öffnete mit einem breiten Lächeln die Tür. Mein Lächeln geriet jedoch ins Wanken, als Elsa vor mir stand.

»Also wem auch immer du jetzt die Tür geöffnet hast – ich war es nicht.«

»Nein, es ist deine liebreizende Schwester.«, antwortete ich sarkastisch. Elsa zog eine Augenbraue hoch und kam grinsend in mein Zimmer getänzelt.

»Du kannst meinem Bruder gerne ausrichten, dass du in den besten Händen bist und er beruhigt schlafen gehen kann.« Zwinkernd ließ sie sich auf mein Bett plumpsen. Wie konnte eine so schlanke Person nur so laut sein?

»Hast du gehört?«

Genervt schnaubte Lucas. »Klar und deutlich.«

Nachdem wir uns verabschiedet hatten, legte ich mich zu Elsa auf mein Bett und nahm sie fest in den Arm.

»Habe ich dir eigentlich dafür gedankt, dass du mich mit hierher genommen hast?«

Elsa grinste breit. »Noch nicht offiziell, aber ich nehme deinen Dank gerne an.« Sie gab mir einen Kuss auf die

Backe. Wir aßen Haferkekse und quatschten die halbe Nacht hindurch über unsere Männer, Freundschaften und das Midsommarfest.

»Das wird bei euch ganz schön groß gefeiert, oder?«

»Ja, es ist neben dem Luciafest das wichtigste Fest für uns Schweden. Wir feiern die Sommersonnenwende mit viel – wirklich sehr viel – Musik, Tanz und leckerem Essen. Du wirst begeistert sein.«

Elsa berichtete weiter von Bräuchen und Feierlichkeiten in Schweden und ich lauschte ihr gebannt. Nachdem wir einige Minuten schweigend beieinandersaßen und unseren Gedanken nachhingen, schliefen wir ein.

Lucas

Am nächsten Tag beeilte ich mich mit den letzten Vorbereitungen für das Midsommarfest, damit ich nebenher noch ein paar Kleinigkeiten für Emmas Geburtstag vorbereiten konnte. Ich hatte einen Tagesausflug geplant, doch die eigentliche Überraschung wartete am Abend gemeinsam mit Elsa. Sie war zwar zuverlässig, aber ich hatte noch immer keine konkreten Informationen über den aktuellen Stand. Typisch meine Schwester. Normalerweise überhäufte sie einen mit sinnlosen Informationen und wenn man sie wirklich brauchte, kam nichts.

Hej Schwesterherz. Wie sieht es aus? Klappt alles?

Keine fünf Sekunden später erschienen drei kleine Punkte in unserem Chatverlauf, was mir signalisierte, dass sie mir antwortete.

Meine Güte. Du bist ja schlimmer wie sämtliche Frauen, die ich kenne. Entspann dich mal. Es läuft alles nach Plan.

Ich konnte sie förmlich vor mir sehen, wie sie ihre Augen verdrehte. Genervt davon, erneut keine genaueren Informationen erhalten zu haben, tippte ich ihr ein knappes *Danke*. Sie würde mich noch in den Wahnsinn treiben.

Ich versuchte mich den restlichen Tag auf die Vorbereitungen zu konzentrieren. Ein Blick auf die Uhr zeigte mir, dass es bereits neunzehn Uhr war. Shit. Jetzt musste ich aufhören, sonst würde es zu spät werden. Wir hatten vereinbart, dass ich Ems um 19:30 Uhr abholen würde. Am späten

Nachmittag schickte ich ihr bereits eine kleine Liste, damit sie wusste, was sie für den folgenden Tag einpacken sollte.

Als ich mit dem Auto beim Haus meiner Eltern vorfuhr, stand Emma bereits mit ihrem Rucksack auf dem Rücken auf der Veranda. Als sie die Scheinwerfer aufleuchten sah, kam sie die Stufen hinab. Ich ließ die Scheibe vor ihr herunter.

»Suchen Sie eine Mitfahrgelegenheit, Miss?«

Grinsend gab sie mir einen Kuss durch die geöffnete Scheibe und huschte auf die Beifahrerseite, um einzusteigen. Wie immer sah Ems bezaubernd aus. Ihre Augen strahlten.

»Bist du bereit?«

»Aber so was von bereit!«

Bei ihrem kleinen Ausbruch musste ich lachen. Ich war es nicht gewohnt, dass sich Ems so unbeschwert verhielt.

»Aber nicht, dass du zu viel erwartest.« Ich musste an ihre Bitte denken, nur eine möglichst kleine Geburtstagsüberraschung zu organisieren.

»Keine Sorge, ich erwarte eigentlich gar nichts, aber trotzdem freue ich mich auf die gemeinsame Zeit und bin gespannt, was kommt.«

»Soso. «, sage ich grinsend und betätigte den Knopf um die Zündung zu starten.

Ich feuerte den Ofen bereits an, bevor ich zu Emma fuhr. Als ich die Haustür aufschloss, stieg uns sofort der wohlige, dezente Geruch von brennendem Holz in die Nase. Als Emma in den offenen Wohnbereich trat, riss sie überrascht die Augen auf. Während sie sich zu mir umdrehte, grinste ich bereits.

»Niemand hat gesagt, dass deine Geburtstagüberraschung erst morgen beginnt.«

»Wow...also. Also das ist wirklich unglaublich schön.« Sie drehte sich wieder zum Wohnbereich um ließ ihren Rucksack achtlos fallen. Ich schuf uns auf meiner breiten Couch eine gemütliche Kuschellandschaft mit vielen Decken und Kissen. Auf dem Couchtisch standen zwei mit Weißwein gefüllte Weingläser, sowie ein großes Holzbrett bestückt mit verschiedenen Käsewürfeln, Trauben und geschnittenen Broten. Ich hatte zudem mehrere Stumpenkerzen aufgestellt, welche ich jedoch erst jetzt anzünden würde.

Mir war bewusst, wie unglaublich kitschig es war, jedoch schien es ihr zu gefallen und das war alles, was zählte. Ich nahm Emmas Hand und führte sie zu der Couch.

»Bist du bereit für die absolute Krönung des Kitsches?« Bei meiner gespielt freudigen Ankündigung zog Ems skeptisch eine Augenbraue in die Höhe. Ich tippte auf die Fernbedienung, wodurch der Fernseher den Standby-Modus verließ und das Standbild von dem Film *10 Dinge, die ich an dir hasse* zum Vorschein kam. Emma kreischte freudig auf und fiel mir um den Hals.

»Danke, Danke, Danke! Genau das brauche ich gerade!« Lachend umschlang ich ihren Oberkörper mit meinen Armen und hielt sie fest. Langsam ließ ich meine Arme an ihren Körper hinabwandern und umfasste ihre Taille. Emma löste sich leicht von mir und automatisch fand ihr Mund den meinen. Mir wurde bewusst, wie sehr ich sie vermisst hatte. Ich brauchte sie. Emma machte mich komplett. Diese Erkenntnis ließ mich kurz innehalten und ich musterte sie für einen Moment.

»Beim letzten Mal hast du den Film schließlich verschlafen.«

Unsere Lippen trafen erneut aufeinander und dieses Mal unterbrach ich unsere Verbindung nicht. Gierig küssten wir uns, als bräuchten wir nichts anderes zum Überleben, denn genauso fühlte es sich an. Ich drückte Ems auf die Couch und sie spreizte automatisch die Beine, damit ich mich bequem über sie positionieren konnte.

»Ems…« Ich hauchte ihren Namen an ihren Mund und ihr Körper erzitterte. Wirklich *sehr* widerstrebend löste ich mich von ihren verführerischen Lippen. Wenn ich jetzt zuließ, dass mehr passierte, würde ich sie vögeln bis sie einschlief. Dafür hatten wir später noch genügend Zeit. Zuerst wollte ich, dass sie ihren Vor-Geburtstagsabend auch auf andere Art und Weise genoss. Während ich von ihr abrutschte und sie mich irritiert ansah, drückte ich auf der Fernbedienung auf Play. Danach nahm ich ihr Weinglas und hielt es ihr vor die Nase. In ihr Glas hatte ich, wie gewohnt, etwas weniger Wein eingeschenkt. Bevor sie sich beschweren konnte, zog ich sie an meine Brust und vergrub mein Gesicht in ihren Locken.

»Genieße deinen Lieblingsfilm.«, murmelte ich in ihr Haar.

Lucas

Ein schrilles Läuten riss mich aus dem Schlaf. Es dauerte einen Moment bis ich verstand, dass es mein Wecker war. Acht Uhr. Aus Angst, Emma zu wecken, machte ich den Wecker schnell aus warf ihr einen Blick zu. Sie lag neben mir auf dem Bett, wobei die Bettdecke ihren zierlichen Körper nur knapp bedeckte. Ich zog die Decke etwas zurecht, damit sie vollständig darunter lag.

Zufrieden wandte ich mich ab und ging duschen, stutzte meinen Bart und lief anschließend in die Küche, um den Picknickkorb zu füllen. Gestern hatte ich bereits einiges vorbereitet und musste meine vorbereiteten Speisen nur noch in den Korb stellen. Besonders wichtig war die Thermoskanne mit Kaffee, welchen ich frisch von der Kaffeemaschine aufbrühen ließ.

Nachdem ich den Korb auf mein Boot brachte, lief ich zurück ins Schlafzimmer. Ems lag unverändert im Bett. Ich setzte mich an die Bettkante und beobachtete sie einen Moment, bevor ich ihr vorsichtig eine Haarlocke aus dem Gesicht strich. Ihre Nase kräuselte sich leicht, was mir ein Lächeln entlockte. In der letzten Zeit lächelte ich auffallend häufig. Langsam strich ich ihr über den Oberschenkel.

»Ems, es ist langsam Zeit aufzuwachen.«

Sie regte sich und öffnete blinzelnd ihre Augen. Sobald sie mich erkannte umspielte ein leises Lächeln ihren Mund und sie streckte sich genüsslich.

»Guten Morgen.« Ich gab ihr einen Kuss auf den Mund. »Alles Gute zum Geburtstag, skönhet.«

Nachdem sich Emma ebenfalls im Bad gerichtet hatte,

zog sie sich entsprechend meiner Vorgaben des gestrigen Tages an. Sie trug eine lockere Shorts, ein Sportshirt und ihre Laufschuhe. Wanderschuhe hatte sie nicht dabei, doch die Laufschuhe würden vollkommen ausreichen. Auf ein Frühstück verzichteten wir, da ich andere Pläne für uns hatte.

Emma half mir die Taue zu lösen, während ich das Boot einsatzbereit machte. Anschließend zog ich sie mit Schwung auf das Deck. Ich dirigierte das Boot aus den schützenden Bootsverdeck am Steg und beschleunigte, nachdem wir die Bucht verließen. Wir fuhren einige Kilometer Richtung Norden, bevor ich Kurs auf das Ufer nahm.

»Sind wir schon da?« Emma blickte sich um und versuchte herauszufinden, wohin ich uns fuhr. Von hier aus konnte sie jedoch nichts erkennen, da war ich mir sicher.

»Fast. Wir müssen noch ein kleines Stück laufen.«

»Hm.«, murmelte sie ungeduldig und blickte starr in Richtung des Steges. Ihre Ungeduld war eine neue Facette, die sie mir offenbarte. Vielleicht war es Ems nicht bewusst, doch von Zeit zu Zeit lernte ich neue Seiten von ihr kennen. Daraus schloss ich, dass ihr Vertrauen mir gegenüber wuchs. Und dafür war ich dankbar.

Wir legten an und zogen die Taue fest. Ich reichte Emma meine Hand, während ich in der anderen den Picknickkorb hielt. Zielstrebig steuerte ich einen schmalen Trampelpfad am Waldrand an, welchem wir für ungefähr zwei Kilometer folgten.

»Sagst du mir jetzt bitte, wohin wir gehen?«

»So ungeduldig kenne ich dich noch gar nicht.« Ich warf ihr einen grinsenden Blick zu.»Du musst dich noch kurz gedulden. Siehst du die Lichtung dort vorne? Das ist unser Ziel.«

Emma spähte an mir vorbei. »Da erkennt man ja gar nichts.«

Seufzend folgte ich ihr die letzten Meter, denn Emma hatte es plötzlich besonders eilig. Scheinbar schien sie nun doch Gefallen an einer Geburtstagsüberraschung zu finden. An der Lichtung angekommen blieb sie verwundert stehen, denn wir befanden uns am Rande eines Parkplatzes.

»Komm, wir müssen hier entlang.« Ich ergriff ihre Hand und zog sie quer über den Parkplatz, bis wir auf den Eingang des Parks zusteuerten. Ein großes dunkelgrünes Schild mit der weißen Aufschrift *Elchpark – Eingang* erschien vor unseren Augen.

»Wir sehen einen Elch?!«

»Wir sehen hoffentlich nicht nur einen.«

»Wow, ich habe noch nie einen Elch gesehen!«

Lachend zog ich sie weiter. »Na dann wird es aber Zeit.« Bei ihrem überraschten Gesichtsausdruck, der pure Vorfreude ausstrahlte, fiel mir ein Stein vom Herzen. Ich war mir nicht ganz sicher gewesen, ob ihr ein Ausflug zum Elchpark gefallen würde. Meiner Meinung nach gehörte zu jedem Besuch in Schweden auch die Sicht eines Elches. Leider sah man im Sommer nur mit sehr viel Glück welche in freier Wildbahn, weshalb ich auch auf diese Alternative zurückgriff. Wir passierten den Eingang und sahen direkt eine Elchkuh, nur wenige Meter von uns entfernt.

»Der sind ja riesig! Passiert da nichts, wenn sie hier frei herumlaufen?«

»Die Elche hier stammen aus Auffangstationen und

355

konnten aufgrund von Krankheiten wie Beinbrüche, oder zu langem Kontakt mit Menschen, nicht mehr ausgewildert werden. Sie sind die Nähe zu Menschen gewohnt. Trotzdem sollte man nicht zu nahekommen und etwas Abstand halten. Sicher ist sicher.«

Ich dachte an ihre Tollpatschigkeit und stellte mir vor, wie sie aus Versehen gegen einen Elch rannte, oder ihm auf die Hufen trat. Emma nickte und bestaunte bedächtig das große Tier.

»Und wir dürfen uns hier frei bewegen?«

»Fast. Wir dürfen die Wege nicht verlassen, um den Tieren eine Rückzugsmöglichkeit zu geben. Freust du dich?«

Ihr Lächeln sagte mehr als tausend Worte. Dankbar ergriff sie meine Hand und ich führte sie den geschwungenen Weg entlang. Nach einigen Metern führte uns der Weg auf einen Hügel, auf welchem vereinzelte Bänke und Tische aus Holz standen. Unterhalb des Hügels befanden sich mehrere Lichtungen, wo sich die Elche häufig aufhielten. Um diese Uhrzeit war es noch nicht allzu heiß, wodurch unsere Chancen ganz gut waren, noch weitere zu sehen.

»Hier frühstücken wir.«

Ich wählte einen Tisch am Rande des Hügels aus, damit wir möglichst ungestört waren. Die Sitzmöglichkeiten waren zwar bereits weit voneinander positioniert, doch ich wollte mit Ems möglichst abgeschieden sein. Während ich den Korb auf den Tisch gestellt und geöffnet hatte, beugte sich Emma darüber.

»Wolltest du eine ganze Fußballmannschaft versorgen?«

Lachend zog sie sich ein Stück längst geschnittene Gurke heraus und biss frech davon ab. Meine Augen verengten sich, während ich sie beobachtete.

»Machst du dich etwa über mich lustig?«

Während sie einen Schritt rückwärts machte und gerade davonlaufen wollte, packte ich ihre Hüfte und zog sie zu mir zurück. Lachend versuchte sie sich zu befreien, doch sie hatte keine Chance gegen mich. Ich drückte Ems am mich und beugte mich zu ihr herunter, um ihr einen Kuss zu geben.

»Wenn du schon jetzt so aufgekratzt bist, sollte ich dir den Kaffee wohl besser vorenthalten.«

»Du hast Kaffee dabei?! Wenn du ihn mir vorenthältst, war es das mit uns.«

»Na gut... Das möchte ich natürlich nicht riskieren«, sagte ich grinsend während ich sie losließ und die Thermoskanne aus dem Korb fischte. Ich goss uns beiden einen Kaffee in die mitgebrachten Trinkbecher ein und verteilte das Geschirr, sowie sämtliche Lebensmittel, auf dem Tisch. Bis ich damit fertig war, hatte Ems ihren Kaffee bereits leer und steckte mir den leeren Becher erneut unter die Nase. Grinsend zog ich eine kleine Flasche aus dem Korb.

»Karamellsirup?«

Sie riss ihre Augen auf. »Hast du es extra für mich gekauft?«

»Ich weiß doch, was du zum Überleben brauchst.«

Emma schnappte mir das Sirup aus der Hand und gab eine ordentliche Portion davon in ihren Becher hinein. Angewidert verzog ich das Gesicht.

»Wenn du damit fertig bist, hast du nach der Tasse nicht nur einen Koffein-, sondern auch einen Zuckerschock.« Grinsend setzte sich Ems und nippte von ihrem Kaffee, wonach sie verzückt die Augen verdrehte. Ich nahm ebenfalls Platz und zeigte auf das Essen.

»Da es mir bei der Wärme zu heikel war, Quark mitzunehmen, musst du heute darauf verzichten. Dafür gibt es Vollkornbrot, verschiedene Fruchtaufstriche mit Früchten aus meinem Garten, Avocadocreme, Obst, Gemüse, sowie natürlich den Kaffee.«

»Das sieht so lecker aus. Dann hast du die Fruchtaufstriche selbst gemacht?«

Emma nahm sich ein Glas und begutachtete es.

»Ich habe die Früchte angebaut und geerntet, Kerstin hat sie zu Aufstrichen verarbeitet.«, räumte ich ein. Ich war zwar ein ganz passabler Koch, doch zum Backen oder Einkochen war ich nicht gemacht.

»Sie sehen wirklich lecker aus. Das ist mit Himbeere, oder?«

»Himbeere, Brombeere und Stachelbeere. In dem hellen Glas ist Aprikose mit Quitte und dort ist reine Erdbeere.« Emma stellte das Glas zurück und schnappte sich den Aprikosen-Quitten-Aufstrich. Zufrieden, dass ihr das Frühstück zu gefallen schien, schnappte auch ich mir ein Brot.

»Es ist richtig schön, hier draußen zu frühstücken. Mir gefällt in Schweden besonders die frische Luft. Und die Natur. Da schmeckt das Frühstück gleich besser.«

Emma streckte ihr Gesicht Richtung Himmel und atmete tief durch die Nase ein. Fast musste ich mir ein Lachen verkneifen.

»Es freut mich wirklich sehr, dass dir der Ausflug bisher gefällt.« Ich nahm mir denselben Fruchtaufstrich und bestrich mein Brot damit.

»Doch, wirklich. Ehrlich gesagt hat noch nie jemand einen Geburtstagsausflug für mich organisiert.«

Überrascht sah ich sie an.

»Wie sahen denn sonst deine Geburtstage aus?«

Emma zögerte. Sie schien zu überlegen, wie viel sie mir erzählen sollte.

»Als ich noch bei meinen Pflegeeltern wohnte, wurde der Geburtstag nicht gefeiert. Klar wurde in der Schule ein Lied gesungen und ich bekam zu Hause ein kleines Geschenk, aber eine richtige Geburtstagsfeier gab es nicht. Und Phil... Er hat mir meist ein Geschenk gekauft und mich am Abend in ein besonderes Restaurant ausgeführt.«

Verlegen wich sie meinem Blick aus. Es war ihr offensichtlich unangenehm, über ihn zu reden. Ich konnte mir gar nicht erklären, wie ich Emma zu Beginn so falsch einschätzen konnte. Es machte nicht den Eindruck, als sei ihr der Besitz von viel Geld oder teuren Dingen wichtig. Vielleicht resultierte meine Einschätzung aus ihrer Kleidung oder ihrem abweisenden Auftreten am ersten Tag.

Eigentlich war es überhaupt nicht meine Art, jemanden aufgrund seines Aussehens zu verurteilen. Wenn ich ehrlich zu mir selbst war, fand ich es sogar ziemlich scheiße von mir. Prompt ließ ich meinen Blick über ihr Outfit gleiten. An jedem anderen Tag hätte ich sie gefragt, ob *sie* oder *jemand anderes* ihre Kleidung gekauft hatte, doch an ihrem Geburtstag wollte ich nicht darauf herumreiten. Und teure Geschenke? Auch das passte einfach überhaupt nicht zu Emma. Die Frage, die sich mir stellte, war: Hat es Phil nicht erkannt, oder war es ihm schlichtweg egal?

»Und andere Männer? Also, Männer vor Phil?«

Emma rutschte erneut nervös hin und her.

»Es gab keine anderen Männer vor Phil.«, sagte sie kleinlaut. »Zumindest keine Männer, mit denen ich eine feste Beziehung geführt habe.«

Sie wurde rot im Gesicht. Interessant. Dass Emma einen hohen Verschleiß an Männern hatte, dachte ich ohnehin nicht. Doch gar keine weitere Beziehung vor ihrem Ex? Das wunderte mich.

»Und was heißt *keine feste Beziehung geführt*?«

»Naja. Es gab schon Männer, die Interesse zeigten, aber es passte einfach nicht. Außerdem war es mir wichtig, mich auf die Schule, und später auf die Uni zu konzentrieren.«

Emma, die kleine Streberin. Doch es passte irgendwie in das Bild, welches ich von ihr hatte. Nur stellte sich mir die Frage, was Phil an sich hatte, dass sie ihn ausgewählte? Leider verschwendete ich mal wieder viel zu viele Gedanken an dieses Arschloch. Ich musste versuchen, sie auszublenden.

»Dann ist es ja eine Auszeichnung für mich, dass ich dich erobern konnte.« Grinsend trank ich einen Schluck von meinem Kaffee. Ich wollte die Stimmung etwas auflockern und dafür sorgen, dass sich Emma wieder entspannte. Mit Erfolg. Sie schenkte mir ein Lächeln.

Nachdem wir zu unverfänglicheren Themen gewechselt waren, rief Emma plötzlich »Da!«, und zeigte auf etwas hinter mir. Schnell hielt sie sich eine Hand vor dem Mund als ihr auffiel, wie laut ihr Schrei gewesen war. Instinktiv drehte ich mich alarmiert um und war umso erleichterter, als ich auf einer Lichtung hinter mir einen Elchbullen sah.

Er streckte den Kopf aus dem angrenzenden Wald und knabberte an den frischen Zweigen einer Birke.

»Mein Gott, Emma. Du hast mir fast einen Herzinfarkt beschert.« Lachend sah ich in ihr staunendes Gesicht.

»Das Geweih ist ja riesig!« Emma war aufgestanden und stellte sich an den Rand des Hügels, um eine bessere Aussicht auf den Elchbullen zu bekommen. Ich stand ebenfalls auf und stellte mich direkt hinter sie. Mit meinen Armen umfasste ich ihre Taille und legte mein Kinn auf ihren Kopf. Wir beobachteten, wie das imposante Tier langsam auf die Lichtung lief, bis es sich in seiner ganzen Pracht zeigte. Mit seinem Geweih kratzte er an der Rinde des Baumes. Der Elch lief träge wenige Meter, bis er wieder im Wald verschwand. Hin und wieder sah man einen Busch am Waldrand wackeln, was mich vermuten ließ, dass der Elch direkt dahinter weiterfraß.

»Das war...wow...wie groß er einfach war. Er wirkte noch viel größer als der Elch vorhin. Das hat durch das Geweih nur so gewirkt, oder?«

»Naja, teilweise. Elchbullen sind grundsätzlich auch größer als die Elchkühe.«

»Jetzt kann ich voll und ganz nachvollziehen, weshalb du die Scheinwerfer auch im Sommer benutzt. Das ist ja richtig gefährlich, so groß und schwer wie die Tiere sind.«

»Ja. Das sollte man nicht unterschätzen.« Ich drehte Ems zu mir um und gab ihr einen Kuss. »Komm, wir packen das Essen ein und laufen noch etwas durch das Gelände. Einverstanden?«

Statt einer Antwort nahm sie meine Hand und drückte sie.

Wir verbrachten noch drei Stunden im Park, indem wir über das Gelände wanderten und immer wieder an Aussichtspunkten pausierten, um nach den großen grauen Tieren Ausschau zu halten. Gegen Ende hatten wir Glück und sahen eine Elchkuh, welche im Schlepptau eines Elchbullen einen schmalen Pfad entlanglief. Dies war besonders selten zu dieser Jahreszeit, da sich die Tiere normalerweise nur im Herbst und Frühjahr fanden, um sich fortzupflanzen. Emma war absolut fasziniert von den Huftieren, weshalb ich ihr zum Abschluss des Besuchs ein Kuscheltierelch im Souvenir-Shop kaufe. Mit der Art, wie sie den Elch unter ihrem linken Arm hielt, erinnerte sie mich an eine Teenagerin, die stolz ein Kuscheltier vom Jahrmarkt mit sich herumtrug. Es war einfach süß.

Als ich mein Boot wieder auf den See hinaus steuerte, plapperte Emma noch immer von den Tieren. Grinsend ließ ich das Steuer bewusst nach rechts schnellen, wodurch Emma ins Straucheln kam und gegen meine Brust stieß. Ich fing sie auf, während ich auch das Steuer mit der anderen Hand wieder fest im Griff hielt.

»Du hörst ja gar nicht mehr auf, darüber zu reden.«, sagte ich in ihr Haar und gab ihr einen kleinen Kuss. Sie schmiegte sich an mich und drückte sich wortlos an meine breite Brust. Als ich mitten auf dem See langsamer wurde, sah sie fragend zu mir hoch.

»Wir legen noch eine kleine Badepause ein.«

»Wie? Mitten auf dem See?« Skeptisch beugte sich Ems über die Reling und schaute auf das Wasser hinab.

»Klar. Das Wasser hat hier die beste Qualität. Ich lasse hinten die Treppe runter, dann können wir ganz einfach wieder auf das Boot klettern.«

In ihrem Blick sah ich nun nicht mehr nur Skepsis, sondern auch Angst.

»Du brauchst dir wirklich keine Sorgen machen. In diesem Teil des Sees ist es sehr windstill, daher gibt es auch keine größeren Wellen.«

»Aber große Fische.«

»Der größte Fisch, der hier herumschwimmt, ist vielleicht ein Wels, aber die bleiben in der Regel am Grund. Sonst gibt es noch Hechte, welche etwas größer sind, aber…« Als ich Emma anblickte und sah, wie blass sie mittlerweile war, hielt ich inne. »Wenn es dir lieber ist, können wir natürlich auch an eine Badebucht fahren.«

Sie überlegt einen Moment und blickte nochmals auf das Wasser hinab.

»Nein…Es ist Zeit, dass ich mich meinen Ängsten stelle.«

Ich zog eine Augenbraue hoch, denn ihr Gesichtsausdruck sagte mir etwas komplett anderes.

»Sicher?«

»Sicher. Aber nur, wenn du zuerst ins Wasser gehst.«

Lachend sah ich auf sie hinab. »Daran sollte es nicht scheitern.«

Wir zogen uns unsere Badesachen an und ich ließ den Anker auf den Grund hinab, damit das Boot nicht abtrieb. Nachdem Ems noch immer etwas unsicher und skeptisch an der Reling stand, ließ ich die Treppe für sie herunter und sprang anschließend kopfüber in das dunkle Wasser. Mein Körper drängte das Wasser zur Seite und ich spürte, wie es an mir vorbeischoss. Die angenehme Kühle umschloss mich. Nachdem ich wieder aufgetaucht war, schwamm ich an das Heck des Bootes und trat neben der Leiter im Wasser, um auf Ems zu warten. Sie schien sich noch nicht ganz schlüssig zu sein.

»Ist es denn sehr kalt?«

»Komm doch die Treppe herunter und strecke einen Fuß in das Wasser. Es ist frisch, aber nicht kalt. Der See hat sich schon gut aufgewärmt.«

»Hm...«

Sie kam die ersten zwei Stufen hinab und blieb erneut stehen.

»Emma. Wenn du Angst hast, musst du nicht ins Wasser. Lass uns an eine andere Stelle fahren.«

Besorgt blickte ich sie an. Ich wollte ihr einen schönen Geburtstag bereiten und nicht eine Mutprobe daraus machen. Für mich war es pure Freiheit, mitten im See zu schwimmen, doch für Ems schien es offensichtlich wenig damit zu tun zu haben.

Entschlossen lief sie die letzten Stufen hinab und streckte einen Fuß vorsichtig in den See. Kurz zuckte sie zusammen, doch dann ließ sie sich langsam in das Wasser sinken. Im Wasser drehte sie sich zu mir und als ich ihren Gesichtsausdruck sah, zog ich sie vorsichtshalber an mich. Ems umschlang meinen Oberkörper mit ihren Beinen und presste sich dagegen. Ich hörte, wie ihre Atmung schneller wurde.

»Sollen wir wieder auf das Boot?«

»Nein, so ist es okay.«

Ich blickte prüfend in ihr Gesicht und stellte fest, dass sich ihre Mimik wieder entspannte. Na gut. Ich schwamm gemeinsam mit ihr wenige Meter vom Boot weg. Immer darauf bedacht, mich nicht zu weit zu entfernen. Es war ein schönes Gefühl, Emma so nah bei mir zu spüren, wobei es in mir auch andere Gefühle hervorrief. Die Art, wie sich ihre kleinen Brüste an mich drückten und ihre straffen Beine meine Hüften umschlangen, brachte mich auf ganz andere Gedanken. Ems entspannte sich zunehmend, doch vollkommen gelöst wirkte sie noch nicht. Wir genossen die körperliche Nähe des anderen, bis Emma das Schweigen brach.

»Meinst du, wir können wieder auf das Boot? Langsam wird es etwas kalt.«

Da sie sich kaum im Wasser bewegte war klar, dass ihr Körper auskühlte. Ich Idiot.

»Ich habe eine bessere Idee.«

Ich griff hinter mich und löste ihre Beine von mir, sodass sie ebenfalls begann, mit den Beinen im Wasser zu treten. Zunächst wirkte sie panisch, doch ich ergriff schnell ihre Hand.

»Du kannst mir vertrauen, es passiert nichts.«

»Es kommt kein Hai und frisst mich auf?«

Mit all meiner Selbstbeherrschung unterdrückte ich ein Lachen, denn ich wollte mich nicht über sie lustig machen.

»Kein Hai wird dich fressen.«

Ich schwamm zu der Treppe und ließ Emmas Hand erst los, als sie die Sprossen der Leiter fest umklammerte. Als sie die Treppe hinaufkletterte fiel mein Blick automatisch auf ihren Po. Er bewegte sich während des Aufstiegs hin und her, wodurch sich trotz des kühlen Wassers etwas in meiner Hose regte. Oh man, sie machte mich wirklich fertig. Nachdem Emma oben angekommen war, stieg auch ich die Leiter hoch. Fröstelnd umschloss sie mit ihren Händen ihre Oberarme.

Ich nahm ihre Hände von ihren Oberarmen und drängte mich an sie, während ich ihren Hals küsste. Als sie meinen harten Schritt an ihrem Bauch spürte, sog sie scharf die Luft ein.

»Ich wärme dich wieder auf.«

Emma

Nachdem mich Lucas – wortwörtlich – von Kopf bis Fuß verwöhnt hatte, lagen wir mit unseren Handtüchern auf dem Deck seines Bootes und genossen die wärmende Sonne. Lucas war nochmals kurz in das Wasser gesprungen, doch ich verzichtete dankend. Eine Überwindung meiner Ängste reichte für diesen Tag vollkommen. Ich wusste nicht, woher es rührte, doch ich hatte prinzipiell Angst in unbekannten Gewässern. Das Wasser an sich war dabei nicht das Problem. Dafür eher der Aspekt nicht zu wissen, was unter mir *schwamm*. Selbst bei klarem Wasser konnte ich nicht entspannt schwimmen, abgesehen vom Tauchen. Wenn ich sehen konnte, was um mich herum passierte, war es erträglich.

Ich genoss die Wärme der Sonne, sowie die Wärme von Lucas. Eng an seiner Brust gekuschelt, fühlte ich mich sicher. Vereinzelte Wassertropfen hingen noch in seinen Haaren, welche in der Sonne silbern glänzten. Er hatte sich wirklich viele Gedanken darüber gemacht, was mir gefallen könnte und traf damit letztendlich voll ins Schwarze. Es war ein unbeschreibliches Gefühl, diese faszinierenden Tiere so nah beobachten zu können.

Als uns die Sonne nicht mehr ausreichend wärmte, zogen wir unsere Kleidung über die mittlerweile trockene Badekleidung. Der Rückweg kam mir viel kürzer vor, als der Hinweg. Lucas fuhr sein Boot direkt zu dem Steg seiner Eltern, da Elsa den Abend mit mir verbringen wollte. Zwar freute ich mich auf sie, aber ich wollte auch nicht, dass der Tag mit Lucas endete.

Hoffnungsvoll blickte ich zu ihm herüber. »Kommst du eigentlich noch mit rein?«

»Natürlich. Ich muss doch sichergehen, dass mein Mädchen gut zu Hause ankommt.«

Bei seinen Worten schmolz ich dahin. Ich umarmte ihn fest, weil ich den letzten Moment der Zweisamkeit noch bis zur letzten Sekunde auskosten wollte. »Danke, dass du mir einen so schönen Geburtstag bereitet hast.«

Lucas erwiderte meine Umarmung und schien sich auch nicht von mir lösen zu wollen.

»Es freut mich, wenn der Ausflug ein besonderes Erlebnis für dich war.«, nuschelte er mir in die Haare. Ich machte einen Schritt zurück, denn es war mir wichtig, ihm in sein Gesicht sehen zu können.

»Das, was meinen Geburtstag heute besonders gemacht hat, waren nicht die Elche. Das warst du.«

Sein Blick wurde weich und sein Griff wurde etwas fester. »Dabei erwartet dich doch noch das Highlight des Tages.«

Verwirrt blickte ich ihn an, doch Lucas nickte mit seinem Kinn in die Richtung hinter mir. Ich drehte mich um zu sehen, was er meinte. Fassungslos klappte mir die Kinnlade herunter. Ich traute meinen Augen nicht. Den Steg entlang gelaufen kam Elsa, untergehakt bei Timothy. Nochmals blickte ich zu Lucas und wusste nicht, was ich sagen sollte. Sein Mundwinkel verzog sich zu einem schiefen Grinsen.

»Na los, begrüße deinen Geburtstagsbesuch.«

Ich grinste zurück und riss mich aus seiner Umarmung, um vom Boot zu springen und zu Timothy zu rennen. Es war einfach unfassbar, dass er hier in Schweden war. Noch gestern wünschte ich mir nichts sehnlicher und heute stand er tatsächlich vor mir. Es war unwirklich. Seine Haut war durch den Urlaub noch dunkler als zuvor und möglicherweise bildete ich es mir ein, doch seine Haare sahen etwas länger aus. Ich sprang ihn förmlich an und genoss das vertraute Gefühl seiner Umarmung, als er mich in seine kräftigen Arme schloss. Er taumelte aufgrund meines Aufpralls etwas zurück, doch ich wusste, er würde mich halten. Wir drückten uns so fest aneinander, dass kein Blatt Papier mehr dazwischen gepasst hätte.

»Emma.«, sagte er nur. Ich konnte nichts erwidern, da ich sprachlos war. Tränen stiegen mir in die Augen und ich schluchzte vor Rührung auf. Timothy strich mir beruhigend über den Rücken. »Du hast mir auch gefehlt. Happy birthday.«

Wie sehr ich seine Stimme vermisst hatte.

»Mensch, Emma. Du bringst mich auch noch zum Heulen.«

Elsa, die neben uns stand, drückte sich nun ebenfalls an uns. Zu dritt standen wir da und ich spürte eine tiefe Dankbarkeit dafür, dass diese zwei Menschen zu meinen Freunden zählten.

Ein Räuspern riss mich aus meinen Gedanken und nachdem sich Elsa von uns löste, ließ auch ich Timothy los. Mein Lächeln hätte nicht breiter sein können. In diesem Moment waren all die Menschen, die mir am wichtigsten waren, in meiner unmittelbaren Nähe: Elsa, Timothy und Lucas.

Ich drehte mich in die Richtung aus der das Räuspern kam und sah ihn. Lucas lächelte erst mich an, bevor sein Blick zu Timothy wanderte. Trotz seines Lächelns konnte ich eine abwartende, leicht wiederstrebende, Haltung bei ihm erkennen und schlagartig wurde mir bewusst, wie das Wiedersehen auf ihn gewirkt haben musste.

»Echt cool, dass du kommen konntest. Ich bin Lucas.« Lucas hob seine Hand und Timothy schlug ein. Ich war ein bisschen nervös, denn als mein letzter Freund Timothy kennenlernte, lief es leider nicht ganz optimal. Daher war ich auch erstaunt, als Lucas' Worte zu mir durchdrangen. *Dass er kommen konnte?* War es der Plan von Lucas, Timothy nach Schweden zu holen?

»Danke, ich freue mich auch. Dein Deutsch ist echt super. Timothy.«, stellte er sich vor. Die Männer musterten sich kurz und es machte den Anschein, als würden sie sich gegenseitig als sympathisch absegnen. Noch immer etwas irritiert, schaute ich zu Lucas.

»War der Besuch etwa geplant?«

»Deine bessere Hälfte dachte, es wäre ganz schön, wenn Timothy an deinem Geburtstag teilnimmt. Ich war die hervorragende Organisatorin.« Elsa grinste breit und auch ihr standen Tränen in den Augen.

»Ich weiß gar nicht, was ich sagen soll. Ihr seid wirklich die Besten! Danke, danke, danke!«

Ich gab Lucas einen Kuss und er erwiderte ihn automatisch, als wäre es das Normalste der Welt. Während ich an seiner Seite stehen blieb, musterte Timothy uns. An seinem Kiefer zuckte ein Muskel. Ich wusste ganz genau, dass er an Phil dachte und sich fragte, ob Lucas auch so besitzergreifend war. Fast unmerklich schüttelte ich meinen Kopf und Timothy entspannte sich wieder.

»Ihr müsst mir unbedingt erzählen, wie ihr das auf die

Beine gestellt habt!«

Mein Blick wanderte von Timothy zu Lucas.

»Ich hole erstmal deinen Rucksack vom Boot. Danach startet der Filmabend, oder?« Lucas sah Elsa fragend an.

»Ganz genau. Die Pizzen sind schon belegt und warten nur darauf, in den Ofen geschoben zu werden.«

Meine beste Freundin zeigte auf das Haus ihrer Eltern und schaute fragend in die Runde. »Sollen wir reingehen?«

Nachdem ich Lucas, Elsa und auch Timothy ausgiebig ausgefragt und in regelmäßigen Abständen umarmt hatte, saßen wir auf der Couch und aßen Pizza. Wie konnten die drei es nur vor mir geheim halten? Vor allem Elsa? Sie konnte doch normalerweise nie die Klappe halten. Ich ging in die Küche, um noch ein paar Getränke zu holen, als Timothy neben mir auftauchte und mich seitlich mit der Hüfte anstieß.

»Du wirkst glücklich. Verändert. Also, positiv verändert.« Sein Blick lag prüfend auf mir.

»Das bin ich auch. Lucas ist… Er ist einfach toll.«

»Ja, er macht einen ganz vernünftigen Eindruck. Geht er auch wirklich gut mit dir um?«

Meine Mine wurde ernst. Ich wollte nicht, dass sich Timothy unnötig Sorgen machte. Natürlich dachte ich zu Beginn auch bei Phil nicht, dass etwas nicht mit ihm stimmte. Doch im Nachhinein musste ich zugeben, dass es Warnsignale gab. Wie besitzergreifend er sich schon zu Beginn zeigte, oder dass er keine Kompromisse mit mir eingehen konnte. Trotzdem war ich mir sicher: Lucas war anders. Das sagte mir einfach mein Bauchgefühl.

»Das tut er. Du musst dir wirklich keine Sorgen machen.

Wenn du ihn erst genauer kennst, wirst du es erkennen. Sei aber bitte nicht voreingenommen.«

Eindringlich sah ich zu ihm auf. Ich wollte nicht, dass es Streit gab. Es lag mir wirklich am Herzen, für ein positives Verhältnis zwischen Timothy und Lucas zu sorgen.

»Du scheinst ja wirklich richtig verschossen in ihn zu sein.«

Ich spürte, wie mir die Röte ins Gesicht stieg.

»Ich mag ihn schon besonders gerne.«

»Ich merke es. Und ja, ich versuche so unvoreingenommen wie möglich zu sein. Wenn er sich aber als Idiot entpuppt, kann ich für nichts garantieren.«

Bei seinen Worten verdrehte ich die Augen.

»Komm, du Macho. Lass uns Pizza essen.«

Der Abend verflog super schnell. Als Elsa feststellte, dass es bereits zwei Uhr am Morgen war, riss ich überrascht die Augen auf.

»Wo schläfst du denn?«, fragte ich an Timothy gewandt.

»Wir dachten, dass wir zwei auf dem Boot schlafen, dann kann Timothy in deinem Bett schlafen. Ich muss sowieso früh am Morgen hier sein, um unseren Eltern bei den Vorbereitungen zu helfen. Was meinst du?« Lucas strich mir eine Haarlocke hinter das Ohr und ließ anschließend seinen Arm auf meinen Schultern liegen.

»Okay.« Lächelnd kuschelte ich mich tiefer in seinen Arm. Ich packte ein paar Sachen zusammen und drückte Elsa und Timothy zum Abschied fest an mich. Obwohl ich nur wenige Meter entfernt von ihnen schlief, fühlte es sich merkwürdig an, mich zu verabschieden. Während Lucas und ich Hand in Hand über den Steg schlenderten, wurde sein Händedruck fester. Fragend blickte ich ihn an, doch er schaute geradeaus.

»Ist alles okay?«

Ich blieb stehen und musterte ihn. Lucas blieb nichts anderes übrig, als ebenfalls stehen zu bleiben, denn ich hielt seine Finger fest mit meinen verschränkt und hatte im Übrigen auch nicht vor, diese Verbindung zu lösen. Lucas wich meinem Blick aus und schaute auf den See. Mit der freien Hand fuhr er sich durch die halblangen, leicht welligen Haare und seufzte letztendlich, bevor er mich ansah.

»Ich möchte kein Arsch sein.« Entschuldigend blickte er mir in die Augen.

»Ähm. Das ist schön. Ich möchte nämlich auch nicht, dass du ein Arsch bist.« Mein leicht neckender Ton verfehlte meinen Plan die Stimmung aufzulockern, denn er ging nicht darauf ein.

»Was ist los?« Ich trat näher an ihn heran und ließ meinen Rucksack, welcher über meiner linken Schulter hing, auf den Steg fallen. Lucas wandte sich. Weshalb wollte er nicht mit der Sprache herausrücken?

»Es ist nur… Mir ist klar, dass ihr Freunde seid. Sehr gute Freunde. Trotzdem ist es merkwürdig für mich, dich so innig mit einem anderen Mann zu sehen. Einem sehr gut aussehenden Mann, welcher dich seit Jahren kennt und liebt. Es ist… Ach, ich weiß auch nicht.«

Angespannt konnte ich meinen Blick nicht von ihm abwenden. Wiederholte sich die Vergangenheit? Würde Lucas ebenfalls Probleme mit meiner Freundschaft zu Timothy haben? Schließlich war er es doch, der die Idee hatte, Timothy hierher nach Schweden einzuladen. Meine

Gedanken rasten. War die Einladung ein Test? Oder war meine Reaktion bei der Begrüßung schlichtweg zu heftig? Lag es vielleicht doch an mir und Phil hatte die ganze Zeit über recht gehabt?

Lucas verstärkte den Druck unserer verschränkten Hände. Vollkommen in meinen Gedanken gefangen, achtete ich nicht mehr auf seinen Gesichtsausdruck.

»Ems. Ich bin ich dein Ex-Freund. Ich habe kein Problem mit Timothy, solange er dich nicht verletzt oder dir auf andere Art und Weise zu nahe kommt. Ich freue mich, dass du so gute Freunde hast, die auf dich aufpassen, wenn ich es nicht kann. Es macht mich nur nervös. Aber das ist etwas, womit ich klarkommen muss. Etwas, was sich vermutlich auch ändert, wenn ich ihn besser kennenlerne. Und das möchte ich auch.«

Seine Mine war erst und meine Verwirrung nahm zu. Obwohl ich Dankbarkeit spürte, weil er mir gegenüber so ehrlich war, irritierte mich seine Eifersucht. Einerseits konnte ich ihn verstehen. Mir ging es mit Laura ähnlich, auch, wenn dies nur eine rein körperliche Beziehung gewesen war. Doch wie würde ich reagieren, wenn Lucas eine sehr innige Freundschaft mit einer gutaussehenden Frau hätte? Ich verstand ihn. Doch er musste auch begreifen, dass Timothy eben nicht mehr war, als nur ein sehr guter Freund.

»Er ist für mich wie ein Bruder. Wirklich.« Mit Nachdruck betonte ich das letzte Wort. Mich beschlich die Angst, Lucas zu verlieren. »Aber wenn es für dich sehr unangenehm ist, werde ich etwas mehr auf Abstand gehen.«

Lucas' Augen verengten sich und er sah mich fast etwas

wütend an.

»Nein. Ich möchte nicht, dass du deine Beziehung zu ihm änderst. Er ist dein Freund, das weiß ich. Es ist einfach noch neu für mich, dich in den Armen eines anderen Mannes zu sehen. Aber ich habe kein Problem mit ihm oder denke, dass da etwas läuft. Es beschäftigt mich einfach. Bitte halte dich nicht zurück. Ich möchte nicht, dass du zwischen den Stühlen stehst. Okay?«

Er strich mir eine Locke hinter mein Ohr. Mit dieser Antwort rechnete ich nicht. Lucas war verständnisvoll. Er *wollte*, dass meine Beziehung zu Timothy genauso blieb, wie sie bisher war. Er *vertraute* mir. Es war ein völlig neues Gefühl für mich, dass mir der Partner an meiner Seite vertraute. Wie so häufig ließ ich lieber Taten sprechen. Ich schlang meine Arme und seinen Oberkörper und hielt ihn dabei so fest, wie ich nur konnte. Mit mittlerweile gewohnter Leichtigkeit hob er mich hoch und ich schlang automatisch die Beine um seinen Oberkörper. Als wir uns in die Augen blickten, konnte ich die Worte nicht zurückhalten. Auch, wenn es viel zu früh war – die Gefühle waren da.

»Ich glaube, ich liebe dich.«

Lucas sah mich überrascht an, bevor sich sein Blick verdunkelte und er seine Lippen hart auf meine presste. Der Kuss war so stürmisch und intensiv, dass ich alles um mich herum vergaß. Kaum bekam ich mit, wie er sich nach unten beugte und meinen Rucksack mit einer Hand aufsammelte. Er trug mich zu seinem Boot, während wir uns immer wieder küssten. Es war mir egal, ob es jemand sah. Mit mir an seiner Brust gepresst warf er zunächst meinen Rucksack auf das Boot und zog uns anschließend nach oben. Ehe ich mich versah, lag ich in der Kajüte auf der Sitzbank. Ungeduldig warf er die Kissen zur Seite und drückte mich in die weiche Polsterung. Mir wurde heiß zwischen den Beinen, als ich das wilde Verlangen in seinem Blick sah. Ich wusste, dass er es auch spürte. Die Hitze und die drei Worte, welche ich vor wenigen Minuten zu ihm sagte, trieben uns an.

Nachdem wir uns geliebt hatten, lagen wir uns gegenüber. Lucas baute in wenigen schnellen Handgriffen aus der Sitzgruppe eine Liegefläche, wodurch wir mehr als genug Platz bekamen. Mittlerweile war das Wetter umgeschlagen und der Regen prasselte leise auf das Dach der Kajüte. Mich fröstelte es, wobei es weniger an dem Wetter, sondern eher an Lucas' Fingern lag, welche sanfte Kreise über die Haut meiner Schulter zogen.

»Ist dir kalt?«

Ohne eine Antwort abzuwarten, zog er mich zu sich heran. Seine warme, harte Brust schmiegte sich an mich und sein männlicher Geruch stieg mir in die Nase. Vollkommen entspannt schloss ich meine Augen. Das Vibrieren meines Handys unterbrach die entspannte Stille.

»Das ist bestimmt Elsa, die uns heimlich beobachtet.«

Bei meinen Worten verzog Lucas angewidert das Gesicht und beugte sich vor, um nach meinem Telefon zu greifen. Er reichte es mir, als er plötzlich innehielt und sich sein ganzer Körper versteifte. Mich beschlich ein merkwürdiges Gefühl, als ich sah, wie sein Blick förmlich über das Display flog.

»Was ist denn?« Ich zog die Stirn in Falten und drehte mich ebenfalls zu dem Telefon. Sofort erkannte ich, was seine Reaktion auslöste. Eine Nachricht von Phil leuchtete auf. Lucas wusste, dass Phil hin und wieder versuchte, mich anzurufen. Jedoch ließ Phil in der letzten Zeit immer weniger von sich hören. Ich wollte ihm das Handy aus der Hand nehmen, doch Lucas richtete sich auf und tippte mit einem Finger auf die Nachricht. Mist. Der Chat öffnete sich und er scrollte mit seinem Finger über den Verlauf. Seine Mimik verhärtete sich zusehends und anschließend reichte er mir wortlos das Handy. Ich las die neueste Nachricht, während ich spürte, wie er mich mit seinem Blick fixierte.

Meine liebste Emma,

heute ist dein Geburtstag und es verletzt mich, dass wir ihn nicht gemeinsam verbringen. Du sollst wissen, dass es keinen Grund gibt, dich vor mir zu verstecken. Niemals würde ich dir Leid zufügen. Da wir zwei zusammengehören, werde ich immer in deiner Nähe sein und auf dich aufpassen. Das verspreche ich dir.
Wenn du wieder bei mir bist, werden wir gemeinsam verreisen, um auf andere Gedanken zu kommen. Ohne, dass uns jemand stört oder dich bedrängt. Was schwebt dir vor? Ich dachte an Barbados. Gerne würde ich dir heute beweisen, wie sehr ich dich liebe. Ich habe eine Geburtstagsüberraschung für dich und hoffe, sie gefällt dir.
Sei gespannt.

In Liebe, Philipp

Mit jedem weiteren Wort wurde mir schlechter und ich spürte, wie mir die Pizza wieder hochkam. Schnell rutschte ich unter der Kuscheldecke hervor, welche Lucas über unsere Beine ausgebreitet hatte, und rannte auf das Deck. Als ich mich würgend über die Reling beugte, hielt mir Lucas mit einer Hand meine Haare zurück, während er die andere auf meinen Rücken legte. Es war mir extrem unangenehm, dass er mich so sah. Ich versuchte mich von ihm abzuwenden, doch er ließ es nicht zu.

»Wir müssen unbedingt darüber reden. Weshalb hast du mir nicht gesagt, dass er dir schreibt?«

Schuldgefühle überkamen mich und nun hatte ich nicht nur Tränen aufgrund des Erbrechens in den Augen stehen, sondern auch wegen der Enttäuschung, welche sich in seinem Blick abzeichnete. Im Regen stehend starrten wir uns an.

Lucas

Emma stand nackt vor mir, zitterte am ganzen Körper und Tränen stiegen ihr erneut in die Augen. Mittlerweile hangen ihre Haare in trägen, nassen Strähnen von ihrem Kopf. Es verletzte mich sehr, sie so zu sehen, doch ich würde nicht weich werden. Sie erzählte mir nicht, dass er regelmäßig Nachrichten schrieb. Sie sagte mir, dass sie mich liebte, aber *das* verheimlichte sie mir? Sorry, aber das ging gar nicht. Auf ihre Antwort wartend, schaute ich auf sie herab. Unter meinem Blick schien sie immer kleiner zu werden und fast wäre ich weich geworden, aber ich blieb standhaft.

»Also, warum?«

»Ich… Die Nachrichten sind weniger geworden. Ich dachte, er hört damit auf.«

»Offensichtlich hat er das wohl nicht getan, oder?«

Emma zuckte bei meinen scharfen Worten zusammen. Wut stieg in mir auf. Natürlich konnte sie nichts dafür, dass er ihr schrieb, aber ich hätte für die da sein sollen. Sie unterstützen müssen. Doch wie sollte ich für sie da sein, wenn ich von solchen Situationen nichts wusste?

»Seine Nachrichten haben sich verändert. Warum?«

»Ich weiß es nicht. Sonst hat er immer nur Sachen geschrieben wie *Es tut mir leid* oder *Bitte verzeih mir*. Ich weiß nicht, wie er jetzt darauf kommt, an Urlaub oder sonst was zu denken.«

Ich betrachtete sie noch einen Moment und konnte mich nicht mehr zurückhalten. Ich zog Emma in meine Arme.

»Das ist nicht normal. Er droht dir ja schon fast. Wir müssen unbedingt zur Polizei gehen.«

Bei meinem letzten Satz spürte ich, wie sich Emma versteifte. Ich wusste, dass sie das nicht wollte, doch es führte kein Weg daran vorbei. Wer weiß was ihm einfiel, wenn sie wieder in Berlin war. Wenn die Dinge so standen wie jetzt, konnte sie nicht nach Berlin zurückgehen. Es war viel zu gefährlich, Emma in die Nähe dieses Psychopathen zu lassen.

»Das kann ich nicht… Es würde seine ganze Karriere zerstören.«

»Seine Karriere ist mir scheißegal! Verstehst du es nicht? Wenn du wieder nach Berlin gehst, wird er auch dort sein. Früher oder später wird er dich finden. Gott weiß, was er dann machen wird. Ich kann dich dort nicht beschützen.« Meine flehenden Worte veranlassten Ems dazu, ihren Blick zu heben.

»Lucas…«

»Ich weiß.« Ich küsste sie auf den Kopf und hielt sie noch einige Minuten fest im Arm, bis sie sich wieder beruhigt hatte. In meinem Kopf ratterte es. Wir würden eine Lösung finden müssen. So konnte es nicht weitergehen. Elsa und Timothy würden mir sicherlich zustimmen. Der Gedanke, Emma alleine nach Berlin zurückkehren zu lassen, war unerträglich. Das konnte ich einfach nicht zulassen.

»Wenn du wieder nach Deutschland musst, komme ich mit. Ich nehme mir zwei Wochen Urlaub und wir gehen zur Polizei. Emma, ich werde für dich da sein. Elsa wird für dich da sein. Und Timothy. Nimm diese Unterstützung an.«

Überrascht sah sie mich mit geröteten Augen an.

»Das würdest du für mich machen?«

»Natürlich.«

Am nächsten Tag stand ich bereits früh am Morgen auf und ließ Emma allein in der Kajüte zurück. Sie wusste zwar, dass ich bei den letzten Vorbereitungen helfen musste, doch ich hinterließ ihr trotzdem einen kleinen Zettel. Es war ein schreckliches Gefühl, sie nach dem gestrigen Abend schlafend zurückzulassen. Immerhin war sie hier in Sicherheit. Ich konnte in der vergangenen Nacht kaum ein Auge zu machen und fühlte mich wie gerädert.

Phil war ein Psychopath. Niemand konnte mir erklären, dass sein Verhalten normal war. Doch weshalb veränderte sich der Inhalt seiner Nachrichten so sehr? Irgendetwas musste passiert sein. Während ich noch darüber nachdachte, trat ich in das Haus meiner Eltern und lief in die Küche. Am Tisch saß Timothy, von den anderen war keine Spur zu sehen.

»God morgon.«, sagte er.

Überrascht zog ich eine Augenbraue hoch. »Du hast schwedisch gelernt?«

»Ich finde es nur angemessen, ein paar Worte zu lernen, bevor man in ein anderes Land reist.«

Damit gab ich ihm recht. Ich nickte ihm knapp zu und machte mir einen Kaffee. Ohne Koffein würde ich den Tag nicht überstehen. Ich spürte Timothys Blick auf mir ruhen. Auch er schien das Bedürfnis zu haben, mit mir zu reden. Ich schnappte mir eine Banane und ging ebenfalls an den Esstisch, um ihm gegenüber Platz zu nehmen.

»Hast du gut geschlafen?«

»Es ging so. Du siehst auch nicht gerade erholt aus.«

Wenn er nur wüsste, weshalb. Da ich aber nicht wollte, dass er dachte, ich hätte die ganze Nacht wegen ihm nicht schlafen können, blieb ich ihm eine Antwort schuldig. Gerade wollte ich das Gespräch in eine andere Richtung lenken, als mir Timothy zuvorkam.

»Du scheinst ein Problem damit zu haben, dass Emma und ich uns nahestehen.«

Wow. Sehr subtil. Immerhin kam er gleich zur Sache. Das machte ihn fast sympathisch. Ich seufzte und stelle meinen Kaffee auf den Tisch.

»Nein. Ehrlich gesagt bin ich froh, dass Emma einen Freund wie dich hat. Jemanden, der für sie da ist und auf sie aufpasst, wenn ich nicht da sein kann.«

Timothy zog eine Augenbraue hoch und wartete ab.

»Aber es fällt mir trotzdem schwer zu sehen, dass ein anderer Mann so innig mit ihr umgeht. Es ist deutlich, dass ihr eine sehr intime Beziehung zueinander habt.«

Timothy lehnte sich in seinem Stuhl zurück. »Ja, das haben wir. Aber es ist eine rein platonische Beziehung. Da war nie…nie etwas sexuell Anziehendes zwischen uns. Wenn du dich jetzt als genauso ein Spinner wie Phil entpuppst, bekommen wir ein Problem.«

Seine Drohung war offensichtlich und sofort fühlte ich mich angegriffen, andererseits konnte ich seine Worte nachvollziehen. Er wollte Ems beschützen und dafür sorgen, dass ihr nicht nochmal so wehgetan wurde, wie von ihrem Ex-Freund. Wenn ich genauer darüber nachdachte, war es auch die einzig richtige Reaktion von ihm, mich zu prüfen. Wenn er dies nicht getan hätte – oder in Zukunft noch tun würde – wäre er ein ziemlich lausiger Freund für sie. Ich entspannte mich wieder. Timothy und ich waren uns ähnlicher, als ich bisher vermutete.

»Es wird kein Problem geben, solange es auch von deiner Seite kein Problem gibt. Emma liegt viel an dir. Wenn du also gegen mich bist, wird sie es auch sein. Verstehst du, was ich dir damit sagen möchte?«

Es war notwendig, dass er es verstand. Er *musste* es einfach verstehen.

»Und hast du es verdient, dass ich ein gutes Wort für dich einlege?« Sein skeptischer Blick ging mir nun doch langsam auf die Nerven.

»Ich würde nie etwas tun, was sie verletzt. Und wenn ich an dieses Arschloch an Ex-Freund denke…« Meine Kieferpartie zuckte und ich spürte wieder die Wut von vergangener Nacht in mir aufsteigen. »So würde ich sie nie behandeln.«

In Timothys Blick konnte ich erkennen, dass er mich ernstnahm. Er nickte mehrfach vor sich hin und schien über etwas nachzudenken.

»Sie hat dir also von ihm erzählt.«

Zähneknirschend nickte ich als Antwort. Wir tauschten einen langen Blick aus und schienen uns auch ohne Worte zu verstehen.

»Danke, dass mich zu euch eingeladen hast.«

Überrascht schaute ich ihn an. Er grinste und ich erwiderte sein Grinsen. »Das war echt überfällig.«

Emma

Schlechtgelaunt stand ich am Morgen des Midsommars in der Küche und aß meinen Magerquark mit Obst. Ich war unter Zeitdruck, da mich Lucas am Morgen ausschlafen ließ. Elsa wartete bereits an der Tür auf mich, weshalb ich schnell einen großen Schluck von meinem Kaffee nahm und mir dabei prompt die Zunge verbrannte. Na super. Immerhin konnte der Tag ab jetzt nur besser werden.

Kerstin, Björn, Lucas und Timothy waren schon am Festplatz und kümmerten sich um den restlichen Aufbau. Da wir die Parkplätze für die Gäste freilassen mussten, liefen wir in die Stadt. Ich spürte, dass dieser Tag etwas Besonderes für die Einheimischen war. Es lag eine feierliche Stimmung in der Luft und die Vorfreude war fast greifbar.

Unterwegs hüllte uns der Geruch von Zimt ein. Kerstin backte in den vergangenen Tagen Unmengen an Zimtschnecken – oder wie man sie hier nannte: *Kanelbulle*. Es roch so verführerisch, dass ich es kaum abwarten konnte, eine zu probieren. Umso gemeiner war es, dass wir sie nun zu dem Festplatz trugen und nicht anrühren durften.

Auf dem Festplatz sah es komplett anders aus, als in den Tagen zuvor. Normalerweise präsentierte er sich als lichte grüne Wiese nah am Unnensee und zentral in der Stadt liegend. Einmal wöchentlich fand hier der Wochenmarkt statt, auf welchem ich noch nicht gewesen war, aber noch unbedingt hingehen wollte. Nun befanden sich hier unzählige – für Schweden offensichtlich typische – Holzbänke mit integriertem Tisch auf dem gesamten Platz verteilt. In der Mitte des Platzes wurde eine große kreisförmige Fläche ausgespart, in deren Mitte eine Runde Halterung aus Metall in den Boden eingelassen wurde.

»Dort wird nachher der Maibaum aufgestellt. Zuerst müssen wir ihn aber noch mit Blättern und Blumen schmücken.«

Elsa war voll in ihrem Element. Ich konnte ihr ansehen, wie sie sich auf die Traditionen ihrer Heimat freute. Sie schien förmlich darin aufzugehen.

Am Rand des Festplatzes standen Tische, auf welchen Geschirr, Getränke, Kuchen und Gebäck aufgebaut waren. Im Hintergrund lief dezente Musik, die ich aufgrund von Rhythmus und Sprache als schwedische Volkslieder einstufte. Automatisch begann ich, mit meinem Kopf im Takt zu nicken. Einige Frauen trugen blau-gelbe Kleidung, welche mich an bayerische und österreichische Dirndl erinnerten. Das mir bietende Bild fügte sich perfekt zusammen und nun erfasste auch mich eine gewisse Vorfreude.

Nachdem wir die Kanelbulle ebenfalls auf einem der Tische aufgebaut hatten, drehte ich mich um und erblickte Elias am Strand. Da Elsa sowieso mit Ben telefonierte und ich nicht wusste, was ich machen sollte, lief ich in seine Richtung. Ich winkte Elsa kurz zu und hörte, wie sie Ben genaue Anweisungen dazu gab, was er noch alles mitbringen sollte. So wie sie mit ihm sprach, hätte man davon ausgehen können, er sei geistig eingeschränkt. Kopfschüttelnd lief ich los. Vielleicht konnte ich Elias noch unter die Arme greifen.

Als er mich ebenfalls erblickte, erschien ein breites Lächeln auf seinem Gesicht. Er trug ein dunkelblaues Poloshirt und eine Jeansshorts, wodurch sein trainierter Körper betont wurde. Ich konnte nachvollziehen, weshalb sich nicht nur Lucas in den vergangenen Jahren einen Ruf als Frauenheld machte, Elias war echt heiß. Er schien es nur nicht so heraushängen zu lassen. Elias zog mich mit einem Arm in eine kurze Umarmung und gab mir einen Kuss auf das Haar.

»Hej, Emma. Bist du bereit für den heutigen Tag? Hat Lucas dich gewarnt? Wenn es um Nationalstolz geht, macht uns Schweden niemand etwas vor.«

Seine unkomplizierte Art, mich zum Lachen zu bringen oder meine Sorgen wegzuwischen, war einmalig. Für mich entwickelte er sich als eine Art großer Bruder und ich mochte ihn wirklich. Weshalb ich bei seinem Tonfall auch etwas besorgt war. Er trank doch nicht wieder, oder? Doch wenn er sprach, konnte ich keinen Alkoholgeruch wahrnehmen. Sofort schämte ich mich für meine Gedanken.

Bei unserem Gespräch im Café bekam ich den Eindruck, dass es ihm mit der Therapie sehr ernst war. So wie ich ihn bisher kennenlernen durfte, stand er zu seinem Wort. Da es mich wirklich interessierte, wollte ich ihn gerne darauf ansprechen, doch heute war kein passender Zeitpunkt dafür. Ich ließ den Blick kurz über den See schweifen und schaute anschließend wieder zu ihm auf.

»Lucas eher weniger, aber Elsa hat sich gar nicht mehr beruhigen können. Vor lauter Vorfreude hätte sie wohl am liebsten hier gecampt.« Wir grinsten uns wissend an.

»Und euer Freund aus Deutschland ist auch da? Ich habe ihn noch nicht kennengelernt.«

Elias gab sich Mühe, betont beiläufig zu klingen, doch der veränderte Tonfall fiel mir sofort auf. Da sein Blick ein gewohntes Unbehagen in mir auslöste, wandte ich mich ab und nickte unbestimmt. Es erinnerte mich viel zu sehr an die prüfenden Blicke von Phil, doch ich wollte nicht an ihn denken müssen. Schon gestern widmete ich ihm viel zu viel meiner kostbaren Zeit mit Lucas. Dieses Thema kam immer wieder auf und insgeheim wusste ich, dass Lucas recht hatte. Ich musste zur Polizei gehen. Es war der einzige Weg. Nur so würde ich mit der Situation abschließen können. Allerdings beschäftigte mich die Frage, ob ich vorab das Gespräch zu Phil suchen sollte. Verdiente er die Chance, selbst zur Polizei zu gehen? Ich wollte nicht unfair sein, trotz allem, was passiert war. Doch wäre es das? Unfair? Schließlich war ihm ganz genau bewusst, was er tat. Diese Gedanken würden mich noch vollständig zermürben.

»Alles okay?« Elias runzelte die Stirn.

»Ja, klar.« Ich schenkte ihm ein Lächeln, doch selbst ich spürte, dass es nicht besonders überzeugend war. Elias schien mein Unbehagen zu erkennen und drehte sich mit einer ausschweifenden Bewegung Richtung Strand.

»Hast du Lust mir dabei zu helfen, den Strand zu säubern?«

Dankbar über die Ablenkung half ich ihm, die restlichen Äste vom Strand zu sammeln. Ehrlich gesagt war gar nicht mehr viel zu tun, doch es lenkte mich trotzdem von meinen Gedanken ab und ich genoss das Plätschern der sanften Wellen am Strand.

Als wenige Minuten später Lucas, gemeinsam mit Timothy, ein paar Kisten zu einem der Pavillons brachten, warf Elias ihnen mehrfach *unauffällige* Blicke zu. Sie kamen anschließend mit vier Dosen Cola zu uns an den Strand geschlendert. Elias und Timothy schienen sich auf Anhieb gut zu verstehen und verfielen schnell in eine hitzige Diskussion über die Champions League. Bei Fußball war ich raus. Abgesehen davon, dass es zwei Mannschaften mit je elf Spielern gab, zwei Tore und ein Elfmeter auch tatsächlich im Abstand von elf Metern zum Tor geschossen wurde, wusste ich praktisch nichts darüber.

Wir saßen nebeneinander am Strand und ich war wieder komplett entspannt, als das kühle Getränke durch meine Kehle lief. Lucas saß neben mir und stupste mich mit seinem angewinkelten Knie an.

»Alles klar, sköhnet?«

Wie konnte er mich, nachdem wir uns erst wenige Wochen kannten, so gut lesen? Ich lehnte mich an seine Schulter. Seine Nähe zu spüren und seinen herben Geruch einzuatmen, löste in mir sofort vollkommene Zufriedenheit aus. Lucas war für mich nicht nur ein sicherer Hafen. Er war mein Zuhause.

»Ja. Ich freue mich auf das Fest. Wirst du viel nebenher arbeiten müssen?«

»Ach, jeder packt ein bisschen mit an, dadurch verteilt es sich ganz gut. Es soll ein entspannter Tag werden und nicht im Stress ausarten. Und keine Angst, ich werde jede freie Minute bei dir sein.« Sein neckender Tonfall ließ mich grinsen.

»Dann habe ich ja nochmal Glück gehabt.« Ich drückte ihm einen Kuss auf die Wange und er zog mich in einer fließenden Bewegung zwischen seine Beine, sodass wir kuschelnd auf den See blicken konnten.

Wenige Stunden später war das Fest in vollem Gange

und es kamen immer mehr Gäste hinzu. Ich fragte mich, wo all diese Menschen herkamen, schließlich war Unnaryd nun ja – ein sehr kleiner Ort. Ein paar wenige Gesichter erkannte ich, wie die älteren Damen aus Anni`s Café, oder den Besitzer des Buchladens. Elsa trat zu mir.

»Komm, wir müssen noch Blumen pflücken gehen.«

»Blumen pflücken?«

Der Maibaum wurde bereits bei Beginn des Festes mit Blättern und Blumen geschmückt und feierlich aufgestellt. Da er mindestens sechs Meter hoch war, bezweifelte ich stark, dass wir irgendwie an ihn herankommen würden.

»Der Baum steht doch schon.«

»Ja klar, aber ich spreche auch nicht vom Baum. Wir brauchen noch Blumen für die Haarkränze. Jede Frau trägt einen Blumenkranz im Haar und die unverheirateten Frauen pflücken zusätzlich sieben verschiedene Blumen, um sie nachts unter das Kopfkissen zu legen.«

»Wozu denn die Blumen unter das Kopfkissen legen?«

Außerdem würden die Blumen Flecken verursachen und ich wollte auf keinen Fall die Bettwäsche von Kerstin ruinieren.

»Na, damit du weißt, wen du heiraten wirst, du Dummerchen. Hast du mir gestern gar nicht zugehört? Man träumt von dem Mann, welchen man später mal heiraten wird.«

Klar, weshalb auch sonst? Es klang nach einem Kindermärchen, aber ich fand die Idee ganz süß. Außerdem wollte ich nicht unhöflich sein und die alten Traditionen ignorieren.

Wir liefen zu einem angrenzenden Feld und wurden von

Sophie, Laura und Paula begleitet. Mittlerweile fühlte ich mich in deren Nähe immer wohler, wobei die Stimmung zwischen Laura und mir noch immer angespannt war. Zwar suchte Laura das Gespräch zu mir und wir schlossen sozusagen Frieden, doch ihre natürliche und typisch schwedische Schönheit konnte ich leider nicht ignorieren. Kein Wunder, dass Lucas sie attraktiv fand. Nur was würde passieren, wenn ich zurück nach Deutschland ging? Der Gedanke daran, dass Laura wieder etwas mit Lucas anfangen könnte, gefiel mir überhaupt nicht. Unauffällig schielte ich in ihre Richtung. Verdammt. Sie war wirklich hübsch. Ich lief zu Paula und beschloss, ihr Gesellschaft zu leisten. Irgendwie erkannte ich mich in ihr wieder. Zumindest erkannte ich die gebrochene Emma mit Herzschmerz und wenig Selbstvertrauen, welche ich noch bei der Ankunft in Schweden war. Doch nun… Nun war ich anders. Vielleicht noch angeknackst, aber nicht mehr gebrochen.

»Meinst du, die Blumen reichen?«

Paula warf einen Blick auf die Blumen in meiner Hand.

»An sich schon, aber du brauchst noch mehr lange Gräser, damit du einen richtigen Kranz binden kannst. Guck mal, das hier ist perfekt.« Bedächtig zupfte sie ein paar Halme der langen Gräser neben uns und begann direkt, diese zu flechten. Ich machte es ihr nach und zupfte mir einige Gräser ab. Etwas enttäuscht sah ich auf meinen ziemlich miserablen Kranz. Auch Paula betrachtete mein Werk schmunzelnd.

»Das wird schon. Wir haben einfach viel Übung. Für deinen ersten Kranz sieht er doch sehr hübsch aus.«

Ich blickte nochmal ihren Kranz an, dann meinen. War

das ihr Ernst? Als ich ihr wieder ins Gesicht sah, prusteten wir zeitgleich los. Mein Blumenkranz war absolut mickrig. Trotzdem beschloss ich, ihn mit Stolz zu tragen, schließlich wollte ich am nächsten Morgen wissen, welcher Mann der glückliche war. Insgeheim hoffte ich, von Lucas zu träumen.

Die Stimmung war ausgelassen und nachdem wir Frauen mehrfach um den Maibaum tanzten, ließen wir uns erschöpft in das weiche Gras fallen. Das Fest wirkte gelungen. Immer wieder griffen wir Kerstin und Björn unter die Arme und füllten das Buffet auf oder sammelten benutzte Gläser ein, um diese abzuspülen. Da jeder von uns mithalf und wir viel Spaß hatten, fühlte es sich nicht wie Arbeit an. Lucas hielt sich während des Festes mehr bei den anderen Männern auf, doch unsere Blicken trafen sich immer wieder über die Köpfe der Menschenmassen hinweg.

Der Wind strich mir sanft über das Gesicht und ich musste automatisch lächeln. Ich drehte meinen Kopf zu Elsa, welche ebenfalls ein Lächeln auf den Lippen trug. Ich konnte nicht anders und rückte ein bisschen an sie heran, um sie zu umarmen. Ich hatte es ihr zwar schon einmal gesagt, aber es war mir wichtig, es nochmal zu betonten.

»Ich danke dir, dass du mich mit nach Schweden genommen hast.«

Elsa war kurz überrascht, doch dann erwiderte sie meine Umarmung. So fest, wie sie mich umarmte, machte es den Anschein als wollte sie mich nie wieder loslassen.

Emma

Ich stand am Buffet und überprüfte, ob noch ausreichend Getränke bereitstanden, als sich eine warme Hand an meine Hüfte legte. Grinsend drehte ich meinen Kopf zur Seite, doch noch bevor ich seine Stimme hörte, nahm ich den Geruch seines After Shaves wahr und hielt augenblicklich in der Bewegung inne.

»Honey.«

Erschrocken riss ich den Kopf zu ihm und versuchte zeitgleich, mich einen Schritt von ihm zu entfernen, doch sein Griff war unnachgiebig. Phil funkelte mich wütend aus seinen braunen Augen an.

»Ganz ruhig, oder möchtest du hier eine Szene machen? Ich möchte nur mit dir reden.«

Bei dem Klang seiner Stimme spürte ich, wie sich Kälte und Taubheit in mir ausbreiteten. Starr blieb ich stehen und war komplett überfordert mit der Situation. Phil war hier? Woher wusste er…? Ich versuchte unauffällig an ihm vorbeizuschauen, doch ich konnte niemanden sehen, den ich kannte. Er wollte reden? Zum Reden ist er extra nach Schweden gekommen? Angst breitete sich nun ebenfalls in mir aus und ich spürte, wie mir die Panik die Luft abschnürte.

»Hast du geglaubt, dich hier verstecken zu können? Dachtest du wirklich, ich würde dich nicht finden? Was war dein Plan, hm? In ein anderes Land gehen und einfach alles hinter dir lassen? Meintest du, du könntest mich einfach aus deinem Leben streichen?«

Ungläubig konnte ich ihn nur anstarren. Ich hatte Angst,

etwas Falsches zu sagen und ihn dadurch zu provozieren. In meinem Hinterkopf meldete sich eine Stimme die mir sagte, dass ich wegmusste. Weg von Phil. Ich musste andere Menschen auf mich aufmerksam machen. Plötzlich ließ Phil mich los und packte mich mit den Händen an den Oberarmen. Oh Gott.

»Antworte mir!«

Sein Griff war eindeutig *zu* fest und entweder spielte mir meine Fantasie einen Streich, oder er schüttelte mich tatsächlich bei seinen Worten. Ich wollte schreien, doch aus meinem Mund kam kein Laut. Ein raues Schluchzen verließ meine Kehle und Tränen stiegen mir in die Augen.

»Ich… Ich…« Stotternd versuchte ich einen Satz zu bilden, doch mein Kopf war leer. Ein Paar mittleren Alters trat hinter Phil an den Tisch und er ließ mich abrupt los.

Meine Chance. Instinktiv machte ich einen schnellen Schritt zurück und drehte mich um, um wegzurennen, doch Phil schien meine Gedanken erraten zu haben. Blitzschnell griff er wieder nach meinem Arm während ich versuchte, mich loszureißen.

»Lass mich los!« Ich schrie meine Worte aus tiefster Kehle und mittlerweile war nicht nur das Paar hinter Phil auf uns aufmerksam geworden. Wie durch Watte hörte ich Stimmengewirr, doch ich vernahm nicht, was gesagt oder gerufen wurde. Ich konnte nur Phils wutverzerrtes Gesicht vor mir erkennen.

»Lass mich verdammt nochmal los!«, schrie ich ihn nochmals an. Die Wut in mir steigerte sich. Wut darüber, dass er hier einfach auftauchte. Darüber, dass er die Frechheit besaß, mich anzufassen und darüber, dass er sich auch noch offensichtlich im Recht fühlte.

»Hör auf und bleib stehen! Du musst endlich begreifen, dass du mit mir reden musst!«

Phil war weitaus stärker als ich, weshalb er mich nun mit einer Leichtigkeit an sich zog. Er strich mir mit der einen Hand über den Rücken, als würde er mich beruhigen wollen, doch dafür war der Druck zu stark. Mit der anderen krallte er sich förmlich in meine Hüfte, sodass es schmerzte.

Die Panik kehrte zurück und ich bekam kaum noch Luft. Hektisch versuchte ich ein- und auszuatmen, doch meine Lunge schien sich trotzdem nicht mit genügend Luft zu füllen.

»Ist schon gut. Es wird alles wieder gut, Honey.«

Seine Worte ließen einen Schauer über meinen Rücken wandern. Seine Stimmungsschwankungen machten mir Angst. Er schien meine Kraftlosigkeit zu spüren, denn Phils Griff lockerte sich. Allerdings schien er mir nicht zu vertrauen, denn er umschloss mein Handgelenk mit seiner großen Hand.

Lucas

Eine Unruhe breitete sich auf dem Festplatz aus. Was war los? Alarmiert lief ich zum Maibaum und hielt Ausschau, was passiert war. Wenn es Probleme mit den Sicherheitsvorkehrungen gab, würde seine Familie in der Klemme stecken. Elsa trat in mein Sichtfeld und als ich die Panik in ihrem Blick sah, erfasste mich eine unangenehme Nervosität.

»Lucas, schnell! Emma!« Mehr brauchte sie nicht sagen, damit ich reagierte. Was war passiert? Ich schnappte mir ihren Unterarm um sie in der Menge nicht zu verlieren und rannte ihr hinterher.

Emma stand seitlich am Buffet, ich erkannte sie sofort an ihren Locken und ihrem hellgrünen Kleid, doch sie war nicht allein. Ein großer Mann in Hemd und Leinenhose stand vor ihr und verdeckte sie größtenteils. Daneben konnte ich Elias sehen, der auf den Mann und Emma einzureden versuchte. Ich lief weiter auf sie zu, als der Mann einen Schritt zurücktrat und ich sah, dass er Emma am Handgelenk festhielt. Was zum…?

Er blickte sich hektisch um und als er sein Gesicht in meine Richtung drehte, erkannte ich sofort wer er war.

Phil. Dieses Arschloch. Woher wusste er, dass Emma hier war? Wie krank musste man eigentlich sein, ihr bis nach Schweden zu folgen? Elias machte einen Schritt auf Phil zu und versuchte, seinen Griff an Emmas Handgelenk zu lösen, was Phil offensichtlich nur noch wütender machte.

»Wer bist du überhaupt? Denkst du, du hättest eine Chance bei ihr? Falls es dir noch nicht aufgefallen ist, sie vögelt mit Timothy!« Er spuckte den Namen förmlich aus und purer Hass war darin zu hören. Falls es überhaupt noch möglich war, beschleunigte ich meine Schritte und drückte mich an den Gästen vorbei, um zu Emma zu gelangen. Elsa drückte ich hinter mich und warf ihr einen warnenden Blick zu. Sie sollte sich nicht in Gefahr bringen.

Emma sah zu mir und ihre Augen waren vor Angst geweitet, wodurch mich eine unbändige Wut überkam.

»Aber damit ist es jetzt Schluss! Schluss mit deinem kleinen Ausflug! Du kommst wieder mit nach Hause!« Phil schrie diese Worte und als ich endlich bei ihm ankam, konnte ich mich nicht zurückhalten und riss ihn an der Schulter zurück. Überrascht taumelte er einen Schritt nach hinten und sein Griff an Emmas Handgelenk lockerte sich. Elias reagierte sofort und zog Emma von ihm weg, während ich ausholte und ihm mit der Faust direkt in sein schnöseliges, überraschtes Gesicht schlug.

Normalerweise war ich überhaupt kein gewalttätiger Mensch und ich vertrat den Ansatz, dass Gewalt nicht unbedingt eine Lösung war. Dieser Typ ließ mich jedoch sämtliche gute Erziehung vergessen. Wie sehr hatte ich mir gewünscht, diesem Mistkerl zu zeigen wie es war, Gewalt zu spüren. Niemals hätte ich gedacht, dass ich jemals die Chance dazu bekommen, geschweige denn es auch durchziehen würde. Mit Genugtuung spürte ich unter meiner Faust ein Knacken. Phil verzog das Gesicht und Blut tropfte ihm aus der Nase, als er sich mit beiden Händen ins Gesicht griff.

»Bist du bescheuert?!«, blaffte er mich mit nasaler Stimme an. Hatte er etwa noch nicht genug?

»Du widerwärtiges Arschloch wagst es, hierher zu kommen und Emma zu belästigen? Du hast noch viel mehr verdient, als nur einen Schlag in deine arrogante Fresse.« Ich zischte ihm die Worte leise entgegen, damit uns niemand hörte.

Im Hintergrund ertönten Sirenen und mittlerweile kamen mehr Männer in unsere Richtung gelaufen, um zu schauen, was hier los war. Wie im Nebel nahm ich wahr, dass Phil an den Armen von der Polizei gepackt und auf den Tisch des Buffets gedrückt wurde.

Suchend drehte ich mich um und hielt nach Elias und Emma Ausschau. Wo waren sie? Erneut breitete sich Nervosität in mir aus und erleichtert stellte ich fest, dass sich Ems gemeinsam mit Elias ein paar Meter abseits unter einigen Birken aufhielt. Elias saß mit ihr auf dem Boden und hielt sie fest, während Elsa vor ihr kniete und auf sie einredete.

Gerade wollte ich auf sie zugehen, als hinter mir erneut Unruhe entstand. Ruckartig drehte ich mich um und war erleichtert als ich Timothy sah, der verwirrt auf mich zulief. Er schien noch nichts von der Situation mitbekommen zu haben. Plötzlich ertönte Phils Stimme, als er sich gegen den Griff der Polizisten wehrte und mit einem Finger auf Timothy zeigte.

»Du! Ich wusste, dass ich sie finde, wenn ich dir folge! Immer musst du dich in ihrer Nähe herumtreiben!«

Timothy sah verwirrt und gleichzeitig so wütend aus, wie ich mich fühlte. Er sah zu mir und ich konnte die Frage in seinem Gesicht lesen. *Ging es Emma gut?* Ich klatschte ihm gegen den Arm.

»Komm! Sie ist dort hinten!«

Timothy folgte meinem Blick zu den Bäumen und wir rannten zu ihr. Sie saß noch immer zusammengekauert auf dem Boden. Elias hielt sie weiterhin im Arm und schien nicht zu wissen, wie er mit der Situation sollte. Verständlich, dass er überfordert war, denn diese Situation erinnerte ihn sicherlich an seine eigene Vergangenheit. Ich fragte mich, was er in den letzten Minuten alles aufgeschnappt hatte.

Ems Gesicht war tränenüberströmt. Hektisch atmend schien sie dennoch nicht ausreichend Sauerstoff zu bekommen. Sie hyperventilierte. Ich schubste meine Schwester förmlich zur Seite und griff Emma an den Schultern. Sie zuckte kurz zusammen, als ich sie an mich drückte, was mir einen Stich ins Herz versetzte. Doch ich konnte keine Rücksicht nehmen. Ich musste spüren, dass sie zumindest körperlich unversehrt war.

»Du bist in Sicherheit. Wir sind da. Die Polizei hat ihn. Mach dir keine Sorgen, dir kann nichts mehr passieren.«

Wie ein Mantra murmelte ich ihr immer wieder diese Worte ins Ohr, während ich ebenfalls versuchte, sie durch meinen Körperkontakt zu beruhigen. Es dauerte einige Minuten, bis sich ihre Atmung ansatzweise normalisierte. Elias ging währenddessen auf die schaulustigen Gäste zu und wies diese einige Meter zurück, um Emma mehr Privatsphäre einzuräumen. Über ihren Kopf hinweg tauschte ich besorgte Blicke mit Elsa und Timothy. Auch Ben stand mittlerweile bei ihnen und legte einen Arm um meine Schwester. Er zog sie ein paar Schritte von uns weg und redete aufgeregt auf sie ein.

Es gab nur eine logische Erklärung dafür, dass Phil wusste, wo Emma war: Er hatte Timothy in Berlin beobachtet. Dieses kranke Schwein. Und ich führte ihn durch die Idee, Timothy nach Schweden einzuladen, direkt zu Emma. Wieso hatte ich das nicht vorhergesehen? Ich wusste doch, dass er ständig versuchte, Kontakt mit ihr aufzunehmen.

Die Polizei trat, mit zwei Sanitätern im Anhang, in mein Sichtfeld. Sie blieben vor Emma und mir stehen und auch wenn sie es nicht aussprachen, konnte ich in ihren Gesichtern ablesen, dass ich von Emma zurücktreten sollte.

»Herr Andersson? Wir würden uns gerne mit Ihnen unterhalten.«

Ich konnte die Polizistin nur wütend anstarren. Sie sah doch, wie sich Emma fühlte. Ich würde sie nicht allein lassen können. Die Mimik der Polizistin blieb unnachgiebig. Ernsthaft?

»Lucas, es ist schon okay. Ich bleibe bei ihr.« Elsa legte mir eine Hand auf die Schulter und drückte sie leicht, um ihren Worten Nachdruck zu verleihen. Es dauerte einen Moment, bis ich meinen Blick von der Polizei lösen konnte. Ich schaute Emma ins Gesicht und wartete ihre Reaktion ab. Sie nickte mir fast unmerklich zu und ich ließ sie äußerst widerwillig los. Elsa nahm sofort meinen Platz auf den Boden ein auch die Sanitäter knieten sich zu ihr.

»Herr Andersson?«

Ich löste meinen Blick von Ems und schaute wieder zu der Polizistin, welche mir mit einer Handbewegung signalisierte, dass ich ihr folgen sollte.

Lucas

Wir saßen alle gemeinsam bei mir im Wohnzimmer, wobei Ben und Elias auf dem Parkettboden saßen, während Ems, Elsa, Timothy und ich auf der Couch Platz nahmen. Elsa und Emma hielten jeweils eine heiße Schokolade in der Hand und die Gemüter hatten sich mittlerweile etwas beruhigt.

Nachdem ich verhört wurde und meine Hand verarztet worden war, sprach die Polizei auch mit Emma, Timothy, Elias und meiner Schwester. Sie nahmen sämtliche personenbezogene Daten auf und fuhren, gemeinsam mit Phil auf der Rückbank, zum Revier. Der Polizist teilte mir mit, dass sie zufällig in der Nähe auf Streife waren und daher so schnell zu uns kommen konnten. Wer letztendlich die Polizei rief, konnte nicht mehr festgestellt werden. Wer auch immer es war – ich war dieser Person dankbar. Nicht nur, weil Phil nun seine gerechte Strafe bekommen würde, sondern weil ich nicht wusste, wie weit ich gegangen wäre. Er verdiente so viel mehr, als nur eine gebrochene Nase. Ich hoffte zumindest, dass sie gebrochen war.

Nach der ganzen Unruhe war es mit der Feierstimmung vorüber und sämtliche Gäste zogen sich nach und nach zurück. Tja. Mit diesem Ausgang des heutigen Tages hatte wohl niemand gerechnet.

»Ich wusste wirklich nicht, dass er mich beobachtete oder gar verfolgte. Wenn ich das gewusst hätte…«

Timothy sah so betreten drein, wie ich mich fühlte. Insgesamt schienen wir sehr ähnlich in den meisten Denkweisen zu sein, wodurch er mir immer sympathischer wurde.

Außerdem konnte jeder, der zwei gesunde Augen hatte, erkennen, dass er sich nicht an meine Ems heranmachte.

»Du kannst nichts dafür. Wenn, dann bin ich schuld. Ich habe dich schließlich eingeladen und ihn dadurch zu Emma geführt.«

»Die einzige Person, die hier irgendeine Schuld trägt, ist Philipp.« Meine Schwester traf es auf den Punkt, trotzdem änderte es nichts an meinen Schuldgefühlen.

»Irgendwie bin ich dankbar.«

Fassungslos schnellte mein Kopf in Emmas Richtung. Sie war dankbar? Dafür, dieses Arschloch wiederzusehen? Gings noch? Als Emma merkte, dass nicht nur ich entsetzt zu ihr sah, breitete sich eine Röte auf ihren hohen Wangen aus.

»Naja…«, lenkte sie ein. »Ich war mir nicht ganz sicher, ob ich mich trauen würde, zur Polizei zu gehen. Jetzt blieb mir keine andere Wahl… Vielleicht habe ich das einfach gebraucht.«

Hm. Ich musste ihr insoweit zustimmen, dass der Gang zur Polizei damit schneller ging als gedacht. Trotzdem…

»Auch wenn es mir echt für Kerstin und Björn leidtut… Wegen mir ist das ganze Fest ins Wasser gefallen.«

»Ach was.«, warf Ben ein. »Auch wenn in Schweden Alkohol sehr teuer und ist und streng gehandelt wird, sind die Schweden ziemlich versoffen. Eigentlich hast du ihnen damit einen Gefallen getan und einen Kater erspart.« Er zuckte mit den Schultern und zwinkerte Elsa zu. Ich wusste, er meinte es nett, aber ich spürte erneut, wie Wut in mir aufstieg. Ich warf ihm einen wütenden Blick zu und er zuckte erneut mit den Schultern.

»Ist doch so.«

»Emma hat niemanden damit einen Gefallen getan, denn sie konnte nichts dafür, dass dieser Spinner hier aufgetaucht ist.«

Bei meinen Worten zuckte Ben leicht zusammen und er schien zu merken, wie dämlich seine Wortwahl war.

»So hat er es doch gar nicht gemeint.« Ems warf mir einen strengen Blick zu. »Danke, dass du mich aufmuntern wolltest.«

Ben lächelte sie dankbar an und während die Frauen an ihrer heißen Schokolade nippten – Emma bekam von mir noch einen Schuss Karamellsirup hinein – hingen wir alle unseren Gedanken nach. Definitiv würde ich ihr, solange sie hier war, nicht mehr von der Seite weichen. Außerdem war für mich absolut klar, dass ich meinen Plan umsetzen, und die ersten zwei Wochen nach ihren Semesterferien mit nach Berlin gehen würde. Wer weiß, was diesem Phil noch einfiel. Sein heutiges Verhalten zeigte, dass er zu allem fähig war.

Da Emma und meine Schwester bereits in zwei Wochen wieder zurück nach Berlin mussten, schrieb ich den von mir betreuten Firmen bereits E-Mails um mitzuteilen, dass ich in diesem Zeitraum nicht erreichbar war. Zwar war es Teil meines Jobs, in Krisensituationen erreichbar zu sein, doch dann behelligten sie mich wenigstens nicht mit Kleinigkeiten.

Für mich gab es nach meiner Zeit in Berlin nur eine Lösung, um Emma wenigstens halbwegs in Sicherheit zu wissen: Sie musste in eine Wohnung mit Elsa und Timothy ziehen. Scheinbar war es seit dem Beziehungs-Aus mit Phil bereits mehrfach Thema gewesen, doch es gab noch keine konkreten Pläne. Timothy vertraute mir jedoch heute Mittag an, dass möglicherweise eine geeignete Wohnung in Aussicht stand. Da der Vermieter ein Bekannter von ihm war, würden sie bei der Wohnungsvergabe bevorzugt behandelt werden. Timothy erzählte es mir um nachzuhaken, ob ich mit einer gemeinsamen Wohnung der drei einverstanden wäre. Ich musste es ihm hoch anrechnen, dass er mich miteinbezog, denn es hätte ihm auch egal sein können. Schließlich kannte er mich kaum und ich war auch erst seit Kurzem mit Emma zusammen, außerdem lebte ich in einem anderen Land. Er zeigte mir, wie ernst er die Beziehung zwischen Emma und mir sah. Es zeigte mir aber auch, wie sensibel er mit dem Thema umging. Scheinbar schien es nicht nur mir wichtig zu sein, eine gesunde Freundschaft zwischen uns aufzubauen. Sollte mir recht sein.

Das Wetter passte sich unserer Stimmung an und der Himmel verdunkelte sich. Ems erzitterte kurz in meinem Arm, was möglicherweise auch am Schock lag, welcher noch in ihren Knochen steckte. Trotzdem wollte ich nicht, dass sie fror. Nachdem auch meine Schwester anmerkte, dass es sich abkühlte, ging ich nach draußen um Feuerholz zu holen. Wenige Sekunden später folgte Elias mir und hielt mich am Ellenbogen fest. Verstohlen drehte er sich um und guckte, ob uns jemand mit nach draußen gefolgt war.

»Wie geht es dir mit der Situation?«

Gute Frage. Wie ging es mir damit? Ich fuhr mir mit einer Hand durch das Haar und atmete geräuschvoll aus.

»Keine Ahnung. Es macht mich fertig, dass der Typ hier aufgekreuzt ist, weil ich Timothy eingeladen habe.«

»Aber das hatten wir doch vorhin schon. Du kannst nichts dafür. Du musst dich echt entspannen.«

»Wie meinst du das?« Irritiert sah ich ihn an, als er nochmals nervös über seine Schulter schaute.

»Naja, es ist nicht deine Schuld. Aber das meinte ich doch gar nicht. Phil hat da was komisch gesagt.«

Ich wurde hellhörig. Natürlich hatte Phil mehrere Dinge gesagt, die komisch waren, aber hatte ich etwas verpasst?

»Was meinst du?«

»Er hat irgendwie gemeint, dass Timothy mit Emma im Bett gewesen wäre.«

Mein Kiefer mahlte. Kurz spannte ich mich bei der Vorstellung an, doch gleich darauf entspannte ich mich wieder. Wäre dem so gewesen, hätte Emma es mir gesagt. Ich dachte an ihre Reaktion, als sie von Laura und mir erfuhr. Es war einer der paranoiden Gedanken von Phil, die einfach krankhaft waren. Ich würde mir von diesem Kerl keinen Floh ins Ohr setzen lassen. Abgesehen davon, vertraute ich Emma voll und ganz. Außerdem fiel mir am Nachmittag auf, wie Timothy Sophie beobachtete. Er hatte definitiv ein Auge auf sie geworfen.

»Genau das gehört zu den Wahrnehmungen von Phil. Er meint ständig, dass sich Timothy an Ems heranmachen würde, obwohl da nie etwas lief. Deshalb ist er so ausgerastet. Er ist krankhaft eifersüchtig.«

»Und du meinst, da ist nichts Wahres dran?«

»Hundertprozentig.«

Emma

Nervös fuchtelte ich an dem Reißverschluss meiner Jacke herum. Beruhigend legte Lucas seine Hand auf meine.

»Du weißt, dass dir da drin nichts passieren kann.«
Seufzend ließ ich den Reißverschluss los.

»Ich weiß. Trotzdem bin ich total nervös.« Ich blickte zu Lucas auf und versank in seinen tiefen blauen Augen.

»Danke.«

»Für?« Schon fast beleidigt zog er eine Augenbraue hoch. Ich musste mir ein Kichern verkneifen und gab ihm einen Kuss auf die Backe.

»Mehr ist da nicht für mich drin?«

»Nicht hier.« Bei meinen Worten wurden seine Augen zu schmalen Strichen, bevor er mich wissend angrinste.

»Damit kann ich leben.«

Ich blickte nochmals auf die große weiße Wanduhr mit den schwarzen römischen Ziffern. Ich bekam den Eindruck, dass die Zeit deutlich langsamer voranschritt, als normalerweise. Der Gang war noch immer leer und wir saßen allein auf einer der langen dunkelbraunen Bänke, welche zu beiden Seiten des Flures standen. Extrem unbequeme Bänke. Ob die mit Absicht ausgewählt wurden?

Endlich öffnete sich die große dunkelbraune Holztür neben uns und wir sprangen beide auf. Der Beamte sah kurz zu Lucas, dann zu mir.

»Frau Ziegler? Bitte kommen Sie mit. Sie dürfen nicht mit

rein.« Der Beamte bedachte Lucas mit einem weiteren Blick, doch dieser drehte ihm den Rücken zu.

»Ich warte hier auf dich. Du schaffst das.« Er drückte meine Hände, gab mir einen keuschen Kuss auf die Lippen und sah mir eindringlich in die Augen.

Okay. Ich würde es schaffen. Ich nickte Lucas zu und er trat mir aus dem Weg, sodass ich wieder dem Beamten gegenüberstand. Dieser wirkte mittlerweile genervt und bedeutete mir, voranzugehen. Seine schusssichere Polizeiweste machte mich zusätzlich nervös. War es normal, dass man hier schusssichere Westen trug? Mir war bewusst, dass hinter jeder Regel und jeder Vorgabe eine Geschichte stand. Übelkeit breitete sich in mir aus. Mein ganzer Körper signalisierte mir, dass ich nicht durch diese Tür treten sollte, doch ich hatte keine andere Wahl. Es war an der Zeit.

Ich durchquerte die beeindruckende Holztür und ließ meinen Blick durch den Raum gleiten. Der Raum war deutlich kleiner als gedacht. Geradezu stand ein langer Tisch, hinter welchem ein Mann mittleren Alters saß und mich streng beäugte.

Noch mehr Nervosität breitete sich in mir aus. Die Plätze neben ihm waren leer. Links und rechts befanden sich Tische mit dunkelbraunen Holzstühlen. Himmel. Noch deprimierender hätte man den Raum wohl nicht einrichten können. Auf der linken Seite sah ich meine Anwältin sitzen, welche mich aufmunternd anlächelte. Bewusst vermied ich den Blick in die andere Seite des Raumes. Der Beamte berührte mich leicht an der Schulter. Ich verließ meine Schockstarre und lief unter Beobachtung sämtlicher Personen zu meiner Anwältin, um mich zu ihr zu setzen.

Automatisch blickte ich auf und sah direkt in seine dunkelbraunen Augen. Phil trug einen Anzug und ein Hemd. Das wunderte mich, denn irgendwie rechnete ich mit einem orangenen Overall. Seine Augen waren kalt. Kalte Augen, welche einmal warm gewesen waren. Augen, in welche ich mich verliebt hatte. Augen, die ich nun hasste.

»Danke Frau Ziegler, dass Sie heute erschienen sind.«

Bei der dröhnenden Stimme des Richters blickte ich zu meiner Anwältin, welche mir nochmals aufmunternd zunickte.

»Ich beginne nun mit dem Aufruf der Strafsache.«

Lucas

Wie lange dauerte das noch? Bereits vor über zwei Stunden wurde Emma in den Gerichtssaal gerufen. So gerne wäre ich jetzt an ihrer Seite, um sie zu unterstützen. Stattdessen saß ich hier draußen in diesem kargen Flur fest und wurde von sämtlichen Mitarbeitenden im Vorbeigehen herablassend beäugt. Als wäre ich ein Massenmörder. Erneut stand ich auf und lief an dieselbe Tür, durch welche Emma vor Ewigkeiten verschwunden war.

Ich blickte mich vorsichtshalber nochmal um und legte anschließend mein Ohr an die Tür. Nichts war zu hören. Eigentlich war es keine Überraschung, denn es war an diesem Vormittag nicht das erste Mal, dass ich mein Ohr an die Tür legte, um zu lauschen.

Mist, verdammter... Was wurde da drinnen besprochen? Lief es gut? Erneut vibrierte mein Handy und auch der Name der Anruferin war keine Überraschung an diesem Vormittag. Elsa und Timothy saßen zu Hause in ihrer Wohnung und bangten mit uns. Es gab zwei Pläne für den heutigen Tag. Entweder eine Wir-sind-Phil-los-Party oder ein Alles-wird-gut-Nachmittag. Zugegeben, beide Planungen waren identisch, doch Emma würde sich darüber freuen. Ich nahm den Anruf entgegen.

»Wenn es etwas Neues geben würde, hätte ich dir schon längst geschrieben.«, zischte ich in mein Handy. Ich hörte Elsa genervt seufzen. Im Hintergrund vernahm ich Timothys gedämpfte Stimme.

»Habe ich dir doch gleich gesagt!«

»Leute, sobald ich auch nur irgendwas weiß, melde ich

mich, okay?«

Elsa brummte zustimmend und ich unterbrach die Verbindung. Kleine Schwestern konnten wirklich anstrengend sein. Als wäre ich nicht schon nervös genug. Ein Blick auf die Uhrzeit sagte mir, dass Emma nun schon seit zwei Stunden und siebzehn Minuten in diesem Gerichtssaal war. Meine Güte, was dauerte da nur so lang…

Der Fall war doch klar. Phil war ein Arschloch und gehörte hinter Gittern. Ganz einfach. Wehe der kam aufgrund seiner Strafverteidiger-Freunde mit einem blauen Auge davon. Kurz musste ich bei dem Gedanken grinsen, da ein tatsächliches blaues Auge gut zu seiner gebrochenen Nase passen würde. Wobei ich nicht zu schadenfroh sein sollte, denn immerhin erstattete Phil keine Anzeige gegen mich. Körperverletzung wurde in Schweden hart bestraft und es hätte auch für mich ganz anders laufen können. Dafür dankbar konnte ich diesem Typ allerdings trotzdem nicht sein. Ich sah es eher als eine Art Eingeständnis für sein Fehlverhalten.

Erneut lief ich zu der Holztür und blickte mich in alle Richtungen um. Möglicherweise konnte ich nun etwas hören. Tatsächlich. Schritte. Schritte, welche lauter wurden. Überrascht sprang ich von der Tür weg und tat so, als sei ich dort die ganze Zeit brav gestanden.

Keine Sekunde später öffnete sich die Tür und mehrere Personen, welche ich vorher nicht gesehen hatte, traten aus dem Saal. Einen kurzen Augenblick danach kam endlich Emma im Schlepptau ihrer Anwältin durch die Tür. Gott sei Dank. Ich sah in ihr Gesicht und Erleichterung durchfuhr mich, als ich keine Anzeichen von Entsetzen in ihrem Blick erkannte. Sie lief direkt auf mich zu und ich schloss sie fest in meine Arme.

»Das hat ja ewig gedauert.«, murmelte ich in ihr Haar, während ihre Umarmung fester wurde. Emma ließ mich wieder los und ich sah Tränen in ihren Augen. Sie schien sich innerlich zu wappnen und drehte sich zu ihrer Anwältin um, um ihr für die Vorbereitung und Unterstützung zu danken. Anschließend packte sie meine Hand und zog mich förmlich aus dem Gebäude. Draußen angekommen blieb sie abrupt stehen und atmete einmal tief durch. Ich war innerlich extrem angespannt und die Ungeduld fraß mich förmlich auf. Doch ich lernte in den vergangenen Wochen, dass ich mit Druck nicht weiterkam. Ich musste Ems Zeit geben. Sie sah zu mir auf die Sonne tanzte auf ihrer gebräunten, seidigen Haut.

»Er hat den gesamten Prozess über nichts gesagt und mich unentwegt angestarrt. Es war einfach nur gruselig. Sein Anwalt hat die ganze Zeit gesprochen und sie haben versucht, Phil als Opfer darzustellen.«

Mir platzte der Kragen.

»Als Opfer? Was denn bitte für ein Opfer?!« Empört schnaubte ich. Eine absolute Unverschämtheit…

»Ja. Da ich zum Zeitpunkt unserer Beziehung Studentin war und angeblich eine angenehme Partie gesucht hätte, um mein Leben finanzieren zu lassen.«

Wie bitte? Wenn es eine Frau auf dieser Welt gab, welcher es unangenehm war, wenn ihr Partner ihr etwas kaufte oder schenkte, dann war es Emma.

»Und die haben ihm geglaubt?«

Ich konnte nicht fassen, wie ungerecht die Welt sein

konnte. Ein kleines Grinsen umspielte ihre Lippen und Erleichterung durchfuhr mich.

»Nein. Durch deine Aussage in Schweden, sämtliche schriftliche Zeugenaussagen und den Nachweis sämtlicher Nachrichten von Phil auf meinem Handy, konnten die Vorwürfe entkräftigt werden.«

Gott sei Dank. Ich schnappte mir Emma und sie gab einen überraschten Laut von sich. Mein Kuss war so stürmisch, voller Erleichterung und Glücksgefühle, dass ich ihn am liebsten niemals unterbrechen wollte. Doch wir waren noch immer in der Öffentlichkeit und standen vor allem direkt vor dem Gerichtsgebäude. Emmas Wangen glühten.

»Und was hat er für eine Strafe bekommen?«

»Er darf sich mir maximal auf zweihundert Metern nähern. Außerdem muss er Schmerzensgeld zahlen, unsere Anwälte haben sich auf zweitausend Euro geeinigt. Und er ist für ein Jahr auf Bewährung.«

»Was? Auf Bewährung? Er muss nicht in das Gefängnis?«

Das konnte doch nicht wahr sein.

»Nein. Weil er als Strafverteidiger immer exzellente Arbeit geleistet hat, genießt er einen guten Ruf. Der Richter hat gesagt, dass die Strafe bereits sehr hoch angesetzt wurde. Sein Beruf wird ihm für eine bestimmte Zeit aberkannt. Falls er sich jedoch nochmals wegen häuslicher Gewalt oder einer anderen Straftat verantworten muss, war es das mit seinem Job.«

Ich dachte kurz darüber nach. Wenn ich ihn einfach wegen irgendwas anzeigen würde… Nein. Auch, wenn es besonders reizvoll war, es war falsch. Zumal er sich erneut irgendwie rausboxen lassen würde.

»Und zweitausend Euro Schmerzensgeld? Das ist doch ein Witz. Dafür, dass er dich geschlagen und verfolgt hat?«

Emma wich meinem Blick aus und ließ ihre Schultern hängen. Klar hätte sie sich bestimmt ebenfalls einen anderen Ausgang gewünscht. Ich Idiot. Auch wenn sie versuchte es zu überspielen, ging ihr die ganze Angelegenheit sehr nahe. Außerdem verlangte es ihr viel Kraft und Mut ab, sich diesem Typ vor Gericht zu stellen und ihre Aussage offiziell zu wiederholen. Seufzend zog ich sie nochmals in meine Arme und legte mein Kinn auf ihren Kopf.

»Es tut mir leid. Ich wollte nicht respektlos sein. Es ist unglaublich, was du alles durchgemacht hast.«

Damit sich Emma entspannte, liefen wir eine kleine Runde durch den angrenzenden Park. Sie wollte noch nicht nach Hause und ich konnte es nachvollziehen. Zu Hause würden Elsa und Timothy auf sie warten und destailliert wissen wollen, was passiert war. Damit sich die beiden jedoch auch freuen und den Nachmittag entsprechend vorbereiten konnten, schickte ich Elsa einen Daumen-hoch-Emoji und schob anschließend mein Handy zurück in die Tasche.

Es herrschte eine friedliche Stille zwischen uns und wir hingen beide unseren Gedanken nach. Heute war Donnerstag und am Sonntag würde ich wieder zurück nach Schweden fliegen. Bisher wussten wir – zumindest nicht offiziell – wann wir uns danach wiedersehen würden. Ich merkte Emma an, dass sie sich Gedanken um unsere Beziehung machte. Sie beklagte sich mehrfach, wie schnell die gemeinsame Zeit verflog, dabei fanden wir bisher gute Lösungen.

Als Emma wieder nach Deutschland musste, begleitete ich sie für zwei Wochen. Anschließend sahen wir uns für die drei darauffolgenden Wochen nur per Videotelefonie. Nun war es mir möglich gewesen, für eine knappe Woche erneut nach Berlin zu reisen. Für Emma war es aktuell schwieriger, nach Schweden zu kommen, da sie sich in ihrem vorletzten Semester des Studiums befand. Die Vorlesungen nahmen zwar langsam ab, jedoch suchte sie noch immer nach einem vierwöchigen Praktikumsplatz bei einem Verlag. Ems wusste nicht, dass ich meinen Kumpel ebenfalls anfragt hatte, und wenn Emma zustimmte, konnte sie ihr Praktikum in Schweden absolvieren. Es stellte kein Problem dar, für diese Wochen ausschließlich Homeoffice zu arbeiten, sodass einem gemeinsamen Monat nichts im Weg stand. Eine Unterkunft war dank Gunnar ebenfalls kein Problem. Die Möglichkeit, dass sie um berufliche Kontakte zu knüpfen lieber in Deutschland bleiben wollte, machte mich nervös. Wobei es auch verständlich wäre, da ein Praktikum im Ausland, besonders im letzten Semester, komplizierter war als eines in unmittelbarer Nähe. Oh man.

Wenn Emma in knapp elf Monaten ihr Studium beenden würde, wollte ich sie fragen, ob sie sich ein Leben in Schweden vorstellen konnte. Eine Zukunft ohne Emma war für mich keine Option. Ich wollte sie in meiner Nähe haben, um sicher sein zu können, dass es ihr gut ging. In den wenigen Tagen ohne sie, konnte ich mich kaum konzentrieren und war deutlich reizbarer als üblich. Notfalls musste ich nach Deutschland ziehen, doch bisher schien sie sich in Schweden sehr wohl zu fühlen und ich setzte alles daran, dass es dabei blieb.

»Was ist denn los?«

Emma strich mit ihrer Hand über meinen Fingerknöchel. Ihre grünen Augen sahen besorgt zu mir hoch. Ich drückte unsere verschränkten Hände.

»Ach, ich denke einfach nach. Sollen wir langsam zurück zu den anderen gehen? Mein Handyakku ist vermutlich bald leer, so häufig wie es die gesamte Zeit über vibriert.«

Emma verzog das Gesicht.

»Hat Elsa so oft angerufen?«

»Angerufen, geschrieben, Bilder von sich mit trauriger Mimik geschickt – das Übliche eben.«

Ems musste grinsen und auch meine Stimmung hellte sich augenblicklich auf.

Emma

Als wir die Wohnung betraten, wollte ich eigentlich heimlich in mein Zimmer flüchten, um noch fünf Minuten für mich zu haben und mich vor Elsa und Timothy wappnen zu können. Doch selbstverständlich machte ich die Rechnung ohne meine Freunde. Sobald ich den Schlüssel in das Schloss schob, wurde die Tür von Innen aufgerissen, sodass mein Schlüssel fast abbrach. Erschrocken zuckte ich zurück und mein Rücken prallte gegen Lucas' harte Brust. Du meine Güte. Elsa stand vor uns und hielt bereits zwei gefüllte Sektgläser in den Händen. An ihrem rechten Handgelenk hing ein rosa Luftballon, welcher mit Helium befüllt war. Hinter ihr stand Timothy, welcher ebenfalls zwei volle Sektgläser in den Händen hielt. Im Hintergrund lief spanische Musik. Fragend zog ich die Stirn kraus und drehte mich zu meinem Freund um. Lucas zuckte nur mit den Schultern.

»Meinst du, ich hätte es bei meiner neugierigen Schwester geheim halten können?«

»Halt die Klappe!«, sagte Elsa zu ihm und drückte mir eines der Gläser in die Hand. Sie fiel mir anschließend um den Hals und ich konnte gerade noch mein Gleichgewicht halten, um den Inhalt des Glases nicht zu verschütten.

»Ich bin ja so froh, dass dieser Mistkerl endlich bestraft wird!«

Hilfesuchend blickte ich zu Timothy, da ich mich in Elsas Umarmung nicht regen konnte. Er lachte kurz auf und kam auf uns zu, um mir mein Sektglas abzunehmen.

»Wenn du nicht loslässt, wird sie gleich blau anlaufen.«

Auch Lucas bekam ein Glas in die Hand gedrückt und wir stießen auf den Erfolg der Verhandlung an. Gemeinsam gingen wir in unser kleines Wohnzimmer, welches eigentlich eher ein Wohn-Essbereich war. Da wir es jedoch etwas gemütlicher haben wollten, quetschten wir eine Couch in den Raum und räumten den Tisch und die Stühle zur Seite. Ohnehin aßen wir in der Regel immer auf der Couch, statt am Tisch.

Unsere neue gemeinsame Wohnung war zwar klein, aber sie hatte drei ungefähr gleichgroße Zimmer und durch die offene Küche konnten wir ein gemeinsames kleines Wohnzimmer ermöglichen. Für Berliner Verhältnisse hielt sich der Preis in Grenzen, wodurch sie auch für mich bezahlbar war. Seit wir zurück in Deutschland waren, arbeitete ich wieder regelmäßig in meinem Nebenjob als Servicekraft in einem kleinen Café. Die Entfernung zu dem Café war durch die Lage der neuen Wohnung zwar weiter als gewohnt, doch mit der Straßenbahn ließ es sich auch weiterhin gut erreichen. Elsa, Timothy und ich quetschten uns auf die Couch und Lucas zog sich einen Stuhl heran.

»Weshalb läuft hier eigentlich spanische Musik?«, fragte ich.

»Naja, die klingt halt irgendwie fröhlicher und macht gute Laune.« Elsa zuckte die Schultern und sah mich an, als wäre diese Tatsache offensichtlich. Lucas zog nur eine Augenbraue hoch und als sich unsere Blicke trafen, lachten wir los. Timothy stieg in unser Lachen mit ein und Elsas Blick verfinsterte sich. Nachdem wir mit dem Lachen nicht mehr aufhören konnten, prustete plötzlich auch Elsa los. Ich war einfach unglaublich dankbar, dass ich so liebevolle und verrückte Menschen als meine Freunde bezeichnen durfte.

Wir bestellten uns eine Familienpizza und während wir diese verdrückten beobachtete ich, wie entspannt das Verhältnis zwischen Lucas und Timothy war. Es freute mich riesig, dass sich die beiden wichtigsten Männer in meinem Leben anfreunden konnten. Möglicherweise spielte es hierbei auch eine Rolle, dass Timothy offensichtlich eine Frau kennengelernt hatte, mit welcher er ständig Nachrichten schrieb oder telefonierte. Auch wenn Elsa und ich schon mehrfach versuchten ihn auszufragen, blieb der Name der Frau ein Geheimnis. Unverschämtheit. Andererseits passte es zu ihm, sie erst dann vorzustellen, wenn es eine ernste Sache war.

Nachdem die Pizza bis auf den letzten Krümel aufgegessen war, spürte ich wie die Anspannung des ganzen Tages von mir abfiel und sich stattdessen Müdigkeit in mir breit machte. Lucas, welcher mittlerweile ebenfalls auf der Couch – beziehungsweise unter mir – saß, strich mit seiner Hand langsam meinen Oberarm auf und ab. Fast fielen mir die Augen zu. Während Elsa weiterhin fröhlich vor sich hinplapperte, drehte ich meinen Kopf zu Lucas. Ein wachsamer Ausdruck trat in seine Augen.

»Sollen wir langsam schlafen gehen?«

Wir traten in mein Zimmer und ich ließ mich an die Rückseite der geschlossenen Zimmertür sinken. Lucas zog mich sanft von der Tür weg und führte mich zu meinem Bett. Er nahm den Bund meines Pullovers und zog ihn langsam nach oben. Automatisch hob ich meine Arme, damit er ihn mir über den Kopf streifen konnte. Sein Blick wanderte zu meinem Dekolleté und er grinste mich anzüglich an.

Spielerisch verdrehte ich die Augen. Meine Müdigkeit war wie weggeblasen. Sanft strich mir Lucas die Träger meines BH's hinunter und löste den Verschluss an meinem Rücken. Mit seinen großen, warmen Händen umfasste er meine Brüste und drückte mich rückwärts auf das Bett. Während er mir folgte, liebkoste er mit seiner Zunge meine Brüste, sodass sich eine Gänsehaut auf meinem Körper bildete. Als er begann, abwechselnd an meinen Brustwarzen zu saugen, stöhnte ich leise auf. Seine Augen verdunkelten sich und ich konnte Lust in ihnen erkennen. Ich griff nach seinem Hosenbund und wollte den Gürtel lösen, doch Lucas rutschte ein Stück zurück.

»Heute stehst du im Mittelpunkt, skönhet.«

Meine Augen weiteten sich, als er sich küssend meinen Bauch hinab arbeitete. An meinem Hosenbund angekommen, leckte er über meine empfindlich dünne Haut oberhalb des Bundes und eine weitere Gänsehaut überkam mich. Da sein Dreitagebart sanft an meiner Haut kitzelte, zuckte mein Bauch zusammen und ich sah, wie sich sein Mundwinkel zu einem schiefen Grinsen verzog. Ich stützte mich auf die Ellenbogen, um Lucas beobachten zu können. Quälend langsam zog er mir meine Hose herunter und zog hierbei meinen Slip mit. Vollkommen nackt lag ich vor ihm auf dem Bett. Obwohl mir solche Situationen früher unangenehm waren, erregte es mich nun. Lucas' Blick lag gierig auf mir und sein Verlangen war fast greifbar. Er stieg vom Bett und zog mich ruckartig an den Beinen zu sich, sodass ich mit meinem Po an der Bettkante lag. Auf dem Boden kniend verschwand sein Gesicht vor meiner empfindsamsten Stelle.

Eine Stunde später lagen wir beide schwer atmend auf meinem Bett. Auch Lucas trug mittlerweile keine Kleidung mehr, obwohl dies ursprünglich nicht sein Plan gewesen war. Ich kuschelte mich in seinen Arm und lag mit dem Gesicht auf seiner Brust. Bei jedem Atemzug von ihm bewegte sich mein Kopf leicht auf und ab. Es war ein beruhigendes Gefühl.

»Emma?«

»Hm…«, machte ich nur, denn zu mehr war ich heute nicht mehr imstande.

»Könntest du dir eigentlich vorstellen, dein Praktikum auch in Schweden zu absolvieren?«

Okay – mein Geist war plötzlich wieder wach. Ich richtete mich ruckartig auf.

»Wie meinst du das?«

»Also…ich habe da einen Bekannten, Gunnar, mit dem ich auf die Schule gegangen bin. Mittlerweile ist er in der Verlagsbranche tätig und hat seinen eigenen Verlag gegründet. Wenn es dich interessiert und du nicht zwingend in Berlin bleiben möchtest, kannst du dein Praktikum bei ihm machen. Er würde sich auch um eine Wohnung kümmern.«

Meine Stimmung änderte sich schlagartig. Eine Wohnung? Offensichtlich befand sich der Verlag nicht in der Nähe von Unnaryd und diese Vorstellung gefiel mir ganz und gar nicht. Auch, wenn es nur für einen Monat wäre. Von den Verlagen hier in der Umgebung erhielt ich zwar bisher noch keine Rückmeldung, aber ganz allein in einer fremden Stadt wohnen? Unschlüssig saß ich da.

»Es war nur eine Idee. Ich dachte, es würde dir vielleicht

gefallen.«, räumte Lucas schnell ein.

Es tat mir leid, denn er machte sich Mühe, um mir einen Praktikumsplatz zu besorgen. Vielleicht war meine Reaktion nicht besonders höflich.

»Ich möchte nicht undankbar sein. Erst dachte ich, dass es eine tolle Idee ist, aber ich möchte nicht irgendwo alleine in Schweden sein. Wenn, dann möchte ich bei dir sein.« Ein Leuchten trat in Lucas' Augen und während er sich ebenfalls aufrichtete, nahm er meine Hand in seine.

»Oh, skönhet. Du bist so süß. Vielleicht hätte ich erwähnen sollen, dass ich in dieser Zeit Homeoffice machen und dich begleiten kann. Vorausgesetzt, du kannst meinen Charme einen ganzen Monat ertragen.«

Mir klappte die Kinnlade herunter.

»Echt jetzt?«

Ein kurzes Nicken von ihm reichte und ich fiel ihm um den Hals. Definitiv würde ich dieser Stelle zusagen.